Des enfants tombés du ciel

DU MÊME AUTEUR

Chez le même éditeur

L'Angélus de minuit, 1989
Le Roi en son moulin, 1990
La Nuit des hulottes, 1991
Prix RTL-Grand Public 1992
Prix du printemps du livre 1992
Grand Prix littéraire de la Corne d'or limousine 1992
Le Porteur de destins, Seghers, 1992
Prix des Maisons de la Presse 1992
Les Chasseurs de papillons, 1993
Prix Charles-Exbrayat 1993
Un cheval sous la lune, 1994
Ce soir, il fera jour, 1995
Prix Terre de France, *La Vie*, 1995
L'Année des coquelicots, 1996
L'Heure du braconnier, 1997
La neige fond toujours au printemps, 1998
Les Frères du diable, 1999
Lydia de Malemort, 2000
Le Silence de la Mule, 2001
Le Voleur de bonbons, 2002
Lumière à Cornemule, 2002

Chez d'autres éditeurs

Beauchabrol, Jean-Claude Lattès, 1981 ; Souny, 1990
Barbe d'or, Jean-Claude Lattès, 1983 ; Souny, 1992
Le Chat derrière la vitre (nouvelles), L'Archipel, 1994
Dernières Nouvelles de la Terre, Anne Carrière, 2001
Une vie d'eau et de vent, Anne Carrière, 2003

Gilbert Bordes

Des enfants tombés du ciel

roman

L'Ecole de Brive

ROBERT LAFFONT

ISBN 2-221-10080-8

Prologue

— Monsieur Chevillard, je vous remercie d'avoir répondu à mon appel !

Maurice d'Hérisson, proche collaborateur du général Trochu, s'était levé de son siège pour accueillir son visiteur, un homme de petite taille au visage recouvert d'une abondante barbe noire, au regard ardent.

— Je suis très honoré que le gouvernement provisoire de la toute nouvelle république ait pensé à moi ! dit Pierre Chevillard.

Grave, M. d'Hérisson lui désigna un siège et s'assit derrière son bureau. Le soleil éclairait la pièce d'une lumière déjà automnale.

— Les soucis, monsieur Chevillard, les soucis accablent ce pauvre gouvernement mis en place depuis le 4 septembre, depuis la fuite de l'impératrice et le refus de l'empereur de revenir. Il nous laisse la France dans de beaux draps ! Savez-vous que depuis hier, 17 septembre 1870, les Prussiens convergent vers Paris qu'ils menacent d'encercler ! Est-ce possible à notre époque ?

— On peut faire confiance à notre armée pour les en dissuader ! répliqua Chevillard, qui ne perdait pas un geste de son interlocuteur. Nos troupes sont prêtes et ne craignent pas l'envahisseur !

— Certes ! fit d'Hérisson. Mais le climat est malsain. Nous redoutons les espions capables de faire capoter les actions de notre armée !

Pierre Chevillard prit un air étonné. Il se demandait où M. d'Hérisson voulait en venir. Pourquoi l'avait-il convoqué à la mairie de Paris, siège du gouvernement provisoire, lui, simple ingénieur au service de l'armée ?

— Les Parisiens sont courageux ! observa-t-il. Ils ont montré dans leur histoire qu'ils pouvaient se mobiliser contre l'ennemi.

— Certes, mais la situation est inédite. L'empire a brisé le patriotisme et les Français ne pensent plus qu'à leur petite tranquillité. Les troupes prussiennes trouvent dans nos campagnes des gens prêts à les accueillir, pourvu qu'elles ne causent aucun dégât. Nous redoutons qu'après l'encerclement de Paris qui se prépare et que nous allons combattre, des Parisiens, plus attachés à leur confort qu'à la gloire de leur pays, ne jouent le jeu de l'ennemi.

En parlant ainsi, M. d'Hérisson exprimait les craintes de Trochu. Le gouvernement provisoire n'était pas populaire. La menace prussienne repoussait l'organisation des élections et personne ne savait comment réagirait le peuple. Il fallait donc le tenir d'une main ferme.

— Nous avons pensé à vous, poursuivit Maurice d'Hérisson, parce que vous êtes un excellent ingénieur. Nul n'a oublié ici les améliorations que vous avez apportées dans l'usinage des armes et la nouvelle culasse du chassepot, qui vous doit beaucoup. Aussi avons-nous besoin de votre perspicacité. Votre connaissance de la physique et des nouveaux procédés de communication peut aider la nation. Le général Trochu souhaite vous confier la mission d'appréhender les espions, les traîtres, tous ceux qui, de Paris, tenteront de communiquer des informations à l'ennemi, et nos renseignements nous indiquent qu'ils sont nombreux.

— Je suis au service de mon pays, et si je puis être de quelque utilité dans sa défense, j'en serai le premier honoré.

Pierre Chevillard, le cœur léger, sortit du bureau de M. d'Hérisson. L'occasion était inespérée. Traversant une place où des enfants se battaient, il serra les poings.

— Moringuet, la chance a tourné ! dit-il sans quitter des yeux un garçon qui martelait de coups son camarade au sol. Moringuet, ce sera toi le premier espion ! Enfin, je vais avoir ta peau !

Puis il s'éloigna en sifflotant. La haine brillait dans ses yeux.

Première époque

Une prison nommée Paris

Le jour blanchissait le ciel de Paris en ce mardi matin 20 septembre 1870. Les rues s'animaient, mais aux habituels porteurs d'eau, de lait s'ajoutait une foule de badauds qui se rassemblaient par groupes pour commenter les événements.

— Ils ont fait sauter le pont de Sèvres et le pont de Saint-Cloud. Nos troupes n'ont rien pu faire !

— Je les ai vus, monsieur, nos pauvres gardes nationaux, détaler comme des lapins sous la mitraille ! Les Prussiens sont à nos portes ! Notre armée n'a pu les arrêter à Forbach-Spicheren et à Froeschwiller, mais Paris saura se défendre !

— Il paraît qu'ils ont coupé toutes les routes, les voies de chemin de fer, et qu'ils encerclent Paris au-delà de nos forts !

— Justement, cette racaille n'a pas eu le courage d'avancer un peu plus. Et pour cause, nos quinze forts sont bien équipés ! Quelques canonnades, et vous verrez que les routes s'ouvriront !

— Mais que dites-vous là... ? Nos forts présentent un tel état de délabrement qu'ils ne seront d'aucune utilité ! Heureusement que Paris est efficacement défendu par ses murailles et ses fossés !

— Nos murailles ne valent guère mieux ! Voilà des années qu'elles ne sont plus entretenues ! La vérité, monsieur, c'est que nous allons tous mourir de faim !

— Mais pourquoi dramatiser ? dit un bourgeois plein d'assurance. Les gens du gouvernement provisoire ont tout prévu. Avez-vous vu le jardin du Luxembourg ? Il est grouillant de moutons. Deux cent mille autres et quarante mille bœufs ont été rassemblés au bois de Boulogne. Les entrepôts de grain et de farine sont pleins ! Nous avons de quoi tenir des semaines !

Malgré l'optimisme et les histoires drôles qui circulaient d'un groupe à l'autre, les regards anxieux surveillaient les coins de rues, redoutant l'arrivée d'un bataillon ennemi. La veille, Catulle Moringuet avait pu avec beaucoup de difficultés rentrer de chez un de ses clients de Meudon ; les troupes prussiennes se trouvaient entre Clamart et les forts de Vanves et d'Issy. Tout convoi en provenance de Paris était refoulé, mitraillé s'il s'obstinait à vouloir passer. Seuls les particuliers, après d'interminables questions, fouilles et vérifications pouvaient entrer dans Paris.

Catulle Moringuet habitait au pied de la butte Montmartre, rue Caulaincourt, une grande maison bourgeoise en meulières blanches, dressée au milieu d'un vaste parc où l'automne s'installait lentement. Un marronnier laissait tomber ses fruits durs comme des cailloux qui arrachaient, dans leur chute, des feuilles déjà jaunes. Au fond de la cour, les écuries abritaient quatre magnifiques chevaux. L'aile droite avait été aménagée en logements pour les domestiques. L'opulence du lieu indiquait que, contrairement à la multitude de manœuvriers et de miséreux qui grouillaient de Rochechouart à la gare de Lille, Catulle Moringuet n'avait rien à redouter de la mauvaise saison. Le siège de Paris pouvait durer, ses greniers étaient pleins, ses réserves de bois et de charbon lui permettraient d'attendre le retour du printemps.

Son aisance, Catulle Moringuet la devait, certes, à son père qui avait agrandi la fonderie, mais surtout à lui-même qui avait su, au bon moment, y adjoindre un atelier de tôlerie, une forge et une usine qui produisait des pièces mécaniques pour les nombreuses machines nouvelles et les industries qui se développaient en cette période de grands changements.

La guerre prenait une tournure qui ne lui convenait pas. Si, jusque-là, elle était restée éloignée, l'encerclement de Paris allait très vite l'empêcher de travailler. Contrairement à la plupart des Parisiens, il redoutait qu'elle ne dure longtemps et qu'elle le ruine. Il n'attendait rien des nouveaux dirigeants qui palabraient beaucoup, lançaient de belles phrases, mais se révélaient incapables de conduire le pays en de telles circonstances. Comment faire confiance à une armée qui n'avait pas su arrêter la progression des Prussiens, qui s'était fait battre lamentablement à Sedan ? Et comment confier la défense des bons bourgeois à ces « moblots », soldats-citoyens dont beaucoup ne savaient même pas se servir d'un fusil ? Catulle était de ceux qui pensaient que la négociation, le compromis valaient mieux que ce maudit conflit voulu par Bismarck et déclaré par Napoléon III.

Il n'avait pas dormi de la nuit, préoccupé par les événements dramatiques autour de Paris, dont il pressentait qu'ils le toucheraient directement, et par ce qui se passait dans sa propre maison. Du petit salon où une servante avait allumé un feu, il regardait par la fenêtre l'aube se lever. Un jour pas comme les autres puisqu'il allait être père. Marie-Agnès, son épouse, avait ressenti les premières douleurs la veille, vers dix heures. Pervenche, l'accoucheuse qui surveillait la future maman depuis plusieurs jours, n'avait pas caché son inquiétude : « Il y a quelque chose de pas normal ! Rien ne se présente comme il faudrait. Ce sera long, très long et douloureux ! »

Catulle n'avait pas montré son angoisse. C'était un jeune homme de vingt-huit ans, au front traversé de fines rides et dont les premiers cheveux blancs éclaircissaient les tempes. « C'est de famille ! avait-il l'habitude de dire. Mon père était tout blanc à mon âge ! » Il était grand, sportif, le visage long, les yeux clairs sous d'épais sourcils noirs, les cheveux courts. Contrairement aux usages de l'époque, il se rasait entièrement le visage et sa figure glabre lui conférait une gravité, une réserve qui inspiraient le respect à tous, même aux plus vieux serviteurs qui l'avaient connu enfant. Il parlait peu mais juste, et ceux qui l'approchaient étaient étonnés par la force, la détermination qui émanaient de tout son être.

Dans la rue, derrière le grand portail de fer forgé, un groupe d'hommes discutait avec beaucoup de gestes. Catulle les regarda un moment. Un cri retentit à l'étage. Quelqu'un parla, des pas résonnèrent dans l'escalier de bois, puis le silence retomba. Catulle se tourna vers sa mère dont il avait oublié la présence. La vieille femme était assise près de la cheminée qui éclairait son visage anguleux et regardait trois cartes qu'elle tenait dans sa main droite. Un nouveau cri retentit, plus long, strident, un cri de douleur.

Le jeune homme le ressentit telle une lame froide tranchant sa chair. Adélaïde posa les cartes sur une table basse, au-dessus du jeu étalé.

— Le diable est entré dans cette maison ! dit-elle. J'ai sorti trois fois le valet de pique !

Catulle eut un haussement d'épaules. Sa mère, depuis la mort de son mari, l'année précédente, n'avait plus toute sa raison. Cette femme jusque-là sensée, rigoureuse, était persuadée d'entrer en contact avec Dieu par l'intermédiaire de l'âme de son époux, restée près d'elle, et d'avoir connaissance de l'avenir.

Des tisons s'effondrèrent dans l'âtre au milieu d'une gerbe d'étincelles.

— Trois fois le valet de pique ! répéta Adélaïde. C'est plus qu'un signe. Le malheur est ici et pour longtemps. Le diable l'a décidé, nous n'y pouvons rien !

Agacé, Catulle se tourna vers la fenêtre. La fatigue engourdissait ses membres. Il sourit pourtant : la veille, en rentrant de Meudon, il avait rencontré le lieutenant Girard, son cousin, qui commandait un corps d'armée près du fort d'Issy. Girard avait salué Catulle et ordonné à deux soldats de l'accompagner à la porte de Paris. « Surtout n'en profitez pas pour entrer dans tous les bistrots que vous allez croiser ! » Pourquoi Catulle pensait-il à de telles futilités dans un moment aussi grave ?

Des pas martelèrent l'escalier. Piétrine, la vieille servante pour qui Catulle ressentait un attachement quasi filial, arriva dans le salon. C'était une femme très maigre, d'une soixantaine d'années. Son visage grave indiquait qu'elle n'apportait pas de bonnes nouvelles. Elle dit pourtant :

— C'est un garçon !

Gênée, Piétrine garda la tête baissée. Catulle s'impatienta :

— Que se passe-t-il ? Mon fils est-il contrefait ou trop faible pour survivre ?

— Non, Catulle – Piétrine appelait le maître par son prénom et le tutoyait. Il n'est pas seul, un deuxième enfant est en train de naître !

— Des jumeaux ! s'exclama le jeune père. À deux, ils seront plus forts ! C'est une bonne nouvelle !

— Je l'espère ! fit Piétrine en tournant les talons.

Elle remonta rapidement à l'étage où Pervenche l'appelait. Catulle n'était pas pressé de voir ses deux enfants ; les nouveau-nés ne l'avaient jamais attiré. C'était l'affaire des femmes. Cependant, il avait hâte de serrer dans ses bras Marie-Agnès, qui endurait tant de souffrances pour assurer la survie de sa maison.

Sa mère n'avait manifesté aucune réaction en apprenant la naissance des jumeaux. Elle étala les cartes sur la table et en tira deux au hasard. La stupeur se marqua sur son visage, puis l'incrédulité. Elle reposa les cartes, Marine, la jeune servante, arriva avec une brassée de bûches.

— Laisse-nous ! dit Adélaïde qui, malgré sa démence, n'avait rien perdu de son sens aigu de l'économie. Il ne fait pas encore assez froid et la situation ne nous incite pas à gaspiller le bois.

Marine plaça les bûches dans la niche du mur et quitta la pièce. Cette fille d'une vingtaine d'années, aux lourds cheveux blonds, aux yeux d'un bleu léger servait dans la maison depuis l'âge de dix ans, Catulle la considérait un peu comme sa petite sœur. Son regard se posa furtivement sur le nouveau père, s'y accrocha un instant, puis elle sortit. Adélaïde tira de nouveau les cartes.

— Le malheur est ici et n'en partira que quand il aura tout détruit ! Il se prépare des choses terribles !

— Je vais faire un tour ! dit Catulle, agacé par les propos alarmistes de sa mère.

Il prit sa cape. Un cri à l'étage l'arrêta au bas de l'escalier. Piétrine, affolée, dévalait les marches. Elle faillit tomber en ratant la dernière mais se retint à la rampe.

— Catulle, c'est un grand malheur ! On croyait à deux petits jumeaux, mais...

Son corps sembla se vider de sa substance. Elle s'affaissa sur la rampe de bois, le visage baissé.

— Ce sont des triplés ! C'est horrible ! dit-elle en fondant en larmes...

— Des triplés ?

— Oui, trois garçons ! Pardonne-moi ce que je vais dire, mais plaise à Dieu que l'un des trois meure au plus vite !

Elle sanglotait, consciente de la laideur de son souhait destiné à sauver la maison de la malédiction. La peur populaire des enfants multiples la terrassait. Si les jumeaux n'étaient pas rares, peu survivaient, et c'était bien ainsi puisqu'une même âme ne pouvait habiter deux corps. Les cas de triplés étaient exceptionnels, mais se produisaient parfois dans les maisons maudites. Par ces trois enfants, le diable se substituait à la Trinité de Dieu. Heureusement encore, la plupart mouraient.

Catulle resta un moment perplexe. Des triplés! Il ne pouvait accepter la croyance de Piétrine : trois garçons seraient encore plus forts que deux, c'était une chance! Pas un instant il n'imaginait qu'ils puissent mourir dans les prochains jours. Au contraire, il se voyait agrandissant son usine et ses fils prenant la relève, chacun dans une spécialité qui ferait d'eux les plus gros producteurs de pièces mécaniques de Paris.

— Piétrine, cesse donc de pleurer et de dire des sottises! Je veux voir mes fils tout de suite.

Piétrine leva ses yeux mouillés sur son maître. Elle savait le peu de cas qu'il faisait des superstitions, elle admirait son courage, mais comment ne pas penser, comme la vieille Adélaïde, que le malheur était entré dans cette maison?

— Que Dieu te protège! dit la servante. Mais je sens bien que ce matin rien n'est comme avant...

— Ce sont des foutaises! Je veux que mes fils vivent!

De la pièce voisine, la vieille Adélaïde s'écria alors :

— Le diable est dans la maison! J'ai senti son haleine putride!

Consultant ses cartes, elle ajouta :

— Ils ne mourront pas! Leur vie se poursuit au-delà de mes cartes. Ils vivront!

— Mère, taisez-vous! tonna Catulle, comme si le fait d'évoquer les malheurs suffisait à les provoquer.

— Pourquoi me tairais-je? Votre père m'avertit que tout va basculer!

Elle tira une nouvelle carte.

— Ces triplés vivront pour votre malheur à vous, Catulle. Ils vont partir d'ici et être séparés. Vous aussi vous allez partir, une très longue absence. Quand vous reviendrez, deux de vos fils chercheront à vous tuer! Mes cartes sont muettes sur le troisième!

Catulle abandonna sa mère à son délire, posa son chapeau et sa cape sur un guéridon, monta rapidement l'escalier.

Dans la chambre, Marine attisait le feu. Près de l'âtre, la sage-femme achevait la toilette des nouveau-nés. Elle emmaillotait le dernier, qui poussait des cris aigus de rat. Du lit, deux bras très blancs se tendirent vers lui. Il s'approcha. Marie-Agnès lui souriait ; son visage paraissait très fatigué, abattu.

— Pardonne-moi ! dit-elle d'une voix faible. Tu voulais un fils, et puis voilà...

Il embrassa sa femme, la garda un moment serrée contre lui.

— Je suis le plus heureux des hommes. Je veux que mes trois fils vivent. Eux et moi, nous serons les plus forts !

Catulle se sépara de Marie-Agnès et s'approcha du lit qu'on avait dû monter en urgence car les triplés ne tenaient pas dans le berceau prévu pour un seul enfant. Le jeune homme vit les trois bébés rouges et fripés qui grimaçaient. Piétrine en souleva un entre ses mains. Catulle le trouva si petit qu'il n'osa le prendre à son tour. Piétrine dégagea alors le cou minuscule.

— Regarde cette tache de café à la naissance de l'épaule et du cou. Tous les trois ont la même !

— Comme c'est curieux ! fit Catulle en observant la peau foncée qui occupait la surface d'une pièce de cinq sous. On dirait la carte de France !

— C'est peut-être le signe d'un grand destin !

— Oui, c'est sûrement ça ! dit Catulle. Un grand destin pour mes trois fils dont je suis déjà fier !

Il revint vers Marie-Agnès, s'agenouilla devant le lit, prit la main de la jeune femme, une main qu'il trouva tout à coup froide, comme si la vie s'en retirait.

— Je te remercie ! dit-il. Tu viens de me faire le plus beau cadeau qu'un homme puisse espérer.

La sage-femme lui fit signe de venir la rejoindre dans la pièce voisine. Pervenche était forte comme un bûcheron ; entre deux accouchements humains, elle n'hésitait pas à assister les juments. Tout le monde l'aimait dans le quartier, car elle était très arrangeante. On disait qu'elle avait des secrets pour faire « passer » une grossesse non désirée. Elle poussa la porte d'un air grave :

— Votre épouse saigne anormalement. Je me fais du souci...

— Faut-il aller chercher un médecin ?

— Le médecin n'y changera rien. Il faut attendre et prier pour que l'hémorragie s'arrête...

— Prier ? fit Catulle en haussant le ton. Dieu se contrefout de nous, sinon il ne laisserait pas tant de malheur et de souffrance !

— Ne parlez pas comme ça ! dit Pervenche. J'ai l'habitude des accouchements, je sais quand les choses vont mal. C'est aujourd'hui le cas, et je n'ai jamais vu un médecin arrêter une hémorragie.

— Je vais aller chercher Donvallon.

Catulle s'éloigna ; il avait besoin de mouvement. Il prit sa cape et son chapeau. Le regard fatigué de Marie-Agnès ne lui disait rien de bon. Il ressentait tout à coup l'atmosphère lourde de sa maison suspendue à la menace du malheur annoncé par sa mère.

« Voilà que je me comporte comme la première lingère venue et que je prête attention à ces bêtises ! » constata-t-il.

Le docteur Donvallon habitait tout près de chez lui, rue des Saules. C'était un ami de la famille ; Catulle aimait cet homme très cultivé qui vivait en aristocrate. Il pratiquait très peu la médecine, sa fortune personnelle lui permettant de mener grand train de vie et de s'adonner à ses recherches sur les microbes qui étaient alors à la dernière mode. Le luxe lui allait bien. Un peu empâté, sa silhouette massive était rassurante. Devant un tel médecin, la maladie ne pouvait que reculer !

Dans la rue, des attroupements commentaient les événements ; les rumeurs les plus folles circulaient. Des gardes nationaux patrouillaient, portant leur fusil en bandoulière. Certains, visiblement ivres, trébuchaient. Catulle marchait très vite, sans prêter la moindre attention aux conversations.

Il arriva chez le docteur Donvallon, dans un superbe hôtel particulier, se fit annoncer et fut aussitôt introduit dans la bibliothèque où Donvallon lisait. Catulle ne lui laissa pas le temps de donner son avis sur les événements ni d'exprimer sa haine viscérale pour Trochu, « le Paon qui ne sait faire que de grandes phrases et ne décide jamais rien ! ».

— Ma femme vient d'accoucher et saigne anormalement, il faut que vous veniez tout de suite !

— Il faut faire vite ! dit le médecin, qui bouclait déjà sa trousse, ordonnant à un domestique d'aller atteler sa voiture.

Le docteur Donvallon ne sortait qu'en voiture, quelle que fût la distance. Il avait horreur de se mêler à la populace qui « pue du bec et vomit un langage propre à briser les oreilles sensibles ».

Ils mirent plus de temps en voiture qu'ils ne l'auraient fait à pied. La rue était envahie, le cocher devait hurler, faire claquer son fouet pour que les gens le laissent passer. Quand la voiture entra dans le parc et s'arrêta sous le gros marronnier, Catulle poussa un soupir de soulagement.

Donvallon monta prestement à l'étage. Il vit, en premier, le lit et les trois nourrissons qui dormaient paisiblement. Enfin il se tourna vers Marie-Agnès qui lui sourit vaguement.

— Des triplés ! dit-il, étonné. Cela n'arrive pas souvent.

Il demanda à la sage-femme ce qu'elle avait employé pour tenter d'arrêter l'hémorragie. Il gratta de l'index sa grosse joue sanguine, puis se fit apporter les tissus ensanglantés afin de les examiner.

— Du sang noir ! fit-il. Ce n'est pas bon, ça !

Il fouilla dans sa trousse d'où il sortit deux petits flacons remplis d'un liquide rouge.

— Continuez les emplâtres à l'argile blanche ! recommanda-t-il à la sage-femme. Moi, je vais lui administrer une médication de ma composition qui va lui réchauffer les humeurs du corps. Demain, elle devrait être guérie.

Il demanda une cuillère et fit boire à la malade un peu du liquide des deux fioles.

— Demain, vous retrouverez le sourire !

Il sortit de la chambre et rejoignit Catulle qui l'attendait dans le vestibule. En descendant l'escalier, le docteur put enfin aborder le sujet qui le tracassait.

— Nous sommes isolés du monde ! Aucune information télégraphique ne nous parvient des provinces. Plus de trains. Le pont de Sèvres et le pont de Saint-Cloud ne sont que ruines et nos soldats fuient devant l'ennemi qui renforce ses positions. Mon cher ami, je ne vous cache pas mon pessimisme pour les jours, voire les semaines à venir ! Comment voulez-vous que Trochu nous tire de ce guêpier ?

— C'est un bon soldat, un fin stratège ! répondit Catulle. Je suis persuadé qu'il a son plan et ne laisse pas faire tout cela sans une arrière-pensée ! Il voudrait prendre les Prussiens à leur propre piège qu'il n'agirait pas autrement.

— Laissez-moi rire ! Il fait toujours semblant d'avoir quelque chose derrière la tête alors qu'il n'a que du vent ! Un pantin, je vous dis ! Ce que veut l'ennemi, c'est nous affamer en imposant un siège bien conduit, comme au bon vieux temps ! Les recettes d'autrefois peuvent encore fonctionner !

— Vous n'y pensez pas ! Les réserves dans Paris sont suffisantes pour tenir des mois ! Ils se fatigueront avant nous !

— Je voudrais bien partager votre optimisme ! répliqua Donvallon en montant en voiture. Pour Marie-Agnès, je n'ai rien dit devant elle, mais son état me tracasse ! Je reviendrai la voir demain matin.

— Qu'est-ce qui vous tracasse ? Vous aviez l'air si sûr de vous !

— Je n'ai pas voulu lui montrer mon inquiétude parce qu'un malade doit minimiser sa maladie pour garder confiance et mieux lutter. Cependant...

Il s'assit dans la voiture et, avant d'ordonner au cocher de faire demi-tour, ajouta :

— ... cependant, Marie-Agnès a eu des triplés, et cela complique beaucoup les choses. Si un accouchement normal fait déjà pas mal de dégâts, des triplés détruisent le ventre qui les a portés. Je vous promets, je reviendrai demain matin...

Le lendemain, Donvallon arriva vers huit heures, ce qui était bien matinal pour cet insomniaque qui ne se couchait jamais avant une heure du matin. Catulle l'accueillit le visage sombre. Marie-Agnès, en proie à une forte fièvre, avait déliré toute la nuit. Les nourrissons avaient pu cependant téter, mais la malade était de plus en plus faible.

Le médecin l'examina et constata avec satisfaction que l'hémorragie avait cessé, pourtant la fièvre indiquait qu'un mal sournois, difficile à vaincre, persistait. Il mit sur le compte de ses préparations l'arrêt des saignements mais se trouvait désarmé face à la fièvre.

— Il faut lui appliquer sur le front et sur le ventre des linges imbibés d'eau froide. Diète complète pour la journée, mais boisson tiède à volonté. Vous lui ferez prendre, seulement à midi et ce soir, un bol de bouillon au poireau et à l'ail dans lequel vous verserez la poudre que voici.

Catulle remercia le médecin, qui repartit chez lui. Il se rendit aux écuries ; le vieux Robert Monthou le salua, son chapeau à la main. Catulle inspecta ses quatre chevaux.

— Le temps des pillards pourrait bien arriver ! dit-il à Robert. Il faudra redoubler de vigilance et mettre nos réserves en sûreté.

Robert avait le nez long et sec, des yeux profonds et pleins de malice. Il demanda à Jeannot, le jeune garçon d'écurie, d'aller chercher une botte de paille, puis se tourna vers Catulle.

— Les fripouilles trouveront ici à qui parler ! Comment se porte Mme Marie-Agnès ?

— La température n'est pas tombée, mais je fais confiance au docteur Donvallon.

— J'espère qu'elle recouvrera très vite la santé !

— Je l'espère aussi. Je vais à l'usine ! ajouta Catulle. Par précaution, garde le portail verrouillé.

Puis il sortit dans la rue. Un groupe de soldats de la Garde nationale bavardait devant l'entrée d'un tripot. Quelques jours auparavant, de la Bastille à l'Arc de Triomphe, sur les Boulevards, aux Champs-Élysées, Catulle avait assisté à la revue, au cours de laquelle le gouverneur Trochu inspectait les deux cent mille soldats-citoyens enrôlés pour affronter l'ennemi. La foule avait été impressionnée par les uniformes neufs et l'apparence d'ordre, mais Catulle savait combien ces hommes étaient de piètres combattants. Dépourvus d'entraînement, ils passaient plus de temps à boire qu'à apprendre le maniement des armes. Il ne fallait pas compter sur eux pour défendre la capitale et réprimer les rapines. Beaucoup seraient les premiers à se servir.

À part ces groupes vêtus de sombre et faisant beaucoup de bruit pour qu'on les voie, Paris était calme. Les boutiquiers avaient ouvert leurs échoppes, la viande ne manquait pas sur les étalages, les boulangers proposaient du beau pain dont le prix avait cependant augmenté de quelques sous. En voyant ainsi les gens vaquer à leurs occupations habituelles, Catulle se dit que l'ennemi ne parviendrait pas à affamer la capitale. Les véritables soldats massés dans les forts autour de Paris, les garnisons rappelées d'Algérie et du Vatican auraient tôt fait de rétablir la situation.

Il passa devant la poste où des employés, assis sur les malles, bavardaient. Les voitures étaient prêtes, mais il n'y avait pas de chevaux pour les tirer. Labouchère, responsable de la Poste, sachant les lignes ennemies infranchissables, avait donné l'ordre aux voituriers de ne pas partir. « Si c'est pour vous faire fusiller par les Prussiens, autant rester ici ! » avait-il dit. Ce que faisaient les voituriers en attendant de nouveaux ordres.

À l'usine aussi, tout semblait normal. Les ouvriers étaient à leur poste de travail, même si les regards semblaient plus anxieux, les gestes moins déterminés que d'habitude. Bruno Pesquez, le second de Catulle depuis le renvoi de Pierre Chevillard qu'il avait surpris en train de falsifier les comptes, le salua. Maigre, très brun, l'homme était d'une grande honnêteté. Catulle avait confiance en lui et lui laissait les clefs du coffre.

Pesquez se leva de son siège, refermant le carnet de commandes qu'il consultait. Il était grave. Son visage mat, osseux, affichait une pâleur inhabituelle.

— La réquisition n'est l'affaire que de quelques jours ! dit-il. Nous allons devoir nous mettre au service de l'armée sans avoir le temps de boucler nos commandes...

— Qu'est-ce que tu me racontes ?

— Des inspecteurs de l'Hôtel de Ville sont passés ce matin. Nos ateliers vont être affectés à l'usinage des pièces de chassepot et de canon. On se bat autour de Châtillon. Il faut des armes neuves !

— Et au nom de la solidarité nationale, on oubliera de nous payer ! s'insurgea Catulle, qui voyait d'un très mauvais œil cette intrusion de l'armée dans son usine. Combien de temps pourrons-nous tenir ?

Pesquez posa le livre de comptes sur le rebord du coffre et l'ouvrit à la dernière page.

— Tout dépend de la situation... Si le siège dure, les prix vont flamber. Nous devrions avoir assez de liquidités pour tenir jusqu'à Noël. Après...

— Ça nous laisse le temps de nous organiser. Et puis la guerre sera peut-être finie !

— Je l'espère bien aussi !

Vers midi, Catulle rentra chez lui afin de prendre des nouvelles de Marie-Agnès. La rue était en effervescence. Les troupes envoyées pour ouvrir une brèche à Châtillon avaient été rapidement repoussées ; pris de panique, les gardes nationaux avaient dévalé le plateau dans le plus grand désordre. En sécurité dans la ville, entourés de femmes qui leurs apportaient boissons et friandises, ils expliquaient qu'ils n'avaient pas fui par manque de courage, mais, bien au contraire, par manque de munitions. Pourtant, en voyant un zouave brandir son arme, sa cartouchière à la ceinture garnie de balles, Catulle ne put cacher sa perplexité...

Ce n'était pas avec de tels fanfarons que Paris se délivrerait de l'étau qui le tenait prisonnier entre ses mâchoires !

Depuis quatre jours, Marie-Agnès délirait, en proie à une fièvre que les potions du docteur Bonvallon n'avaient pu vaincre. Les triplés profitaient cependant de courts répits pour prendre le peu de lait nécessaire à leur survie. Piétrine avait parcouru le quartier à la recherche d'une nourrice, une jeune accouchée qui aurait perdu son enfant ou avait du lait en abondance, mais elle n'avait trouvé personne.

La présence des Prussiens fermait les portes et les cœurs. Les rumeurs les plus folles couraient de rue en rue. Le 23 septembre, une déclaration de Trochu attira de nombreux sarcasmes. Il maintenait qu'il ne céderait « ni un pouce de notre territoire, ni une pierre de nos forteresses », pourtant les bruits de reddition ne cessaient de s'amplifier. Et comme il fallait bien des coupables à cette peur collective, les Parisiens virent des espions partout. Les étrangers et tous ceux qui avaient un quelconque accent furent les premiers montrés du doigt.

La nuit tombait. Catulle arrivait chez lui, vivement inquiet de l'état de Marie-Agnès et de ses trois fils. La maison craquait sous un petit vent du nord qui, dès le lendemain, allait geler l'eau des abreuvoirs. « Le froid vient bien vite ! pensa Piétrine. C'est pas bon pour les pauvres gens ! » Piétrine avait toujours été généreuse. La vie ne l'avait pourtant pas épargnée. Née à Clignancourt, elle avait dû travailler dès l'âge de six ans chez un marchand de lait qui la frappait. Elle s'était mariée à dix-huit ans et avait enfin cru au bonheur. Mais ce mot n'était pas fait pour elle : son mari se noya un an plus tard dans la Seine. De nouveau seule, Piétrine entra au service d'Adélaïde Moringuet, qui était alors une jeune femme d'une grande beauté, mais avare. Catulle fut le fils qu'elle n'avait jamais eu. Elle l'aimait tendrement et souffrait du malheur qui frappait cette maison qui, avec le temps, était devenue la sienne.

Quand Catulle entra, Marie-Agnès, profitant d'un instant de répit, s'était assoupie. Piétrine, qui ne la quittait pas, s'occupait des bébés et priait en silence. Dans la pièce voisine, près du feu, les nourrissons, qui n'avaient pas eu leur ration de lait, avaient fini par s'endormir après avoir pleuré longtemps.

Piétrine entreprit d'attiser le feu, puis se pencha sur le petit lit et regarda longtemps, à la lueur de sa chandelle, les trois petits visages fripés. N'était-ce pas une injustice divine que la souffrance chez des êtres sans défense ? Elle chassa cette pensée impie. L'escalier craqua. Catulle, qui n'avait pas pris le temps de poser sa cape, arriva dans la chambre. Il exhalait cette odeur particulière des rues de Paris envahies de badauds. Il regarda un moment ses trois fils puis se pencha sur le lit de Marie-Agnès. La lumière chancelante éclairait le visage amaigri et blême de la jeune femme endormie. Un léger sourire fleurissait sur ses lèvres. Catulle y vit là un signe encourageant.

Soudain, des éclats de voix montèrent de la cour. Catulle se dressa, surpris par ce vacarme qui allait réveiller la malade. Il alla à la fenêtre et entendit nettement :

— Je suis le sergent Madaury, du commissariat du dix-huitième arrondissement. J'ai un mandat d'amener à l'encontre de Moringuet Catulle.

Catulle tourna vers Piétrine un regard interrogateur puis, sans un mot, dévala l'escalier. Devant la porte, il se trouva face à un homme bedonnant entouré de quatre gendarmes qui secouait une feuille de papier.

— Monsieur Moringuet Catulle ? demanda le sergent.

— C'est moi, en effet. Que se passe-t-il ?

— Il se passe que vous êtes convaincu d'entente avec l'ennemi, d'espionnage !

Catulle fronça les sourcils et retint la colère qui montait en lui. Il s'approcha très près du sergent qu'il dominait d'une bonne tête et planta ses yeux dans les siens. Le sergent, embarrassé, baissa ses lourdes paupières.

— Qu'est-ce que vous me racontez là, sergent ? Moi, un espion à la solde des Prussiens, mais vous rendez-vous compte de ce que vous dites ? Je suis le premier à souffrir du blocus. Je ne puis servir mes clients hors de Paris et, dans moins d'un mois, mes réserves de charbon et d'acier seront épuisées. Je serai obligé de fermer mes ateliers. Les Prussiens sont en train de me ruiner et vous m'accusez d'être à leur service ? C'est un comble !

Madaury sembla un instant décontenancé. Il se racla la gorge, secoua de nouveau son mandat d'amener.

— La nuit dernière et les nuits précédentes, on a vu des lumières à l'étage de votre maison. C'est ainsi que communiquent avec l'ennemi les mauvais Français dans votre genre.

— Des lumières à l'étage ? Ma femme a accouché il y a cinq jours et souffre depuis d'une fièvre tenace. C'est pourquoi une servante reste à son chevet toute la nuit. Il lui faut de la lumière !

Madaury leva ses lourdes paupières.

— Des bébés ?

— Des triplés ! précisa Catulle avec provocation.

— Tout cela ne me concerne pas ! dit Madaury, qui se tourna vers ses gendarmes. Emmenez-le au commissariat ! M. Chevillard décidera de son sort.

Catulle se dressa, le visage dur.

— Chevillard, vous avez dit ? Pierre Chevillard, que j'ai renvoyé de mon usine parce qu'il me volait ?

— Je ne sais rien de tout cela ! répliqua le sergent. Nous avons assez perdu de temps. Suivez-nous.

Toute résistance eût été vaine. Le vieux Robert Monthou, qui s'était approché, voulut s'interposer. Un soldat le repoussa vivement.

— Tu ferais bien de te tenir en dehors de ça, sinon, on t'emmène aussi.

— Permettez-moi, messieurs, de donner mes ordres à mon domestique, et je suis à vous.

— Bon, bon, mais faites vite ! dit Madaury.

Catulle entraîna Monthou à l'écart avant de lui souffler à l'oreille :

— Tu vas courir à l'Hôtel de Ville, tu demanderas à parler à Maurice d'Hérisson. C'est l'aide de camp de Trochu et l'ancien ami de mon père. T'en fais pas pour l'heure, il travaille tard le soir, souvent jusqu'à minuit. Tu te présenteras de la part de Catulle Moringuet, tu lui diras que je suis retenu au commissariat de police du dix-huitième arrondissement pour une accusation stupide.

— Comptez sur moi ! assura Monthou.

— Va vite ! Avant de partir, n'oublie pas de verrouiller les portes.

Le commissariat du dix-huitième arrondissement n'était pas très éloigné, le groupe s'y rendit à pied. Les badauds regardaient les gendarmes emmener l'accusé et criaient des injures. Une pierre atteignit Catulle à l'épaule.

Au commissariat, malgré l'heure avancée, il fut introduit dans un bureau éclairé par une lampe à pétrole qui répandait une abondante lumière. Depuis longtemps, l'homme qui se trouvait derrière le bureau attendait cet instant et le savourait. Il était de petite taille, très brun, le regard sombre, la tête carrée, le front largement dégarni. Il portait une épaisse barbe noire qui cachait une partie de son visage, ne laissant entrevoir que des lèvres rouges et gourmandes. Quand il vit entrer Catulle entre deux gendarmes, son visage s'éclaira, ses yeux se mirent à briller d'une lueur méchante.

— Monsieur Moringuet ! dit-il d'une voix éraillée. Vous voyez qu'on se retrouve...

Catulle n'en croyait pas ses yeux. Il comprenait maintenant qu'il était victime d'une sordide machination.

— Chevillard ! s'exclama-t-il. Mais que fais-tu là ?

Dans la barbe noire, les lèvres rouges s'écartèrent en un sourire qui découvrit des dents mal plantées.

— Je suis un patriote, monsieur Moringuet. Et après que vous m'avez abusivement licencié, je me suis mis au service de mon pays. Mes mérites ont été reconnus. Ma connaissance de la mécanique et des phénomènes lumineux m'a porté à la direction des services antiespionnage. À moi de décider ce qui est lumière pour des usages domestiques ou signal codé destiné à informer l'ennemi.

Catulle perçut, derrière ces mots prononcés d'une manière détachée, comme une menace, une envie de revanche.

— La chance n'est pas toujours du même côté ! poursuivit Chevillard. Heureusement, les gens de qualité ne demeurent pas longtemps à l'écart. Cette guerre fera le tri, et c'est bien ainsi.

Catulle serrait les poings.

— Avec de si hautes fonctions, que fais-tu au commissariat du dix-huitième ?

— Mon travail, seulement mon travail ! D'un arrondissement à l'autre, je traque les mauvais patriotes !

— Tu es une crapule, Chevillard. Tu m'as assez volé pour que je te fasse pendre, et c'est toi qui vas maintenant me juger ! J'ai été trop bon avec toi, voilà comment tu me remercies.

Chevillard s'assit lentement à son bureau, comme s'il n'avait pas entendu, posa ses mains osseuses devant lui.

— Je ne vous ai pas volé, je n'ai pris que mon dû ! Je n'ai rien oublié de la manière dont vous m'avez humilié devant le personnel de l'usine. Et pourtant, c'est moi qui ai fait le succès de l'entreprise. Les méthodes d'usinage des aciers durs que j'ai mises au point sont à l'origine de votre fortune. Qu'y ai-je gagné ?

— Ces techniques sont utilisées dans tous les ateliers de mécanique. Tu en as été largement payé !

— Vous m'avez payé comme vous auriez donné un sucre à votre chien qui a bien obéi ! Sans moi, vous ne seriez qu'un simple forgeron !

— Tu oublies qu'avant ton arrivée mon père et moi avions déjà agrandi la forge et la fonderie, et créé l'atelier de mécanique !

— L'atelier de mécanique? Si je n'étais pas venu à ce moment-là, avec mes idées et mon savoir-faire, il serait resté bien modeste, vu qu'on y travaillait comme au siècle dernier !

— Tu n'es qu'un bandit ! Non content de piocher dans la caisse, tu établissais de fausses factures que tu signais à ma place. La vérité, c'est que tu voulais nous éliminer, mon père et moi, pour t'approprier notre usine !

Chevillard souriait et savourait sa victoire. Désormais, il pouvait donner libre cours à son désir de revanche contenu depuis si longtemps. Les Prussiens aux portes de Paris le servaient. Pourvu qu'ils ne lèvent pas le siège trop tôt !

— Je ne vous cache pas, ajouta-t-il, que cette guerre m'ouvre de nouvelles perspectives de carrière. L'armée a besoin de bons ingénieurs ; je serai nommé dans quelque temps au conseil technique du gouvernement provisoire.

La tête haute, Chevillard se leva de son siège. Sa petite taille l'obligeait à porter des chaussures à talons épais. Il fit quelques pas, se tourna vers la fenêtre, puis se dressa face à Catulle.

— Vous êtes donc accusé d'espionnage au profit de l'ennemi, de lui envoyer des signaux lumineux dans un langage codé.

— C'est complètement faux. Il y a en effet de la lumière une partie de la nuit à l'étage, mais c'est pour ma femme qui délire depuis cinq jours, rongée par la fièvre causée par l'accouchement.

— Vous dites tous la même chose. Cela ne change rien, il faut purger la société. C'est seulement après que nous pourrons faire efficacement la guerre.

Il s'approcha de Catulle, qui le dominait d'une bonne tête, le regarda bien droit dans les yeux avec un léger sourire qui exprimait sa haine.

— En temps difficiles, seules les méthodes radicales sont efficaces. Nous n'avons pas le droit d'être faibles !

— Toi qui connais bien l'état de mon affaire, poursuivit Catulle sans baisser les yeux, tu sais que les Prussiens vont me ruiner. Alors je ne vois pas comment je pourrais...

— Justement, pour échapper à la ruine, vous vous êtes rangé dans leur camp. Aussi, vous serez fusillé demain matin !

Chevillard avait parlé d'une voix calme, détachée. Il frappa dans ses mains : deux gendarmes vinrent chercher Catulle avant de l'enfermer dans une pièce mal éclairée et dépourvue de mobilier. Plusieurs personnes, dont deux femmes, étaient assises par terre.

— Ils vont me fusiller ! hurlait l'une d'elles. Je suis obligée de coudre tard le soir pour nourrir mes enfants. Comment le faire sans chandelle ?

— Monsieur, dit un homme de petite taille et mal rasé en s'approchant de Catulle, ces gens de la mairie sont des criminels ! Ils n'ont pas le droit de nous fusiller sans jugement !

Catulle ne répondit pas. Il s'assit dans un coin de la pièce, certain qu'on allait venir le chercher. Mais personne ne vint. Il se demanda alors si Monthou avait pu voir Maurice d'Hérisson. Celui-ci était peut-être absent de la mairie, ayant dû accompagner Jules Favre que la rumeur disait parti à Ferrières négocier la paix avec Bismarck. Dans ce cas, Catulle n'avait aucune chance d'échapper aux griffes de son ennemi.

Il passa la nuit à penser à Marie-Agnès et à ses trois fils. La prédiction de sa mère s'imposait à son esprit : « Deux de vos fils chercheront à vous tuer ! » Il n'y croyait pas, certes, pourtant il ne pouvait s'empêcher d'y penser. Vers six heures du matin, un groupe de gardes nationaux, lanterne à la main, arriva.

— Monsieur Moringuet Catulle ! appela le sergent qui conduisait le groupe.

Catulle tressaillit. Une femme se mit à crier qu'ils n'avaient pas le droit de les tuer. Un vieillard qui priait à genoux ne détourna pas la tête.

— Faisons vite ! dit le gendarme.

Catulle avait peur et cherchait le moyen de s'échapper. Jusque-là, il n'avait pas cru un instant que l'on puisse, dans Paris, exécuter sommairement un homme sans le moindre jugement, au seul nom de la patrie. Le pouvoir et la force étaient donc aux mains de canailles ! Il se demanda s'il ne fallait pas souhaiter une victoire rapide des Prussiens.

Ils empruntèrent le même couloir que la veille. Catulle fut introduit dans le bureau de Chevillard : « C'est pour entendre la sentence ! pensa-t-il. Chevillard aime remuer le couteau dans la plaie. »

Chevillard avait les traits tirés de quelqu'un qui a peu dormi.

— Je vous lis la lettre que vient de me faire parvenir M. Maurice d'Hérisson : « Mon cher Chevillard, Catulle Moringuet est le fils de mon regretté ami Antoine Moringuet. Je suis persuadé de son innocence ; la lumière à son étage était nécessaire pour assister sa femme gravement malade des suites d'un accouchement. Il est bien évident que dans le péril où se trouve Paris je ne cède en rien à une affection particulière. Je vous demande de libérer M. Moringuet, mais, à l'avenir, si des preuves de sa culpabilité étaient établies, je ne ferais plus rien pour le secourir. »

Chevillard leva sur Catulle un regard froid et déterminé. Il cédait pour l'heure, mais ne renonçait pas.

— Vous avez compris, je pense. M. d'Hérisson ne viendra pas une nouvelle fois à votre secours. Vous êtes donc libre, mais sachez qu'au premier faux pas nous nous retrouverons, et il n'y aura pas d'échappatoire.

Chevillard fit un geste de la main, les gendarmes invitèrent Catulle à les suivre. La porte donnant sur la rue s'ouvrit, il était libre.

Le jour se levait. Catulle, qui n'avait pas dormi, se sentait fiévreux. La fraîcheur de l'air fouettait son visage, son corps était agité de tremblements. Malgré l'heure matinale, la rue était envahie de gens qui se dirigeaient tous dans la même direction. À un enfant qui l'avait bousculé, Catulle demanda ce qui se passait.

— À la butte ! dit le gamin en courant de nouveau. Ils lâchent le ballon de la Poste.

Curieux, Catulle suivit le mouvement des badauds. Il arriva quelques minutes plus tard place Saint-Pierre, sur la butte Montmartre, où les grands moulins à vent étaient immobiles. Une foule considérable se massait tout autour, piétinant les jardins, se pressant dans les vignes. Au milieu de la place, un énorme ballon jaune, monstrueux dans sa démesure, se balançait en tendant les cordes qui le retenaient au sol. Des hommes chargeaient la nacelle de caisses en bois. Quand ce fut fini, Labouchère, responsable de la Poste, en présence de membres du gouvernement provisoire, se prépara à faire un discours. Debout à côté de la nacelle, le grand ballonnier, Nadar, écoutait, au garde-à-vous. Labouchère expliqua que le ballon allait emporter le courrier qui ne pouvait être acheminé par les voies habituelles, puis s'adressa à une très vieille dame qui peinait à se tenir debout. « C'est Mlle de Montgolfier ! murmura quelqu'un. Elle a passé quatre-vingts ans. » La vieille dame dit d'une voix chevrotante :

— Il est agréable de constater que l'invention de mon cher père revêt une si grande valeur pour mon pays !

Enfin, sur un signe de Labouchère, Nadar, applaudi par tous, monta dans la nacelle et donna l'ordre de détacher les cordes. Sous les ovations, le *Neptune* s'éleva dans le ciel clair de ce samedi 24 septembre. Il emportait deux cents livres de dépêches sur papier fin. Grâce au ballon, Paris pouvait enfin communiquer avec la province ! L'engin survola les troupes prussiennes à une altitude qui le mettait hors de portée des balles. Alors, de la nacelle, Nadar laissa tomber sur les lignes ennemies une pluie de petits papiers · quatre mille cartes de visite du grand aérostier !

Catulle, laissant la foule à son délire, se hâta de rentrer chez lui.

De son siège, dans l'ombre, près de la cheminée éteinte, Adélaïde, qui ne s'était pas couchée, attendait son fils. Sachant que Monthou était allé voir d'Hérisson, elle avait la certitude qu'il serait très vite libéré. La vieille femme avait nettement lu dans ses cartes que le diable jouait avec sa proie, comme un chat relâche une souris pour la reprendre aussitôt. Ce n'était qu'un avertissement.

Le malheur était entré dans cette maison avec Marie-Agnès. Celle-ci avait, entre les deux yeux, à la naissance du nez, une minuscule ride ; la marque de ceux que le diable habite. Adélaïde avait averti Catulle, mais celui-ci n'avait rien voulu entendre. Il aurait dû épouser, selon la volonté de son père et dans l'intérêt de leur affaire, Camille de Rougemont, la fille du banquier. Avec la dot, l'usine aurait doublé sa capacité de production. Mais Catulle n'avait voulu que Marie-Agnès, la fille d'une famille de maraîchers, des petites gens ! Adélaïde avait oublié que l'arrière-grand-père de Catulle n'était qu'un simple forgeron !

Ce matin, la vieille femme entendait au fond d'elle l'âme de son époux lui demander d'intervenir pour sauver sa maison. Les cartes étaient formelles : si elle n'agissait pas, les triplés ne mourraient pas. Au moins deux d'entre eux passeraient à travers toutes les épreuves et les maladies pour, un jour, tenter d'assassiner leur père. « C'est écrit », pensa-t-elle.

Elle se leva lentement, défroissa sa robe, se dirigea vers l'escalier qu'elle monta à pas feutrés pour ne pas faire craquer les marches.

À l'étage, elle entra dans la chambre de Marie-Agnès qui, les yeux clos, respirait difficilement. Les médecines du docteur Donvallon n'avaient pas produit l'effet escompté ; la malade s'affaiblissait de jour en jour. Piétrine préparait du bouillon à la cuisine, seule nourriture que la jeune mère acceptât.

Adélaïde ferma la porte et traversa la pièce. Devant le feu qui entretenait une agréable chaleur, elle regarda un instant les trois bébés endormis côte à côte.

— Des rats ! dit-elle à voix basse. Ils sont aussi laids que des rats !

À cet instant, Marie-Agnès se tourna lentement, ouvrit les yeux. Elle aperçut sa belle-mère près du lit. Une peur instinctive mobilisa ses dernières forces. Elle demanda d'une voix très faible :

— Que faites-vous ici ?

Adélaïde fit volte-face.

— Ce que je fais ? Et c'est toi qui me le demandes ?

Elle s'approcha de la malade, les mains ouvertes, comme les pinces d'un insecte noir dressé sur ses pattes, prêt à l'attaque. Ses cheveux blancs, rassemblés en un chignon mou entourant son front ridé, mettaient en relief des yeux trop grands où la démence allumait des éclairs menaçants.

— Tu as accueilli le diable dans ton lit. Ces trois monstres portent la marque du diable !

Marie-Agnès entendait ces paroles comme venues de très loin, de l'au-delà. Elle n'avait plus la force de réagir face au danger qui la menaçait.

— Je ne sais pas ce que vous dites ! Je veux voir Catulle.

— Tu ne sais pas ce que je dis ? Tu es entrée dans cette maison pour y apporter le malheur !

Adélaïde revint vers le lit des nourrissons, en prit un sans ménagement puis le tourna dans tous les sens. Le bébé, réveillé brutalement, se mit à pousser des cris aigus. Sa tête, trop lourde, pendait sur la main décharnée de la vieille, qui aperçut alors la tache de café à la base du cou.

— Qu'est-ce que je disais ? ricana-t-elle en s'approchant de Marie-Agnès pour lui montrer la marque. Ce n'est pas la trace du diable, peut-être ?

La jeune femme voulut crier, mais les forces lui manquaient. Son cri s'étrangla dans sa gorge. La porte s'ouvrit alors vivement. Adélaïde se tourna. Catulle se tenait devant elle, les sourcils froncés, les lèvres serrées. Il n'avait pas pris le temps de poser son chapeau et sa cape.

— Que faites-vous là ? demanda-t-il à sa mère d'une voix sévère.

— Ce que je fais ? répondit la vieille sans se démonter. Tu m'en remercieras plus tard !

— Posez ce bébé immédiatement !

Il se précipita sur la folle, lui arrachant le nourrisson des mains.

— Sortez tout de suite de cette chambre et n'y revenez jamais ! Désormais, vous dormirez en bas ! Si je vous vois de nouveau rôder ici, je vous fais enfermer à double tour avec mes chiens !

— Catulle, comment me parles-tu ?

Il ne répondit pas, toujours debout devant sa mère, menaçant. Le bébé poussait des petits cris d'animal. Quand Adélaïde fut sortie, le jeune père le porta dans le lit où les deux autres s'étaient réveillés, puis il revint près de Marie-Agnès, qui ouvrit les yeux et tenta de lui sourire.

— Enfin, tu es là. J'avais peur de ne pas pouvoir tenir jusqu'à ton retour ! Ils t'ont relâché !

Catulle pensa à Chevillard, qui ne manquerait pas de revenir à la charge, mais n'en dit rien à la malade. Dans le lit, près du feu, les nourrissons criaient toujours.

— Ils ont faim et je suis si faible ! souffla-t-elle à l'oreille de son mari. Je me sens partir. La maladie m'emporte vers un autre monde fait de lumière et de douceur. Ne t'en fais pas pour moi. Les portes du paradis s'ouvrent déjà.

Elle se tut un moment. Sa respiration bruyante remplissait la pièce. Catulle caressa sa joue moite, lui prit la main. Elle ouvrit de nouveau les yeux.

— Marie-Agnès, il faut que tu vives !

Elle secoua la tête.

— Pardonne-moi, murmura-t-elle, de te laisser seul.

Dans la main de Catulle, les doigts de Marie-Agnès se détendirent. Les yeux de la malade étaient toujours fixés sur lui, mais ne le regardaient plus.

— Marie-Agnès !

Il avait crié. Piétrine arriva en courant et vit Catulle effondré sur le lit, sanglotant. Elle s'approcha, posa sa main sur l'épaule du jeune homme. Alors, celui-ci, tout en se dressant, leva les yeux sur la servante.

— Dieu va l'accueillir dans son paradis, comme il accueille tous les innocents ! dit doucement la vieille femme.

— Je suis le plus malheureux des hommes !

Piétrine, petite, maigre, attira alors contre elle ce jeune homme aux épaules robustes qui pleurait comme un tout petit garçon, sans se soucier de Jacquette et de Marine qui étaient accourues. Marine pleurait aussi en se cachant dans l'ombre du couloir.

— J'ai pas trouvé de nourrice ! dit Piétrine. Et sans nourrice...

Catulle se dressa. La fenêtre répandait une lumière sans éclat. Le jeune homme ravala ses larmes, serra les dents. Avec Marie-Agnès, il avait perdu le bonheur de vivre ; la menace de son ennemi ne cessait de peser sur lui. Chevillard trouverait toujours un prétexte pour l'accuser et saurait fabriquer de fausses preuves. Il se sentait pris dans une nasse mais refusait la fatalité : ses trois fils qui avaient coûté la vie à leur mère devaient vivre. C'était tout ce qui lui restait !

— Je vais trouver une nourrice ! assura-t-il, déterminé.

Sans rien ajouter, il descendit l'escalier. La porte claqua. Piétrine demanda à Jacquette de l'aider à faire la toilette de la morte. La jeune Marine, pleurant toujours abondamment, se rendit aux écuries pour demander à Robert Monthou d'avertir le curé.

De la butte Montmartre venaient les grincements des ailes des moulins qu'un léger vent faisait tourner. Les meuniers profitaient de la brise car la demande en farine ne cessait d'augmenter. Les gens faisaient des provisions par simple mesure de précaution : tout le monde savait que les réserves étaient largement suffisantes pour tenir pendant des semaines sans rationner personne.

Catulle scella son cheval et partit sans dire où il se rendait. La rue était toujours en effervescence. Les gardes nationaux patrouillaient en groupes ou stationnaient aux abords des tavernes. Catulle rejoignit la place Vendôme envahie de badauds, puis emprunta la rue du Faubourg-Saint-Honoré. Affalé sur les pavés, un ivrogne lui demanda une pièce pour aller boire encore. Catulle l'observa un moment puis sortit cinq sous de sa poche.

Il s'arrêta en face d'une grosse maison bâtie au fond d'un parc bien entretenu. L'allée était bordée de grands arbres. Il était près de midi, un orchestre jouait une musique populaire. Catulle connaissait bien l'endroit qu'il avait fréquenté quelques années plus tôt. C'était au début des années 1860. Napoléon III venait de triompher à Solferino et d'obtenir, par le traité de Turin, le rattachement de Nice et de la Savoie à la France. Catulle et son père avaient agrandi l'usine, créé les ateliers de mécanique qui employaient cinquante ouvriers. Les commandes affluaient. Catulle travaillait dur, mais il aimait la vie, les fêtes, les filles. Un de ses amis l'avait emmené une première fois dans cette maison, tenue par Joséphine Kullha, une très belle femme originaire d'une lointaine province russe. Mme Joséphine avait fait de son établissement le lieu de rendez-vous d'une jeunesse riche et oisive, d'hommes politiques importants séduits par la cuisine raffinée et les belles filles que cette femme habile faisait venir d'Ukraine. Catulle se mit à fréquenter l'établissement où il eut vite ses habitudes. Il plaisait à Joséphine, une blonde au visage rond, un peu empâtée, mais dont le regard dégageait un charme auquel peu d'hommes résistaient. Elle avait trente-cinq ans, dix de plus que Catulle, qui devint son amant. Tout se passa bien jusqu'à l'arrivée, très discrète, dans la célèbre maison, de l'ami d'un ancien ministre, demi-frère de Napoléon III et président du Corps législatif, le duc de Morny. Grand amateur de femmes, Morny avait sauvé de la guillotine un certain François Vignotte, frère d'une de ses maîtresses, et l'avait attaché à sa personne. Ce personnage louche jeta son dévolu sur Mme Joséphine, dont le nom lui rappelait l'impératrice. Ses rondeurs l'attiraient. Cet homme cynique et peu habitué à être contrarié entendait ne partager avec personne les faveurs d'une femme qui lui coûtait très cher. Un jour, Vignotte trouva Catulle dans le lit de sa maîtresse et sombra dans une violente colère. Les deux hommes en vinrent aux mains. Vignotte, plus habitué aux coups dans le dos, dut céder face aux poings de Catulle qui avait pratiqué la lutte et les arts martiaux. L'affaire aurait pu en rester là, mais l'homme, rancunier, n'hésitait pas à se servir de sa position pour atteindre des buts personnels. Ainsi, sans aucune raison, de grosses commandes furent annulées à l'usine Moringuet. Et la police fit fermer l'établissement de Joséphine qui fut expulsée de France.

L'usine évita de peu la faillite, mais la leçon avait été utile à Catulle, qui se consacra désormais avec sérieux à l'affaire familiale.

Morny mourut au printemps 1865 et Vignotte perdit tout son pouvoir. Joséphine, qui devait attendre l'aubaine dans quelque pays voisin, put reprendre sa maison et son commerce. Catulle, décidé à rompre avec son passé, ne répondit pas aux sollicitations de son ancienne maîtresse. À l'automne 1865, Joséphine lui envoya un billet pour lui demander un service urgent. Pourquoi, cette fois, accepta-t-il de se rendre rue du Faubourg-Saint-Honoré ? Il fréquentait déjà Marie-Agnès et n'avait nulle envie de renouer avec son passé, pourtant il fut très ému de retrouver une Joséphine qui n'avait rien perdu de sa séduction. Le service qu'elle attendait de lui consistait à faire se rencontrer Charles-Auguste de Massay, banquier ami de la famille Moringuet, et la superbe Anna Mouskova, capable, selon Joséphine, de faire damner une assemblée d'évêques.

Catulle commença par refuser. Pourquoi Charles-Auguste de Massay ? Les banquiers à plumer ne manquaient pas, et celui-là était l'ami de la famille ! Sans son aide, dans les moments difficiles qui suivirent la bagarre avec Vignotte, l'usine Moringuet aurait été vendue. Mais Joséphine ne voulait que Massay : « J'ai un contentieux avec cet homme. J'avais placé beaucoup d'argent dans sa banque. Quand cette crapule de Vignotte a réussi à me faire expulser en inventant les pires atrocités, Massay a refusé de me remettre cet argent qui m'aurait permis de survivre. Lorsque je suis revenue, au printemps dernier, non seulement il ne m'a pas reconnue, mais il a soutenu que je n'avais aucun compte chez lui ! Cet homme, qui ne rate pas une messe, est une crapule ! Et même s'il est ton ami, je veux sa peau, et je l'aurai ! »

Catulle découvrait ainsi la face sombre de l'ami de la famille, dont chacun vantait l'honnêteté et la générosité. Massay, droit avec les riches, ne manquait pas une occasion de gruger ceux qui ne pouvaient pas se défendre. Catulle accepta donc de présenter Anna Mouskova au rigide Charles-Auguste de Massay.

La présentation se fit à l'occasion d'une fête champêtre donnée quelques jours plus tard par le banquier dans ses jardins de Montmartre. Catulle représentait son père – qui préférait le calme de sa maison de la rue Caulaincourt à la perspective d'une journée harassante –, s'y rendit accompagné d'Anna, qui se fit passer pour une duchesse russe. Elle connaissait les manières du monde, parlait un français avec un bel accent qui ajoutait du charme à sa beauté resplendissante. Massay, en la voyant, eut un geste de recul, comme quelqu'un qui reconnaît son destin tragique et veut le fuir. Il se ressaisit vite, pourtant il ne pouvait détacher les yeux de cette belle femme. Henriette, son épouse, s'en aperçut et lui en fit le reproche.

Elle reprocha ensuite à Catulle, discrètement, d'avoir introduit dans cette réunion de gens sérieux une rouée qui ne cessait de faire les yeux doux à son époux. Comment Anna s'était-elle arrangée pour parler à Massay, pour lui fixer un rendez-vous en un lieu discret, Catulle ne le sut jamais. Joséphine, qu'il fréquentait de nouveau, ne lui parlait plus du banquier, il pensa que l'affaire avait échoué. Deux années passèrent avant que le scandale n'éclatât. Charles-Auguste de Massay se tira une balle dans la tête pour ne pas avoir à affronter la honte d'une ruine qui surprit tout le monde. On parla de placements hasardeux en Afrique. La véritable raison, qu'Henriette de Massay et Catulle connaissaient, ne fut évoquée qu'à mots couverts : sa maîtresse russe était insatiable et Charles-Auguste ne savait rien lui refuser. Salir la mémoire d'un homme qui incarnait la probité aurait éclaboussé le milieu bourgeois hypocrite, dans lequel évoluait Massay.

Quand il se maria avec Marie-Agnès, à l'automne 1868, Catulle cessa de fréquenter Joséphine. Il se consacra dès lors entièrement à son affaire, son père étant déjà atteint de la maladie qui devait l'emporter l'année suivante.

Ses pas, mus par une vieille habitude, avaient conduit Catulle, tandis que son esprit restait cloué à une réalité terrible : il ne reverrait plus jamais Marie-Agnès. Désormais, il était seul avec trois nourrissons qui allaient bientôt rejoindre leur mère. Catulle, ainsi qu'Adélaïde le lui avait toujours reproché, n'était pas particulièrement religieux. Il croyait cependant en un Dieu dispensateur d'un ordre qui ne pouvait être que juste. Ce matin, quand Marie-Agnès avait rendu son dernier soupir, le visage grave de Charles-Auguste de Massay s'était formé dans ses pensées. Catulle n'était pour rien dans ce qui s'était passé, dans cette vengeance sordide d'un faible contre un puissant, mais Dieu, en lui mettant ce souvenir en mémoire, venait de lui souffler une solution... Ainsi s'enchaînent des actes qui n'ont, en apparence, aucun lien.

Un fiacre s'arrêta devant la grille ; un homme qui regardait autour de lui comme s'il redoutait qu'on ne le vît parcourut rapidement les quelques mètres qui le séparaient de la porte, puis entra furtivement dans la maison. Le fiacre repartit. Catulle hésitait. Renouer avec ce passé peu glorieux lui coûtait, surtout quelques heures après la mort de Marie-Agnès, mais le temps pressait. Cette pensée lui donna la force d'avancer dans l'allée. Il s'approcha de la porte, toujours gardée par deux hommes. La musique qui venait de l'intérieur était dominée par des rires, des éclats de voix. Ici, on s'amusait sans se soucier des Prussiens. Joséphine vendait de la fête et de la joie, les risques que courait Paris ne gênaient pas son commerce.

Catulle se présenta aux deux gardiens qui ouvrirent la porte. Une belle fille à la poitrine largement découverte vint l'accueillir et lui souhaita la bienvenue.

— Entre, beau jeune homme. Ici, tu trouveras tout ce que tu veux pour combler ta solitude ! Ici, c'est le paradis, et nous en avons tous besoin en ce moment !

— Je voudrais parler à Joséphine !

— Tu es donc un habitué de la maison. Pourtant, je ne crois pas t'avoir déjà vu. Je vais prévenir Mme Joséphine.

Il resta dans l'entrée qui était illuminée par un énorme candélabre. D'une pièce voisine venaient les rumeurs d'un banquet, les rires, les paroles fortes et la musique d'un piano qui jouait un air à la mode. Des domestiques portaient des plats et des carafes de vin. L'abondance semblait sans limites. L'augmentation récente du prix du pain et surtout de la viande n'affectait pas cette maison où tout se gaspillait.

Quand Joséphine aperçut Catulle, elle se raidit, fronça les sourcils. Cependant, très vite, elle reprit son aplomb, sourit au nouveau visiteur, lui tendit les bras.

— Mon cher ami ! Enfin, te voilà ! Je t'ai espéré tous les jours ! Mais tu as l'air bien sombre !

— Ma femme est morte ce matin !

— Et te voilà ! Mais, dis donc, tu ne perds pas de temps !

— J'ai besoin d'un service !

— Je ne peux rien te refuser après ce que tu as fait pour moi, même si je trouve que tu m'as beaucoup délaissée ces derniers temps. Viens donc dans cette petite pièce ; nous y serons tranquilles pour bavarder.

Catulle se laissa conduire dans un couloir peu éclairé jusqu'à une pièce minuscule recouverte de tentures ocre et dorées. En face de lui, un tableau montrait une scène érotique. Joséphine lui fit signe de s'asseoir, tira une sonnette. Une superbe fille arriva.

— Apporte-nous du champagne! ordonna-t-elle.

Puis, se tournant vers Catulle qu'elle dévisageait à la faible lueur des deux bougies, elle ajouta, comme pour se justifier :

— Les gens disent qu'il va falloir se priver! Tout ça n'est que sornettes. J'ai assez vécu pour comprendre que les pauvres se priveront, mais que rien ne manquera jamais à ceux qui ont de l'argent. On peut acheter les Prussiens comme les autres!

— Le temps presse! dit Catulle en baissant la tête. Demain, il sera trop tard. Ma femme est morte après avoir accouché.

— Mais qu'attends-tu de moi? Ici, ce n'est pas une pouponnière!

— Elle a donné naissance à trois petits garçons minuscules, qui pèsent moins de quatre livres chacun. Ils vont mourir si je ne trouve pas tout de suite une nourrice...

— Trois petits garçons? fit Joséphine. Tu ne les garderas pas. Jamais personne n'a vu survivre des triplés. Déjà que pour des jumeaux, c'est très difficile...

— Il me faut une nourrice. Et je suis certain que parmi tes filles ou celles de la rue que tu connais, une a accouché récemment!

— Ce sont, hélas, les inconvénients du métier. Elles ont beau prendre des précautions, ça leur arrive de temps en temps, et quand elles sont grosses, elles ne rapportent rien...

La servante entra avec une bouteille et deux verres qu'elle posa sur une petite table. Joséphine prit la bouteille et tendit un verre à Catulle, qui refusa.

— Il faut faire vite!

Joséphine se servit du champagne, porta lentement le verre à ses lèvres.

— Tu sais que j'ai envie de t'aider. Notre lien est au-dessus du temps et des contraintes, nous avons la même âme. Mais ce que tu me demandes n'est pas simple. Pourtant, j'ai peut-être ce qu'il te faut, à une condition...

— Alors, vite...

Joséphine leva sur Catulle ses yeux dont elle savait si bien jouer. Elle agita de nouveau la sonnette.

— À la condition que tu me rendes visite de temps en temps. Je me languis de toi...

— Tu as ma parole. Fais vite !

La servante arriva, Joséphine lui dit :

— Va chercher notre pauvre Anna...

Puis, se tournant vers Catulle, elle ajouta, avec un sourire coquin :

— Eh oui, il y a ainsi des coïncidences... La belle Anna, que tu connais, a accouché voilà deux jours. Son bébé est mort hier. Tu sais combien ces petites vies sont fragiles ! Tu vas voir, elle n'a rien perdu de sa beauté, au contraire ; l'âge mûr lui donne un ascendant sur les autres, et surtout sur les hommes, qui la rend redoutable.

— Très bien ! fit Catulle.

— Elle a beaucoup de lait. Nous autres, Ukrainiennes, sommes de bonnes mères. Mais cela va me coûter cher. Tant qu'elle ne peut pas travailler, tu me paieras une pension de cinquante francs-or par jour. Dans deux semaines, nous aviserons.

Quelques instants plus tard, Anna Mouskova fit son entrée. Catulle la regarda longuement. Grande, blonde, son visage parfait s'illuminait au moindre sourire. Ses yeux verts étaient pleins d'une précieuse lumière. Il pensa à Charles-Auguste de Massay. Elle y pensait aussi puisque son regard posé sur Catulle montrait qu'elle se souvenait de lui.

— Tu vas suivre Catulle. Tu seras la nourrice de ses trois enfants dont la mère vient de mourir. On te paiera cinq francs par jour, nourrie et logée. Tu feras ce qu'il faut pour que ton ventre se retende. Dans deux semaines, nous verrons si tu peux revenir ici.

— Faisons vite ! dit Catulle en donnant une liasse de billets à Joséphine.

Anna, sans un mot, partit chercher ses effets et revint, portant un gros sac.

— On va vous conduire ! dit Joséphine en faisant un clin d'œil à Anna. Catulle, je suppose que tu veux accompagner ta nourrice. Un domestique ramènera ton cheval.

La maison mettait à la disposition de ses clients une voiture qu'ils pouvaient utiliser pour rentrer discrètement chez eux. En pleine journée, elle était libre. Un cocher attela deux chevaux blancs.

— Rue Caulaincourt, au 18 ! indiqua Catulle.

La voiture partit. Joséphine, sceptique, la regarda s'éloigner. En louant les services d'Anna, qui ne pouvait pas travailler tant que son corps n'avait pas repris ses formes habituelles, elle venait de réaliser une très bonne affaire. Pourtant, elle pressentait que celle-ci annonçait le début d'une série de catastrophes.

— Dieu m'en préserve ! dit-elle en refermant la porte. J'ai sauvé trois vies d'un coup ; une bonne action ne peut qu'avoir des conséquences heureuses.

La voiture allait lentement dans la rue encombrée de badauds qui huaient un groupe d'hommes encerclés de gardes nationaux. Ces hommes dont on avait lié les mains dans le dos portaient une pancarte sur laquelle était écrit : « Misérable lâche ». Les gens étaient invités à cracher à la figure de ces fuyards de Courbevoie. Catulle se taisait. Près de lui, Anna faisait de même, mais l'expression de son beau visage montrait qu'elle n'était pas insensible à ce qui se passait. Enfin, il rompit le silence.

— Joséphine t'a promis cinq francs par jour, je t'en donnerai beaucoup plus si tu sauves mes fils.

Une larme roula sur la joue de la jeune femme.

— Le mien est mort ! J'aurais tant voulu qu'il vive.

— Tu veux dire que...

— Je ne veux rien dire du tout !

Ils arrivèrent quelques instants plus tard. Dans la chambre de la défunte, toute la maisonnée s'était rassemblée autour du prêtre pour prier. Le feu qu'on avait oublié de nourrir s'était éteint. Il faisait frais dans la pièce où les triplés, trop faibles, avaient cessé de crier leur faim. Quand Catulle entra, poussant Anna devant lui, l'étonnement se marqua sur tous les visages. Le prêtre bégaya puis reprit sa litanie en baissant les yeux. Seule la jeune Marine continuait de dévisager la nouvelle venue. Sa beauté lui faisait mal.

Anna regarda longuement les trois nourrissons. Son visage exprimait une profonde tendresse pour ces petites vies offertes qu'elle devait sauver. Alors, sans se soucier des autres qui ne la quittaient pas des yeux, la jeune femme dégrafa son corsage, libérant deux seins magnifiques, gonflés d'un lait généreux. Jeannot, le jeune domestique, se mit à rougir, Robert Monthou s'étrangla et toussa.

— Personne ne s'est occupé d'eux ! constata Anna sur le ton du reproche. Il va falloir les laver, changer les langes, mais avant tout, la tétée !

Elle prit le premier nourrisson, approcha sa bouche de son sein. Et le miracle se produisit : il aspirait goulûment le lait de la jeune femme. Puis ce fut au tour des deux autres. La poitrine d'Anna semblait capable de nourrir tous les délaissés de la terre.

— Comment s'appellent-ils ? demanda-t-elle.

Catulle se tourna vers le lit où reposait Marie-Agnès.

— Ils s'appellent Victor, François et Louis, répondit-il. Victor, parce que c'est le nom de mon grand-père ; François, c'est le nom du grand-père de Marie-Agnès et Louis, parce que c'est un nom de roi.

Le curé, après avoir récité la prière des morts, s'approcha des nourrissons rassasiés, tandis que Piétrine commandait à Marine d'aller chercher du bois pour ranimer le feu.

La vieille Adélaïde avait refusé de se joindre à la prière. De son siège près de l'âtre éteint au rez-de-chaussée, on l'entendit protester contre les paroles du curé qui avait entrepris de baptiser les bébés.

Victor eut Robert Monthou pour parrain et pour marraine Jacquette, la cuisinière ; François fut tenu par Piétrine et le jeune Jeannot. Comme il manquait un parrain, le curé décida de prendre Louis sous sa coupe. Anna devint sa marraine. Catulle ne doutait pas que Louis, qui aurait ainsi pour guides un prêtre et une putain, vivrait un destin hors du commun.

— Pour les reconnaître, dit Piétrine, on va mettre à chacun un bracelet à leur nom !

Puis tout le monde se rassembla de nouveau autour de la morte pour se recueillir et prier.

Marie-Agnès fut enterrée le mardi 27 septembre 1870 au cimetière de Montmartre, dans le caveau des Moringuet rempli d'ancêtres avec qui elle n'avait aucun lien. Quelques proches suivirent le cercueil, mais les pensées étaient ailleurs. Comme les Prussiens ne laissaient passer aucun convoi, les prix avaient grimpé en quelques jours, au point que la viande, le beurre, les œufs et les légumes étaient réservés aux plus fortunés. Le 28 septembre, le gouvernement annonça que cinq cents bœufs et quatre mille moutons seraient abattus quotidiennement, mais ce n'était pas suffisant pour approvisionner toutes les boucheries, qui décidèrent de n'ouvrir qu'un jour sur quatre. Les Parisiens prirent l'habitude de « faire la queue ». Dès deux heures du matin, les files d'attente se formaient aux portes des boutiques. Au bœuf, trop rare, on substituait la viande de cheval. On trouvait toujours du pain chez les boulangers, mais plus cher de jour en jour : les commerçants profitaient de la situation pour voler le peuple. Des bagarres éclataient, surtout chez les bouchers et les boulangers, et il ne fallait pas compter sur les gardes nationaux pour rétablir l'ordre. Ils profitaient de leur uniforme pour rançonner les tavernes. « La solde et le bouchon, écrivait Mandès. On pourrait, sous ce titre résumer l'histoire de la Garde nationale. La femme a faim, les enfants ont faim, mais le père de famille a soif. Il touche trente sous par jour. Que fait-il ? Il va boire. Quand il a bu, que reste-t-il ? Quelques sous, la bouteille vide et le bouchon. Il joue les quelques sous au bouchon et le soir, quand il rentre, il rapporte quoi à la maison ? La bouteille vide. »

Les jours qui suivirent l'enterrement de Marie-Agnès, Catulle Moringuet s'était rendu à son usine, mais il n'avait pas le cœur au travail et laissait Bruno Pesquez prendre toutes les décisions. Il rentrait tôt chez lui, errait dans le parc et, après une visite aux triplés, s'asseyait dans la grande pièce du rez-de-chaussée près du feu éteint. En face de lui, sa mère tirait les cartes, proférait ses menaces, mais Catulle ne la redoutait plus : Anna, qui ne quittait pas François, Victor et Louis, l'avait assuré que personne ne leur ferait du mal tant qu'elle serait là. Le lait abondant de la jeune femme avait redonné des couleurs aux bébés, dont les joues s'arrondissaient. Ils ne pleuraient plus. Anna s'en occupait avec beaucoup d'attention, changeait régulièrement leurs couches, les baignait matin et soir. Piétrine avait ordre d'apporter à Anna les meilleurs morceaux de viande, de ne la priver en rien.

— Je n'ai aucun mérite ! disait Anna à Catulle, qui lui exprimait sa satisfaction. Je les aime comme s'ils étaient à moi. D'ailleurs, ils sont à moi puisque je suis avec eux toute la journée et que je les nourris.

Elle baissait la tête, ses lourds cheveux blonds roulaient sur sa figure. Catulle n'était pas insensible à sa beauté, à sa féminité, mais ne le montrait pas. Il pensait souvent au rigide banquier Charles-Auguste de Massay, ruiné par cette femme si douce avec des nourrissons, capable d'abnégation et de la générosité des mères.

Les jours qui passaient les rapprochaient. Le jeune homme lui rendait plusieurs visites, restait de longs moments en sa compagnie. Quand elle ouvrait largement son corsage pour libérer sa superbe poitrine, le trouble de Catulle n'échappait pas à la jeune femme. Un soir, Victor et Louis accrochés à ses seins, Anna précisa :

— M. de Massay, sous des apparences de stricte honnêteté, de catholique pratiquant, était pervers et monstrueux. Les hommes croient que l'argent leur permet tout...

— Je ne t'ai posé aucune question ! dit Catulle. Je veux seulement que tu gardes mes fils en vie.

— Méfiez-vous de Mme Joséphine ! ajouta Anna. Elle cache aussi son véritable visage. La guerre révèle les pires penchants des humains !

— Qu'est-ce que tu me racontes là ? Joséphine est mon amie, j'ai une entière confiance en elle.

— Méfiez-vous, je vous dis !

La jeune femme posa Victor sur le lit et prit François.

— Il faudrait avoir trois seins ! ajouta-t-elle en souriant.

Catulle laissa Anna. C'était l'heure du souper, l'heure où l'absence de Marie-Agnès lui pesait le plus. Le silence de la maison le mettait face à sa solitude, alors il s'enfermait dans son bureau et travaillait tard dans la nuit.

Quand il arriva au salon, Marine l'attendait. La jeune fille, baissant la tête, était visiblement gênée par ce qu'elle devait dire. C'était un peu le même genre de femme qu'Anna : blonde, un beau visage à la peau très blanche. Son corps était un peu plus frêle, et sa poitrine moins forte restait encore celle d'une jeune fille. Catulle, mesurant à quel point elle était belle, prit conscience que, jusqu'à ce soir, il ne l'avait jamais regardée comme une femme, mais comme la petite fille qu'elle était à son arrivée.

— Que se passe-t-il ?

— Je vais devoir partir ! dit Marine à voix basse.

— Partir ? Mais pourquoi ? Ici, c'est chez toi ! Et puis, ce n'est pas le moment d'aller tenter l'aventure !

Elle éclata en sanglots. Catulle l'attira contre lui.

— Voyons, petite sœur, qu'est-ce qui te cause tant de chagrin ?

— Cette femme... La nourrice de vos fils... Je ne peux plus !

— Elle t'a fait quelque chose ?

Marine secoua négativement la tête.

— Alors pourquoi ne la supportes-tu pas ?

— Je ne sais ! dit-elle en s'enfuyant.

Le lendemain matin, en se rendant à son usine, rue Francœur, Catulle pensait à Marine. Était-elle jalouse de la beauté d'Anna ? Sa candeur s'offusquait-elle qu'une prostituée donnât le sein aux fils de la maison ? Il aimait Marine comme sa « petite sœur », mais il sentait derrière la retenue de la jeune fille, son regard naïf, une personnalité cachée qui ne s'exprimait pas, une force qui lui échappait.

Comme tous les jours, la rue était envahie de groupes qui commentaient les événements. Au loin, le canon tonnait. Un vieil homme édenté s'approcha de Catulle et lui dit en riant :

— Ce soir, nous serons libres !

Catulle le regarda avec curiosité.

— Mais voyons, d'où venez-vous ? Vous ne savez pas que les nôtres sont en train de percer les lignes ennemies du côté de Choisy-le-Roi ? Vous n'entendez pas le joli bruit de la mitraille qui nous parle de victoire ?

Catulle entendait bien les tirs au loin mais, depuis le début du siège, il s'était habitué à ce bruit de fond et, ce matin du 30 septembre, le feu était à peine plus nourri que d'habitude.

Depuis que le prix des denrées alimentaires avait considérablement augmenté, Catulle faisait journellement distribuer une livre de pain et un morceau de lard salé à chacun de ses ouvriers. Ce geste lui valait la reconnaissance et l'affection de tous. Pourtant, ce matin-là, les esprits n'étaient pas au travail, mais à l'espoir que les troupes parisiennes ouvriraient enfin une brèche dans le blocus, un espoir insensé que ne partageait pas Catulle. Sans être un spécialiste des questions militaires, il doutait des capacités d'une armée qui marchait en désordre, qui n'obéissait pas aux commandements de ses officiers. En face, les Prussiens, qu'il avait vus lors de son retour de Meudon, étaient disciplinés et bien organisés.

Bruno Pesquez arrivait toujours le premier. Il salua le patron d'un air grave.

— Que penses-tu de cette sortie des gardes nationaux ?

Pesquez abaissa ses épais sourcils sur ses yeux noirs. Un début de calvitie blanchissait le sommet de son crâne.

— Il faudrait un miracle pour qu'ils réussissent. Au fait, quelques instants avant votre arrivée, un agent municipal a apporté cette lettre.

Catulle sentit tout de suite la menace que contenait ce pli. Il déchira l'enveloppe. La lettre était signée de la main même de Trochu, qui avait décidé que l'effort patriotique devait être partagé en fonction des moyens de chacun. Ceux qui n'avaient que leurs mains pour se battre iraient au front, ceux qui avaient des ateliers, comme Catulle, fabriqueraient des armes et des munitions. Ainsi, l'usine Moringuet devait être mise à la disposition de l'armée. « Une équipe de la Garde nationale, constituée de spécialistes des métiers du fer, viendra vous épauler pour produire les pièces de fusil indispensables à la défense de la nation. »

Catulle s'attendait à cette réquisition ; il resta pourtant comme sonné. Produire des pièces d'armement ne le gênait pas, mais il voyait d'un très mauvais œil que de prétendus spécialistes viennent commander chez lui. L'ombre malfaisante de Chevillard se posait sur lui.

— Si j'ai bien compris, dit-il à Pesquez, je ne suis plus chez moi !

— C'est exactement ça ! Il faut mettre à l'abri tout ce que nous pouvons. L'argent du coffre en premier. Je vous propose qu'on le dépose chez votre banquier, M. Lorrin ! Où l'armée passe, l'herbe met longtemps à repousser !

Catulle opina. Pesquez était arrivé enfant d'Espagne et, pour étudier, avait exercé toutes sortes de petits métiers. Il s'était élevé à la force du poignet, ce qui plaisait à Catulle. Son intelligence, son sens des affaires en faisaient un allié précieux qui ne chercherait jamais, comme Chevillard, à prendre la place du patron. Par un travers curieux de sa personnalité, Pesquez, qui donnait ses conseils, ne savait pas agir. Replié, il ne pouvait être qu'un second.

— Elle arrive quand, cette délégation ?

— Je n'en sais rien !

Elle se présenta en début d'après-midi. Paris était en liesse. Les gens s'embrassaient dans les rues, se congratulaient. Les nouvelles du front étaient bonnes : l'armée avait réussi à percer les défenses prussiennes. Elle aurait même réussi à rejoindre l'armée de la Loire ! Pesquez, qui ne partageait pas cet optimisme, avait eu le temps d'emporter l'argent chez le banquier. La somme était importante : environ deux cent mille francs, dont une partie était destinée à acheter de l'acier.

Vers quinze heures, trois hommes vêtus du traditionnel habit bleu à boutons dorés arrivèrent, précédés de celui qui devait être leur chef, en redingote et chapeau. Il était très brun et portait une barbe fournie. Ses yeux noirs se posaient sur les autres avec un froid dédain. Ses lèvres rouges marquaient une satisfaction triomphante. De petite taille, il marchait la tête haute, conquérant.

Pesquez, l'air abattu, se tourna vers Catulle.

— C'est une catastrophe ! dit-il. C'est notre mort qu'ils veulent !

À son tour, Catulle vit les quatre hommes se présenter à la porte d'entrée et reconnut celui qui les commandait.

— Chevillard !

Pierre Chevillard s'arrêta, se tourna, regarda un instant les bâtiments, les ateliers, les réserves d'acier, les forges, puis se décida à frapper. Il entra sans attendre de réponse, suivi des trois gardes nationaux.

— Messieurs, le bonjour ! dit-il d'une voix pleine d'ironie.

Catulle était anéanti. Il savait que, désormais, rien ne pourrait s'opposer à la revanche de cet homme amoral, capable de tout pour arriver à ses fins. Chevillard détailla du regard le mobilier du bureau, puis se tourna vers Catulle.

— Je vous avais dit que je reviendrai. Me voilà ! Mais cette fois, c'est moi qui commande.

— Tu n'es plus responsable des services antiespionnage ?

— Bien sûr que si, mais je suis aussi responsable des fournitures d'armes. J'ai quelques idées pour accroître la production et, cette fois, personne ne me les volera. Je vais aussi améliorer nos mitrailleuses ! Cette usine est réquisitionnée pour le compte des armées. Je serai très attentif à ce qui s'y passera.

— Tu es une crapule ! Je sais que tu ne reculeras devant rien pour t'emparer de mon bien !

Chevillard sourit en se tournant vers les gardes nationaux, qui se crurent obligés de sourire avec leur chef, puis, s'approchant de Catulle, dit en le regardant bien en face :

— Les malhonnêtes sont ceux qui ont utilisé mes procédés de fabrication, mes inventions à leur seul profit.

— Tes inventions t'ont été payées cent fois plus cher qu'elles ne valaient, mais tu es insatiable, voilà la vérité !

— Qu'importe ! reprit Chevillard. Nous avons assez parlementé. Désormais, c'est moi qui commande. Mes ordres vous seront transmis chaque matin par le sergent Dompierre ici présent. Assisté des deux gardes nationaux, Albert et Gentil, il aura pour mission de s'assurer que l'usine travaille bien pour l'armée.

— En plus tu me fais surveiller ?

— Quand on produit des armes, on peut intéresser beaucoup de monde, surtout en ce moment ! Il ne faudrait pas que vous cédiez à l'appât du gain et que... Enfin, vous me comprenez...

Il ouvrit une sacoche et en sortit un dossier.

— Ici se trouvent les dessins des pièces à produire. Vous fournirez l'acier et elles vous seront payées au prix forfaitaire indiqué ici. Quand vos réserves seront épuisées, je vous ferai livrer de l'acier et nous ne vous paierons que la façon.

Chevillard souleva son chapeau pour saluer avant de prendre congé. Catulle constata que les trois hommes chargés de le surveiller étaient armés d'un pistolet. Ils avaient sûrement reçu la consigne de dénoncer tout ce qui pourrait être interprété comme un refus ou un manque d'enthousiasme pour aider la nation. Il se laissa tomber sur son siège. « Je vais aller voir d'Hérisson, pensa-t-il. Je vais lui expliquer. C'est un homme d'honneur, il comprendra... »

— Pesquez, je te laisse le soin de mettre en place la nouvelle production. Moi, il faut que je marche...

Catulle prit son chapeau et sortit vivement en claquant la porte. Il était trop préoccupé pour entendre les lointaines canonnades. Le temps était beau et encore doux. Une voix fluette cria :

— Sur la Butte ! Vite, le ballon va partir...

Un groupe d'enfants courut aussitôt en direction de la colline surmontée de ses moulins à vent. Depuis le départ du *Neptune*, chaque jour, des ballons emportaient le courrier vers les provinces, la communication en sens inverse était confiée à des pigeons.

Catulle se rendit à l'Hôtel de Ville, s'annonça aux gardes nationaux qui surveillaient les entrées, puis demanda à voir M. Maurice d'Hérisson en précisant qu'il le connaissait bien. Sans un mot, un garde le conduisit dans un bureau où un homme bossu et grave le reçut.

— Je suis le secrétaire de M. d'Hérisson. Il n'est pas à l'Hôtel de Ville. La sortie de nos troupes requiert sa présence en d'autres lieux et vous ne pouvez pas le rencontrer. Que puis-je pour vous ?

— Le gouvernement vient de réquisitionner mon usine pour produire des armes, ce à quoi je consens volontiers !

— Alors, je ne vois pas où est le problème..

— Celui qui est chargé de superviser mon travail n'est autre que Pierre Chevillard, ancien homme de confiance de mon père qui a été surpris en train de falsifier les écritures et de puiser dans la caisse. Chevillard veut régler ses comptes et se débarrasser de moi ! Il veut s'approprier mon usine !

— J'ignore tout du passé de M. Chevillard. Je sais seulement qu'il est un bon spécialiste des usinages et que son savoir nous est précieux. Pour le reste, si vous n'avez rien à vous reprocher, il ne pourra rien contre vous !

L'homme se leva de son siège pour signifier que l'entretien était terminé. En proie à une colère profonde, Catulle sortit de l'Hôtel de Ville. Il se sentit tout à coup renié, relégué au niveau du plus vil. On le dépossédait de son bien au profit de son ennemi. On donnait raison à une canaille contre lui, l'homme honnête.

— Cela ne se passera pas comme ça ! lâcha-t-il en marchand vivement. Je ne le laisserai pas me dépouiller, il faudra bien qu'ils choisissent entre lui et moi !

Midi sonnait aux clochers de Paris. Les queues s'allongeaient aux portes des soupes populaires, des femmes attendaient, un petit récipient à la main, des enfants crasseux tournaient vers les passants leur regard vide d'affamés. « Que vont devenir ces pauvres gens si le siège dure tout l'hiver ? » se demanda Catulle avec le sentiment que son aisance avait quelque chose d'indécent.

En arrivant chez lui, il eut la surprise de trouver Pesquez qui l'attendait devant le portail. Catulle le pria d'entrer un instant. L'homme, grave, l'accompagna à l'intérieur et dit :

— Je voulais seulement vous avertir que les ouvriers sont prêts à se rebeller. Ils ne veulent pas que des gardes nationaux en armes surveillent leur travail et régulent les cadences. J'ai tout fait pour les raisonner, c'est impossible ! De plus, les trois gardes profitent de toutes les occasions pour les provoquer, comme s'ils avaient des ordres en ce sens.

— Je m'en doutais ! dit Catulle, dont la colère avait cédé la place à l'abattement. Chevillard sait bien ce qu'il fait !

— Tout ça va mal tourner ! poursuivit Pesquez. Si les ouvriers refusent de travailler, ils peuvent être considérés comme des traîtres et emprisonnés...

— Chevillard profite des événements qui le servent. Mais il ne gagnera pas, j'en fais le serment ! fit Catulle.

— Nous vivons une bien triste époque ! constata Pesquez, puis, coiffant son chapeau, il salua Catulle et sortit.

Le jeune homme l'accompagna jusqu'au portail.

— Ma mère m'attend ! dit Pesquez en s'éloignant.

Célibataire, il vivait avec sa vieille mère impotente, à qui il consacrait tout son temps libre.

« Elle a beaucoup souffert ! disait-il pour se justifier. Veuve à trente-cinq ans, elle a dû fuir l'Espagne et la guerre. J'avais juste dix ans ! »

L'après-midi se passa à peu près bien. La présence de Catulle retenait les ouvriers qui avaient ordre de ne pas répondre aux provocations, mais l'atmosphère restait explosive.

Le lendemain matin, Catulle se rendit à son usine à l'heure habituelle. Il avait passé une nuit blanche à réfléchir sur l'attitude à adopter et la manière de confondre Chevillard auprès des autorités. Quand il arriva, le sergent Dompierre, encadré de ses deux hommes, s'en prenait à un ouvrier de forge qu'il accusait de mettre beaucoup de mauvaise volonté dans son travail. L'ouvrier lui tint tête ; plusieurs de ses camarades se rangèrent derrière lui. Dompierre se fit menaçant.

— N'oubliez pas que vous êtes désormais considérés comme des soldats au service de la patrie, donc sous mes ordres. Et j'entends obtenir de vous une obéissance totale.

Catulle demanda que tout le monde se rassemble dans la cour : il avait une communication importante à faire. Dompierre fut surpris, mais ne s'opposa pas à la décision du patron. Le fond de l'air était frais, le ciel gris.

Le jeune patron parut à tous fatigué, les traits tirés. Les ouvriers savaient qu'il avait perdu sa femme, mais à la tristesse profonde des jours derniers s'ajoutait maintenant la marque d'une colère contenue.

— Mes amis, commença-t-il, j'ai été reçu hier à la mairie où l'on a bien voulu m'expliquer ce qu'on attendait de nous. Nous sommes réquisitionnés et devons, par notre travail, participer à l'effort de guerre.

— On est d'accord, cria une voix, mais on n'a pas besoin de ces gardes-chiourme sur le dos !

— Ils représentent le gouvernement, c'est ainsi ! Je vous demande de ne pas céder à la tentation de la rébellion. Nous avons une mission à accomplir dans l'intérêt national, et nous l'accomplirons quelles que soient les contraintes.

Ces propos, diversement interprétés, n'obtinrent pas les effets escomptés. Beaucoup d'ouvriers trouvaient leur patron trop soumis, certains remarquaient que ses paroles n'étaient pas en accord avec l'impression de profonde contradiction qu'il donnait.

Dans la rue, l'enthousiasme de la veille était tombé. La tentative de sortie de l'armée nationale avait été un échec, on apprenait que Strasbourg et Toul étaient tombées. Plus rien ne s'opposait désormais à la victoire des Prussiens. La chute de ces deux villes libérait une armée considérable qui pourrait être employée contre Paris...

Le lundi 3 octobre marquait le début de la troisième semaine du siège. Les Parisiens avaient perdu leur optimisme ; des groupes vociféraient contre les incapables qui gouvernaient. La faim, qui commençait à se faire sentir dans les quartiers pauvres, poussait à toutes les extrémités. Malgré les patrouilles de la Garde nationale, surtout la nuit, des bandes de pillards mettaient à sac les bonnes maisons, dévalisaient les entrepôts qui renfermaient encore quelques réserves, volaient les chevaux qu'ils revendaient ensuite par quartiers.

À l'usine, Catulle tentait de contenir ses ouvriers face aux provocations de Dompierre, pourtant, la tension montait de jour en jour. Des disputes éclataient pour des broutilles. Pesquez essayait de calmer les esprits, Catulle multipliait les paroles rassurantes, mais Dompierre trouvait toujours quelque chose à redire. La production s'en ressentait : plusieurs lots de pièces mal usinées furent ainsi refusés.

Catulle avait pourtant une satisfaction : il attendait avec impatience le moment de rejoindre Anna à l'étage, de voir ses trois fils éclatants de santé. Cela lui donnait la force de passer sur bien des humiliations subies dans sa propre usine.

Le vendredi 7 octobre au soir, tandis qu'il arrivait chez lui, la présence d'une voiture arrêtée devant son portail attira son attention. Une femme enveloppée d'un épais manteau en sortit et pria le cocher de l'attendre un peu plus loin. Elle se tourna vers Catulle, soulevant le voile noir qui cachait son visage. Il reconnut aussitôt la tête ronde et le regard magnifique posé sur lui.

— Joséphine ! s'exclama-t-il. Toi ici ! Je croyais que...

— Les temps sont durs. Il faut que je voie Anna.

— Elle est avec mes fils. Elle ne les quitte pas ; grâce à son lait, ils vivent et sont en bonne santé.

— Ça ne se peut plus !

D'un pas décidé, Joséphine s'engagea dans l'allée gravillonnée. Catulle ne s'y opposa pas. Ils entrèrent dans le hall. Marine fronça les sourcils : cette visiteuse avait quelque chose dans sa démarche, dans la détermination de toute sa personne qui l'avertissait d'un danger.

Quand elle vit Joséphine, Anna esquissa comme un geste de protection en direction du lit où dormaient les triplés. Joséphine ne prit pas le temps de poser sa mantille.

— Il faut que tu reviennes à la maison ! dit-elle d'une voix sèche, qui n'admettait aucune réplique.

Le regard qu'Anna tourna vers Catulle n'échappa pas à Joséphine. « Ils sont amants, pensa-t-elle. J'aurais dû m'en douter. Cette petite est plus rouée que je ne le pensais ! »

— Ce n'est pas possible ! dit Anna. Victor, François et Louis ont besoin de mon lait.

— On peut leur chercher une autre nourrice. Je sais que tu n'as pas encore retrouvé tes formes d'avant ta grossesse, mais cela n'a pas d'importance. J'ai besoin de toi, quelqu'un te réclame !

Anna secoua la tête. Depuis qu'elle s'occupait des triplés, son visage s'était transformé. Ses joues s'étaient arrondies, ses yeux avaient pris une expression profonde, celle d'un amour maternel qui ne laissait de place à aucun marchandage. Tous ces détails n'échappèrent pas à Joséphine qui se félicitait d'intervenir tant qu'elle pouvait encore faire quelque chose.

— Je ne quitterai pas mes trois garçons ! dit Anna en baissant la tête.

— C'est ce que nous verrons !

Catulle intervint.

— Laisse Anna s'occuper de mes fils. Des belles filles, il y en a beaucoup, et prêtes à tout par ces temps difficiles.

— Justement, mais un certain homme, qui ne veut qu'Anna, m'a sommée de la retrouver au plus vite ! Je l'ai fait patienter en expliquant qu'elle était malade, mais il ne veut rien savoir. Cet homme est très puissant !

— Tu veux dire que tu as besoin d'Anna pour t'attirer les bonnes grâces de quelque personnage important ?

— Je ne peux pas tout te dire. Sache que, dans mon commerce, les clients paient assez cher pour ne pas subir les effets de la guerre. J'ai besoin de viande, de vins fins, de tout ce qui a fait la réputation de ma maison. Ces denrées que l'on dit rares existent, bien protégées dans des endroits gardés. Ceux qui rationnent le peuple ne se rationnent pas eux-mêmes, et ils sont prêts à m'aider. Il me faut Anna, sinon...

— Sinon quoi ?

— Malgré l'amitié que j'ai pour toi, les ennuis commenceront !

Mme Joséphine tourna les talons, descendit prestement l'escalier. Marine écouta avec anxiété s'éloigner le bruit sec de ses pas. Elle n'aimait pas Anna, ses manières de mère vertueuse, elle n'aimait pas ses regards coulés à Catulle, qui passait beaucoup trop de temps en sa compagnie. La visite de Joséphine la confortait dans la certitude qu'un piège se refermait sur son maître, un piège terrible qu'il ne pourrait pas éviter.

Quand Joséphine fut partie, Anna fondit en larmes. Catulle voulut la consoler, mais la jeune femme savait à quoi s'en tenir.

— Joséphine ne cède jamais et elle est très puissante. Je suis obligée de lui obéir, pourtant je voudrais rester avec mes petits garçons. Ce sont mes enfants, désormais !

Catulle réfléchissait. La présence des Prussiens rendait impossible la moindre tentative de fuite. Cacher dans Paris une aussi belle femme qu'Anna, avec des triplés, n'était pas simple.

— Tu resteras là, avec mes fils. Je suis encore chez moi, je peux interdire ma porte à qui je veux !

Il avait l'impression de s'opposer à une menace qui pouvait le broyer. Depuis la proclamation de la république, le 4 septembre, il ignorait qui gouvernait le pays. Des forces souterraines influençaient les décisions les plus courantes. Le siège de la ville augmentait cette sensation d'insécurité, de dépendance à un réseau occulte, à des influences qui ne se montraient pas au grand jour. La présence de Chevillard à la mairie l'avertissait que ces maîtres de l'ombre souhaitaient sa perte. Pourtant, il ne céderait pas : ses trois garçons étaient devenus ce qu'il avait de plus précieux et leur survie dépendait d'Anna.

Le lendemain, après une nuit agitée, Catulle se rendit à son usine. Dans la rue, un jeune homme qui passait à côté de lui cria :

— Vite ! Gambetta s'envole pour sauver la patrie ! Vive la république !

Rien ne le pressait à l'usine où Dompierre, aux ordres de Chevillard, dirigeait désormais les ateliers, confiant à Pesquez le courrier et les livres de comptes. Il se rendit donc sur la butte Montmartre où la foule était déjà très dense. Il dut jouer des coudes pour pouvoir s'approcher de la place Saint-Pierre. Deux ballons gonflés tiraient sur les cordes qui les retenaient en se balançant mollement. Catulle, en se faufilant, put prendre place parmi les plus proches qui se serraient dans un coin, retenus par les gardes nationaux. Il reconnut à deux pas de lui Victor Hugo, qui ne perdait rien de la scène, et, un peu plus loin, toussant, se raclant continuellement la gorge, Alphonse Daudet. Près de l'*Armand-Barbès*, il vit aussi Gambetta, engoncé dans un gros paletot, la tête dépassant à peine d'une casquette en loutre, chaussé de bottes fourrées. Le ministre de l'Intérieur se leva, le visage grave, peu rassuré. Apercevant Alphonse Daudet et Victor Hugo au premier rang, il vint leur serrer la main, puis il monta résolument dans la nacelle. L'aéronaute cria : « Lâchez tout », le ballon monta dans les airs. Enfin le *George-Sand* s'envola à son tour. La foule criait « Vive la république ! » en suivant des yeux les ballons qui n'étaient plus que des points sombres dans le ciel bleu. Gambetta parti organiser les armées de la Loire, la victoire ne faisait plus aucun doute. Une fois de plus l'optimisme parisien prenait le dessus. Pas pour longtemps...

Quand Catulle arriva à son usine, la présence de Chevillard l'intrigua. On ne l'avait pas revu depuis sa première visite, Dompierre se chargeant de transmettre et de faire exécuter ses ordres.

Le jeune homme pensa à la visite de Joséphine, la veille, et se demanda si cela n'avait pas un rapport.

Chevillard, qui voulait parler à Catulle, pria Pesquez de sortir du bureau, puis ferma lui-même la porte. Quand ils furent seuls, l'homme sourit en sortant d'un porte-documents plusieurs feuilles manuscrites sur lesquelles Catulle s'étonna de reconnaître son écriture.

— Monsieur Moringuet, dit solennellement Chevillard, nos doutes étaient bien fondés : vous avez abusé de la bonté de M. d'Hérisson. Voici les preuves irréfutables de votre entente avec l'ennemi. Ici, une facture à l'armée de pièces que vous n'avez jamais exécutées, là, une lettre adressée à l'aide de camp de Bismarck lui indiquant l'état de nos armées et le projet de sortie prévu le 12 octobre vers l'est avec le soutien de nos forts de Nogent et de Rosny.

— Je n'ai jamais écrit ces lettres ! Bien que je sache ce que valent ces pauvres bougres que vous avez habillés en soldats ! Je ne m'occupe pas de cela...

— C'est bien votre écriture ?

— On l'a contrefaite !

— Il y a là de quoi vous faire fusiller sur-le-champ. Cependant, je n'oublie pas que nous avons travaillé ensemble... Je veux bien passer l'éponge, brûler ces documents qu'à part moi personne ne connaît. À une condition...

Catulle fronça les sourcils. Il se savait pris dans les mailles d'un filet qui se resserrait, qui le ligotait.

— Et cette condition, je suppose qu'elle est inacceptable.

Le visage sombre de Chevillard s'éclaira, ses lèvres rouges s'allongèrent.

— Mais si. Je ne suis pas aussi mauvais que vous le pensez. Figurez-vous que j'ai quelques ambitions politiques. Et vous savez que les femmes sont le meilleur moyen d'amadouer les puissants. Il faut rendre Anna.

Catulle sursauta. Chevillard connaissait Joséphine ; c'était pour lui, pour le servir qu'elle avait réclamé la nourrice des triplés. Quel odieux chantage avait-il exercé pour arriver à ses fins et dans les bras de quel homme important voulait-il jeter la jeune femme ?

— Anna est libre. C'est elle qui décide, moi, je ne peux rien.

Chevillard fronça ses épais sourcils, fit une vilaine grimace.

— Si par malheur Anna n'était pas rentrée ce soir chez Mme Joséphine, je me verrais obligé de remettre ces preuves de votre entente avec l'ennemi au commissaire de police principal. Vous connaissez la suite.

Puis il sortit du bureau sans rien ajouter. Atterré, Catulle venait de s'entendre signifier son arrêt de mort. Livrer Anna ne changerait rien, il ne pourrait jamais prouver que les documents de Chevillard avaient été fabriqués. L'opinion avait besoin d'exemples, les membres du gouvernement provisoire, souvent critiqués pour leur mollesse, leur inefficacité, profiteraient de l'occasion pour offrir à la vindicte populaire une victime issue de la bourgeoisie.

Il chercha Pesquez, qui était en train de régler un différend dans l'atelier de mécanique, lui dit qu'il s'absentait et rentra chez lui. Marine, qui était en train de préparer un plateau pour la vieille Adélaïde alitée depuis quelques jours, laissa son travail et monta discrètement l'escalier. Depuis quelque temps, la jeune fille écoutait aux portes.

Catulle entra dans la chambre où Anna, près du feu, baignait les nourrissons dans une cuve remplie d'eau fumante. Il lui rapporta les menaces de Chevillard.

— Mme Joséphine a un grand pouvoir parce que beaucoup d'hommes politiques fréquentent sa maison. Elle connaît tous les secrets et tient les puissants comme des chiens hargneux au bout de leur laisse. M. Chevillard ne me dit rien. Je ne pense pas qu'il fréquente la maison. Il a dû venir par opportunité ; il a besoin de moi pour museler quelque gros bonnet.

Elle éclata en sanglots. Louis, qu'elle était en train de baigner, se mit à crier.

— Il faut que j'y aille ! dit-elle en reniflant. On n'échappe pas à Mme Joséphine. Elle a des espions partout et me retrouverait au fin fond de la Russie. Et puis...

— Et puis quoi ?

— Si je n'y vais pas, ils vont vous fusiller !

— Si tu y vas, ils me fusilleront quand même ! Mes fils ont besoin de toi ! J'accepte la guerre !

Anna se retourna, observa longuement Catulle de ses grands yeux verts qui avaient vaincu tant d'hommes importants. Sur la table à langer, Louis criait toujours.

— Vous feriez ça? demanda-t-elle d'une voix à peine audible.

— Je le ferai pour mes enfants et pour toi. On ne va tout de même pas se laisser commander par des crapules. Nous avons notre conscience, cela suffit! Dans un premier temps, il va falloir se cacher, ensuite nous demanderons que justice nous soit rendue.

— Et votre usine? votre maison? votre fortune?

— À partir de cet instant, je n'ai plus de fortune, plus de maison, plus rien. Mais crois-moi, Chevillard, qui rêve de s'approprier mes ateliers et leurs machines, n'aura rien, c'est moi qui te le dis! Maintenant, le temps presse.

Il retourna à l'usine, tout à coup libéré. Sa décision de se battre le mettait en phase avec lui-même. Il voulait sauver ses trois enfants, le reste n'avait pas d'importance.

Dans son bureau, Bruno Pesquez feuilletait une pile de factures. Il fit part à Catulle de son exaspération.

— Dompierre, complice de Chevillard, facture à la Ville de Paris deux fois plus de pièces qu'ils n'en livrent. Ces crapules profitent de la catastrophe qui frappe la nation pour s'enrichir honteusement. À la vitesse où vont les choses, ils seront à la tête d'une immense fortune à la fin des événements. Cela me révolte.

Pesquez se tut un instant et ajouta :

— Je ne veux pas être leur complice plus longtemps. J'ai décidé de m'engager dans l'armée pour aller défendre ce pays qui m'a accueilli et qui est, désormais, mon pays. C'est la seule chose importante qu'il me reste à faire.

— Je vais devoir me cacher! précisa Catulle. Je risque d'être fusillé pour entente avec l'ennemi.

Pesquez ouvrit de grands yeux étonnés. Tout son être se révoltait contre cette injustice. Catulle lui expliqua le chantage de Chevillard et la nécessité de mettre Anna et les trois bébés en un lieu tenu secret.

— Je vais partir! dit Pesquez. Ma mère a besoin de quelqu'un et notre logement est très discret : une maisonnette au fond d'une cour à Clichy. La nourrice peut venir avec vos fils. Personne n'ira les chercher là-bas. Je vais m'engager dans les gardes nationaux, je m'arrangerai pour les surveiller discrètement.

Catulle remercia son employé, dont il mesurait une fois de plus le dévouement.

Le soir même, à la tombée de la nuit, une voiture quitta la rue Caulaincourt en direction de Clichy, suivie de loin par un fiacre qui attendait depuis plusieurs heures en retrait de la maison de Catulle Moringuet. Il pleuvait. La voiture emprunta un curieux itinéraire, revenant en arrière, s'arrêtant de nombreuses fois, virant brusquement dans une ruelle. Les rideaux étaient tirés, il était impossible de voir les occupants, pourtant, à plusieurs reprises, le cocher se tourna pour leur parler. Une voix d'homme lui répondit. Malgré son obstination, le fiacre qui les suivait finit par les perdre dans le dédale de ruelles près de la gare de Lille et abandonna la poursuite.

Enfin, après une heure de détours pour brouiller les pistes, la voiture s'engagea entre les vignes et les grands jardins de maraîchers et entra dans le village de Clichy. Elle traversa la place, contourna l'église par la gauche, s'engagea dans une ruelle mal empierrée qui conduisait à plusieurs bâtiments en retrait, entourés de peupliers. Elle s'arrêta devant les grilles d'une maisonnette couverte de tuiles au fond d'un jardin nu. Deux hommes en descendirent, déchargèrent une lourde malle qu'ils portèrent jusqu'à la bâtisse où un troisième homme les attendait, une lanterne à la main.

— On a semé la voiture qui nous suivait. Personne ne viendra les chercher ici !

— De toute façon, nous les surveillerons...

Une femme enfin sortit de la voiture, traversa le jardinet. Catulle s'effaça devant elle et lui fit signe d'entrer dans la maison. L'intérieur sentait le vieux vêtement, les tapisseries poussiéreuses. Une lampe à pétrole éclairait un modeste mobilier. Dans un fauteuil profond, près d'un poêle haut, une vieille femme sourit aux arrivants.

— Ma mère, Antonina ! dit Pesquez à Catulle. Il faut l'aider à marcher jusqu'à son lit. La pauvre supporte ses douleurs avec courage. Elle a tant travaillé !

Anna salua Antonina et se tourna vers Pesquez. Celui-ci resta médusé, le regard fixé sur cette femme qui venait habiter chez lui.

Une chaleur profonde montait en lui, le submergeait, le brûlait. Anna lui tendit la main.

— Bonsoir ! dit-elle. Je vous remercie de nous accueillir chez vous, mes trois petits fripons et moi.

Il voulut parler à son tour, sa gorge sèche resta paralysée. Catulle avait remarqué le trouble de son homme de confiance, mais n'y prêta pas une grande attention.

— Je suis bien heureuse de vous accueillir ici ! intervint Antonina avec un fort accent espagnol. Je suis si seule ! Votre présence mettra un peu de joie dans cette maison qui en a tant besoin. Vous êtes si belle que je n'aurai qu'à vous regarder pour me sentir réconfortée.

De la caisse qu'on avait posée au milieu de la pièce se firent entendre des petits cris.

— Mes trois chiffons : François, Victor et Louis.

Antonina sourit de nouveau.

— Ces petites vies vont nous donner ce qui nous manque le plus : l'espoir !

Pesquez, qui s'était ressaisi, attira Catulle en retrait. Sa lanterne dans une main, il l'emmena dans la pièce voisine, sorte de débarras, fit un chemin entre les vieilles caisses, les vêtements abandonnés, les paniers, jusqu'à une porte basse.

— C'est la cave ! dit-il. Elle date de la Grande Révolution. Un souterrain permet de s'échapper discrètement. Je l'ai exploré : il ressort dans la petite chapelle en bordure de la garenne.

— Très bien ! fit Catulle. De toute façon personne ne viendra ici chercher Anna. Sache que je n'oublierai jamais ce que tu fais pour moi et pour mes trois fils !

— J'espère qu'ils seront en sécurité ! dit Pesquez d'une voix blanche.

Une certitude s'était faite en lui : avec cette femme dans sa maison, il ne serait plus jamais en paix.

Quand Catulle se fut éloigné, que le bruit des chevaux se fut dissous dans le silence de ce lieu retiré, Bruno Pesquez resta un long moment devant l'image que révélait la lueur tremblante de la lampe à huile : une jeune femme d'une beauté bouleversante en train d'allaiter deux petits bébés qui s'accrochaient, gloutons, à cette poitrine généreuse offerte à son regard. Lui, qui n'avait jamais touché aucune femme, découvrait un monde de sensations inconnues. Il regrettait maintenant sa décision de s'engager dans la Garde nationale.

— Eh bien, qu'est-ce qui t'arrive ? demanda Antonina.

La vieille femme avait compris le sens du regard de son fils et pressentait, à travers sa joie réelle d'accueillir Anna, une menace diffuse, comme si ce fils modèle allait révéler tout à coup sa véritable nature, jalouse et violente.

— Allume donc le poêle, ces pauvres enfants vont avoir froid.

Pesquez alla chercher du bois et quelques boulets de charbon pour faciliter le démarrage du feu. Il bourra le poêle, présenta un morceau de papier à la flamme de la lampe. Anna, avec des gestes d'une grande douceur, nettoyait les fesses de François, qui gesticulait sur la table, semblable à un lapin écorché. Et Pesquez regardait ses mains longues et fines qui caressaient la peau du bébé, aussi légères que des plumes. Tout son corps était parcouru de tremblements.

Quand les trois nourrissons furent nettoyés, emmaillotés dans du linge propre, Anna se proposa pour préparer le repas du soir. De la caisse qui avait transporté les triplés, elle sortit du lard, des poires, une tourte de pain.

— M. Moringuet nous fera porter de quoi manger tous les trois jours ! assura-t-elle.

Après dîner, Anna aida Antonina à rejoindre son lit qui se trouvait dans la pièce voisine. La pauvre femme peinait à se tenir debout. Comme elle avait perdu la mobilité de ses doigts, il fallait aussi l'aider à se déshabiller.

— Sans Bruno, il y a longtemps que je serais morte ! dit-elle à Anna. Il a sacrifié sa vie à mon confort. Je lui ai pourtant assez dit de ne pas s'occuper de moi, de se trouver une femme, de faire sa vie comme tout le monde !

Quand Antonina fut couchée, la chandelle soufflée, Anna retrouva les triplés dans la seule pièce disponible. Bruno dormait dans un lit d'angle, Anna devrait se contenter d'une sorte de paillasse étalée sur le plancher, à côté des bébés couchés dans leur caisse en bois.

— Ici, vous ne risquez rien ! dit-il en regardant Anna se déshabiller. Personne n'aura l'idée de venir vous chercher là.

Anna s'enroula en boule sous la couverture. Bruno, assis sur son lit, ne bougeait pas.

— C'est vrai ce que m'a dit M. Moringuet ?

— Quoi donc ?

— Que vous êtes une fille... Comment dire ? Que vous avez travaillé dans une maison spéciale ?

— C'était vrai. Mais tout ça, c'est fini, j'ai mes trois garçons !

Il se leva, regarda autour de lui. La présence de la jeune femme transformait la pièce, il n'était plus dans cette chambre froide où, jusque-là, il avait dormi seul.

— Votre paillasse n'est pas confortable. Venez donc dormir dans mon lit.

— Je m'en contenterai. Je vous remercie.

— Je vous aime ! dit-il tout à coup, un mot qu'il n'avait jamais prononcé. J'ai besoin de vous, de votre corps, de votre vie !

— Taisez-vous, nous ne nous connaissons pas. Et vous êtes beaucoup trop bien pour une pauvre fille comme moi !

— Vous voulez dire que c'est votre protecteur que vous aimez, M. Moringuet ?

— Un jour peut-être, je vous raconterai ma vie. Maintenant, il faut profiter du silence pour dormir. Quand les petits vont se réveiller, ce sera trop tard !

Pesquez regagna son lit, mais resta toute la nuit les yeux ouverts, écoutant la respiration régulière d'Anna et les petits grognements des bébés endormis.

Catulle prit un fiacre pour se rendre au centre de Paris, mais s'arrêta boulevard de Clichy où il dîna dans un petit restaurant. On lui servit une tranche de filet de bœuf, en réalité du cheval, qu'il mangea avec dégoût. Il emprunta un autre fiacre et se fit déposer à quelques rues de son usine. Il s'en approcha discrètement en surveillant les alentours. Tout était calme, la grille avait été abaissée comme chaque soir, la cour était vide. Il continua jusqu'à sa maison et fut surpris par la présence d'une voiture stationnée devant son portail. Il reconnut les deux chevaux blancs, hésita. Que voulait encore Joséphine ?

Il s'approcha, suivant l'ombre des murs entre les réverbères. Le cocher serrait le col de son manteau, grelottant sous la pluie fine. Impatients, les chevaux piétinaient. Les rideaux de la voiture étaient tirés ; Catulle pensa à un piège. Prudent, il resta en retrait.

Après de longues minutes, une portière s'ouvrit. Une silhouette sombre se pencha, une main fine poussa le voile qui lui cachait la figure. Joséphine était seule, Catulle décida de se montrer.

— Monte ! dit-elle. Nous avons à parler.

— C'est pour me livrer ?

— Ce n'est pas mon genre ! Tu as ma parole que cette voiture ne bougera pas d'ici.

— Tes complices et ceux de Chevillard sont cachés derrière le mur, prêts à me sauter dessus. C'est ça ?

— Je t'ai dit que tu avais ma parole.

Le jeune homme monta sur le marchepied, s'assit à côté de Joséphine.

— Écoute, dit-elle. Je ne peux pas me résoudre à les laisser te ruiner. En ce moment, tout va de travers dans Paris. La canaille en profite. Je t'en supplie, rends-moi Anna. Je t'ai trouvé une autre nourrice.

La voix de Joséphine n'était pas aussi directe que lors de leur dernière entrevue. Au contraire, elle parlait sans menacer, comme si elle était à son tour menacée.

— Je ne sais pas où elle est !

Le visage rond s'anima. La main posée sur le bras de Catulle se contracta.

— Anna, c'est le grand amour, la passion folle d'un homme très important au gouvernement. Il ne peut pas s'en passer, il veut l'installer dans ses meubles. En contrepartie, il fermera les yeux sur mon commerce et sur les énormes réserves de vivres que j'ai accumulées pour faire face à la crise.

— Et Chevillard ? Quel est son rôle dans cette affaire ?

— C'est un rat ! Il est très ambitieux, mais n'a pas l'étoffe d'un politique. Il attend beaucoup de l'homme qui demande Anna. Il a juré ta perte pour une vieille histoire, tu dois beaucoup t'en méfier. Donne-moi Anna et j'arrangerai tout avec lui.

— Elle est partie, je te dis. Elle a emmené les enfants, j'ignore où elle est allée.

— Je suis certaine que tu me mens. Je vais être obligée de te faire du mal. Ça ne me plaît pas parce que tu es juste et bon et que je t'aime...

— Je ne sais pas où elle est ! répéta Catulle en descendant de la voiture.

— Tant pis pour toi ! dit Joséphine en fermant la portière.

Le cocher fit claquer son fouet, l'attelage s'éloigna. Chez lui, Catulle trouva Piétrine qui l'attendait dans le hall, les yeux rouges.

— Te voilà enfin ! dit la vieille femme. Il faut que tu te caches !

Elle se moucha bruyamment.

— Ils sont arrivés avec un mandat de perquisition. Comme Robert leur disait que tu n'étais pas là, ils l'ont frappé. Puis ils sont entrés dans la maison, ils ont porté la main sur Jacquette qui voulait les empêcher de tout casser dans la cuisine... Ils ont fouillé partout...

— Mais qui ?

— Les gardes nationaux ! De véritables bandits !

— Que cherchaient-ils ?

— Les provisions interdites, mais ils n'ont rien trouvé ! Ta mère les a menacés, l'un d'eux l'a cognée avec la crosse de son fusil. Prise de panique, elle s'est enfuie. Nous l'avons cherchée jusqu'à la nuit noire, sans résultat...

— Ils sont venus aux écuries, s'écria Robert Monthou, accouru lui aussi. Ils ont cherché partout, dans le foin, la paille, puis ils sont partis en emmenant les quatre chevaux.

— Mes chevaux ? Tu dis qu'ils ont emmené mes chevaux ?

— Oui ! Ils ont affirmé qu'au même titre que le blé les chevaux sont provisions de bouche puisque, à défaut de bœuf, le cheval donne une viande passable. Mais c'est pas tout ! Ils ont aussi emmené vos chiens !

— Mes chiens ! Ah, les bandits ! Les gredins ! Chevillard, tu me paieras tout ça un jour !

— Oui, ils ont dit que nourrir des chiens était une faute grave en période de privations.

Jeannot et Marine arrivèrent à leur tour. Marine semblait désespérée.

— Nous avons fouillé tout le quartier, dit-elle, les rues voisines, nous sommes allés jusqu'à la Seine, rien. Pas de Mme Adélaïde !

— Espérons qu'elle aura assez d'entendement pour revenir par ses propres moyens ! ajouta Piétrine.

Tout le monde se rassembla dans la cuisine. Jacquette avait pu se procurer à prix d'or un morceau de vache laitière dur et nerveux, qui donnait pourtant du goût à sa sauce. Catulle avait déjà dîné, mais il voulut accompagner ses domestiques. Jeannot profita de l'aubaine pour s'asseoir à côté de Marine et lui toucha la pointe du pied de sa chaussure. La jeune fille le regarda d'un air sévère, puis déplaça son pied.

Il fut décidé que Robert et Piétrine veilleraient pour attendre Adélaïde que les gardes nationaux ramèneraient certainement. À la moindre alerte, Catulle s'échapperait par la petite porte après que Jeannot aura vérifié que la voie est libre, sinon il irait se cacher dans la cave, sous les écuries. Demain, on aviserait. Robert prit le premier tour de garde, les autres allèrent se coucher. Marine ne dissimulait pas son effroi. La jeune fille redoutait en effet de se trouver seule dans sa chambre sous le toit, isolée du reste de la maison.

— Tu veux que je t'accompagne ? lui souffla Jeannot à l'oreille.

— Non, je n'ai pas besoin de toi !

Les deux jeunes gens sortirent dans le hall. Quand ils furent assez éloignés, Jeannot insista :

— Moi, je t'aime, Marine ! Je ne pense qu'à toi du matin au soir. Alors, s'il te plaît, laisse-moi venir avec toi. Je serai sage.

— N'insiste pas, c'est non !

— Tu refuses parce que tu t'es promise à un autre, c'est ça ?

— Oui, c'est ça !

— Et qui c'est, que j'aille le couper en morceaux ?

Marine sourit, le regard dans le vague.

— Mon pauvre Jeannot, si tu savais...

— Il t'a dit qu'il t'aimait ?

— Il ne m'a rien dit parce qu'il n'en sait rien !

— C'est bien des trucs de fille, ça ! fit Jeannot, dépité.

Une heure plus tard, Catulle monta à l'étage pour rejoindre sa chambre. Dans le couloir, près de sa porte, il vit une masse, une personne accroupie qui dormait, la tête sur les genoux. La lumière révélait les boucles dorées de beaux cheveux détachés.

— Marine !... Que fais-tu ?

La jeune fille se dressa, surprise de se trouver là, puis, voyant Catulle, baissa la tête.

— N'aie aucune crainte ! Je suis là, tu peux monter te coucher, tu ne risques rien !

Un sanglot souleva les épaules de la jeune fille.

— J'ai peur ! dit-elle. Je ne veux pas qu'ils vous fassent du mal !

— T'en fais pas ! Je suis assez grand pour me défendre.

Marine regardait intensément Catulle.

— Cette femme..., ajouta-t-elle. Je savais qu'elle apportait le malheur ! Mais je la laisserai pas faire ! Je suis capable de beaucoup de choses !

— Ne te mêle surtout pas de ça, petite sœur ! Tu n'es qu'une enfant !

— Ne m'appelez pas petite sœur ! Et puis, je ne suis plus une enfant !

Marine, d'un pas ferme, s'éloigna dans le noir vers sa chambre sous les toits.

Catulle s'assit à son bureau et se mit à écrire. Enfin, il s'allongea tout habillé sur son lit, prêt à s'échapper à la moindre alerte, mais il ne parvint pas à trouver le sommeil. Il pensait à sa mère perdue, proie facile dans la nuit, à ses chevaux que les gardes nationaux avaient probablement déjà égorgés. Il comprenait qu'il n'aurait plus de repos, que Paris devenait sa prison. Ce qui comptait surtout, c'était la sécurité d'Anna et de ses trois fils. Pouvait-il avoir confiance en Pesquez ? Il avait vu l'effet produit sur lui par la jeune femme. Anna avait le don de déchaîner les passions, de faire perdre la raison aux hommes les plus sensés. Dans ce cas, la cachette n'était pas aussi sûre qu'il l'avait cru, mais à qui pouvait-il faire entièrement confiance en une période où les plus démunis avaient faim ? « Chevillard, pensa-t-il, tu es le plus roué des hommes, mais tu ne gagneras pas ! »

Vers onze heures, il se leva. Robert, qui dans l'obscurité surveillait la cour de la fenêtre, le vit descendre l'escalier, prendre son chapeau et sa cape.

— Je ne peux pas dormir. Je vais faire le tour du quartier pour tenter de retrouver ma mère.

— Soyez prudent ! Ils placent des guetteurs à tous les coins de rues.

Il sortit par la petite porte, s'éloigna dans la rue déserte. La pluie avait cessé, le ciel dégagé était piqué d'une poussière d'étoiles, l'air frais fouettait le visage. Catulle marcha jusqu'à la petite place, au croisement de la rue Caulaincourt et de la rue Custine, obliqua par habitude dans la rue Francœur. Il eut l'impression qu'on le suivait, alors il rentra chez lui, se retournant à chaque pas.

Le lendemain, Catulle, qui ne s'était pas couché, s'attendait à une nouvelle visite des gardes nationaux. Il se rendit à la cuisine. Marine arriva quelques instants après lui. Les yeux rouges de la jeune fille indiquaient qu'elle non plus n'avait pas dormi. Jacquette préparait le bouillon que le maître prenait à son lever.

— On ne trouve plus de légumes, plus de fruits ! Il faut faire la queue une nuit entière pour obtenir la ration réglementaire de viande de cheval ! Les boulangeries n'ont plus de pain et n'ouvrent que tous les trois jours. On parle d'un gros arrivage de blé, mais rien ne vient !

— Des jours sombres se préparent pour nous ! dit Catulle. Nous allons sûrement tous devoir quitter cette maison et être séparés !

La cloche du portail retentit. Chacun se regarda, apeuré. Blême, Catulle sortit par la porte de derrière et alla se cacher dans la cave des écuries. Alors, Robert alla ouvrir. C'était Adélaïde, tremblante, les cheveux en bataille, qui revenait enfin. Elle s'en prit au vieux domestique qui ne s'était pas beaucoup fatigué à la chercher. Terrorisée, elle avait passé la nuit dans un jardin voisin, au milieu d'un énorme buis.

— Les gredins qui frappent les vieilles dames sont-ils partis ? interrogea-t-elle en s'adressant à son fils. Très bien, mais le malheur ne fait que commencer. Vous avez éloigné les triplés, mais prenez garde, Catulle, mes cartes ne mentent jamais. Deux chercheront à vous tuer. Ils seront alors des hommes et vous ne les reconnaîtrez pas !

Bruno Pesquez savait qu'il glissait sur la pente de la déchéance, mais il ne faisait rien pour inverser le cours des événements, comme s'il le souhaitait depuis toujours. Une envie de mort s'était manifestée en lui avec ce désir brûlant qui l'habitait pour Anna. Son esprit formait les pires machinations. Lui, jusque-là honnête, louvoyait désormais dans des pensées sans scrupule. Chaque jour qui passait, chaque nuit surtout, le mettait face à sa hantise qui lui faisait perdre la raison. Anna comprenait le sens de ses regards, de ses soupirs, de ses nuits blanches, mais sa résolution ne changerait pas.

Antonina gênait son fils. Elle était l'œil de la conscience, la voix du reproche et du bon sens, l'entrave qu'il aurait voulu briser. Elle le contenait dans une attitude ordinaire, lui qui rêvait d'actions violentes. Il avait accepté de cacher la jeune femme et les triplés de Catulle par amitié, par reconnaissance envers celui qui l'avait fait son homme de confiance, maintenant il savait que c'était sa perte.

Chaque matin, il partait à l'heure habituelle, mais, au lieu de se rendre à son travail, il errait dans les rues, à la recherche d'une idée, d'un moyen d'assouvir la passion qui le dévorait. Il allait souvent aux abords de l'usine, n'osant plus y entrer, et rencontrait des ouvriers qui lui rapportaient les nouvelles. Il se disait enrôlé dans un régiment de gardes mobiles, ces soldats sans uniforme qui accomplissaient des missions très spéciales.

— Oui, c'est surtout les amazones qui t'intéressent ! précisait alors son interlocuteur en souriant.

Ces amazones étaient au centre de toutes les conversations. Félix Belly, un original, avait annoncé la création d'une armée de femmes. Dans un bureau de recrutement, rue de Turbigo, il recevait les innombrables adhésions. Il avait dessiné l'uniforme de ces femmes-soldats et défini un code précis de leurs obligations. Quelques jours plus tard, le général Trochu mit fin à l'épopée féminine en interdisant la formation de tout nouveau corps d'armée. Les amazones de la Seine avaient vécu, ce qui n'empêchait pas d'en parler !

Pesquez apprit ainsi que Chevillard avait interdit à Catulle Moringuet d'entrer dans son usine. Pourtant, les colis de vivres continuaient d'arriver à Clichy. Ils étaient toujours livrés par un fiacre, jamais le même. La caisse était déposée à la porte de la maison par un inconnu, toujours muet.

En deux semaines, Pesquez avait beaucoup changé. Il ne s'adressait aux gens qu'en baissant la tête, comme s'il redoutait que ses interlocuteurs ne lisent ses pensées dans son regard. Son dos s'était voûté, il avait maigri. Anna s'en était aperçue et lui avait conseillé, de sa voix douce qui le retournait, de moins travailler, de penser à se reposer un peu.

Le soir, quand il rentrait, parfois ivre, il s'installait à table sans oser lever les yeux sur sa mère qui le toisait avec hauteur et le condamnait. Il avalait sa soupe en silence, cette soupe grasse qu'il devait aux colis de Catulle Moringuet. Comme il n'y avait plus rien à manger nulle part, ces colis le rendaient patient, mais il savait que cela ne durerait pas. Ensuite, il passait dans sa chambre. Dans le réduit voisin, Anna s'occupait des bébés. Il entendait le froissement de sa robe, les cris des enfants et la voix douce, maternelle de la jeune femme. Alors, pour lui, le monde basculait, le désir prenait le dessus. Il attendait que les nourrissons fussent endormis pour s'approcher de la nourrice.

— Je ne vis plus. Je ne pense qu'à toi, tout le temps. Je me sens devenir un monstre! Toi qui t'es tant donnée, pourquoi te refuses-tu à moi qui te cache? Je pourrais te dénoncer! Plusieurs fois j'ai vu des hommes rôder dans le quartier. Je sais ce qu'ils cherchaient!

Anna se tournait alors vers lui, il voyait dans la pénombre la tache claire de son visage, le contour de ses yeux, de sa bouche.

— Bruno, la méchanceté ne te va pas. J'ai fait un pacte avec Dieu. S'il laisse vivre ces petits garçons que j'aime désormais comme les miens, plus jamais, tu entends, plus jamais je ne vendrai ni ne donnerai mon corps!

— J'ai bien compris : tu ne m'aimes pas!

— Pourquoi parles-tu comme ça? Je t'aime bien! Je sais combien tu as du mérite, et ma dette envers toi est immense. L'amour ne se commande pas : on le porte en soi comme un bourgeon, il fleurit quand l'occasion se présente, c'est tout simple, mais pour cela il faut de la patience!

— J'ai compris depuis longtemps! Tu aimes Moringuet, le père de tes garçons!

Il avait alors envie de se jeter sur elle, de la prendre par la force, mais jamais il ne mettait son désir à exécution. Trop de choses le retenaient encore, et surtout la peur que sa mère l'entende car il ne pouvait se résoudre à montrer cette image dégradante de lui-même à la vieille femme. Son bon sens lui disait aussi qu'un tel acte le couperait à jamais d'Anna : il ne voulait pas que son corps, il voulait aussi son âme.

Anna lui prenait tendrement la main, il se laissait faire, brûlé par la douceur de sa peau. Depuis quelques jours, la jeune femme était inquiète. Un soir, elle lui confia :

— Je n'ai plus assez de lait. François, Louis et Victor sont grognons parce qu'ils ont faim. Il faudrait me trouver du lait de vache.

— Je vais essayer.

Elle posa un long baiser sur son front. Bruno, à ce contact, avait envie de pleurer de rage : ce baiser contenait de l'affection, beaucoup de reconnaissance, mais pas d'amour.

Le lendemain, il sortit comme d'habitude vers neuf heures. Anna lui avait rappelé son besoin pressant de lait, mais où en trouver ?

Il partit dans les rues déjà encombrées. Le froid vif lui fit hâter le pas. Au loin, dans la direction de Villejuif, le canon et la mitraille tonnaient. Ce bruit était devenu habituel. Les Parisiens s'enflammaient pour les armes. Des collectes étaient organisées. On demandait un sou par personne et l'argent affluait. Le 19 octobre, Étienne Arago avait annoncé que mille cinq cents canons étaient nécessaires à la défense de Paris. Le lendemain, le gouvernement proclamait qu'il avait commandé deux cent soixante-dix-sept mitrailleuses, cinquante mortiers et trois cents canons aux fabriques d'armement privées de Paris. De leur côté, les Prussiens n'étaient guère impressionnés par ces annonces publiées à grand bruit. Ils se contentaient de riposter mollement aux tirs des assiégés, sans chercher l'affrontement, continuant de bloquer toutes les voies d'accès, de « laisser Paris mijoter dans son jus ». Et, en cette deuxième quinzaine d'octobre, les affamés commençaient par faire entendre leurs voix !

Pesquez se rendit à la mairie et demanda à parler à M. Chevillard. Il insista sur le côté personnel de sa démarche.

Il fut très rapidement introduit dans un bureau où Pierre Chevillard dictait une lettre à un secrétaire. Le maître des lieux, lui tournant le dos, le fit attendre un moment, debout, le chapeau à la main. Enfin, il fit face, mima la surprise.

— Pesquez ! Que me vaut le plaisir de votre visite ? Quelque chose ne va pas dans notre usine ? Vous avez eu un différend : avec Dompierre, qui n'a pas plus de cervelle qu'un morceau de bois ?

— Non ! fit Pesquez d'une voix mal assurée. Je ne vais plus à l'usine. Je veux entrer dans les gardes mobiles.

— C'est une excellente idée. L'armée a besoin d'hommes comme vous, ponctuels et déterminés.

Chevillard le regardait de ses petits yeux sombres, tandis qu'il passait son index sur ses lèvres rouges. Il se disait que cet homme, qu'il croyait jusqu'à maintenant entièrement dévoué à Catulle Moringuet, n'était pas aussi franc qu'il l'avait cru. La manière dont il tordait son chapeau devant lui, ses yeux qu'il gardait continuellement baissés indiquaient un être faible, sûrement lâche, dont il pouvait se servir.

— Bon ! fit Chevillard en quittant son siège. Que voulez-vous ?

Le chapeau s'agita nerveusement. Pesquez, baissant la tête, murmura :

— J'ai besoin de lait !

— Du lait ?

— Oui. Ma vieille maman est gravement malade. Le médecin dit que le lait lui est indispensable. Jusqu'aujourd'hui, j'ai pu me débrouiller, mais maintenant c'est beaucoup trop difficile...

Chevillard fit quelques pas, se tourna, regarda un instant par la fenêtre. Dans la cour, un détachement de gardes nationaux présentait les armes à un officier. Il n'avait pas fait arrêter Moringuet dans l'espoir qu'en s'attachant à ses pas il remonterait aux triplés et récupérerait Anna. Et voilà que Pesquez lui laissait entrevoir un chemin beaucoup plus simple !

— Bon, fit Chevillard en faisant volte-face, je vais jouer franc jeu avec vous. Si vous êtes mon allié, vous aurez du lait frais tous les matins.

— Je ne demande que ça ! fit Pesquez en baissant la tête.

— Lorsque nous sommes arrivés dans l'usine de Moringuet, le coffre était vide. Qu'est devenu l'argent qui s'y trouvait ?

— Il est déposé à la banque Lorrin, au 12 de la rue de Rivoli.

— Le numéro de ce compte ?

Pesquez s'approcha du bureau, prit la plume posée à côté de l'encrier, et écrivit un numéro sur la feuille que lui tendait Chevillard. Celui-ci le lut à plusieurs reprises, comme pour bien l'imprimer dans sa mémoire, puis sourit. À son tour, il écrivit quelques mots sur une autre feuille qu'il plia et la tendit à Pesquez.

— Vous vous présenterez à la ferme Durant, à Clignancourt, qui fournit au gouvernement tout ce dont il a besoin. On vous livrera, chez vous, deux pintes de lait chaque matin à partir de demain.

Pesquez prit la feuille, remercia et voulut sortir.

— J'ai besoin d'un homme comme vous, monsieur Pesquez. À partir d'aujourd'hui, vous travaillerez avec moi. Vous serez mon homme de confiance, mon bras droit en quelque sorte, comme vous l'étiez de M. Moringuet. Moi, en revanche, je vous paierai bien et vous ne manquerez de rien. Vous prendrez vos fonctions demain matin, si vous êtes d'accord.

— Je suis d'accord ! dit Pesquez, qui avait l'impression de renier tout ce en quoi il avait cru jusque-là.

Il s'éloigna. Chevillard le regarda traverser la cour la tête basse, sans lever les yeux sur les soldats à l'exercice.

— Du lait pour sa vieille mère ! fit-il, comme cela me semble bizarre !

Pierre Chevillard écrivit une dernière lettre qu'il alla faire tamponner du sceau officiel du chef de la police, puis rentra chez lui plus tôt que d'habitude. Entre la mairie et sa maison il n'avait que quelques centaines de mètres à parcourir, mais il prenait néanmoins une voiture, redoutant toujours de se faire agresser. Ses vêtements de qualité, la chaîne en or de sa montre, sa belle canne à pommeau doré pouvaient exciter des convoitises. Le peuple affamé montrait les riches du doigt et n'hésitait pas à s'en prendre à eux. On ne comptait plus les bourgeois à bonne mine qui s'étaient fait détrousser à la sortie des restaurants. Et puis, la voiture était un signe de réussite qui le confortait dans son ambition.

La maison qu'il avait acquise quelques mois auparavant donnait sur la Seine. Un parc l'entourait, s'étendant jusqu'au fleuve. Les dépendances pour les domestiques, les écuries avec quatre magnifiques chevaux qui avaient échappé à la réquisition composaient un bel ensemble qui suscitait des envies. Pierre Chevillard menait un train de vie soutenu depuis qu'il s'était introduit dans l'entourage du général Trochu. Ses compétences en mécanique, son ingéniosité étaient indispensables aux usines d'armement du secteur privé. Sa rouerie, son sens des hommes faisaient de lui un observateur précieux et un négociateur redoutable. Sa vanité ne lui ôtait cependant pas toute clairvoyance : il savait qu'en politique les fortunes se défont aussi vite qu'elles se font et que ses appuis étaient provisoires, raison pour laquelle il devait asseoir sa réussite sur du solide, l'usine Moringuet, par exemple.

Le cocher arrêta la voiture devant la porte de la maison. Chevillard salua les gardes nationaux en faction jour et nuit puis entra chez lui. Il se rendit au salon où sa femme cousait en compagnie d'une servante. Il s'assit à son tour dans un fauteuil.

— L'hiver est précoce ! dit-il, et sa manière de parler trahissait une préoccupation qu'il ne voulait pas dévoiler devant la servante. Oui, poursuivit-il, ça tombe mal avec ce siège. Les Parisiens ont faim, de plus en plus faim, et ce sont toujours les pauvres qui paient les premiers.

Hortense, étonnée par de tels propos, leva les yeux sur son mari. C'était une grande femme qui le dépassait d'une demi-tête. Rousse, ses cheveux étaient rassemblés en un haut chignon qui accentuait les formes rigides de son visage. Elle n'était pas laide ; elle n'avait pas non plus dans le regard cette lueur perfide et hautaine qui brillait dans les yeux sombres de son époux. Issue d'une famille bourgeoise ruinée, elle avait écouté le beau parleur qu'était Pierre Chevillard et, pour lui, avait rompu avec les siens. Parfois elle le regrettait, car nul enfant n'était venu combler le vide qui l'entourait.

— Voilà que vous vous préoccupez du sort des pauvres ! s'étonna-t-elle. C'est nouveau !

— Je ne suis pas aussi insensible que vous le pensez. Tenez, ce soir, j'ai fait donner du lait à une vieille femme.

Hortense leva les yeux de son ouvrage, regarda longuement son mari, toujours incrédule. Chevillard n'ignorait rien des sentiments de sa femme, de son envie de fuite, mais il la tenait par une vie opulente que cette nonchalante appréciait. L'homme, capable de tous les mensonges, de toutes les trahisons, avait besoin d'elle.

— Oui ! fit-il, insistant. Du lait à une vieille dame malade !

— Que me racontez-vous là ? Le peuple n'est pas aussi stupide que les bourgeois. Les vieilles dames malades n'ont qu'à mourir. Ce sont des bouches en moins. Le lait, on le réserve aux nourrissons, dont beaucoup meurent chaque jour parce que leurs mères affamées ne peuvent plus les nourrir !

Chevillard se frotta le front, pensif. Hortense venait de confirmer son doute. Il insista :

— Vous voulez dire que celui qui m'a demandé du lait ne le faisait pas pour sa mère, mais pour un enfant ?

— C'est une évidence ! Une vieille femme ne prendra jamais la part d'un nourrisson ! Pourtant, je me demande pourquoi il vous a menti !

— Eh bien, je crois le savoir ! dit Chevillard, désormais certain de l'intuition qu'il avait eue.

Il devait en parler à Hortense et fit signe à la servante de sortir. Quand la porte fut fermée, Chevillard s'approcha de son épouse et lui prit la main. Elle eut un vague geste de recul très vite réprimé.

— Tu m'as souvent exprimé combien ta vie est vide sans enfant. Je suis, ce soir, en mesure de t'en donner un !

Sur le coup, elle se méprit sur les intentions de son mari. Depuis longtemps, ce couple, qui comptait vingt années de vie commune, faisait lit à part. Hortense savait qu'il trouvait des compensations ailleurs mais n'en éprouvait aucune jalousie. « Nous sommes réunis comme deux morceaux de bois que le courant retient dans un remous du ruisseau, sans que jamais l'un d'eux ne puisse s'échapper ! » disait-elle souvent à Marie de Bruerie, son amie.

— Mais Pierre, que te prend-il pour...

— Il existe, à ma disposition, trois nourrissons âgés d'un peu plus d'un mois. Leur mère est morte, leur père va être arrêté et fusillé pour entente avec l'ennemi. Je peux te donner un de ces enfants que nous adopterons, et même deux pour le cas où l'un viendrait à mourir !

Hortense réfléchit un instant, puis son visage s'éclaira :

— Amène-moi cet enfant ! Je saurai l'élever comme notre fils, et il le sera véritablement !

— Laisse-moi le temps de mettre la main sur leur père !

Ce soir-là, le dîner fut joyeux. Hortense n'arrêtait pas de parler, de raconter son enfance et de rire de mille petites sottises...

Les jours passaient. Catulle ne quittait que rarement sa maison, prêt à fuir à la moindre alerte, mais les gardes nationaux ne se présentaient pas. Il se demandait quel jeu jouait Chevillard, qui disposait pourtant de tous les pouvoirs. Un soir, la clochette du portail tinta. Robert Monthou alla ouvrir et revint aussitôt avec une lettre.

— Un enfant l'a apportée ! dit Robert. Il a dit qu'il ne connaît pas celui qui lui a demandé de faire la commission.

Catulle ouvrit la lettre et fut surpris de reconnaître l'écriture de Pesquez : « Il faut absolument que je vous voie. Il en va de la sécurité de qui vous savez. Rendez-vous ce soir à huit heures, devant votre usine. Surtout soyez prudent. Bruno Pesquez. »

Catulle consulta sa montre, pensa qu'il avait juste le temps de courir jusqu'à la rue Francœur. Redoutant qu'il ne fût arrivé quelque chose à Anna et aux triplés, il sortit précipitamment en demandant à Robert de l'attendre au portail.

Les bâtiments de son usine se découpaient sur le ciel clair. Il s'approcha de l'entrée, étonné de ne pas voir Pesquez. Une lueur palpitante éclairant les fenêtres de l'atelier de forge attira son attention. La lueur s'intensifia ; puis, en quelques secondes, le bâtiment tout entier devint la proie des flammes. « Le feu ! pensa-t-il. L'atelier de forge est en train de brûler ! » Un cri monta dans la nuit : « Au feu ! »

Catulle se dit qu'il ne devait pas rester là sous peine d'être lui-même accusé. Il s'éloigna en courant, bouscula un groupe d'hommes sortis d'une porte cochère. L'un d'eux s'écria :

— Hé là ! Où vas-tu, coquin ?

— Mais c'est M. Moringuet ! cria un autre. Arrêtez-le !

L'homme voulut le ceinturer, mais Catulle, en jouant des coudes, put s'en débarrasser. Courant à toutes jambes, il réussit à semer celui qui le poursuivait. Hors d'haleine, il rentra chez lui, conscient d'avoir franchi une étape de plus vers la déchéance.

Les flammes montaient au-dessus du toit de l'atelier de forge, qui s'effondra. Les gens accourus, manquant d'eau, s'occupaient surtout d'empêcher l'incendie de gagner les autres bâtiments de l'usine. Chevillard fit réveiller Dompierre, qui arriva à la tête d'un détachement de gardes nationaux. Les hommes luttèrent contre les flammes une partie de la nuit et purent préserver les maisons voisines, les ateliers de mécanique et les entrepôts. Dompierre, qui avait commencé un semblant d'enquête, apprit sans surprise la présence de Moringuet près de l'usine, Moringuet qui s'était enfui à toutes jambes !

— Il est enfin temps d'agir ! dit Chevillard en souriant.

Catulle s'enferma chez lui, puis raconta à Robert qu'il était tombé dans un piège : quelqu'un avait incendié l'usine pour l'accuser.

— Mais enfin, la lettre ! s'exclama Robert. C'était bien l'écriture de votre homme de confiance ?

— Je ne comprends pas ! fit Catulle, qui ne voulait pas croire en la trahison de Pesquez. Ce que je sais, c'est qu'ils tiennent là un moyen parfait pour me déposséder et, s'ils me prennent, me fusiller !

— Je ne veux pas ! cria Marine.

— Il faut faire vite !

Il monta à l'étage, s'enferma dans sa chambre pendant un court moment, puis redescendit, l'air grave et résigné. De sa poche intérieure, il sortit plusieurs enveloppes.

— Voici pour chacun un chèque au porteur. Vous retirerez la somme inscrite dessus à la banque Lorrin. Cela vous aidera par ces temps difficiles en attendant de travailler dans un autre établissement. C'est tout ce que je peux pour vous. Reste le cas de ma mère...

Il parlait d'une voix monocorde qui cachait mal son désespoir. Il tendit une nouvelle enveloppe à Piétrine.

— Ma mère ne peut pas rester seule. Tu la conduiras dès demain chez les sœurs bénédictines et tu leur donneras cette enveloppe. Elles pourront retirer assez d'argent pour s'occuper d'elle et bien la traiter.

Quelques instants plus tard, la clochette retentit de nouveau. Aucun doute n'était possible : Piétrine voyait nettement les canons des fusils entre les barres de la grille.

— Cette fois...

Elle n'acheva pas sa phrase. Les gardes nationaux enfonçaient le portail à coups de crosse de fusil. Catulle, plus blême que jamais, dit d'une voix pleine d'émotion :

— Adieu, mes amis ! Je vous souhaite bonne chance à tous. Peut-être, quand cette guerre sera finie, quand notre pays retrouvera un gouvernement digne de ce nom, nous nous reverrons !

Il baissa la tête.

— Enfin, je l'espère !...

Il s'éloigna en direction de la petite porte du jardin.

— Je viens avec vous ! s'écria Marine en se précipitant. Jeannot comprit le sens de ce cri.

— Non, tu ne peux pas venir avec moi ! dit Catulle. Tu comprends bien que je risque d'être arrêté et fusillé !

— C'est pour ça que je veux vous accompagner ! Sans moi, vous n'avez aucune chance de vous en tirer !

— Qu'est-ce que tu peux ?

— Beaucoup, Monsieur. Je peux beaucoup !

Elle le regardait dans les yeux, sans sa timidité habituelle qui lui faisait baisser la tête devant tout le monde.

— Eh bien, toi, tu n'as pas fini de m'étonner !

— Non, Monsieur. Votre étonnement ne fait que commencer !

Le portail avait enfin cédé dans un bruit de fer tordu. Les gardes traversaient la cour. Catulle prit la main de Marine.

— Alors, viens, filons !

Ils eurent juste le temps de sortir par la petite porte du jardin que les hommes en uniforme surgissaient dans l'allée. Piétrine leur ouvrit.

— Nous venons arrêter M. Moringuet Catulle, incendiaire d'une usine réquisitionnée. Nous avons ordre de le conduire en prison en attendant son jugement par un tribunal militaire.

— Notre maître n'est pas là. Et puis, ce n'est pas un traître ! dit Piétrine avec effronterie.

— Nous le retrouverons, soyez sans crainte, il paiera ses crimes ! En attendant le jugement, les scellés vont être apposés sur cette maison. Vous avez quarante-huit heures pour quitter les lieux.

Robert Monthou voulut intervenir :

— Mais où voulez-vous que nous allions ? Nous sommes à la rue !

Le brigadier posa les poings sur ses hanches.

— Estimez-vous heureux que nous ne vous arrêtions pas, vous aussi. Vous avez été au service d'un espion. Et rien ne prouve que vous n'êtes pas également des espions ! Alors, n'insistez pas !

Il ordonna à ses hommes de fouiller toute la maison, sans oublier les caves et les greniers.

Catulle Moringuet et Marine se faufilèrent entre les massifs du jardin, passèrent derrière l'écurie et s'échappèrent par la petite porte qui donnait sur la rue des Saules, déserte. Personne n'ayant pensé à cette sortie discrète, ils purent se mêler à la foule qui, malgré l'heure tardive, commentait les dernières rumeurs contradictoires. Des pigeons avaient apporté une nouvelle alarmante : les Prussiens avaient repris Metz.

— Où aller ? demanda Catulle. Nous ne pourrons pas leur échapper longtemps !

— Venez ! dit Marine. J'ai peut-être une bonne cachette.

Elle l'emmena dans un dédale de ruelles. Sur la butte Montmartre, les grandes ailes des moulins tournaient en sifflant. Le blé étant de plus en plus rare, ils moulaient de l'orge et de l'avoine que les boulangers mélangeaient à la farine de froment. En quelques jours, la qualité du pain s'était beaucoup dégradée ; les tourtes étaient aussi dures que des pierres et terriblement indigestes. Seuls les riches, qui avaient gardé leurs réserves, malgré les décrets du gouvernement interdisant tout stock privé, cuisaient du bon pain chez eux, à l'abri de la convoitise.

Sur la place, protégée du vent par les falaises, des aérostiers gonflaient un ballon destiné à emporter des caisses de courrier et les indispensables pigeons voyageurs que les Prussiens faisaient chasser par des faucons ramenés spécialement de leur pays.

Alors qu'ils abordaient une rue sombre, Marine invita Catulle à le suivre sous un porche et dans un couloir sans lumière. Elle lui prit la main pour le diriger, et ce contact lui fut agréable. Enfin, il entendit une clef tourner dans une serrure, les gonds d'une porte grincer.

— Entrez ! C'est là que j'habitais avec ma mère avant sa mort. Personne ne veut de cette chambre misérable, alors comme j'ai gardé la clef, j'y viens de temps en temps. Ici, vous ne risquez rien. Demain, je vous conduirai dans un endroit où les gardes nationaux n'osent pas mettre les pieds.

— Où ça ?

— Nous en parlerons demain.

Elle alluma une petite lampe à huile. La faible lueur éclaira une minuscule pièce meublée d'une petite table, de deux chaises, d'une paillasse. Les volets de la fenêtre étaient clos.

— Vous allez dormir sur la paillasse. Ce n'est pas très confortable, mais c'est mieux que la prison. Demain, nous partirons au lever du jour.

— Et toi, où vas-tu dormir ?

— Là, à côté de vous. Je ne prendrai pas plus de place qu'un chat !

La nuit parut interminable à Catulle, qui ne cessait de penser à Pesquez. Pour quelles raisons cet homme honnête l'avait-il trahi ? Avait-il livré Anna et les enfants ? Marine, qui comprenait ses interrogations, dit enfin :

— Quand vous serez en sécurité, j'essaierai de savoir ! Maintenant, il faut dormir.

Ni l'un ni l'autre ne trouvèrent le sommeil, conscients de ne pas être exactement à leur place. Catulle n'osait pas bouger dans la crainte de réveiller Marine, qui faisait semblant de dormir. La jeune fille avait du mal à contenir les vagues de chaleur qui parcouraient son corps. Combien de fois avait-elle rêvé, en sachant que c'était impossible, de se trouver ainsi seule avec Catulle ? Son bon sens lui disait pourtant qu'elle ne devait pas précipiter les événements mais attendre le moment opportun.

Ils se levèrent, fatigués, se mentirent en prétendant avoir réussi à dormir.

— C'est l'heure d'y aller ! fit Marine en regardant la lumière blanche du jour qui se levait à travers une fente des volets.

Ils sortirent. Marine entraîna Catulle dans des ruelles jusqu'à un chemin traversant les vignes aux feuilles rousses.

— Où m'emmènes-tu ?

— À Belleville !

— Mais c'est à l'autre bout de Paris, et on se fera prendre aussi bien à Belleville qu'ici !

— Non, on ne se fera pas prendre !

Marine marchait à côté de Catulle, altière, décidée. Ce n'était plus la petite Marine recueillie par la famille Moringuet, pleine de reconnaissance, qui ne disait jamais non. Elle semblait tout à coup invincible.

— Je commence à comprendre combien tu as eu raison de me suivre et que, sans toi, je n'avais aucune chance.

— Aucune, en effet.

Ils arrivèrent à Belleville, où la foule des badauds était toujours aussi importante. Marine contourna les groupes et se dirigea vers une prairie où, l'été dernier, paissaient des vaches. Désormais, les vaches conservées pour le lait étaient enfermées à double tour par leurs propriétaires, qui montaient la garde près de leurs étables. Ils gagnèrent une suite de baraquements en planches autour desquels jouaient des enfants sales. Il existait ainsi, dans Paris, des zones insalubres où s'entassaient des pauvres bougres vivant de petits travaux, de rapine, de mendicité. Parfois la police y venait arrêter un voleur ou un criminel, mais n'y séjournait que peu de temps. Accueillis par des jets de pierres, les policiers préféraient ignorer les plaintes des voisins. Le Paris d'Hausmann, avec ses avenues rectilignes, ses quartiers entièrement reconstruits, n'avait pu venir à bout de la misère. De tels lieux, qui avaient leurs propres lois, entachaient encore la plus belle ville du monde.

Quand Catulle et Marine entrèrent dans la ruelle encombrée de détritus, les enfants qui jouaient les entourèrent en criant :

— Marina ! Marina !

Catulle s'étonna.

— Ils te connaissent ?

— Bien sûr qu'ils me connaissent. Chaque fois que je leur rends visite, je leur apporte des friandises !

Catulle n'en revenait pas. Depuis qu'elle avait été recueillie par sa mère, Marine rendait visite une ou deux fois par semaine à une tante à Belleville, seule membre de sa famille encore en vie. Parfois, elle y restait plusieurs jours. Il découvrait que cette tante n'existait pas, que c'était ici que se rendait la jeune fille.

— Viens !

Chose impensable, elle l'avait tutoyé. Pourtant, Catulle ne releva pas cette familiarité, qui ne le choqua pas.

Ils entrèrent dans une baraque sombre où des hommes jouaient au bouchon. L'un d'eux, très brun, les yeux bridés, se leva. Son visage glabre était menaçant ; la trace blanche d'une ancienne estafilade traversait sa joue droite. Ses cheveux gras tombaient en épis lourds.

— Qu'est-ce que tu nous amènes, Marina ? Un bourgeois ?

— Laisse, Chenk. Il est à moi.

L'homme se rassit et reprit sa partie de bouchon, mais il lançait de temps en temps un regard sombre à Catulle.

— Viens ! répéta Marine à son compagnon.

Ils sortirent de la baraque par une porte basse et débouchèrent dans une cour entourée de hautes barrières en planches. Dans une cage en bois, une multitude de chats s'entassaient et poussaient des miaulements qui se mêlaient aux aboiements d'une quantité impressionnante de chiens parqués dans un petit enclos.

— Le trésor de guerre ! dit Marine en souriant.

Catulle la regarda longuement, mais elle ne baissa pas les yeux. Le visage de la jeune fille s'était durci, il avait l'impression d'avoir en face de lui une étrangère.

— Comment ça, le trésor de guerre ?

— Ces chats et ces chiens valent une fortune. On voit bien que tu es riche. Les pauvres, qui ne peuvent pas se payer du cheval, mangent les chats et les chiens. C'est pas mauvais, d'ailleurs !

— D'où viennent tous ces animaux ?

— D'où veux-tu qu'ils viennent ? De la rue ! Nos gosses leur font la chasse à longueur de journée. Ils sont adroits !

— Marine, je ne comprends plus rien ! J'ai le souvenir d'une jeune servante timide qu'un rien faisait pleurer et là, je trouve...

— Savoir cacher son jeu, répliqua la jeune fille, avoir en soi plusieurs personnes sont les seules choses qui paient !

Ils entrèrent dans une autre baraque où brûlait une lanterne à l'entrée d'un escalier qui s'enfonçait dans les ténèbres. Marine, saisissant la lanterne, fit signe à Catulle de la suivre.

L'escalier se prolongeait par un couloir taillé dans le tuf, qui débouchait sur une vaste pièce éclairée de plusieurs lampes à pétrole. Une terrible odeur de pourriture, de terre et de graillon prenait à la gorge. La pièce était seulement meublée d'une lourde table et de chaises aux montants ouvragés. Il n'y avait personne. Marine frappa dans ses mains.

Aussitôt, surgissant d'ouvertures latérales, des hommes hirsutes apparurent, tenant en main leur couteau ou un pistolet. Leurs visages couverts d'une abondante barbe ne laissaient voir que leurs yeux menaçants. Marine s'approcha, leva les mains. Les hommes s'arrêtèrent.

— Tout doux, les amis ! commanda-t-elle d'une voix impérieuse. Où est ma mère ?

Une grosse femme drapée dans un tissu chamarré arriva ; ses yeux se portèrent aussitôt sur Catulle.

— Marina, qu'est-ce que tu nous amènes là ?

— Mon maître, il est à moi ! dit Marine. Personne n'y touchera !

— Soit ! Tu veux le cacher ? Il a de quoi payer ?

— Ce n'est pas l'important. Il faut surtout que personne ne vienne le chercher ici ! Je t'ai dit qu'il était à moi.

La femme s'assit en bout de table.

— Laissez-nous ! ordonna-t-elle d'une voix cassante aux hommes toujours menaçants.

Marine expliqua la situation de Catulle, les fausses preuves de Chevillard et la nécessité pour lui d'échapper aux gardes nationaux.

— Ce Chevillard, on pourra s'en occuper, si tu veux. Je vais envoyer les nôtres visiter sa maison et ses réserves.

Puis, se tournant vers Catulle, elle précisa :

— Tu as de la chance que Marina ait de l'affection pour toi. Elle nous a toujours dit du bien de ta maison, où elle était considérée comme un membre de la famille. Tu vois, un bienfait ne reste jamais sans récompense. Ici, tu ne risques rien et, si c'était nécessaire, on trouverait le moyen de te faire passer derrière les lignes ennemies.

— Derrière les lignes ennemies? s'étonna Catulle. Mais c'est impossible. Les Prussiens...

La grosse femme éclata d'un rire gras et se tourna vers Marine, étonnée par tant de naïveté.

— Marina, où tu l'as trouvé, celui-là? fit-elle en riant encore. Sache qu'en temps de guerre tout est possible, tout s'achète, même l'ennemi le plus décidé.

Catulle baissa la tête. Le tutoiement de cette rombière le rabaissait. Il se sentait vaguement humilié, malgré la présence de Marine qui le rattachait à la réalité.

— Emmène-le! Et n'oublie pas, il doit payer!

Ils montèrent l'escalier glissant. Les aboiements, les miaulements des animaux prisonniers couvraient les canonnades. Ils avancèrent dans le vaste terrain vague envahi de ronces et d'arbustes. Encadrée par deux gros tilleuls, une ancienne diligence avait été aménagée en maison. Un toit de tôle avait été ajouté, les portières remplacées par des parois de planches. Marine ouvrit une porte basse. L'intérieur était assez spacieux. Une table, des chaises étaient disposées au centre et, dans un coin, une sorte de lit en bois, haut et étroit.

— C'est chez nous. Ici, personne ne viendra te chercher. Maintenant que tu es à l'abri, il faut payer. Ma mère te protégera tant que tu auras de l'argent. Ensuite, ce sera plus difficile.

— Bien, dit Catulle. Tu vas prendre ce bon de la banque Lorrin. Ensuite, tu feras apporter un colis de nourriture à Bruno Pesquez, chez qui se cachent Anna et mes trois fils.

À l'évocation d'Anna, Marine jeta un regard dur en direction de Catulle.

— Tu ne veux pas que je vérifie s'ils sont toujours chez Pesquez?

— C'est ça, vérifie...

Elle tira le rideau d'une penderie où étaient accrochés des vêtements, prit un épais manteau de loutre dont Catulle remarqua la qualité et un foulard sombre qu'elle passa sur ses cheveux.

— Surtout, tu ne sors pas d'ici pendant mon absence. Je serai vite revenue.

Puis elle sortit, laissant Catulle désemparé. Les cris assourdissants des bêtes le désorientaient. Il pensait au personnage singulier de Marine, à cette grosse femme qu'elle disait être sa mère et à tous ces hommes en marge des autres. Marine rejoignait Anna, la surpassait. Il pressentait dans la jeune fille une force, une détermination que n'avait pas la nourrice de ses fils, plus victime qu'actrice.

La porte s'ouvrit violemment, claquant contre la cloison de bois. Catulle se tourna vivement. Devant lui, un couteau à la main, l'homme qui l'avait menacé à son arrivée s'approchait. Les lèvres serrées, il braquait sur Catulle des yeux bridés qui indiquaient une origine indienne d'Amérique du Nord.

— Elle est partie ! dit Chenk. Maintenant, personne ne se mettra entre nous, et je vais te tuer.

Ce tutoiement, auquel Catulle ne pouvait se résoudre, finit de le désarçonner. L'autre poursuivit :

— Tu as profité d'être son patron pour te l'attacher ! Cette fille est à moi ! Tu ne resteras plus longtemps entre nous !

Il avançait, le couteau pointé sur Catulle, qui recula jusqu'au mur de planches. Chenk progressait lentement, sans lâcher du regard la poitrine où il allait enfoncer sa lame. Catulle, l'esprit bloqué sur cette pointe d'acier qui s'approchait de lui, comprenait qu'il n'avait d'autre issue que de tenter le tout pour le tout. Alors, il se détendit comme un ressort soudainement libéré. L'autre, qui ne s'attendait pas à cette réaction de la part d'un bourgeois censé ne rien savoir des combats de rue, plongea en avant, mais Catulle évita la lame qui trancha ses vêtements au flanc droit, entailla la peau au-dessus des côtes. Chenk, avec l'agilité et la souplesse d'un animal de combat, se rétablit et se retourna. Une fois de plus, Catulle devait faire face. Le sang coulait au-dessus de sa hanche, collant sa chemise à la peau. Ne ressentant aucune douleur, il évita la nouvelle estocade, plongea sur son adversaire qui, décontenancé par l'attaque, ne sut être assez rapide pour éviter la prise solide de Catulle, dont les forces étaient décuplées. Les deux hommes roulèrent sous la table tandis que Chenk tentait de libérer sa main armée du couteau, mais Catulle la tenait solidement, cognant le poignet contre le pied de la table, mais la lame restait dressée. Catulle comprenait combien la pratique de la lutte dans sa jeunesse lui était salutaire. D'une prise sûre, il réussit à immobiliser Chenk. Ses yeux se portèrent sur une sorte de vase en bronze, posé à même le sol, à portée de sa main droite. Il s'en saisit d'un geste vif et frappa le visage grimaçant de Chenk, qui poussa un cri. La main s'ouvrit, le couteau tomba sur le sol. Déjà, le vase s'écrasait une nouvelle fois sur le visage de l'Indien dont le corps se détendit. Catulle se dressa. Chenk gisait, immobile, le regard vide fixé sur le plafond. De la porte restée ouverte, d'autres hommes arrivèrent. Catulle saisit le couteau, recula jusqu'à la cloison pour faire face. Il n'avait pas l'intention de se laisser saigner sans se défendre. La colère, la rage de sauver sa vie lui donnait la force de tuer de nouveau sans discernement. Un homme à l'épaisse barbe noire, aux larges épaules, s'approcha de lui, les mains ouvertes comme des pinces.

— Tu as tué notre frère ! dit-il d'une voix sourde.

— Il m'a menacé ! répondit Catulle fermement. Il avait le couteau, j'ai dû me défendre.

— C'est juste. J'ai vu que tu sais te battre. Si tu n'étais pas un bourgeois, tu pourrais être des nôtres. Ceux qui te cherchent sont nos ennemis. Nous leur préférons les Prussiens, avec qui il est toujours possible de s'entendre. Mais tu as quand même tué notre frère ! Tu vas donc devoir mourir à ton tour.

— Marine va revenir. Je veux lui parler.

— Que veux-tu lui demander ? fit l'homme à l'épaisse barbe noire. Qu'elle appelle sa mère pour te sauver, comme elle l'a déjà fait ? Sa mère ne peut rien. Tu vas mourir, mais avant je veux me donner un petit plaisir ; je vais même être très généreux. On m'appelle le Fort de Belleville. On va se battre tous les deux, à mains nues. Si tu gagnes, on attendra le retour de Marina pour te couper la gorge. Elle t'aime beaucoup, je crois, notre plaisir n'en sera que plus complet.

Catulle toisa l'homme qui lui faisait face, les mains toujours en avant, et constata combien il était robuste. Aussi grand que lui, son corps imposant le dominait. Sa connaissance de la lutte et des arts martiaux ne suffisaient pas pour vaincre cet énorme adversaire.

— Il faut te décider ! dit l'autre. Mes copains ont besoin d'un peu de distraction et s'impatientent. Ils seraient capables de te saigner tout de suite, juste ce qu'il faut pour te voir agoniser à petit feu. Si tu veux gagner du temps, tu sais ce qui te reste à faire !

Marine était partie depuis une heure environ. La banque se trouvait au centre de Paris ; un peu plus d'une demi-heure de fiacre était nécessaire pour s'y rendre. Si, ensuite, elle se rendait à Clichy, il n'avait aucune chance de tenir jusqu'à son retour. Il pensa à Anna et ses trois enfants perdus sans sa protection.

— J'accepte ton défi à une condition.

L'autre se tourna vers le groupe d'hommes rassemblés à la porte et tous éclatèrent de rire.

— Voilà que tu poses une condition ! Voyons laquelle, pour rigoler un peu !

— Tu as dit qu'on se battait à mains nues. Moi, je vais jeter mon couteau, mais toi, tu vas retourner tes poches et poser ta veste afin que je sois certain que tu ne caches rien.

— Voilà que tu me prends pour un tricheur ? Je t'ai dit qu'on se battait à mains nues. Mais le temps passe et je m'impatiente. Nous avons assez parlé. Suis-moi !

Les hommes rassemblés à la porte s'écartèrent pour laisser passer les combattants. Catulle n'avait pas lâché son couteau. Le temps était gris, un crachin froid avivait sa blessure au flanc. Le Fort de Belleville s'arrêta au milieu de la petite place en terre battue puis se tourna vers son adversaire. Les autres, hommes et femmes accourus, enfants qui se faufilaient dans les jambes des adultes pour être devant, insensibles au froid, au vacarme des chiens et des chats, faisaient cercle. Enfin un peu de spectacle ! Ils allaient s'amuser aux dépens d'un bourgeois, cela n'arrivait pas souvent, et ils se délectaient à l'avance des coups qu'il allait recevoir.

Le Fort se tourna vers Catulle, posa cérémonieusement son manteau noir après l'avoir exhibé à la foule. Enfin il dit :

— Je te propose un petit raffinement. Je vais planter ton couteau ici, à dix pieds de l'endroit où nous allons nous battre. Si tu peux le prendre, tu auras le droit de t'en servir ; si je l'attrape, c'est moi qui m'en servirai. Cela va t'obliger à te défendre jusqu'à tes dernières forces. Ici, on aime les spectacles vrais.

Le Fort de Belleville parlait avec une certaine distinction. Catulle avait remarqué qu'il n'employait pas les mots des autres, mais avait, malgré l'apparence rustre qu'il voulait se donner, comme un reste de savoir-vivre. Par quels chemins tortueux, après quelles déconvenues avait-il échoué dans cette bande de petits malfrats, de voleurs à la tire, ces minables sans loi qu'il dominait par la force ? Où était Marine à cet instant, elle qui ne reculait devant aucun de ces forts en gueule ?

Enfin, le Fort de Belleville, balayant toujours cérémonieusement du regard les spectateurs admiratifs, retroussa les manches de sa chemise, découvrant des bras énormes, presque aussi velus que ses joues.

— À partir de maintenant, tous les coups sont permis ! dit-il en s'approchant, les mains toujours en avant.

Catulle réfléchissait vite. Il ne pouvait rien contre la force de l'homme qui le menaçait, il ne pouvait que ruser pour gagner du temps, louvoyer pour se soustraire à ses prises. À la force, il devait opposer l'agilité, la ruse ; il devait pousser le Fort à l'erreur, aveuglé par sa totale confiance en lui.

La première charge renversa Catulle. Le Fort voulut se jeter sur lui, mais le jeune homme esquiva vivement et prit l'avantage un court instant. Il put se dégager de la nouvelle attaque, se remettre sur ses jambes. La foule poussait des cris qui accompagnaient les mouvements des lutteurs. Le Fort comprit alors que son adversaire ne serait pas aussi facile à maîtriser qu'il l'avait cru.

— Je vois que tu sais te battre et que tu as appris certains trucs ! dit-il en se relevant, mais jamais personne n'a vaincu le Fort de Belleville !

Nouvel assaut et nouvel échec du Fort. Catulle, se dérobant au dernier moment, déséquilibra l'adversaire, qui mordit la poussière. Les gens poussèrent un cri, quelques applaudissements, vite réprimés, montèrent de la foule. Catulle, se prenant au jeu, comprit que s'il pouvait difficilement avoir le dernier mot il saurait embarrasser le colosse jusqu'au retour de Marine. Ses ruses avaient fini par jeter le doute dans l'esprit de l'adversaire qui découvrait que sa puissance ne lui permettait pas tout. Lui aussi se prenait au jeu et, grimaçant, voulut saisir Catulle dans son étreinte de fer mais, une fois de plus, le « bourgeois » s'esquiva et réussit à déséquilibrer le colosse, qui roula à ses pieds.

— Tu glisses, tu fuis comme une anguille, dit l'homme en se levant et en chargeant de nouveau. Vas-tu donc accepter la bataille ?

Cette fois, le Fort assura sa prise, renversa Catulle, qui se démenait comme un beau diable. La foule applaudit, mais Catulle, une fois encore, se souvint des parades de lutte. En se servant de la force de son adversaire, il réussit à le déséquilibrer. Prudent toutefois, il ne poussa pas l'audace jusqu'à l'offensive.

Tout à coup, ivre de rage, le Fort de Belleville se précipita sur le couteau planté en terre, à l'écart, et se dressa, menaçant, face à Catulle, qui comprit le danger mortel d'un nouvel engagement. La foule se taisait, comme au moment de la mise à mort du taureau...

Grâce à sa souplesse et à sa rapidité, Catulle réussit à éviter la lame qui siffla près de sa joue droite, mais aussitôt l'assaillant se retourna, puis attaqua de nouveau.

Un remous se fit dans la foule, une femme cria quelque chose, les gens s'écartèrent pour la laisser passer. Sa tête était dissimulée par un gros capuchon. Le Fort, un instant distrait, se tourna de nouveau vers Catulle, l'arme pointée dans sa direction.

— Le Fort, que fais-tu là ?

L'homme se tourna et vit Marine qui avançait vers lui : elle menue, lui monumental.

— Pose ce couteau tout de suite, ordonna-t-elle en se plaçant devant Catulle. Cet homme est à moi, tu n'as pas à y toucher.

— Marina, menaça le Fort de Belleville, pousse-toi ! Il faut que je le tue ! Il a tué Chenk.

Une ombre passa sur le visage de la jeune fille, qui reprit aussitôt son aplomb. La foule était silencieuse, seuls les animaux enfermés faisaient un vacarme que personne n'entendait.

— Alors, tue-moi d'abord ! cria Marine en se dressant devant Catulle. Il sera dit que toi, l'homme le plus fort de Belleville, tu as frappé une femme sans défense !

— Marina, je t'en prie, pousse-toi !

— Jamais !

Le Fort de Belleville prit son élan, le couteau levé au-dessus de son épaule, et s'approcha de Marine, qui tremblait malgré sa détermination. Elle regardait fixement l'homme qui, enfin, laissa retomber son bras. La foule poussa un cri de soulagement.

— Il a tué Chenk ! dit le Fort en baissant la tête, il doit mourir.

— Chenk n'a jamais été franc avec nous. C'était une vipère, il n'a eu que ce qu'il méritait.

Catulle, reprenant ses esprits, précisa :

— J'étais dans le fiacre. Il est entré en me disant que Marine était à lui et qu'il allait me tuer. Je n'ai fait que me défendre !

— C'est bien ce que je pensais ! dit Marine. Viens !

Le cercle s'ouvrit pour les laisser passer. Le Fort de Belleville fut vite entouré d'hommes qui le félicitaient, lui répétant qu'il était toujours le meilleur. Quand ils furent dans le fiacre où Chenk gisait encore, Marine découvrit la blessure de Catulle.

— Il faut nettoyer ça, mais nous ne pouvons plus rester ici. Le Fort voudra sa revanche et finira par t'avoir ! Je me doutais qu'ils allaient te chercher des ennuis ; c'est pour ça que j'ai écourté ma balade. Nous devons fuir, mais il n'existe aucun endroit aussi sûr qu'ici. Viens, allons voir ma mère !

— C'est vraiment ta mère ?

— Non, mais ici, c'est la mère de tout le monde. Ma véritable mère est morte quand la tienne m'a recueillie. J'avais dix ans. Elle, c'était une femme qu'on connaissait. Elle n'était pas aussi grosse qu'aujourd'hui. Elle se rendait souvent chez un voisin et s'était prise d'affection pour moi. Voilà pourquoi je suis ici.

Ils descendirent l'escalier jusqu'à la grande salle souterraine où brûlaient des lampes à pétrole. Dans une pièce voisine, la mère, allongée sur un divan, tourna sa grosse tête vers les arrivants. Son regard curieux s'attarda sur Catulle.

— Il ne vous reste que la fuite. Faut quitter Paris.

— Quitter Paris ? s'exclama Catulle. Mais je ne peux pas ! Mes fils ont besoin de moi ici.

— Le Fort ne te pardonnera jamais, poursuivit la grosse femme. Les autres t'en veulent d'avoir tué Chenk. Personne ne l'aimait, mais c'était un des leurs. Toi, tu es un bourgeois...

— Je veux rester à Paris.

— Dans ce cas, je ne peux rien pour toi !

— Alors, je vais le suivre ! dit Marine en s'animant.

La mère se dressa lentement et s'assit sur le rebord du divan.

— L'hiver approche ! dit-elle. Tu veux avoir froid ? La famine commence à se faire sentir chez les pauvres. Tu veux aussi avoir faim pour ton beau bourgeois ? Marina, je t'en prie, reste ici !

— Non, mère. J'ai amené ici mon maître pour qu'il soit protégé. Tout ce que les tiens ont trouvé à faire, c'est de le menacer de mort.

Elle tourna les talons, prit la main de Catulle qu'elle entraîna hors de la pièce.

— Marina, cria la mère, tu te rends compte de ce que tu fais ?

— Viens ! répéta Marine sans répondre à la grosse femme. Je sais où nous allons trouver refuge.

Ils remontèrent, contournèrent les baraques par le terrain vague.

— On va passer par là. Les autres sont occupés à tuer et dépouiller les chiens et les chats qu'ils revendent aux bouchers. Ils ne s'apercevront de rien.

En effet, ils sortirent du baraquement sans rencontrer personne. Ils regagnèrent le centre de Paris par une rue qui serpentait entre les prés et les jardins. Des gens manifestaient comme chaque jour pour réclamer du pain. Beaucoup accusaient les riches de garder chez eux des réserves qu'ils revendraient au plus fort de la crise à des prix excessifs.

— Ils mangent du bon pain blanc ! cria un homme visiblement aviné près de Catulle. Et ils nous laissent le pain fait de son et de paille !

— T'occupe pas de ça, dit Marine à Catulle, viens !

Ils traversèrent l'avenue de l'Opéra envahie de manifestants et de fiacres qui se frayaient difficilement un chemin, empruntèrent une petite rue plus tranquille, envahie de détritus. Depuis le début du siège, les ordures n'étaient plus ramassées par les services de la voirie. Une forte odeur de pourriture montait des déchets accumulés en tas, d'où fuyaient d'énormes rats que le peuple ne pensait pas encore à manger. Marine poussa un vieux portail rouillé sur lequel s'accrochait du lierre qui empêchait son ouverture complète. Ils se faufilèrent ensuite à l'intérieur d'un parc abandonné avec, au fond, une grande maison aux murs gris, aux volets défoncés.

— La véritable entrée est de l'autre côté ! dit Marine. Tout le beau monde de Paris fréquente cette maison. Par ici, notre venue restera discrète. Quel jour sommes-nous ?

— Lundi 24 octobre. La sixième semaine du siège commence et nous ne savons toujours pas quand cela va s'arrêter.

Ils arrivèrent devant une porte ouvragée qui avait dû être très belle, autrefois. Les motifs rongés par la pourriture enlaidissaient d'épaisses pièces de chêne disjointes. Marine cogna la lourde main de bronze contre une plaque métallique fixée par des clous que la rouille rongeait.

— Chez qui m'emmènes-tu ?

— Tu vas être surpris. Ici, rien ne se passe comme ailleurs. L'homme que tu vas voir est particulier ; il hait la populace et le gouvernement. Ici, tu ne risqueras rien.

— Et s'ils viennent l'arrêter ?

Marine sourit.

— Personne n'arrête le marquis de la Géanterie, car tout le monde a besoin de lui !

Une clef tourna alors dans la serrure. La porte s'ouvrit, Catulle se trouva face à une femme de forte taille, bâtie comme un bûcheron. La tête nue, ses cheveux courts lui donnaient l'aspect d'un homme. Sa longue robe noire ressemblait à une soutane.

— Bonjour, mère Grégonte. Je voudrais demander un service au marquis.

— Marina, quelle surprise ! Tu nous amènes un client ?

— Non, dit la jeune fille. Catulle Moringuet est mon maître et mon ami. Comme il est recherché, je veux demander au marquis de la Géanterie de le cacher ici où tout le monde passe et, par conséquent, où personne n'aura l'idée de venir le chercher. La maison est assez grande pour cela.

— Je ne puis rien dire à la place du marquis, mais je sais qu'il ne peut rien te refuser.

Catulle allait de surprise en surprise. Marine avait décidément de curieuses fréquentations !

— Entrez ! dit Grégonte. Il ne fait pas chaud ! Avec ce petit crachin qui n'en finit pas, on se croirait en plein hiver. Du mauvais temps pour ceux qui n'ont pas de réserves !

Ils entrèrent dans un grand couloir. Alors, une voix aigre, venue d'une pièce du fond, s'écria :

— Grégonte, qu'est-ce que c'est ? Tu sais bien qu'aujourd'hui je ne reçois pas !

— C'est Marina et un ami !

— Marina ! Cette douce enfant a pensé à moi ! Viens donc, ma belle !

Au fond de la pièce brûlait un grand feu. Plusieurs fauteuils étaient rangés autour de l'âtre. Catulle retint sa respiration. Sa surprise était telle qu'elle devait se lire sur sa figure, mais l'homme qui s'approchait de Marine, habitué à provoquer de tels effets sur ses visiteurs, n'y prêta pas attention. C'était un nain difforme à la tête énorme, à la large figure, aux lèvres grasses. Ses cheveux gris tombaient en fils sales sur ses épaules. Très gros, avec des jambes courtes qui disparaissaient sous sa volumineuse bedaine, il ressemblait à un cul-de-jatte. Enfin, se tournant vers Catulle, il leva la tête.

— Monsieur, soyez le bienvenu ! dit-il. Tous les amis de Marina sont nos amis. Ici, vous ne risquez rien.

Le nain parut tout de suite sympathique à Catulle. Ses airs grandiloquents lui allaient bien.

— Dieu, en me privant de mes jambes, car vous constaterez que les jambes seules font les nains – tout le reste grandit normalement sauf les bras, évidemment, car ils traîneraient par terre et ce serait très inconfortable –, Dieu, dis-je, en me faisant nain, m'a offert un don exceptionnel : je lis l'avenir comme s'il était écrit sur le journal du matin. Et moi, le marquis de la Géanterie, nain par ironie du sort, je peux vous dire... Et puis je ne vous dis rien. L'ignorance est parfois salutaire !

Il s'approcha du feu, tendit ses petites mains potelées aux flammes.

— Grégonte, montre à nos amis leurs appartements. Le dîner est à sept heures précises, dans cette pièce. Vous n'imaginez pas que je vais monter au premier étage ! Les marches d'escalier ne sont pas faites pour les nains. Elles sont beaucoup trop hautes pour mes pauvres jambes !

La servante accompagna Catulle et Marine à l'étage.

— Vous pouvez utiliser toutes les pièces qui vous conviendront. Ce n'est pas très propre. Je n'y fais pas souvent le ménage, le marquis ne pouvant habiter qu'au rez-de-chaussée. Mais vous vous en accommoderez. Ne soyez pas en retard pour le dîner, le marquis a horreur d'attendre.

Elle laissa Marine et Catulle dans un couloir semblable à celui de l'entrée et descendit l'escalier. Marine s'approcha de Catulle en souriant, puis elle devint grave.

— Je t'aime ! dit-elle doucement. Je t'aime, mais pas comme un grand frère ; comme une femme aime un homme.

Cet aveu le surprit, il ne sut que répondre. Il avait du mal à s'habituer à la personne que Marine était devenue. Quand elle se blottit contre lui, il ne la repoussa pas. Il pensait à la jeune fille pelotonnée comme un chat près de lui, la nuit précédente.

— Comment as-tu connu le marquis de la Géanterie ?

— C'est une longue histoire. Ma mère s'occupait de son linge, il m'aimait un peu... comme un père. Quand je suis partie chez vous, j'ai continué à lui rendre régulièrement visite.

— Est-il vraiment un voyant ?

Marine rit aux éclats.

— Il reçoit beaucoup de gens qui ont une grande confiance en son savoir, et des gens importants... Non, je ne crois pas un instant qu'il soit un voyant, il parle beaucoup, il sait rassurer ceux qui viennent chez lui chercher un peu de réconfort. D'ailleurs, parfois ses prédictions se réalisent ! En tout cas, ses clients lui ont permis de rassembler une grosse fortune. Mais il va être sept heures, nous devons descendre...

La table était dressée dans la grande pièce où brûlait un feu nourri. Grégonte servit un potage aux légumes frais, préparation rarissime dans la capitale. Le marquis commentait :

— Pardonnez ce maigre potage auquel il manque, vous l'avez sûrement remarqué, une carotte jaune, mais ce légume est devenu introuvable. Ah, cette guerre !

Après le potage suivit un plat de charcuterie : jambon, saucisson, saucisses sèches, tranches de boudin, puis un rôti accompagné de petits légumes, choux de Bruxelles, pommes de terre... Le pain blanc était frais et savoureux. Catulle n'en revenait pas : à cette table, on ignorait le siège, même si le bruit des canonnades parvenait jusque-là, semblable au vague grondement d'un lointain orage. Le marquis s'expliqua.

— Les gens les plus riches viennent dans cette maison chercher des conseils pour leur avenir. Ils paient avec ce qui est, en ces temps troublés, plus précieux que l'argent : des légumes, de la viande, bref, tout ce qui est indispensable à un honnête homme.

Il souriait. Quand il était assis, son infirmité était en partie cachée. Hormis ses bras courts et boudinés, son torse était celui d'un homme ordinaire. Sa tête semblait moins grosse, mais ses yeux brillants dénotaient l'homme qui s'amusait tout le temps des autres, qui cherchait dans chaque événement de quoi faire un peu d'esprit et surtout parler abondamment et avec emphase.

— Tout ce qui arrive est de la faute de Napoléon III ! insistait-il. Victor Hugo, qui me fait l'honneur de me rendre visite de temps en temps, en est convaincu. Sachez qu'ici, ce que le monde des lettres a de plus illustre vient chercher son avenir. Tenez, hier, j'ai reçu ce pauvre Alphonse Daudet. Il se fait du souci pour son fils, Léon, âgé de trois ans et souffreteux. Je l'ai rassuré, son fils vivra très longtemps et ne mourra qu'au milieu du siècle prochain. Mais les poètes ne sont pas les meilleurs clients. Ils ne paient pas très bien et manquent souvent de tout, comme les plus misérables de nos concitoyens. Je préfère les hommes politiques qui savent faire des réserves au bon moment.

Tout à coup, Grégonte entra, l'air affolé.

— Monsieur, s'écria-t-elle, il y a le feu du côté de Belleville ou Vincennes. Le ciel est rouge comme je ne l'ai jamais vu.

Le marquis sauta de son fauteuil, suivi de Catulle et de Marine. Depuis le seuil de la porte, ils virent en effet une immense lueur rouge embraser le ciel au nord-est. Au centre, des reflets blancs, verts, parfois bleus ondulaient comme une tenture ; un immense drap, rouge groseille aux extrémités, qui bougeait sous un léger vent.

— Que cela est beau ! dit le marquis, qui ne cédait pas à la peur de sa bonne. Ce n'est pas un incendie, c'est une aurore boréale, phénomène courant dans les contrées gelées du Grand Nord, exceptionnel chez nous. C'est un signe, bien sûr !

Marine s'était rapprochée de Catulle, qui lui prit la main pour la rassurer. Le nain ne cessait de s'extasier alors que les lueurs se dissolvaient lentement dans la nuit et que les étoiles réapparaissaient.

— Rentrons, il fait froid ! dit le marquis. Mais je vous assure que c'est un signe : les malheurs de notre pauvre ville ne sont pas finis !

Après dîner, Catulle et Marine montèrent à l'étage. Catulle se dévêtit et se coucha sans allumer de chandelle. Lorsque Marine vint se blottir contre lui, il découvrit son corps ferme avec le sentiment de le désirer depuis longtemps. Il lui semblait que tout ce qui s'était produit jusque-là n'avait d'autre but que de supprimer les différences entre le maître et la servante, comme s'ils étaient destinés l'un à l'autre depuis toujours.

Le début du mois de novembre fut froid. Le bois de chauffage commençant à manquer, les plus pauvres volaient les planches et les piquets des clôtures. Sur les Grands Boulevards, des platanes étaient abattus sans que la Garde nationale intervienne. C'était à ce prix que le peuple, qui s'était soulevé la semaine précédente contre la mairie pour réclamer un gouvernement élu, restait calme.

Depuis longtemps, les miséreux qui ne pouvaient plus s'acheter la ration de viande de cheval autorisée s'approvisionnaient dans les boucheries « canines et félines », encore dans leurs moyens, mais les prix augmentaient chaque jour. Ils mangeaient un pain infect à base de paille et de farine d'avoine. Certains boulangers, peu scrupuleux, ajoutaient même du plâtre à la farine de blé, occasionnant ainsi d'effroyables troubles digestifs dans la population. Les jeunes enfants, premières victimes de la malnutrition, mouraient en quantité.

Le 14 novembre, enfin, un pigeon postal ramena dans la capitale deux cent soixante-dix messages privés qui furent acheminés dans la journée. Les Parisiens apprirent ainsi la victoire des Français à Coulommiers et l'occupation d'Orléans. Pendant les jours qui suivirent, la population vécut dans la seule attente des messagers ailés. Poètes et chansonniers ne cessaient de célébrer les « oiseaux de l'amour ».

Pendant ce temps, les Prussiens, qui tiraient les pigeons au fusil chaque fois qu'ils le pouvaient, tentaient de neutraliser le second moyen de communication : les ballons. L'ingénieur Alfred Krupp construisit à cette fin un canon monté sur quatre roues, qui se révéla bien vite d'une totale inefficacité, les autorités parisiennes ayant décidé de ne lâcher leurs précieux engins aériens que de nuit.

Marine n'avait rien pu apprendre sur Anna et les triplés. En surveillant la petite maison de Pesquez, elle avait simplement remarqué que celui-ci sortait chaque matin et rentrait tard le soir. Elle avait aussi observé qu'un homme apportait chaque jour un récipient de fer-blanc dont elle découvrit, par hasard, à la suite d'un faux pas du livreur qui faillit tomber, qu'il contenait du lait. Catulle en déduisit ainsi que ses fils étaient toujours là et continua à faire apporter des colis de nourriture tous les trois jours.

Chevillard savait en revanche où se trouvait Anna, mais n'en avait rien dit à Mme Joséphine, car c'était le seul moyen de remonter jusqu'à Catulle Moringuet. Le personnage important qui réclamait la jeune femme patienterait encore un peu ! Chevillard, qui faisait surveiller les abords de la banque Lorrin, avait donné l'ordre à l'employé qui gérait le compte numéroté de Moringuet de l'avertir chaque fois que quelqu'un viendrait retirer de l'argent. Il put de cette façon appréhender les domestiques et les questionner, mais tous ignoraient où se trouvait leur ancien maître.

Pesquez passait ses journées à la mairie de Paris où Chevillard l'employait à toutes sortes de tâches destinées à retenir près de lui un atout aussi précieux. Le soir, l'Espagnol errait dans les rues, échafaudant des plans pour s'emparer d'Anna. Parfois il se disait qu'en la forçant une première fois elle serait plus docile la seconde et finirait par prendre du plaisir avec lui, par l'aimer. Mais que pouvait-il quand sa mère entendait tout et le regardait avec les yeux de la conscience ?

Sa mère ! Pesquez, qui avait toujours eu peur des femmes, s'était enfermé dans le rôle de fils méritant pour une mère plus méritante encore. Mais la passion qui le brûlait pour Anna l'avait transformé et lui révélait les murs de sa prison. Antonina l'empêchait d'aller jusqu'au bout de sa hantise.

Au fil des jours, il devint de plus en plus désagréable avec la vieille femme. À ses attaques verbales succédèrent des réactions brutales, des menaces. Antonina comprenait la raison d'une telle attitude. Elle sentait bien son fils tiraillé, sur le qui-vive, toujours survolté. En outre, Pesquez s'en prenait aussi à Anna et à ses « marmots », qui ne cessaient de pleurer la nuit. Sa mère évitait de le reprendre, mais son seul regard suffisait à l'exaspérer. Un soir qu'il avait été particulièrement odieux, Anna se dressa devant lui.

— Puisque je rends la vie difficile à tout le monde, je vais partir !

Il n'imaginait pas qu'Anna quitte cette maison ; sa présence lui était indispensable. Savoir qu'elle pouvait être ailleurs, rencontrer d'autres hommes, leur céder, le rendait enragé.

— Je ne veux pas que tu partes ! cria-t-il.

— Alors cesse tes jérémiades et arrête de faire des reproches à ta mère !

Pesquez se tut et se tint tranquille pendant quelque temps. Une idée terrible avait germé dans son esprit qui peu à peu prenait corps.

Pourtant, jusqu'à la fin du mois de novembre, un reste de sens moral le retint de mettre son plan à exécution. Il voulait surtout attendre les résultats de l'offensive dont on parlait depuis deux semaines : son issue pouvait en effet remettre en cause son poste à la mairie.

Enfin, dans la nuit du dimanche 27 novembre, les Parisiens furent réveillés par d'intenses canonnades qui annonçaient le début d'une opération d'envergure. Tous les forts de Paris avaient ouvert le feu en même temps. À l'aube, les canons de campagne prirent la relève. Le général Ducrot, à la tête de cent cinquante mille hommes soutenus par quatre cents canons lourds, allait traverser la Marne à Joinville-le-Pont et occuper Champigny. Des attaques de diversion étaient lancées au sud de Paris, en direction d'Aubervilliers. Les plus optimistes espéraient ainsi, avant la nuit, opérer la jonction avec l'armée de la Loire. Hélas, une crue de la Marne empêcha l'armée de Ducrot de passer à l'offensive. Il fallut attendre le 30 pour franchir le fleuve, tenter une percée qui fut repoussée et se solda par des milliers de tués. Paris, au début du mois de décembre, comprenait que l'étau prussien n'était pas près de se desserrer. Les pigeons voyageurs apportaient des nouvelles alarmantes : Orléans avait été repris, ainsi que Tours, Bourges, Cherbourg... La population rurale, excédée par la guerre, pactisait avec l'ennemi.

Pesquez en était satisfait : le siège et la guerre n'allaient pas s'arrêter de si tôt ; Chevillard conserverait encore longtemps tout son pouvoir. Le jeudi 1er décembre, il décida enfin de passer à l'action. Cependant, la première parole de son chef l'inquiéta.

— Je sais, mon cher Pesquez, et depuis longtemps, à qui sert le lait que je vous ai fait avoir tous les jours. Il n'est pas destiné à votre mère.

Pesquez voulut persister dans son mensonge, mais sa voix sonnait faux.

— Si, je vous assure, ma vieille mère...

— Ce lait est bu par trois nourrissons, fils de Catulle Moringuet ! asséna Chevillard. Maintenant que les actions militaires nous laissent un peu de temps, je veux que vous retrouviez celui qui, tous les trois jours, vous envoie un colis de nourriture. Vous avez carte blanche. Je vous fournirai les hommes dont vous aurez besoin.

— Ce sera très difficile. Les colis sont livrés par des fiacres différents ! dit Pesquez avec un vif sentiment de souillure intérieure.

— Moringuet est quelque part dans Paris, qui nous nargue. J'ai appris, en questionnant les gens de sa maison à qui il a laissé un pécule avant de se volatiliser, qu'il était parti avec une jeune servante du nom de Marine. La connaissez-vous ?

Pesquez bredouilla. Il se haïssait, mais comprenait qu'il n'avait pas d'autre moyen. Le beau corps d'Anna valait bien toutes les trahisons, toutes les bassesses.

— Je suis allé quelquefois chez M. Moringuet. J'y ai vu cette Marine.

— Donc, vous pouvez la reconnaître ! Avec deux agents, vous surveillerez les abords de la banque Lorrin. C'est elle qui vient chercher l'argent dont il a besoin en cette période de pénurie. C'est pour maintenir ce contact que je n'ai pas fait bloquer son compte. Quand vous la verrez, vous le signalerez aux deux agents avant de m'avertir. Au fait, avez-vous trouvé un graphiste digne de ce nom pour recopier fidèlement certains documents portant l'écriture de M. Moringuet ? Ceux dont je dispose sont si peu ressemblants qu'aucun expert ne s'y trompera. Je les avais fait copier à la va-vite pour abuser Moringuet lui-même, ce qui avait réussi à merveille, mais pour le procès il nous faudra des pièces irréfutables.

— Je crois avoir trouvé notre homme. Néanmoins, pour plus de sûreté, j'essaie trois écrivains publics peu regardants sur le travail qu'on leur demande. Nous prendrons le meilleur.

— Très bien. Vous êtes un allié précieux et je me félicite chaque jour de vous avoir pris à mon service ! dit Chevillard en souriant.

Pesquez leva enfin la tête.

— Je voulais vous parler de ma vieille mère et solliciter de votre part une recommandation... C'est pour moi une charge de plus en plus lourde !

— Ne vous en faites pas ! Je vais lui trouver une place dans un hospice où elle sera fort bien traitée. À propos, les enfants de Moringuet ne peuvent pas rester chez vous non plus. Ils seront placés.

Chevillard se tut, laissant volontairement dans l'expectative un Pesquez qui n'osait aller au bout de sa pensée.

— Quant à leur nourrice..., je crois avoir compris qu'elle ne vous laisse pas indifférent. Ce sera votre récompense. Mais un peu de patience : je souhaite que l'on mette la main sur cette Marine avant de déplacer les enfants. Vous comprenez aisément pourquoi !

— Oui, je comprends ! murmura Pesquez.

— Ainsi donc, allez surveiller les entrées de la banque Lorrin. Plus vite vous aurez trouvé cette Marine, plus rapidement s'arrangeront nos affaires. Pour votre mère, ce sera réglé dans deux jours au plus tard.

Pesquez sortit de l'hôtel de ville avec deux hommes vêtus de sombre qui lui dirent être à ses ordres, mais il comprit bien vite qu'ils avaient reçu des consignes précises. Il faisait frais et humide. Un vent glacé courait le long des rues et les badauds étaient peu nombreux. À la recherche d'un os dont ils pourraient extraire la moelle, d'une couenne, d'épluchures, de rares pères de famille, hagards, fouillaient les tas de détritus près des maisons bourgeoises et des restaurants qui servaient du ragoût de chat ou des côtelettes de chien. On en venait aux mains pour une pomme pourrie ou une feuille de poireau.

À la banque, les clients étaient peu nombreux. Seuls quelques bourgeois, dont les vêtements chauds et neufs indiquaient l'aisance, fréquentaient l'établissement. Pesquez et ses acolytes se postèrent dans une ruelle en retrait, d'où ils surveillaient l'entrée principale. Battant la semelle sur les pavés froids, ils attendirent ainsi jusqu'à la fermeture. La nuit tomba, les employés quittèrent la banque et le dernier ferma la grille. Pesquez passa à la mairie avertir Chevillard qu'ils n'avaient pas vu la jeune servante.

— Ce sera pour demain ou un autre jour ! Un peu de patience, que diable ! dit Chevillard, de fort bonne humeur. Pour votre mère, j'ai ce qu'il faut. Après-demain matin, des employés de l'hospice Saint-François viendront la chercher. Vous n'aurez à vous occuper de rien !

Pesquez remercia et s'en alla.

Il rentra chez lui, marchant très vite pour se réchauffer et surtout retrouver Anna. Il pensait aussi à sa mère qui allait entrer à l'hospice Saint-François. Comment osait-il infliger un tel traitement à la femme qui l'avait nourri, qui s'était sacrifiée pour lui ? Il se sentait coupable du pire des crimes, mais l'envie d'Anna était la plus forte ! Dans un bistrot, il commanda du vin, seule denrée encore abondante et responsable en partie de la pénurie de blé. Tous les bourgeois, les Parisiens aisés voulaient en effet avoir leurs vignes au plus près de leur domicile, ainsi les collines proches de Paris, dans le périmètre bloqué par les Prussiens, étaient-elles, en partie, couvertes de vignobles aux dépens des autres cultures.

Quand Pesquez arriva chez lui, titubant, les triplés pleuraient. Il s'emporta.

— Ces rats qui n'arrêtent pas de crier me rendront fou !

Antonina tourna vers lui un regard dur et réprobateur.

— On ne parle pas comme ça de trois petits enfants sans défense !

Sa mère et sa morale ! Il avait passé l'âge des remontrances ! La colère monta en lui, une colère contenue depuis des années, qui le libérait tout à coup d'un joug devenu trop lourd. Il se précipita sur Antonina, secoua le fauteuil en poussant un cri de rage.

— De quoi te mêles-tu ? hurla-t-il enfin, et toujours secouant le fauteuil.

La vieille femme glissa de son coussin, tomba sur le sol, à côté du feu qui brûlait. Il leva alors les poings sur elle, prêt à frapper, quand une voix le retint.

— Bruno ! Que fais-tu donc ?

Il se retourna. Anna s'approchait de lui, le visage dur. Dans le réduit voisin, les bébés continuaient de crier.

— Tu te rends compte de ce que tu fais ? cria encore Anna.

Pesquez la regardait comme s'il la voyait pour la première fois. La jeune femme aida Antonina à se lever et à s'asseoir de nouveau.

— Bruno, tu as perdu la tête ! dit la vieille. Parfois, j'ai peur, non pas pour moi, je ne suis qu'un fardeau, mais pour toi. Je te sens tellement tracassé, malheureux...

Il prit tout à coup conscience de l'horreur de son geste et ressentit l'envie de demander pardon. La colère le quittait, il se sentait mou, vidé de toute force. Hagard, il regardait autour de lui. Anna le fixa bien droit dans les yeux.

— Tu recommences une seule fois et je quitte cette maison.

— Je ne veux pas que tu partes !

— Alors, reste calme !

Il passa une partie de la nuit les yeux ouverts, à réfléchir. Passé la griserie du vin, les remords le rongeaient ; il voulut alors les enfouir au fond de son être et ne penser qu'au plaisir.

Le lendemain, il se leva, la tête lourde, l'estomac retourné. En face d'Anna qui allaitait les nourrissons et de sa mère que la jeune femme avait aidée à s'habiller, il éprouvait encore de la honte pour son comportement de la veille, mais n'en dit rien. Il sortit. Le jour n'était pas encore levé, pourtant les files d'attente s'allongeaient aux portes des magasins. En passant devant une boucherie éclairée d'une lampe à pétrole, Pesquez vit des chiens dépouillés pendus aux crochets, des chats dont le boucher vantait l'excellent civet qu'on pouvait en faire. D'autres petits animaux également dépouillés et sans tête, les pattes arrière maintenues écartées par un bâtonnet, étaient entassés dans un angle du présentoir. À côté, une étiquette indiquait : « Rats prêts à cuire, 3 francs la pièce ».

Quand il arriva au 12 de la rue de Rivoli, la banque Lorrin ouvrait ses portes. Ses deux acolytes en uniforme le saluèrent froidement.

— Puisque vous êtes le seul à connaître la belle, vous ne pouvez pas vous absenter. Quant à nous, c'est différent. On va aller prendre quelque chose de chaud ! dit l'un d'eux. Si elle arrive, venez nous prévenir.

Les deux hommes s'éloignèrent. Le froid piquait le visage, Pesquez marchait de long en large pour se dégourdir les jambes. La matinée passa ainsi, vide. Pesquez écoutait les commentaires des rares groupes qui se formaient. On disait qu'un pigeon couvert de sang avait apporté une dépêche de Gambetta annonçant que les Prussiens avaient été chassés une fois de plus d'Orléans, et que mille de leurs hommes étaient faits prisonniers. Mais cette bonne nouvelle arrivait après tant d'autres aussitôt démenties... Les Parisiens se passionnaient surtout pour les pigeons postiers et le système photographique qui permettait de concentrer des centaines de dépêches sur la même feuille miniature qu'emportait le messager des airs dans un tube accroché à une forte plume de sa queue... Pesquez écoutait tout cela d'une oreille distraite. Il ne voulait surtout pas que le siège prenne fin trop rapidement.

Vers cinq heures, alors que la brume s'épaississait, une femme vêtue de noir descendit d'un fiacre qui s'était arrêté près de l'entrée de la banque. Bien qu'elle couvrît son visage d'une mantille, Pesquez eut le temps de la reconnaître : c'était bien Marine qui gravissait les marches. Le moment de l'ultime trahison était arrivé! Pesquez avait encore le choix : ne rien dire aux gardes nationaux bien au chaud dans le bistrot voisin ou bien... Non, livrer Catulle Moringuet le ferait monter dans l'estime de Chevillard, un homme influent. Il accéderait à ses désirs les plus chers, posséderait Anna sans retenue, sans risquer la moindre sanction. À cette pensée, son corps s'échauffait, son cœur s'accélérait... Il se décida à entrer dans le bistrot où les deux gardes nationaux étaient occupés à jouer au bouchon.

— Elle est arrivée ! souffla Pesquez en se penchant vers l'homme le plus proche de la porte.

— Parfait, on y va !

Tandis que la voiture patientait à la porte, les deux gardes nationaux se postèrent en retrait jusqu'à ce que Marine sorte. Alors, ils se précipitèrent sur la jeune femme.

— Garde nationale ! Vous êtes en état d'arrestation ! dit le premier.

L'autre la saisit par le bras, l'empêchant de monter dans la voiture.

— Que me voulez-vous ?

— Vous poser quelques questions. Suivez-nous au commissariat.

Il fit signe au cocher qu'ils iraient à pied et qu'il pouvait partir. Pesquez, resté à l'écart, baissait la tête. Cependant, quand l'un des gardes l'appela, il fut contraint de s'approcher.

— Tu dis que cette femme est bien la servante de Moringuet, qui l'a suivi dans sa cavale ?

Il acquiesça de la tête. Marine, soulevant son voile, le jaugea d'un air méprisant.

— Pesquez! fit-elle. Comment avez-vous pu faire cela? Vous pour qui le maître a été si bon!

Elle comprenait que tout était fini, que la belle idylle allait prendre fin dans le pire des cauchemars. Pourtant sa décision était prise : elle ne donnerait pas Catulle; elle préférait encore mourir sous la torture.

Pesquez laissa aux gardes le soin de s'occuper de Marine et rentra à la mairie avertir Chevillard que la jeune servante avait enfin été retrouvée. Ce dernier laissa éclater sa joie.

— Cette fois, nous le tenons. Il sera arrêté et fusillé, ainsi, il ne pourra rien nous reprocher. Je suis content de vous, Pesquez, et notre collaboration ne fait que commencer. Je vise un poste important. Bien sûr vous me suivrez dans mon ascension. Dorénavant les triplés ne nous serviront plus à rien; nous allons les placer dans des familles d'accueil. Quant à Anna, elle est à vous!

À travers son épaisse barbe noire, Chevillard eut un sourire ambigu, car il n'avait pas du tout l'intention de laisser Anna à Pesquez. La jeune femme devait servir ses ambitions. Dès que tout serait réglé, il la ferait conduire chez Mme Joséphine. Au plus tard le lendemain soir.

Pesquez sortit dans la rue froide. Certes, il avait obtenu tout ce qu'il voulait, mais il n'était pas satisfait pour autant. Il imaginait maintenant sa mère perdue au milieu de vieillards et d'indigents. «Je suis un misérable! » pensa-t-il, sans pourtant envisager d'arrêter la machine qu'il avait mise en route. Il n'avait pas suffisamment d'envergure, de caractère pour être entièrement mauvais, ce qui faisait de lui un hésitant perpétuel, au service du plus fort. Dans un bistrot, il demanda un casse-croûte. Quand la tenancière lui répondit qu'elle n'avait que du pain de paille et des saucisses de chien, il renonça à manger et commanda une cruche de vin.

Il vida la cruche entière et sortit, titubant. L'homme sobre, adjoint sans reproche de Catulle Moringuet, avait pris goût à l'ivresse, qui effaçait les reproches de sa conscience. Au fond de la cruche se trouvaient toujours l'apaisement, l'euphorie qui ôtait toute gravité à ses actes et l'incitait à aller plus loin.

Le froid le saisit. Pourtant, il n'avait pas envie de rentrer chez lui. Il ne voulait pas voir ceux qui allaient emmener sa mère, et surtout ne pas croiser son regard. Il ne rentrerait que le lendemain, lorsque tout serait fini, qu'il pourrait enfin s'occuper d'Anna. Un vent cinglant gelait son visage. Pesquez, songeant qu'il ne tiendrait pas ainsi toute la nuit, cherchait un hôtel ouvert quand une jeune femme, dans l'encoignure d'une porte, lui fit signe.

— Tu viens chez moi ? Je te donne ma nuit pour le prix d'une côtelette de chien.

Ce n'était pas la première fois qu'une femme l'invitait ainsi. Beaucoup de miséreuses affamées se prostituaient pour un peu de viande, un chou ou du pain qui n'avait pas goût de plâtre. Ce soir-là, il accepta.

Anna aida Antonina à se coucher puis entreprit de s'occuper des triplés. Elle avait de la chance : François, Louis et Victor n'avaient attrapé aucune des maladies, toux, fièvres dues à la malnutrition, qui faisaient des ravages chez les nourrissons. Grâce au lait qui était livré tous les matins, ils gardaient de belles joues rondes et souriaient à celle qui leur servait de mère. Parfois, Antonina demandait à Anna de poser l'un d'eux sur ses genoux, alors le visage de la vieille femme devenait radieux, souriait de toutes ses rides à cette jeune vie qui s'ouvrait au monde.

— Je n'arriverai jamais à les reconnaître ! disait-elle souvent. Ils se ressemblent tellement que je suis obligée de lire leur nom sur leur bracelet !

— Ils sont pourtant si différents ! s'exclamait Anna. Louis a les joues moins rondes que ses frères. François a les mains les plus potelées et Victor me dévisage avec effronterie : ce sera un bagarreur !

Ce soir, toutes les deux regardaient l'heure avec anxiété : Bruno n'était pas rentré. Ce n'était pas dans ses habitudes, d'autant qu'il faisait très froid. Antonina alla se coucher mais ne s'endormit pas. Le moindre bruit la faisait sursauter. Son fils était en train de mal tourner. La cause ? Anna, pour laquelle il éprouvait une passion dévorante. La vieille mère pressentait un drame imminent, sans savoir pour autant comment l'éviter. Anna était si douce, si prévenante qu'elle aurait été bien en peine de lui reprocher sa présence ou de lui demander de s'en aller avec ses trois bébés dont elle n'imaginait plus pouvoir se passer. La seule manière était de raisonner son fils, de lui rappeler son devoir, de lui parler franchement.

Anna non plus ne dormait pas, et sursautait aussi au moindre bruit. L'absence de Bruno lui faisait craindre une nouvelle trahison. Pourtant la nuit se passa sans le moindre incident. Au petit matin, après avoir somnolé, elle quitta son lit pour s'occuper des triplés qui réclamaient la tétée.

Le jour se levait lentement, brumeux, très froid. Le silence de la nuit se prolongeait. Bientôt les canonnades, la mitraille feraient entendre le bruit de fond quotidien que les Parisiens ne percevaient même plus. Une voiture s'arrêta devant la maison. Anna, qui avait assisté Antonina et allumé le feu, se rendit à la fenêtre. Elle redoutait toujours que Chevillard ou Mme Joséphine, ayant retrouvé sa trace, ne viennent la chercher. Antonina comprit.

— Courez vite vous cacher dans la cave avec les enfants. Ce n'est peut-être que Bruno qui rentre après une nuit de beuverie, mais on ne sait jamais !

Anna passa dans son réduit, fit disparaître les traces de sa présence et surtout celle des nourrissons, dont l'odeur flottait dans l'air. En ouvrant la petite fenêtre, l'air froid la surprit. Alors que deux hommes entraient dans le petit jardin, elle courut s'enfermer dans la cave.

Les deux individus frappèrent à la porte mais entrèrent sans attendre la réponse. Ils saluèrent Antonina.

— Madame Antonina Pesquez ?

— C'est moi ! dit la vieille femme sans se démonter.

— Nous sommes venus vous chercher à la demande de votre fils. Il redoute, avec le froid et la guerre, de ne pouvoir vous garder ici. Il nous a demandé de vous prendre pour la durée de l'hiver à l'hospice Saint-François.

— Qu'est-ce donc que cette histoire ? Je n'ai jamais eu l'intention d'aller à l'hospice où, comme chacun sait, on hâte votre mort si elle tarde trop ! Je veux rester chez moi.

— Ce n'est pas possible, madame. Nous allons vous emmener.

Sans rien ajouter, les deux infirmiers s'emparèrent d'Antonina, qui protestait à grands cris. Anna, qui avait tout entendu, décida d'intervenir.

— Vous ne pouvez pas l'emmener contre son gré. Elle veut rester chez elle, et si son fils la considère comme une charge je m'en occuperai.

— Ne vous mêlez pas de ça !

Anna se jeta sur l'un des hommes, mais il eut tôt fait de l'écarter d'un seul revers de coude. Antonina pleurait et suppliait d'attendre le retour de son fils, qu'il s'agissait sûrement d'une méprise. Ils chargèrent la vieille femme dans la voiture, y montèrent à leur tour, et le cocher fouetta son cheval. Anna, sans mesurer son imprudence, resta longtemps sur le pas de la porte. Elle comprenait maintenant pourquoi Bruno n'était pas rentré.

Une heure passa pendant laquelle la jeune femme erra dans la petite maison. L'absence d'Antonina la vidait de toute vie. Le feu s'éteignait devant le fauteuil et son coussin où était encore imprimée la place de la vieille dame impotente.

Soudain le portail s'ouvrit, Pesquez marcha dans l'allée en baissant la tête. Il ouvrit la porte, la referma sur lui et tourna vers Anna un regard de dément. Il avait passé la nuit avec une femme qu'il n'avait même pas regardée. Son corps n'avait suscité en lui aucune envie. Il avait pensé au corps divin d'Anna et n'avait pu se contenter des seins maigres et tombants, des hanches creuses de celle qui s'offrait pour le prix d'une côtelette de chien. Il était resté dans son coin, insensible à ses appels, l'avait payée au matin et s'en était allé errer dans les rues, plus sombre que jamais. Avant de rentrer chez lui, il avait bu une bouteille dans un bistrot afin de se donner du courage et ne plus penser à ce qui le rongeait.

Anna le regardait durement ; il baissa les yeux.

— Qu'as-tu fait, Bruno ? Tu sais que tu viens de tuer ta mère ?

Sans répondre, il alla s'asseoir à table, le visage dur, puis il regarda enfin le fauteuil vide.

— Et la bouteille de lait pour les triplés ? Pourquoi n'est-elle pas encore arrivée ?

— Ils n'auront plus besoin de lait ! parvint-il à articuler d'une voix qui n'était pas la sienne.

— Que veux-tu dire ? s'écria Anna. Tu penses les tuer, eux aussi ?

— Tais-toi !

Il avait crié et s'était dressé, les poings serrés, menaçant. Anna lui faisait face, prête à défendre ses orphelins.

— Ils vont s'en aller !

Cette fois, Anna comprenait : Pesquez l'avait dénoncée à Chevillard, qui était sûrement sur les traces de Catulle. Pour éviter d'être séparée des enfants et de se voir contrainte à reprendre sa vie d'avant, elle devait donc quitter cette maison avant qu'il ne soit trop tard. Pesquez, après un moment d'hésitation, s'approcha d'elle. Dans la caisse qui leur servait de lit, les triplés, qui avaient faim, pleuraient.

— Oui, ils vont s'en aller. On a trouvé des nourrices pour eux. Mais toi, tu vas rester ici. Tu es à moi, maintenant, et je te veux tout de suite !

— Ne t'approche pas ! menaça Anna.

— Je vais me gêner ! Voilà bien longtemps que j'attends ce moment ! Et il n'y aura personne pour me le reprocher !

— Tu veux dire que tu as fait enfermer ta mère pour...

— Pour être tranquille avec toi !

— Avec ta conscience !

Il s'approchait lentement, comme un chat assuré de sa proie et qui fait durer l'attente. Anna, jetant de brefs coups d'œil autour d'elle, tentait de trouver un moyen de s'échapper. Posée contre le mur, elle aperçut la canne dont se servait Antonina quand elle devait se déplacer seule. Sa main se referma sur le bois ouvragé.

— C'est pas ça qui me fera peur ! dit Pesquez en faisant un pas de plus.

Alors Anna, avec la force du désespoir, leva vivement la canne et frappa. Pesquez ne put éviter le coup qui l'atteignit à la tempe. Il poussa un cri avant de chanceler. Aussitôt, la jeune femme lui administra un second coup au même endroit. L'homme resta immobile un bref instant, comme suspendu à son geste, puis ses mains tendues devant lui retombèrent. Enfin il s'écroula. Anna se dit qu'elle l'avait peut-être tué, mais elle n'éprouvait aucun remords. Le temps lui était compté : elle devait s'enfuir, mais pour aller où ?

Alors qu'elle emmaillotait les bébés, elle comprenait bien que sa tentative désespérée n'avait aucune chance de réussir. Tant pis, elle se battrait jusqu'au bout. Déjà, Pesquez, grimaçant, se relevait en se massant la tempe. Anna eut juste le temps de placer à la hâte François et Louis dans un panier. Pesquez, qui avait récupéré, se rua sur la jeune femme qui ne put prendre Victor avant de s'échapper. Elle franchit le portail ouvert, courut dans la rue, endroit de tous les dangers pour quelqu'un de recherché, courut encore droit devant elle, Pesquez sur ses talons.

Une voiture avançait dans sa direction, tirée par un seul cheval. La pénurie de viande ayant vidé Paris de ses animaux de trait, l'attelage des belles voitures autrefois prévues pour deux chevaux avait été bricolé afin de n'utiliser qu'un seul animal. La voiture, un peu lourde, qui allait lentement, permit à son occupant d'apercevoir Anna portant difficilement son panier et Pesquez qui la poursuivait. Il fit signe au cocher de s'arrêter, sortit, se planta face à Pesquez, qui n'osa pas l'affronter. C'était un homme encore jeune, aux cheveux courts, aux tempes grisonnantes. Il avait un bon regard loyal.

— Madame, je crois vous avoir sauvé d'un mari grincheux ! Et je vous vois bien en peine avec votre précieux panier d'où viennent de curieux bruits.

Anna décida de se jeter à l'eau. Mieux valait faire confiance à cet inconnu que de risquer de retomber entre les mains de Pesquez.

— Ce n'est pas mon mari ! Hélas, je n'ai pas de mari ! dit-elle avec son irrésistible accent russe qui plut à l'homme. C'est mon logeur et, comme je n'ai pas d'argent, il voulait se payer sur ma personne !

— L'infâme ! Manquer à ce point de la galanterie la plus élémentaire !

Remarquant aussi combien Anna était belle et séduisante, cela le décida à lui proposer :

— Je me présente, Auguste Leblanc, aérostier. Je me rendais à la gare d'Orléans pour surveiller la fabrication de mes ballons, mais j'accepte de faire un détour pour vous être agréable. Je vous prie de bien vouloir accepter mon offre.

Anna baissa la tête en pensant tout à coup qu'elle avait laissé Victor chez Pesquez. Les larmes noyèrent ses yeux.

— Ce pauvre chérubin ! Comment le récupérer ?

Puis, levant son beau visage vers Auguste Leblanc, elle précisa :

— Ils étaient trois ! Dans ma précipitation, je n'ai pu en emmener que deux ! Monsieur, je ne sais pas où aller ! Je vous dois la vérité. Ces enfants ne sont pas les miens. Je suis leur nourrice. Leur mère est morte, et personne ne sait où se trouve leur père. J'ai dû fuir parce qu'on veut me prendre les nourrissons pour m'obliger à faire un métier que je déteste...

Auguste Leblanc réfléchissait. Anna était sûrement la plus belle femme qu'il eût jamais rencontrée, et sa beauté le touchait au plus profond de sa personne. Il ne voulait pas la laisser partir. L'envie de la garder pour lui seul, de bousculer tous ses projets et sa vie, le poussait vers la folie.

— Ce n'est pas simple ! dit-il. Je ne peux pas vous emmener chez moi. Ma femme est terriblement jalouse.

— Je ne vous demande rien pour moi ! dit Anna, à bout, mais pour ces deux pauvres petits êtres qui doivent vivre.

— Je vais vous conduire chez ma vieille tante Julia. Elle s'ennuie mortellement dans sa maison de Montmartre. Elle comprendra et se fera un plaisir de vous héberger. Ainsi, je pourrai passer vous voir tous les jours.

Anna sourit et prit la main d'Auguste.

— Figurez-vous que les enfants sont nés rue Caulaincourt, tout près de la Butte !

— Justement, personne n'aura l'idée de venir les chercher à cet endroit !

— Je ne vous connais pas, poursuivit Anna, mais je sais que je peux vous faire confiance ! Sachez cependant que je n'ai pas d'argent pour payer le lait de mes bébés, ni pour assurer ma propre subsistance...

— Ne vous souciez pas de cela. Je me charge de vous trouver du lait. Dans mon métier, qui consiste à envoyer des ballons au-delà des lignes prussiennes, on a des facilités. La Poste me paie bien pour expédier ses dépêches, mais je transporte aussi, en sous-main, des lettres, des contrats de particuliers... Vous ne manquerez de rien.

En parlant ainsi, Auguste Leblanc avait l'impression de se renier, de changer le cours de sa vie, de devenir soudain un autre. Pensant à sa femme, il fit une petite grimace. Il ne pourrait plus jamais la regarder comme avant.

— Tout ira bien ! dit-il. Je vous l'assure !

— Où m'emmenez-vous ?

Les deux hommes se taisaient mais Marine sentait leur présence à ses côtés ; dans les cahots, leurs épaules touchaient les siennes. Elle avait peur, car ce coup de main ne pouvait venir que de l'ennemi de Catulle, prêt à tout pour le capturer : Pierre Chevillard. Comment avait-elle pu être assez naïve pour ne pas se méfier ? La banque était à l'évidence le seul lien avec le fugitif, lien que connaissait le traître Pesquez.

La voiture emprunta une ruelle puis, par une porte cochère, pénétra dans une minuscule cour intérieure. Les deux hommes en descendirent. Sous leur casquette de la Garde nationale, Marine pouvait discerner leurs visages couverts d'une barbe sombre.

— Je veux partir ! Vous n'avez pas le droit de m'emmener ici.

— Qui te parle de droit ? Allez, viens, on a quelques petites choses à te demander.

— Je ne vous dirai rien.

Puis elle se ravisa. La porte cochère étant restée ouverte, elle baissa le ton, comme pour éviter que le cocher n'entende ses propos.

— J'ai de l'argent. Je peux en avoir encore beaucoup si vous me laissez m'échapper.

Les deux hommes se regardèrent, visiblement intéressés. L'un d'eux se tourna vers le cocher.

— Tu peux partir, lui enjoignit-il. Nous n'avons plus besoin de toi.

L'homme fit faire demi-tour à son cheval et la voiture regagna la rue. Les deux gardes nationaux attendirent que le bruit des roues s'estompe.

— Beaucoup d'argent? s'enquit celui qui parlait, plus grand que son collègue. Montre, pour voir!

Marine glissa la main sous son manteau et en ressortit une liasse de billets qu'elle brandit sous le nez des deux hommes. Le petit, plutôt rond, saisit la liasse d'un geste rapide et recula vivement.

— Voilà qui va nous permettre de passer une soirée au bistrot et d'aller manger un morceau au restaurant. On nous servira du chien ou du chat, mais je connais une adresse où ces viandes sont parfaitement cuisinées!

— Rendez-moi mon argent ou laissez-moi partir!

Le garde de haute taille, maigre, dont la capote flottait autour de ses épaules sèches, n'avait pas un mauvais regard. Il sembla embarrassé quand son collègue dit en ricanant :

— Ton argent? On n'a rien vu! Allez, on a assez discuté! Suis-nous, maintenant!

Après l'avoir saisie chacun par un bras, ils la traînèrent à l'intérieur d'une maison froide et humide, depuis longtemps inhabitée. Ils la poussèrent ensuite dans une pièce sombre. Un jour blanc filtrait à travers les vitres poussiéreuses. Une table ronde, des chaises trouées occupaient le centre, sur la droite, une cheminée, une sorte de placard aux planches disjointes et, à gauche, une pendule dépourvue d'aiguilles. Marine attendit que la porte soit fermée pour se diriger vers la fenêtre donnant sur un jardin abandonné entouré d'un haut mur. Aucune fuite n'était possible. Elle était donc à la merci des deux gardes nationaux aux ordres de Chevillard. Ils allaient sûrement essayer de la faire parler, mais elle ne craignait pas la torture. Personne ne saurait où se trouvait Catulle, dans les bras de qui elle avait dormi chaque nuit, Catulle qui l'avait faite femme et sans qui vivre n'avait pas de sens. Elle s'agenouilla et se mit à prier. Dieu ne pouvait pas être insensible au malheur d'un homme généreux. L'injustice devait être réparée, les crapules confondues.

Tout à coup la porte s'ouvrit. Le grand garde entra dans la pièce. À la faible lueur de la fenêtre, Marine put détailler son visage, découvrir son nez légèrement aquilin, ses longues joues creuses que tapissait une barbe courte. Ses yeux n'étaient pas ceux d'un homme amoral.

— Viens, on t'attend !

— Si tu me permets de partir, ta fortune est faite.

L'autre hésita, regarda avec insistance la fenêtre, puis la porte.

— Suis-moi, je te répète ! Je n'ai rien entendu de ce que tu m'as dit.

Il poussa Marine jusqu'à la pièce principale où avait été allumé un feu. Un homme très brun, de petite taille, assis dans un vieux fauteuil, tendait ses mains fines vers les flammes. Marine le reconnut tout de suite. Elle l'avait aperçu, autrefois, chez Catulle. Il n'avait pas changé, sa barbe noire cachait toujours son visage et laissait voir ses lèvres rouges. Son regard sombre, toujours aussi méprisant, brillait sous un front qu'un début de calvitie agrandissait. Se tournant vers Marine, il sourit.

— Vous voilà enfin ! claironna-t-il. Je devrais vous faire emprisonner pour ne pas avoir aidé la justice de votre pays, pour avoir caché un traître à la nation, mais je suis grand seigneur : je n'emprisonne pas les belles femmes qui se repentent.

Chevillard se leva de son fauteuil, s'approcha de Marine qu'il dévisagea, puis ses yeux s'attardèrent sur sa poitrine, avant de remonter au visage.

— Il n'a pas mauvais goût, le traître à la nation. Vous êtes une fort jolie fille !

— Catulle n'est pas un traître à la nation ! répliqua Marine sans se démonter, soutenant le regard de Chevillard. Il est la victime d'une machination, mais un jour il se fera justice !

— Ce n'est pas à vous d'en juger. En revanche, votre devoir est de nous dire où se trouve votre maître qui, si je comprends la signification de la lueur qui vient de s'allumer dans vos yeux, est aussi votre amant.

— Vous perdez votre temps, j'ignore où se trouve Catulle Moringuet. Je ne suis qu'une intermédiaire.

— Soit, vous allez alors nous dire le nom de la personne à qui vous remettez l'argent pour Moringuet.

Chevillard souriait toujours. Il pensait à Victor qui devait dormir à cette heure dans le magnifique berceau qu'Hortense avait fait préparer pour lui. Avec cet enfant que Pesquez lui avait remis, sa vie prenait un sens, ses pires méfaits se justifiaient par la dynastie qu'il allait créer.

— Vous voyez bien que vous mentez. Mais nous avons perdu assez de temps. Vous allez nous indiquer où se cache Moringuet. Ensuite, vous serez libre.

— Je ne sais pas ! dit Marine en baissant la tête.

— Tant pis pour vous !

Les deux gardes nationaux forcèrent Marine à s'asseoir sur une chaise, puis lui attachèrent les bras derrière le dossier. Chevillard, toujours souriant, repoussa les pans du manteau de la jeune femme et, d'un geste brusque, déchira ses vêtements, libérant les seins magnifiques qu'il prit le temps d'admirer. Les deux autres hommes, debout en retrait, ne perdaient rien de la scène. Marine jeta un regard désespéré au plus grand, qui, gêné, détourna la tête.

— Pour la dernière fois, dites-nous où se trouve Moringuet, traître à la nation.

Le visage de Chevillard s'était durci. Marine avait peur. Elle était à sa merci et sentait l'air froid sur sa poitrine. Elle pensa à Catulle, à leur première nuit, au bonheur de l'amour. Elle eut le courage de répéter :

— Je n'en sais rien.

Chevillard saisit alors la pointe du sein droit entre le pouce et l'index puis serra très fort. Marine poussa un cri.

— Ce n'est qu'un aperçu de ce qu'on va te faire, ma belle. Parle tout de suite, si tu veux t'éviter des souffrances.

Elle secoua la tête. Après avoir sorti de sa poche une petite pince, il écrasa le téton du sein gauche. Marine se mit à hurler, secouant la tête de douleur. Elle ne pourrait pas tenir plus longtemps. En larmes, tandis que la pince écrasait la pointe de son sein droit, elle supplia :

— Arrêtez ! Je vais tout vous avouer, mais arrêtez !

Elle avait conscience de trahir l'homme qu'elle aimait, d'être lâche, faible devant la douleur. Elle voulut se ressaisir, mais les mâchoires pincèrent encore l'aréole. La jeune femme hurla à nouveau.

— Parle vite, je m'impatiente et je connais d'autres amusements ! Cela n'est qu'un hors-d'œuvre !

La seule vue de la pince aux mâchoires ouvertes près de son sein suffit à la convaincre.

— Il est chez le marquis de la Géanterie !

Elle se mordit la lèvre au sang et se mit à pleurer. La pointe de ses seins brûlait, une douleur vive irradiait dans toute sa poitrine. Le visage de Chevillard s'éclaira.

— Ainsi, ce nabot qui fait courir tout Paris est aussi un traître à la nation !

Marine, dans un ultime effort, voulut se rétracter. Elle prétendit avoir donné une mauvaise adresse, que tout cela était faux. Quand la pince vint se refermer une nouvelle fois sur la pointe de son sein, elle jura avoir dit la vérité.

— Je vous crois ! fit Chevillard, puis, se tournant vers les deux hommes toujours en retrait : Elle ne doit pas sortir d'ici. Attendez la nuit. Un sac, des cailloux, la Seine.

Il prit son manteau, son chapeau haut de forme et sortit. Les deux gardes nationaux s'assirent devant le feu, jetant de temps en temps un long regard sur la poitrine dénudée. Marine sanglotait, la tête basse. Ses cheveux avaient roulé devant ses yeux.

Le garde maigre au nez aquilin regardait les flammes, silencieux. Lorsque l'autre lui proposa une partie de dés, il refusa.

— Tout cela me plaît pas ! dit-il enfin. J'ai pas été élevé comme ça. Si mon père me voyait là, il serait le plus malheureux des hommes !

Son collègue le regarda avec curiosité. Il avait le visage rond, des yeux noirs.

— Écoute, Bertin, on n'est pas responsables. Nous, on obéit ! Les militaires doivent obéir à leurs supérieurs !

— Tu n'as pas de père, toi, Granchamps ? Moi, j'en ai un. J'ai aussi une mère qui a beaucoup pleuré et qui pleure encore la mort de ma sœur ! Elle non plus ne serait pas fière de me voir là !

— J'ai un père, comme toi ! fit Granchamps, mais il ne saura jamais rien de ce que je vais faire ce soir.

Ils se turent. Granchamps alla chercher une brassée de bûches dans une pièce voisine et jeta du bois dans le foyer. La nuit était tombée. Les pas d'un cheval martelèrent la cour. Un homme parla à la bête en pleine manœuvre.

— C'est l'heure ! dit Granchamps en allant à la fenêtre. La voiture est arrivée. Va fermer la porte de la rue après le départ du cocher.

Bertin secoua la tête.

— Je n'ai pas la force. Fais le travail toi-même !

— J'ai jamais vu une poule mouillée comme toi ! grommela Granchamps en détachant Marine, restée prostrée pendant de longues heures. Quand ses mains furent libres, elle ramena son manteau sur sa poitrine douloureuse. Le contact avec le tissu lui arracha une grimace et un gémissement de douleur. Bertin rentra la tête dans les épaules.

— Je vais chercher ce qu'il faut ! dit Granchamps.

Marine, indifférente à ce que préparaient les deux hommes, avait son esprit accaparé par une seule pensée : elle avait donné Catulle, elle l'avait trahi par faiblesse, parce qu'elle s'était montrée incapable de supporter une douleur terrible, certes, mais moins forte que son amour. Elle avait donc douté, et sa vie n'avait plus d'importance.

Granchamps revint quelques instants plus tard, portant un grand sac dont le contenu était fort lourd. Il en sortit une cordelette puis en éprouva la solidité. Marine, qui, l'instant d'avant, ne souhaitait que la mort, eut un pressentiment.

— Que voulez-vous faire ?

Granchamps la regarda en souriant et s'approcha d'elle, la corde tendue entre ses mains levées.

— Ce n'est qu'un mauvais moment à passer ! Cela ne durera pas. Le bon Dieu t'attend.

Alors Bertin se détendit, se rua sur son camarade qui, ne s'attendant pas à cette attaque, roula sur le sol. Bertin, profitant de son avantage, saisit une bûche et frappa de toutes ses forces le visage poupin de Granchamps. Enfin, il se dressa.

— Je ne pouvais pas ! dit-il à Marine, comme s'il s'excusait de son acte. Je ne suis pas un assassin !

Marine regarda le visage ensanglanté de Granchamps, puis se tourna vers Bertin. Sa trahison lui avait ôté toute force et la détermination dont elle avait fait preuve pour sauver Catulle.

— Venez ! souffla Bertin. Nous allons prendre la voiture.

— Où allons-nous ?

— Je n'en sais rien. Parce que j'ai refusé d'être le complice d'un crime me voilà traître à mon tour !

Ils sortirent. La nuit était très sombre ; le cheval piétina. Le bruit régulier de ses fers sur les dalles était sinistre. Bertin entreprit d'ouvrir la lourde porte qui donnait sur la rue et invita la jeune femme à monter en voiture.

— Cachez-vous dans le fond. Il faut que les gens croient que la voiture est vide. Je vais prendre la place du cocher.

Bertin savait que son équipée nocturne avait peu de chances d'aboutir, pourtant il se sentait soulagé d'un poids qui alourdissait sa conscience. Il prit la place du cocher, remonta le col de sa veste, enfonça son chapeau sur sa tête pour se protéger du gel et fouetta le cheval. « Plutôt mourir que d'être le lâche assassin d'une femme sans défense ! » pensa-t-il, enfin résolu.

À la tombée de la nuit, l'anxiété de Catulle se transforma en peur véritable. Alors que d'ordinaire sa visite à la banque ne prenait pas plus de trois heures, Marine n'était toujours pas revenue. Voilà déjà plus de six heures que la jeune femme était partie ; un incident s'était sans doute produit, dont il redoutait le pire : sa capture par les hommes de Chevillard.

De l'étage, il surveillait la rue. Au rez-de-chaussée, dans son cabinet, le marquis de la Géanterie recevait ses clients. Grégonte, en les faisant attendre dans des pièces différentes, s'arrangeait pour qu'ils ne se croisent pas dans la grande maison. Et le nain prodiguait des conseils qui tenaient plus à son bon sens qu'à sa clairvoyance. C'était aussi un fin spécialiste de l'esprit qui savait discerner, sous les mots, les raisons véritables d'un trouble ou d'une angoisse. Sorte de confesseur qui ne distribuait pas de punitions, il apaisait et rassurait. Quand tant de gens ruinés jouaient aux riches, il se disait pauvre. Ce marquis, qui ne l'était probablement pas, possédait en réalité une fortune considérable qu'il tenait soigneusement à l'abri des profiteurs. Homme généreux que le handicap n'avait pas aigri, il ne refusait jamais un service aux gens sincères. Il avait confié à Catulle :

— Les nains font partie des fantasmes féminins. Généralement, ils sont plus doués pour l'amour que les autres hommes, et c'est la raison pour laquelle j'ai eu les plus belles femmes de Paris et tant de fidèles épouses. Le pire eût été pour moi de grandir !

Catulle, près de la fenêtre, dans sa chambre sans lumière, vit dans la rue éclairée par un réverbère une dizaine de gardes nationaux se concerter et lever leurs regards vers la maison. C'était lui qu'ils recherchaient. Dévalant rapidement l'escalier, il en informa Grégonte, qui s'empressa d'avertir son maître. Celui-ci était avec un client à qui il demanda aussitôt de bien vouloir patienter quelques minutes.

— Je peux les faire attendre un peu. Vous en profiterez pour sortir par la petite porte qui donne sur l'impasse, mais soyez prudent. Et puis...

Il baissa sa grosse tête, comme honteux de ce qu'il allait dire :

— Ils vont surveiller les allées et venues dans la maison. Marine a été capturée, je suis certain qu'on ne la reverra plus. Si vous reveniez, ce serait trop dangereux pour tout le monde.

— J'ai compris, répondit Catulle. En tout cas, merci pour tout. Je ne vous oublierai jamais et, quand cette guerre sera terminée, nous nous reverrons.

— Bonne chance !

On frappait. Grégonte regarda son maître avec anxiété. Le marquis lui fit signe d'attendre un instant. Catulle s'éloigna en courant, traversant plusieurs pièces vides et froides. Privé de lumière, il tendait les bras devant lui comme un automate. Cependant, il connaissait bien la maison et parvint sans encombre à la petite porte dont il trouva la poignée en promenant sa main sur le bois. En l'ouvrant, son cœur battait très fort. Si les gardes connaissaient cette sortie, il était perdu. L'impasse vide était faiblement éclairée par le réverbère de la grande rue. On entendait les gardes parlementer avec le marquis.

— Nous sommes convaincus que Moringuet, traître à la nation, a trouvé refuge chez vous ! tonna le brigadier, toisant de toute sa hauteur le nain qui levait vers lui sa grosse tête.

— Monsieur le brigadier, sachez qu'on ne me parle pas de la sorte ! Je suis le marquis de la Géanterie ! Et je tiens à ce que nous restions chacun à notre place !

Le brigadier, homme solide aux larges épaules, avait l'esprit assez lent. D'un air interrogateur, il se tourna vers ses collègues. Le marquis, très à son aise, insista :

— Je suis le voyant le plus connu de Paris. Ici ont défilé toutes les personnalités de la ville, et même vos propres chefs, brigadier. Je vous prie donc de me laisser tranquille si vous ne voulez pas d'ennuis.

Le brigadier pensait néanmoins aux ordres stricts qu'il devait exécuter à la lettre.

— Fouillez la maison ! ordonna-t-il à ses hommes.

— Vous répondrez de tout cela ! prévint le marquis de la Géanterie.

Au bout d'une demi-heure pendant laquelle il avait convié le brigadier à s'approcher de son feu, sans lui avoir cependant proposé de s'asseoir, les hommes revinrent.

— Nous n'avons rien trouvé ! dit l'un d'eux. Le traître a dû être averti de notre visite. L'effet de surprise n'a pas fonctionné.

Le brigadier insista auprès du maître des lieux :

— Reconnaissez-vous que Moringuet a séjourné chez vous en compagnie d'une jeune femme du nom de Marine ?

— Je ne reconnais rien du tout ! Ce que vous me dites m'est aussi étranger que les Amériques !

Un garde descendit alors de l'étage chargé d'une longue robe sombre et d'une cape noire. Saisissant les vêtements, le brigadier souleva d'abord la cape devant le nain.

— Vous n'allez pas me dire que cette cape vous appartient ?

Puis, se tournant vers Grégonte, il brandit la robe.

— Cette robe est bien trop petite pour vous, madame ! Donc, d'autres personnes ont séjourné ici : un homme d'assez grande taille et une jeune femme ; Marine et M. Moringuet par exemple. Que répondez-vous à cela ?

— Je réponds que si vous continuez à nous importuner, vous devrez vous attendre à de très mauvaises surprises.

— Emmenez ces deux personnes ! dit le brigadier à ses hommes.

Le marquis refusa, bien décidé à ne pas quitter son fauteuil. Deux gardes le prirent aussitôt à bras-le-corps et l'emportèrent comme un sac. Pendant qu'il poussait des cris pointus, menaçait, battant l'air de ses petites jambes tordues, Grégonte eut le temps de lui passer une cape sur les épaules avant de suivre sans un mot, dépassant d'une bonne tête ceux qui l'emmenaient.

Catulle se cacha dans l'ombre du mur avant de marcher prudemment jusqu'à la grande rue. Les gardes nationaux n'avaient posté personne pour surveiller les alentours. C'était sa chance. S'éloignant d'un pas rapide, il se retint de courir par peur d'attirer l'attention. Où pouvait-il aller ? Il avait un peu d'argent, mais cela ne lui permettrait pas de tenir bien longtemps. En outre, il ne pouvait pas sortir de Paris et devait se méfier de tout le monde. Il pensa à Marine qui avait été arrêtée, sûrement torturée, sans quoi elle n'aurait pas parlé. Où était-elle ? Ses tortionnaires, par crainte qu'elle ne raconte les mauvais traitements qu'ils lui avaient fait subir, ne l'avaient pas relâchée. Qu'elle fût morte ou en prison, et plus personne n'entendrait parler d'elle. À cette pensée, Catulle serra les poings. Chevillard, un jour, paierait ses forfaits !

Il marchait vite en réfléchissant. Les rues étaient presque désertes. Les chiens errants, nombreux jusqu'alors, avaient disparu, tout comme les chats, que les bouchers vendaient sous l'appellation de « lièvres de gouttière ». Les badauds qui, au début du siège, s'attroupaient tout au long de la nuit restaient chez eux, repliés sur leur estomac qui criait famine, se calfeutrant dans des couvertures pour ne pas grelotter. Catulle ne fut importuné par personne mais, par précaution, il recherchait les coins d'ombre désertés par la lueur des réverbères. Il s'interrogeait : qui avait pu dénoncer Marine ? Qui connaissait à la fois la jeune femme et la banque où était déposé son argent ? La réponse, évidente, s'imposa à son esprit : Bruno Pesquez, qui l'avait attiré dans un piège le soir de l'incendie de l'usine. Son bras droit, son adjoint, celui en qui il avait placé la plus grande confiance, chez qui il avait caché ses enfants et Anna, était un traître !

La jeune femme et les triplés se trouvaient en danger, mais que faire ? Se rendre à Clichy ? Le risque de se faire prendre le fit hésiter, mais son besoin de savoir fut le plus fort. Tant pis pour les mauvaises rencontres !

Un fiacre s'arrêta devant une porte. Un couple en descendit en riant. Catulle, qui avait assez d'argent pour payer la voiture, demanda au cocher de le conduire à Clichy. L'homme se fit prier pour la forme, mais surtout pour exiger deux fois le prix de la course. Une demi-heure plus tard, Catulle était devant la maison de Pesquez. Il s'attarda un long moment afin de s'assurer qu'aucun garde national ne surveillait les alentours.

L'endroit semblait désert. Il escalada le mur, sauta dans le petit jardin. Ses pieds s'enfoncèrent dans la terre molle. Il resta un instant dissimulé derrière un arbre, se demandant s'il n'était pas en train de se jeter dans la gueule du loup. Deux heures s'étaient écoulées depuis qu'il avait échappé aux gardes nationaux venus le chercher chez le marquis de la Géanterie. Chevillard, bredouille une fois de plus, avait eu largement le temps de disposer des hommes autour de la maison de Pesquez. Catulle demeura longtemps sans bouger, guettant chaque bruit de la nuit. Enfin, décidé à se déplacer, il se glissa le long du mur, bien dissimulé dans l'ombre, avançant avec précaution jusqu'à l'unique fenêtre éclairée. Pesquez était assis près de la table, une bouteille de vin entamée devant lui. Il baissait la tête, comme accablé. Anna et les bébés n'étaient plus là, Antonina non plus.

Catulle voulait le surprendre mais ne pouvait entrer sans fracturer la fenêtre ou la porte. Il se souvint alors du souterrain qui appartenait à la petite chapelle proche de la garenne, mais comment en trouver l'entrée dans la nuit? Décidé à attendre, caché près de la porte, il se ravisa soudain : les gardes pouvaient arriver à tout instant.

Il allait s'éloigner quand un bruit de chaise venu de l'intérieur l'arrêta. Des pas se rapprochèrent, la porte s'ouvrit. Pesquez, titubant, sortit dans le jardin et urina contre le tronc d'un poirier. L'occasion était trop belle! Catulle attendit qu'il revienne vers la maison pour le ceinturer. Avant que l'homme ne pousse un cri, Catulle lui avait déjà plaqué une main sur la bouche et l'avait entraîné à l'intérieur. Il l'assis sur sa chaise et se plaça devant lui. Pesquez, ouvrant de grands yeux apeurés, se tourna vers la porte, comme s'il cherchait à fuir.

— Je suis un misérable! dit-il enfin.

— Où sont Anna et les enfants? C'est tout ce que je te demande.

À cet instant, Catulle remarqua l'écorchure sur la tempe droite de Pesquez, preuve qu'il s'était récemment battu.

— Je ne sais pas! Elle s'est enfuie.

Catulle, après l'avoir empoigné par le col, le souleva de sa chaise.

— Tu ferais bien de dire la vérité, sinon, il t'arrivera malheur!

— C'est la vérité! monsieur Moringuet. Je vous jure qu'elle s'est enfuie avec les enfants quand... Je suis un misérable!

— Tu dis qu'elle s'est enfuie? C'est elle qui t'a frappé?

Il acquiesça de la tête.

— Tu n'as pas essayé de la poursuivre?

— Elle a couru dans la rue. Une voiture s'est arrêtée à sa hauteur, elle y est montée, puis la voiture est repartie!

Il se tut un instant, regarda sa bouteille de vin et ajouta tout bas :

— Partez vite! monsieur Moringuet. Ils vont arriver! Je vous dis que les gardes nationaux vont arriver. Partez vite, sinon ils vous prendront et vous serez exécuté comme traître à la nation.

— Je veux aussi que tu me dises ce qu'est devenue Marine, puisque c'est toi qui l'as dénoncée!

— Fuyez, je vous le répète! Ils arrivent!

— Où est Marine?

— Ils l'ont prise à la sortie de la banque Lorrin.

Catulle était atterré. Marine était sûrement morte. Il avait envie, lui aussi, de se laisser prendre et de mourir. Pesquez crut utile de préciser :

— Ce n'est pas pour de l'argent que j'ai fait ça. Non, c'était pour Anna. J'en crevais!

Encore Anna! La femme maudite qui ensorcelait les hommes! Les passions qu'elle suscitait consumaient ceux qui les éprouvaient tout en la détruisant elle-même. Catulle n'avait pas été insensible à son charme et, dans d'autres circonstances, y aurait peut-être succombé.

— Partez! insista Pesquez, ils vont arriver! Je ne veux pas qu'ils vous prennent, maintenant que j'ai ouvert les yeux sur ma misère.

Sans rien ajouter, Catulle s'éloigna dans la nuit. À l'idée de ne jamais plus revoir Marine, il se sentait amputé d'une partie de lui-même.

Il espérait trouver un fiacre pour rentrer à Paris quand des cris attirèrent son attention. Dans une ruelle mal éclairée, des hommes rossaient au sol quelqu'un qui appelait au secours. Sans réfléchir au danger de son action, Catulle se précipita, bouscula le premier agresseur qui se dressa devant lui puis s'interposa entre le pauvre malheureux et ses assaillants. Surpris, ceux-ci tentèrent de se défendre, mais Catulle prit vite le dessus, ils déguerpirent, comme s'ils avaient eu peur d'être arrêtés ou reconnus. Catulle se pencha sur l'homme qui se relevait en gémissant alors que des cris aigus s'élevaient d'une cage qui avait roulé à l'écart pendant la lutte. Catulle la souleva et vit une vingtaine de gros rats noirs à l'intérieur.

L'homme, un gringalet, se massait les côtes en grimaçant. Il ramassa son chapeau.

— Monsieur, vous venez de me sauver la vie ! Car ne vous y trompez pas, ils n'auraient pas hésité à m'expédier pour ne pas être dénoncés.

Catulle tenait toujours la cage aux rats.

— Voilà la situation à Paris, continua l'autre. On n'hésite pas à tuer un honnête chasseur pour lui voler ses rats ! Chez les bourgeois, dont votre aspect me fait dire que vous en êtes, on trouve encore, en revanche, de la viande de cheval en y mettant le prix. Mais dites-moi, pensez-vous que le cheval de trait soit meilleur que le cheval de course ?

— Je n'en sais rien ! dit Catulle. Je suis un pauvre malheureux.

Il décida tout à coup de jouer franc jeu avec cet inconnu qui lui était redevable.

— Je n'ai nulle part où aller. En fait, on m'accuse d'un crime que je n'ai pas commis et je dois me cacher.

— Monsieur, je m'appelle Edmond Barbarini, d'origine corse comme l'Empereur, et je vous dois la vie. Je suis donc votre obligé, votre cause sera désormais la mienne. Suivez-moi.

En l'entendant s'exprimer avec un léger trémolo dans la voix, Catulle se demanda s'il n'avait pas bu. Ils marchèrent jusqu'au bout de l'impasse, Barbarini le précédant, et entrèrent dans un couloir qui donnait sur une cour intérieure. Barbarini, après avoir sorti une clef de sa poche, chercha en tâtonnant le trou d'une serrure.

— Je passe devant! dit-il en pénétrant dans une pièce sombre.

La nuit était si épaisse que Catulle n'aurait pu discerner le contour des choses. Barbarini alluma une lampe à pétrole qui fumait. La pièce minuscule était occupée par une table envahie d'ustensiles de cuisine, deux chaises, un buffet et un poêle.

— C'est petit, mais on s'arrangera. Ici, vous ne risquez rien. Il vous faudra cependant vous méfier des voisins. Demain, je vous trouverai une cachette plus sûre, mais moins confortable.

Barbarini invita Catulle à prendre place sur l'une des deux chaises, puis alla chercher une bouteille de vin, deux verres, et s'assit à son tour en se massant les épaules. Il avait reçu un coup à la tempe droite qui saignait légèrement.

— Je vais vous raconter mon histoire, commença-t-il en versant le vin dans les verres. Jusqu'au début des événements, j'étais garçon boucher à la boucherie Charcot. Le patron, qui m'aime beaucoup, voulait m'aider à m'installer à mon compte. Et puis l'arrivée des Prussiens a contrarié mes projets. Les étals se sont assez rapidement vidés ; la bonne viande de bœuf, de mouton ou de porc a été remplacée par du cheval. Et ce n'est pas agréable à travailler, le cheval. Le muscle est nerveux et dur... Puis son commerce a été tellement réglementé qu'il ne restait pas grand-chose à vendre. On s'est donc spécialisés dans le chien et le chat; des viandes qui sont tendres sous le couteau. Alors, me souvenant de mon enfance de braconnier en Corse, j'ai traqué jusqu'à une date récente les chiens et les chats qui pullulaient dans les rues de Paris. Mais le gisement s'est épuisé en trois semaines. Désormais les propriétaires ont choisi de vendre eux-mêmes leur animal au boucher pour en tirer un bon prix. Cependant, j'avais pris goût à la braconne citadine, à la chasse des rues. À la mairie, j'ai obtenu une concession dans les égouts pour chasser les rats. Car, ne vous y trompez pas, cette chasse est réglementée. Comme je ne suis pas trop maladroit, une fois mon patron approvisionné en rats, je vends le surplus pour mon compte au marché aux rats.

— Moi, reprit Catulle, je suis le plus accablé des hommes. Condamné à me cacher, j'ignore ce que sont devenus mes fils. Je ne possède plus rien.

— Vous avez la vie, c'est ce qui compte ! Cette maudite guerre ne durera pas toujours. On parle une fois de plus d'une grande offensive, d'une tentative de percée dans les lignes ennemies. Paris s'en sortira, la France s'en sort toujours ! Alors, vous pourrez demander justice !

Il ne faisait pas très chaud dans la petite pièce. L'homme alla au poêle, le garnit de morceaux de planches, craqua une nouvelle allumette.

— Dans mon état, j'ai quelques privilèges que je cache soigneusement à mes voisins qui viendraient me dévaliser. Figurez-vous que lors des grands travaux du baron Haussmann, des ouvriers paresseux, qui allaient au plus vite, n'ont pas pris la peine de débarrasser les planches des échafaudages. Ils les ont empilées dans d'anciennes carrières où l'on ne peut accéder que par les égouts. C'est ma réserve, j'ai de quoi tenir des années ! Je vous le dis : j'ai eu le nez creux en devenant chasseur de rats. Les seuls mots « égout » et « rat » suffisent à rebuter les gens. Ils ont tort : le rat est un excellent aliment. Quand le poêle sera chaud, je vais vous le prouver.

Catulle se disait que la chance, pour une fois, l'avait favorisé. Barbarini était sûrement un de ces hommes débrouillards, capables de se tirer d'affaire en toute circonstance. Il avait le regard malin et la figure fine d'une fouine.

— Vous vivez seul ?

Le visage de l'homme se ferma. Il ouvrit le placard et en sortit une casserole qu'il posa sur le poêle.

— Je n'ai pas eu que de la chance. En Corse, où la vie n'est pas comme ici, les Torini ont tué ma Mariella. C'était la plus belle femme de la terre. Brune et vive, une vraie femme corse. On était mariés depuis six mois. Après sa mort – accidentelle, paraît-il –, nous avons lancé une vendetta contre eux. On a supprimé le vieux Pierto et ils ont voulu me tuer. Alors, je suis parti ; j'ai compris qu'à se tuer entre nous, on ne gagnerait rien. Sans ma Mariella, je suis l'homme le plus seul de la terre, mais au moins, ici, je suis tranquille. Jusqu'à cette guerre, je pouvais penser à elle sans avoir mon fusil chargé près de moi.

— Ma femme s'appelait Marie-Agnès ! confia Catulle, lui aussi poussé sur la voie des confidences. Elle était également d'une grande beauté. Le 20 septembre dernier, alors que les Prussiens encerclaient Paris, elle accouchait de trois petits garçons...

— Trois ?

— Oui, trois. Et puis la fièvre l'a prise ; elle est morte une semaine plus tard.

Barbarini regarda Catulle. Cette mort rapprochait les deux hommes. L'un et l'autre sentaient qu'ils ne s'étaient pas rencontrés inutilement. Barbarini prit deux assiettes dans le buffet et posa la casserole sur le coin de la table. Le fumet qui s'en dégageait était agréable.

— Du ragoût de rat ! dit Barbarini. Vous allez m'en dire des nouvelles.

Il sortit un morceau de tourte noire.

— Le pain n'est pas du premier choix, mais il est garanti sans plâtre ni paille. Je l'échange sous le manteau avec le boulanger du coin de la rue. Il a encore un peu de farine en réserve et fait du pain correct pour ceux qui lui apportent de la viande. Le pain qu'il vend dans sa boutique est évidemment d'une tout autre nature. Vous voulez que je vous dise : le siège est une mauvaise chose, mais il enrichit les commerçants. La pénurie ne tue que les plus pauvres... Moi, je me débrouille, mais ce n'est pas le cas pour tout le monde.

Catulle hésitait. Il regardait les rats emprisonnés dans la cage, son estomac se nouait.

— Servez-vous, je vous dis. Le plus dur, c'est de goûter. Après la première bouchée, on y prend goût. Le rat, c'est un curieux animal. À le chasser, j'ai appris à le connaître. Incroyablement intelligent, il ne se laisse jamais prendre deux fois au même piège. À croire que les rats parlent entre eux ! Tenez, beaucoup de chasseurs qui se croyaient les plus malins ont revendu leur concession parce qu'ils n'arrivaient pas à prendre un seul animal ! Je vous dis, le rat, c'est un roi à sa manière !

Catulle se servit enfin, puis trempa un morceau de pain dans la sauce au vin. Sur des morceaux d'os minuscules, une viande foncée auraient paru appétissante s'il n'avait pas su que c'était du rat. Après avoir goûté la sauce qu'il trouva très bonne, il se hasarda enfin à manger une cuisse semblable à celle d'un très petit lapin. Et il ne fut pas déçu; la ressemblance existait aussi dans le goût.

— Mais c'est bon! reconnut-il.

Barbarini le regarda avec un grand sourire. Ses dents restées très blanches donnaient à son visage fin cette physionomie de petit carnassier dont la morsure pouvait être dangereuse.

— Ici, vous n'aurez jamais faim. Là-bas, dans les longs couloirs humides des égouts, où règne la loi du plus fort, je fais des envieux. Vous me protégerez. Comme vous êtes costaud, ils n'insisteront pas. Ce ne sont pas des héros. À nous deux, nous allons pouvoir explorer de nouveaux endroits où les rats pullulent et que les maladroits ne savent pas capturer. Maintenant, essayons de nous faire un peu de place pour dormir.

Chacun d'un côté de la table, ils s'allongèrent sur une couverture poussiéreuse. Catulle, qui se savait en sécurité, pouvait se laisser aller.

— Demain, dit Barbarini avant de se tourner, il faudra être prudent. Les voisins surveillent tout. Ils pourraient se douter de quelque chose, mais j'ai mon idée...

Catulle avait parlé de Marie-Agnès, pourtant c'est à Marine qu'il pensait. Où était-elle ? Ce soir, allongé sur une couverture qui sentait la poussière, il comprenait que la servante timide, sa « petite sœur », avait pris dans son cœur une place d'où aucune autre femme ne pourrait la déloger.

Mme Joséphine marquait son impatience. Le secrétaire qui devait l'annoncer à Chevillard n'allait pas assez vite. Elle trépignait; la colère ridait son visage qui, malgré les soins coûteux dont il était l'objet, subissait les atteintes du temps. Elle se planta derrière la porte et attendit qu'elle s'ouvrît pour entrer sans qu'on l'y invite. Chevillard se leva alors de son siège pour la saluer et la pria de s'asseoir.

— C'est bien le moment de faire des civilités! commença-t-elle. Qui vous savez agite la menace de fermer mon commerce pour stocks interdits si je ne retrouve pas Anna sur-le-champ! Je croyais que vous aviez une piste, alors que font vos hommes?

— Calmez-vous! Sachez, chère madame, que j'ai autant intérêt que vous à dénicher la belle. J'ai mis mes meilleurs hommes sur l'affaire. Nous avons des indices qui nous permettent de la localiser. On aurait pu la cueillir chez Pesquez, mais j'ai voulu attendre afin de capturer Moringuet qui, vivant, constitue un danger.

— Moringuet, un danger? Pour vous peut-être, mais votre histoire ne tient pas debout! Vous ne me ferez jamais renier un homme que j'ai aimé d'amour et que je continue d'aimer d'amitié. Je regrette surtout de vous avoir écouté. Si j'avais suivi ma première pensée qui était d'aller chercher Anna chez Pesquez quand c'était le moment et de confier les nourrissons à des filles à moi, je n'en serais pas à me demander si ce soir je ne dormirai pas en prison!

— Rassurez-vous! Qui vous pensez patientera. Je m'en charge. Moringuet nous a échappé de peu. Il était chez ce fou, ce marquis de la Géanterie, vous savez, ce nain qui se dit devin et que tout le beau monde parisien consulte...

— Je connais ce bavard vaniteux comme un paon. Il lui est arrivé de fréquenter ma maison. Les filles se battaient pour l'avoir !

— Figurez-vous que la police a dû le relâcher avec des excuses ! poursuivit Chevillard. Ce monsieur connaît du monde et sait se servir de ses relations !

— Cela ne nous concerne pas. Vous avez raté Moringuet ? J'en suis heureuse. Si vous voulez un conseil, laissez cet homme en paix ! Vous savez comme moi qu'il est totalement innocent. Les injustices retombent toujours sur ceux qui les commettent ! Mais j'ai besoin d'Anna. Au fait, que sont devenus les triplés ?

Chevillard regarda Mme Joséphine avec suspicion. Cette femme était capable de faire capoter ses projets. Certes, ils étaient associés dans la recherche d'Anna, mais leurs intérêts divergeaient pour Moringuet dont il était essentiel, pour Chevillard, de se débarrasser. Il pensa à Victor qui dormait chez lui, à sa femme, Hortense, transformée en mère heureuse, qui prodiguait au bébé les soins les plus attentifs. Le fils de Moringuet était son fils ! Il en retirait une satisfaction, une joie qui allaient bien au-delà d'un simple calcul machiavélique. Ainsi, il s'identifiait un peu à celui qui avait été son patron dont la haine cachait probablement l'envie.

— Je crois que l'un des trois est mort ! dit-il avec une moue car, sans être superstitieux, il redoutait qu'un tel mensonge ne portât malheur à Victor. Les deux autres sont probablement encore avec Anna. Laissez-moi trois jours et je vous la livrerai.

— Je l'espère ! dit Joséphine. Tâchez surtout de faire patienter son amoureux. Le siège, qui contrarie ses projets, le rend de plus en plus nerveux. Contesté comme il l'est par ses proches collaborateurs, le soutien d'Anna lui sera plus que jamais indispensable !

— Tranquillisez-vous ! Je saurai le convaincre de ne rien faire contre vous !

Depuis que Paris avait faim, les affaires étaient excellentes pour Mme Joséphine. Par un travers curieux, les riches éprouvaient le besoin de s'empiffrer, de faire la fête pendant que le peuple grelottait, l'estomac creux. Comme s'ils ne croyaient pas à la victoire de la France, comme s'ils prévoyaient un massacre général, ceux qui le pouvaient dépensaient sans compter ; une aubaine que la tenancière ne voulait surtout pas laisser passer pour le caprice d'un homme important.

Dépitée, Mme Joséphine regagna sa voiture qui l'attendait dans la rue. Elle ne faisait plus confiance à Chevillard qu'elle trouvait bizarre depuis quelque temps. L'homme était moins offensif, et paraissait surtout moins pressé de récupérer Anna que d'arrêter Catulle Moringuet, un peu comme si son ambition s'était émoussée. « Il me cache quelque chose ! pensa-t-elle. Mais je le saurai très vite ! »

Au portail de sa maison, l'un des gardes fit un signe à Joséphine qui descendit de voiture et ordonna au cocher de conduire le cheval à l'écurie. Un mendiant souhaitait lui parler. Les miséreux étant de plus en plus nombreux à tendre la main aux portes des demeures opulentes, Joséphine s'apprêtait à le renvoyer, quand l'homme, s'approchant d'elle, l'interrogea :

— Madame Joséphine..., vous souvenez-vous de moi ?

Elle dévisagea l'inconnu qui avait quitté son chapeau noir à large bord. Son front haut sous des cheveux blancs en broussaille, ses yeux d'un bleu limpide indiquaient qu'il avait été bel homme. La maigreur de son visage rongé d'une barbe grise, ses vêtements trop légers pour le froid, sa saleté repoussante montraient qu'il faisait partie de ces gens que le siège avait basculés dans la précarité. Ouvriers, petits artisans qui gagnaient de quoi vivre au jour le jour s'étaient vu plonger dans la plus noire des misères. Par manque de travail, ils allaient grossir la horde des mendiants et des petits voleurs qui pullulaient dans Paris.

— Non, j'ignore qui tu es ! Nous ne nous sommes jamais rencontrés.

— Vraiment ? insista l'autre. Arsène Lombard, cela ne vous dit rien ?

— Arsène Lombard ! répéta machinalement Joséphine, puis elle inspira : Vous êtes vraiment monsieur Lombard ?

— Pour vous servir, chère Joséphine, et vous rappeler un temps, hélas, bien vite envolé. J'ai peut-être une information importante pour vous !

— Monsieur Lombard ! s'exclama encore Joséphine, incrédule. Mais comment se fait-il que je vous retrouve dans cet accoutrement ?

— Les fortunes se défont plus vite qu'elles ne se font. Vous vous souvenez de mon train de vie et des soirées que je donnais chez vous ?

— Des soirées somptueuses !

— En effet ! Des soirées où brillait votre reine, aussi belle qu'intelligente, la superbe Anna Mouskova !

— Que vous est-il donc arrivé ?

— J'étais, vous vous rappelez peut-être, un grand bijoutier de l'avenue des Champs-Élysées. Les affaires étaient bonnes, les meilleures pierres étaient chez moi, l'or provenait de ma propre mine, en Afrique. Oui, c'était le bon temps ! Et puis la ruine, décidée par ce rat de Napoléon III. Un procès arbitraire pour vol et contrefaçon, un procès monté de toutes pièces par des personnes au service de celui qui se disait empereur et dont certains souhaitent le retour... Oui, un voleur qui voulait s'emparer de ma fortune...

— Que me racontez-vous là ?

— La vérité ! On a estimé que je ne m'étais pas acquitté des droits de douane pour une grande partie des pierres importées et pour l'or africain. Une babiole que les zélés fonctionnaires ont montée en épingle. Ils voulaient ma peau. La sentence a été prononcée à Versailles, au printemps 1858, après une parodie de jugement. J'ai été condamné à dix ans de bagne, d'où je suis revenu complètement brisé. Depuis, je survis... Mais je n'ai pas oublié les amis et, quand je peux leur rendre service, je le fais. Voilà. Comme j'ai une oreille qui traîne partout, je crois savoir que vous êtes à la recherche d'Anna, la reine de cette maison.

Joséphine hésita un instant. Elle se souvenait très bien du Lombard bijoutier dont les affaires n'étaient pas toujours honnêtes et qui avait certainement été condamné pour des délits bien réels ! Mais comment savait-il que Joséphine recherchait Anna ? Lombard, qui comprit ses interrogations, précisa :

— Les gens parlent. Figurez-vous que, tout à fait par hasard, cherchant quelque couenne à mettre dans l'eau de ma soupe, j'ai vu une voiture s'arrêter et une femme en descendre. Cette femme était

Anna. Quand on a vu Anna une fois dans sa vie, on ne peut oublier ni son visage, ni son corps, ni sa manière de bouger. Anna est divine. Alors je suis venu rôder autour de votre maison... J'ai questionné quelques-uns de vos domestiques, qui sont restés muets comme des carpes, mais je suis assez malin pour faire parler les carpes...

— Bien. Que veux-tu ? demanda Joséphine, reprenant le tutoiement pour bien souligner qu'elle s'adressait à un mendiant.

Alors les yeux bleus de Lombard s'allumèrent. Son dos s'étant voûté, il était désormais plus petit que Joséphine.

— Le luxe me manque ! Quand on y a goûté, il est bien difficile de s'en passer. Je ne souhaite rester que quelques jours dans votre établissement et profiter de ses agréments : sa table, toujours somptueuse, qui me changera des trognons de pomme que je mange chaque jour, ses filles qui réchaufferont mon vieux corps. Un peu de vie de château !...

— Quelques jours ? Et pourquoi pas des mois ? Tu auras un repas et une fille, rien de plus ! Et parle vite avant que je ne te fasse chasser par mes gens.

— Tout doux, chère madame Joséphine ! Je me souviens de votre champagne, le meilleur de Paris... Donc, trois jours dans votre maison en profitant à volonté de tous ses agréments. Et vous saurez où se trouve Anna.

— Pas question. Il faut que tu me le dises tout de suite.

— Que non ! Arsène Lombard n'est pas assez stupide pour lâcher le morceau avant d'être payé. Vous payez d'abord, vous saurez dans trois jours. Ce n'est pas très long, trois jours. Pour moi, ils vont passer trop vite !

Joséphine frissonna. Le froid glissait ses doigts gelés sous son épais manteau. Il fallait en finir avec cet homme qui ne lui inspirait aucune confiance.

— Qu'est-ce qui me prouve que tu sais où se trouve Anna ?

— Je l'ai vue le samedi 10 décembre, vers onze heures du matin. Elle portait un manteau de loutre et n'avait rien sur la tête, de sorte que j'ai pu la reconnaître sans la moindre hésitation. Elle avait un panier à la main et j'ai entendu crier un petit enfant.

— Était-elle seule ?

— Voyons, Anna seule ? C'est impossible ! Elle était avec un homme, naturellement, un jeune homme fort bien fait et plein d'attentions pour elle !

Ce que disait Lombard correspondait à ce qu'avait affirmé Pesquez. La jeune femme, partie de chez lui vers dix heures et demie, se trouvait donc dans un périmètre assez restreint autour de Clichy ; peut-être à Clignancourt ou à Montmartre, autant de lieux propices à la dissimulation. Elle pouvait la faire rechercher par ses hommes ou par les gardes nationaux, mais ils étaient assez maladroits pour, une fois de plus, la laisser s'échapper. Elle insista :

— Tu me dis tout et je t'offre non pas trois jours, mais une semaine entière dans mon établissement.

Lombard sourit.

— Je connais toutes les filouteries. Voici ma dernière proposition avant de m'enfuir pour ne jamais revenir : vous m'offrez une semaine et je vous dis où se trouve Anna au bout du deuxième jour. À prendre ou à laisser.

— Entre, il fait froid. Avant de décider quoi que ce soit, tu vas prendre un bain. Ton odeur pourrait heurter mes clients délicats.

Bertin faisait claquer son fouet. Le cheval lancé au grand galop emmenait la voiture dans laquelle se cachait Marine, la femme qu'il avait sauvée après que Chevillard lui eut écrasé les mamelons avec une paire de tenailles. Il était tout en os. Son visage ingrat aux pommettes saillantes, au nez aquilin, au front bombé aurait été dépourvu de grâce s'il n'avait eu ce regard profond et doux. « Cet homme est honnête, pensait Marine, allongée sur la banquette. Je peux lui faire confiance, puisqu'il s'est sacrifié pour moi ! » Malgré la douleur qui irradiait de sa poitrine, ses pensées la ramenaient toujours à Catulle. Il n'avait sûrement pas pu échapper aux gardes nationaux et devait déjà être enfermé, peut-être fusillé sans le moindre procès.

La voiture sortit des faubourgs, longea des prairies et des fermes tassées dans la nuit. Elle s'arrêta enfin à l'orée d'un bois où la route s'enfonçait. Bertin descendit de son siège et ouvrit la portière.

— Nous arrivons à Asnières ! dit-il. Je connais un endroit où nous pourrons nous cacher. Mais vous pleurez ?...

Marine s'essuya le visage et se tourna vers Bertin.

— Je vous ai sauvée et vous pleurez ?

— Je pleure sur ma faiblesse, ma lâcheté. J'ai dénoncé l'homme que j'aime. Par ma faute, il est probablement mort !

Elle en était persuadée. Une certitude liée à cette autre certitude qu'elle ne serait jamais heureuse. La petite servante avait tant pleuré en cachette quand Catulle avait épousé Marie-Agnès, puis elle avait haï Anna dont la resplendissante beauté touchait le maître.

— Nous allons continuer ! dit Bertin. Je sais maintenant que mon destin est lié au vôtre.

Il remonta sur le siège du cocher, et la voiture s'engagea dans un chemin sombre entre les arbres. Bertin, qui n'était pas rassuré, touchait de la main droite la crosse de son pistolet. Pourtant, il parvint à Asnières sans le moindre incident, traversa le village endormi, arrêta le cheval près d'une lourde porte de ferme construite en retrait, au milieu des prés. Il descendit, frappa. Des chiens se mirent à aboyer.

— Qu'est-ce que c'est ? cria une voix rude.

— C'est Abel, mon oncle. Ouvrez vite, je suis poursuivi.

— Abel ? répéta la voix, surprise. Enfin, tu as compris !

La grande porte s'ouvrit en grinçant. Un homme, tenant une lanterne, embrassa Bertin avant de saisir les rênes du cheval.

La voix s'était faite douce, pleine de prévenance.

— Je vais demander à Paul de ranger la voiture et de s'occuper du cheval. Que t'arrive-t-il ?

La portière s'ouvrit, Marine sortit. L'homme leva sa lanterne pour regarder la jeune femme, sourit sous son épaisse moustache blanche.

— Tu nous avais caché ça ! Si j'ai bien compris, tu as enlevé la belle ! Félicitations, mon neveu !

— Il ne s'agit pas de ça, oncle Jean. L'histoire de Marine est longue et compliquée, elle vous la racontera elle-même plus tard. Quant à moi, j'ai déshonoré mon uniforme en refusant d'obéir à l'ordre qui était de la mettre dans un sac plombé de cailloux et de la jeter en Seine.

— Tu n'as rien déshonoré en écoutant ta conscience. Ici, personne ne viendra vous chercher des ennuis. Venez, vous devez avoir faim.

Ils entrèrent dans la maison, forte et sombre bâtisse. Jean Bertin, contrairement à son neveu, n'était pas très grand. Mais il était solide, les épaules larges, le visage carré. Abel embrassa sa tante Amélie, elle aussi charpentée et robuste. Des cheveux gris s'échappaient de sa coiffe. Elle salua d'un sourire généreux. Marine, qui raconta une partie de son histoire, se dit orpheline recueillie par la famille Moringuet. Elle parla de Catulle mort par sa lâcheté et se mit à pleurer.

— Vous n'avez pas été lâche ! dit Amélie. Tout le monde aurait fait comme vous. Ils ont de drôles de manières de faire parler les gens ! Asseyez-vous, vous allez manger. Après, tout ira mieux.

Amélie sortit des assiettes et des verres, Jean alla chercher une bouteille de vin. Marine regardait avec des yeux avides la tourte de pain blanc, le petit salé et le saucisson.

— Ici, rien ne manque ! dit Jean. On n'est pas assez idiots pour donner toutes nos réserves. Les inspecteurs et les policiers ont un estomac comme tout le monde ; il suffit d'un jambon, d'un lapin pour les rendre aveugles et muets. Voilà pourquoi vous ne risquez rien !

Jean expliqua ensuite à Marine qu'Amélie et lui n'avaient pas d'enfant. Abel, fils de son frère, serait l'héritier de la ferme.

— Cet idiot, au lieu de rester tranquillement ici à labourer nos terres, a voulu jouer au patriote et s'est engagé dans la Garde nationale !

Il se tut un instant, parcourut des yeux le beau visage de Marine.

— Au fond, il a peut-être eu raison de s'engager. Il vous a sauvée, cela valait bien quelques semaines à battre la semelle dans les rues de Paris.

Abel coupa une large tranche de pain qu'il tendit à Marine. La jeune femme se retint pour ne pas y mordre à pleines dents tandis que Jean versait le vin dans les verres.

— La guerre sert nos affaires en faisant augmenter les prix ! ajouta-t-il. Il faudrait quand même qu'elle s'arrête pour les pauvres gens qui en meurent tous les jours...

Catulle Moringuet se réveilla, la tête lourde. Il n'avait pratiquement pas fermé l'œil. Chaque fois qu'il s'assoupissait, le visage de

Marine s'imposait sur l'écran de la nuit. Anna avait sûrement été capturée. Chevillard avait-il eu pitié de ses trois garçons ? Alors, il voulait croire à la prédiction des cartes : « Ils vivront, avait dit sa mère. Deux de vos fils chercheront à vous tuer, les cartes sont muettes sur le troisième ! »

— Vous avez bien dormi ? s'enquit Barbarini en actionnant son soufflet. Cela ne m'étonne pas ! Les médecins disent que la viande de rat contient des trichines pour dégoûter les plus sensibles. L'un d'eux, que je fournis régulièrement, m'a confié que de tels propos étaient destinés à freiner la consommation, afin de ne pas faire disparaître cette espèce si utile de nos égouts. Il m'a assuré que la viande de rat était pleine de propriétés et, en particulier, qu'elle favorisait le sommeil. Mais buvons un peu de café.

— Du café ? Vous avez encore du café ?

L'autre sourit, et son visage de fouine s'allongea.

— Avec les rats, on a tout ce qu'on veut. Pourvu que le siège dure assez longtemps pour me permettre de m'enrichir !

Le soleil se levait sur une ville silencieuse. Pendant la journée, on s'habituait au bruit incessant de la mitraille et le silence qui se faisait pendant la trêve nocturne dérangeait.

— Nous sommes, si je ne me trompe, le samedi 17 décembre. Noël approche, les affaires seront bonnes ! Si les bourgeois peuvent espérer trouver un morceau de kangourou du Jardin d'acclimatation, ou un rôti de chameau, la plupart des Parisiens se contenteront de manger leurs chiens ou d'acheter des rats. Nous allons avoir beaucoup de commandes !

Il souriait, montrant ses dents blanches. Catulle but sa tasse de café avec ravissement.

— C'est l'heure d'aller au boulot ! décida Barbarini.

Il prit dans un tiroir deux pistolets, en tendit un à Catulle qui s'étonna.

— Ce n'est pas qu'une précaution. Là où nous allons, les rivalités s'expriment sans loi ; c'est la raison du plus fort qui l'emporte. Il ne faut pas hésiter à tirer le premier.

Catulle le regarda, interloqué. Barbarini poursuivit .

— Vous m'avez sauvé la vie, hier, cela vaut bien quelque chose en retour. Je vous garantis que là où nous allons, aucune police ne viendra vous chercher. Vous pourrez y rester jusqu'à la fin de la guerre, mais vous ne survivrez que si vous savez vous défendre.

— Mais pourquoi autant de tensions ?

— Les hommes qui vivent dans cet endroit insalubre savent qu'ils ne risquent rien. Ils peuvent tuer sans encourir la moindre peine, alors cela réveille en eux des instincts bizarres ! Et puis, les mauvais trappeurs veulent toujours s'approprier les pièges des bons ! Nous allons faire une excellente équipe tous les deux.

Il décrocha une musette, vérifia son contenu, en sortit une boîte de fer qu'il ouvrit devant Catulle.

— Des cerneaux de noix ! dit-il. Ils sont de plus en plus difficiles à trouver, alors je les économise. Les rats adorent. Attention cependant, il ne faut pas appâter les nasses deux fois de suite avec les mêmes cerneaux, mais j'ai une combine...

Il montra une petite bouteille qu'il déboucha, et plaça le goulot sous le nez de Catulle.

— De l'anis ?

— De l'absinthe ! rectifia Barbarini. Ils en raffolent, l'odeur les attire de très loin, mais il ne faut pas le dire.

Enfin, il sortit de sa poche une poignée de balles.

— Prenez ceci avec vous. Ça peut être utile. Il y en a d'autres, ne vous tracassez pas ! Cette boîte en est pleine, mais il ne sert à rien de montrer ses richesses.

Ils sortirent. Barbarini ferma la porte à clef. Ils traversèrent la petite cour intérieure. Dans la rue, les ménagères se hâtaient vers des magasins d'alimentation qui n'avaient rien à leur proposer. Un groupe d'hommes avaient abattu un platane et le débitaient à la hache sous les yeux indifférents des policiers. Les rares badauds ne prenaient même pas la peine de commenter la situation. « Il ne se passe rien ! affirma l'un d'eux. Nous arrivons au bout de l'an et rien n'a changé depuis quatre mois ! Le peuple le plus courageux du monde montre son aptitude à l'inertie ! »

Barbarini et Catulle marchaient vite. Catulle, qui redoutait toujours d'être reconnu, avait remonté le col de son manteau et abaissé son chapeau sur son front.

— Nous allons prendre un fiacre. Avec le siège, beaucoup sont vacants.

En effet, ils trouvèrent vite une voiture qui les conduisit sur l'île de la Cité. Ils longèrent la Seine en suivant le chemin de halage. Puis Barbarini s'aventura dans la pente qui surplombait le fleuve. Sur la berge opposée, des pêcheurs lançaient leur épervier, espérant quelque poisson oublié par les récentes pêches systématiques qui avaient vidé les eaux parisiennes. Barbarini et Catulle cheminaient en évitant de glisser sur le sentier boueux. Ils atteignirent une ouverture maçonnée à même le talus. C'était une arrivée d'égout. D'un conduit central, un liquide épais et malodorant s'écoulait à l'air libre. Barbarini alluma sa lanterne.

— C'est par ici qu'on entre. L'odeur n'est pas ragoûtante, c'est vrai, mais on s'y habitue, on finit par ne plus la sentir.

Catulle faisait la grimace mais n'hésita pas à suivre Barbarini, qui marchait avec agilité sur le rebord du ruisselet, sa lanterne levée devant lui.

— Votre pistolet ! dit-il. Vérifiez qu'il est chargé. Nous voilà chez nous !

Le conduit donnait sur une salle voûtée où plusieurs autres canalisations convergeaient. Sur le côté, une ouverture permettait d'accéder à une autre salle, plus petite, probablement réservée aux ouvriers qui pouvaient, en temps ordinaire, puisque personne ne s'occupait des égouts depuis le début du siège, ranger leurs outils.

— Mes nasses sont ici, solidement cadenassées. Les lieux de chasse se trouvent un peu plus loin. Bien sûr, la mairie attribue des concessions, mais personne ne les respecte et il y a tellement de carrières, de salles qui ne sont pas répertoriées que les possibilités sont infinies. Le sous-sol de Paris est un gruyère. Les rats, qui sont capables de se nourrir de vieux papiers, d'écorces ou de cadavres, y pullulent !

Barbarini passa dans la petite pièce où il avait enchaîné ses pièges, souleva sa lanterne et poussa un cri. En même temps que lui, Catulle découvrit les grosses chaînes coupées.

— Mes nasses ! Ils ont volé mes nasses !

Barbarini, dans un geste de désespoir, ramassa le gros cadenas encore fermé. Il se laissa tomber sur une pierre, se mit les mains devant la figure.

— C'est la ruine ! soupira-t-il. La ruine totale... Il est impossible de trouver des nasses. Cela va me prendre des jours pour en fabriquer de nouvelles, en supposant que je trouve du grillage et du fil de fer.

Il leva vers Catulle son museau de fouine. La lanterne, posée près de lui, éclairait ses yeux sombres.

— C'est un coup de Tord-Boyaux. Je n'ai pas voulu chasser avec lui et il m'en veut. C'est lui !

— Tord-Boyaux ?

— Oui, un rouquin qui n'est pas à un cadavre près. Il tue plus facilement un homme qu'il n'attrape un rat ! Il voudrait être le maître des égouts, mais personne n'est d'accord !

Un bruit de pas fit se dresser Barbarini, qui sortit son pistolet, l'arma, prêt à tirer. Trois hommes apparurent, affreusement sales. Le premier, le plus imposant, avait le visage couvert d'une barbe rousse. Il croisait les bras sur son torse volumineux.

— Qu'as-tu fait de mes nasses ? demanda Barbarini en pointant son arme sur l'homme qui riait.

— Nous en parlerons le moment venu. Pour l'instant, tu vas me dire ce que fait ce bourgeois ici.

— Tord-Boyaux, la présence de mon ami ne te regarde pas ! Tu veux mettre tout le monde à ta botte, tu te proclames le roi des égouts, mais tu n'es rien ! Tu n'es même pas capable d'attraper une douzaine de rats !

— Ce bourgeois, continua le rouquin, n'est pas ici par hasard. Il semble bien balancé, mais Tord-Boyaux est plus fort que lui !

L'homme s'esclaffa de nouveau en voyant Catulle s'approcher de lui et se tourna vers ses deux acolytes.

— Voilà que monseigneur n'est pas content ?

— C'est curieux, dit Catulle, qui n'avait pas peur de ce rustre, mais je n'arrive pas à m'habituer à ce qu'un homme comme toi me manque de respect.

— La bourgeoisie est indécrottable ! poursuivit Tord-Boyaux. Monsieur a besoin d'une leçon.

À ces mots il se lança sur Catulle, qui n'eut guère de mal à éviter sa charge de bélier. Tord-Boyaux fouettait l'air de ses poings, sans parvenir à atteindre son insaisissable adversaire. Après quelques passes, Catulle décida d'attaquer ; son poing frappa juste sur la tempe de l'adversaire, qui poussa un cri et grimaça avant de riposter. Cette fois, aidé par la chance, il atteignit Catulle au menton, mais la réplique ne se fit pas attendre. Deux coups de poing en plein visage terrassèrent Tord-Boyaux, quand un coup de pistolet retentit, se multiplia dans les tunnels. Catulle se tourna et vit Barbarini, l'arme fumante à la main. Un des deux hommes de Tord-Boyaux gisait au sol, l'autre s'était enfui.

— Il voulait te tirer dans le dos comme un lapin. J'ai l'habitude de ce genre de zèbre !

— Mais tu l'as tué !

— Sache qu'ici, un homme à qui tu laisses la vie est aussi dangereux qu'un sanglier blessé dans une forêt. Tord-Boyaux ne te fera pas de cadeau. Tu dois rester tout le temps sur tes gardes !

Tord-Boyaux se releva. Tombé dans le petit canal qui courait au milieu de la pièce, ses vêtements étaient trempés d'une eau sale et puante. Il s'approcha de Catulle, qui restait sur ses gardes.

— Tu m'as eu par traîtrise, le bourgeois ! J'aurai ma revanche, sois-en sûr !

— Je n'ai pas peur de toi ! répondit Catulle.

Tord-Boyaux s'en alla en reculant, sans perdre de vue ses adversaires, redoutant qu'il lui tire dans le dos. Catulle le rassura.

— N'aie crainte ! Je ne tire pas dans le dos des gens !

Quand il se fut éloigné, Barbarini murmura :

— Il faut récupérer nos pièges. Je crois savoir où ils sont. Viens.

— Et le cadavre ?

Barbarini eut un geste fataliste.

— Il faut bien que les rats se nourrissent, si on veut qu'ils se reproduisent et soient gras à point !

Catulle eut un haut-le-cœur. Il avait mangé du rat la veille, du rat peut-être nourri à la chair humaine !

Du plafond gouttait une eau sale qui mouillait les vêtements. Catulle se sentait souillé jusqu'au fond de lui-même et, en même temps, différent. L'homme des égouts devenait vite une bête ignoble qui se détachait des principes humains. Lui qui avait toujours été honnête, prévoyant envers les autres, qui avait toujours appliqué les préceptes de la morale, lui qui croyait en un Dieu de miséricorde tout à coup se sentait plus proche du diable.

— On y va ! dit-il en vérifiant l'armement de son pistolet.

Barbarini l'emmena dans un dédale de tunnels humides pour arriver dans une carrière où étaient entreposés des planches et des madriers.

— Ma réserve de bois ! indiqua Barbarini. Les rats se plaisent beaucoup ici, mais pour les prendre il faut être plus malin que Tord-Boyaux qui se contente de voler ceux des autres.

Ils trouvèrent une dizaine de nasses dissimulées entre les madriers, mais aucun rat ne s'était laissé prendre.

— C'est normal, dit Barbarini. Il ne faut jamais vouloir les piéger deux jours de suite au même endroit. Ces nasses sont appâtées avec du lard rance ! Nous allons transporter les pièges ailleurs, je connais d'autres endroits, mais il faut être prudent. Je m'étonne que...

Il n'eut pas le temps de finir sa phrase. Soudain, un coup de pistolet retentit, une balle siffla près de Catulle, qui eut le réflexe de se cacher derrière les madriers. Une deuxième balle tirée de l'entrée entama une planche.

— Surtout ne riposte pas ! l'enjoignit Barbarini en soufflant sa lanterne.

Le silence retomba, ponctué par le bruit incessant de l'eau. Catulle était trempé, mais il n'avait pas froid. La tiédeur moite de ce lieu insalubre imprégnait l'âme, il se sentait devenir salamandre.

Au bout d'un moment, il réussit à distinguer les entrées des tunnels. Les pierres humides dispensaient une sorte de lumière blanche qui définissait formes et reliefs. Catulle vit nettement une silhouette humaine passer d'un tunnel à l'autre pour contourner le tas de bois et les prendre à revers. Il leva son arme sans réfléchir, tira. Une flamme sortit du canon du pistolet, puis la silhouette gesticula et, avec un bruit mou, tomba à la renverse. Catulle prit alors conscience qu'il venait de tuer un homme, mais cela ne l'horrifia pas. Dans ce cloaque, au milieu des rats, c'était chose naturelle.

Barbarini attendit un long moment pour rallumer sa lanterne. Il redoutait qu'un deuxième gardien n'en profite pour lui tirer dessus, mais l'homme abattu par Catulle devait être seul. Enfin rassuré, il se dressa.

— Viens ! dit-il à Catulle. Pour un bourgeois, tu te débrouilles bien. Tu as des dispositions pour vivre avec la canaille.

Ils s'éloignaient quand un gémissement arrêta Catulle.

— T'occupe pas de lui ! conseilla Barbarini. Les chasseurs de rats sont tous des voleurs et des criminels. Depuis que le pain manque, les gardiens de prison oublient souvent de fermer les portes pour avoir moins de bouches à nourrir.

Le gémissement se faisait insistant. Catulle s'approcha de l'homme qui gisait dans la boue rougie de son propre sang.

— Écoute ! gémit le blessé en grimaçant, tu m'as eu, tant pis pour moi, mais je voudrais te demander quelque chose.

— Parle...

— Ce n'est pas dans les habitudes des gens de mon espèce. Sans la guerre, je serais probablement fusillé, mais j'ai pu m'évader avant mon procès.

— Que veux-tu ?

— Je m'appelle Pierre Faurie. J'ai tué un bourgeois pour lui voler sa bourse. Jure-moi que tu feras dire une messe pour mon âme, qui en a grand besoin !

— Une messe ? Mais comment ? Tu veux que... ?

— Je suis pas pressé. Je mérite bien quelques années de purgatoire, mais l'enfer me fait peur. Jure-moi que, lorsque tu pourras, tu feras dire une messe pour l'âme de Pierre Faurie, qui aurait pu être un honnête homme s'il n'avait pas été aussi faible et attiré par la facilité !

— Je te le jure, Pierre Faurie, tu auras ta messe, et une messe de première classe dès que je le pourrai !

— Alors je peux mourir.

Sa tête retomba sur le coussin de boue. Catulle, pressé par Barbarini, chargea des nasses sur son dos et suivit le chasseur de rats, qui redoutait une nouvelle attaque.

Quand ils se furent éloignés, Barbarini lui reprocha :

— Tu viens de commettre la pire des imprudences ! N'oublie pas, un homme à terre peut te tuer à bout portant. Ici, il n'y a pas de pitié.

Treize semaines s'étaient déjà écoulées depuis le début du siège. Le lundi 19 décembre, avec la perspective d'une nouvelle offensive, un peu d'espoir revint au cœur des Parisiens. La nuit du 20, le clairon les avertit que l'attaque était imminente. Au petit matin, tous les forts ouvrirent le feu en même temps, faisant un bruit assourdissant qui annonçait peut-être la fin du cauchemar. Cette fois, les troupes tentaient de percer le blocus au nord. Trochu espérait ainsi, après la défaite de l'armée de la Loire, faire la jonction avec l'armée de Lille. L'assaut sur le Bourget dura toute la journée, sans parvenir à enfoncer les défenses ennemies. Un brouillard épais empêchait toute action d'envergure et, le soir, les combattants reçurent l'ordre de camper dans les champs voisins. Le froid était tel que des centaines d'hommes eurent les mains et les pieds gelés. Le lendemain, il leur fut impossible de creuser des tranchées dans une terre devenue aussi dure que du roc. La veille de Noël, la fière armée de Ducrot rentrait à Paris, où tout espoir s'était évanoui.

L'hiver était extrêmement rigoureux. Entre Noël et le 1er janvier, le thermomètre descendit jusqu'à douze degrés au-dessous de zéro. La situation devenait dramatique, surtout dans les quartiers pauvres de Paris. Le gouvernement, qui avait réquisitionné tout le charbon pour l'affecter aux fonderies, n'en distribuait que d'infimes quantités, bien insuffisantes pour se chauffer. Les dépôts de bois étaient constamment surveillés par les gardes nationaux.

La faim ajoutait ses ravages au froid. Au Père-Lachaise, les enterrements se succédaient à longueur de journée. Pour les fêtes de fin d'année, les dirigeants avaient fait un geste en substituant dans les rations la viande de bœuf à celle de cheval, mais encore fallait-il avoir de quoi les payer. Les deux éléphants du Jardin des Plantes, Castor et Pollux, furent abattus le 30 décembre, mais leur chair exotique ne put être goûtée que par les plus aisés.

À ces malheurs s'en ajouta un nouveau qui sapa fortement le moral des Parisiens. Les Prussiens, fermement décidés à en finir, se mirent à bombarder les forts qui protégeaient Paris. Les troupes françaises, dans l'impossibilité de résister, durent évacuer la plaine d'Avron.

Dès le début du mois de janvier, les obus tombèrent sur la capitale.

Anna, pour sa part, ne souffrait ni du froid ni de la faim. Auguste Leblanc, avec son commerce de ballons, réussissait à se procurer tout ce qui était indispensable. Les réserves de bois de la tante Julia n'avaient pas été touchées par la réquisition qui n'avait affecté que les gens du peuple et les classes moyennes. Les riches avaient su cacher, grâce à la bienveillance intéressée des gardes nationaux, ce qui leur était utile pour l'hiver.

Auguste Leblanc se débrouillait pour trouver le lait nécessaire aux deux nourrissons. Anna se plaisait dans cette maison isolée, habitée par la tante Julia, une dame d'une soixantaine d'années. D'origine polonaise, elle était la veuve d'un capitaine de vaisseau. Excellente musicienne, elle passait beaucoup de temps à son piano, ce qui enchantait Anna.

La jeune femme voulut savoir ce qu'était devenu Victor qu'elle avait laissé chez Pesquez. Auguste Leblanc envoya des hommes pour enquêter. L'un d'eux questionna Pesquez qui l'assura que l'enfant avait été confié à une nourrice par Chevillard lui-même. Savoir qu'il était en vie suffisait à la joie d'Anna.

Auguste Leblanc lui rendait visite presque tous les jours. Il invitait la jeune femme à de longues promenades et ses propos devenaient de plus en plus précis.

— Les femmes ont un instinct infaillible. La mienne a compris que mon cœur n'est plus à elle...

Anna ne poussait pas Auguste à aller plus loin mais ne le décourageait pas non plus. Elle avait besoin de lui et appréciait ses visites. C'était un agréable compagnon, toujours de bonne humeur, un beau parleur qui savait si bien raconter ses voyages en ballon.

— Quand la guerre sera finie, Anna, quand les routes seront de nouveau libres, je vous demanderai de partir avec moi. Nous prendrons les deux enfants et nous irons vivre aux Amériques ! Ma femme pleurera quelques jours mais se consolera vite !

— Comment pouvez-vous parler ainsi ? D'abord vous ne ferez rien de ce que vous dites, et puis votre femme vous aime, vous le savez !

Elle sourit, certaine qu'Auguste Leblanc ne laisserait pas sa fabrique de ballons pour aller tenter l'aventure au bout du monde.

— La vérité, poursuivit Anna, c'est que vous souhaitez m'avoir pour maîtresse ! En fait, vous voulez vivre comme les bons bourgeois : une femme à la maison et une maîtresse en ville ! Tout cela est bien banal pour un homme comme vous !

Il protesta avant de se planter devant la jeune femme. Le bruit des bombes tombant sur le sud de Paris faisait trembler les vitres. D'épaisses colonnes de fumée montaient dans le ciel figé.

— Non, Anna. Vous ne me faites pas confiance, cela me cause de la peine. Je veux vivre avec vous, et avec vous seule. Tout le reste m'est indifférent. Je vous aime, Anna ! Je vous ai aimée dès le premier regard !

Anna soupira. Tous les hommes qui l'avaient aimée avaient connu des destins tragiques. Elle brûlait ceux qui approchaient la main de sa peau satinée.

— Ne parlez pas comme ça ! Je porte malheur !

Il éclata d'un rire forcé, car il sentait lui aussi que cet amour qui ne pouvait vivre que sur le malheur de sa propre épouse était déjà condamné. Cela l'exaspérait, mais il restait courtois et ne pressait pas Anna de lui céder.

La tante Julia avait bien compris ce qui retenait Auguste chaque soir un peu plus tard. Souvent, il restait dîner avec les deux femmes et s'attardait avant de rentrer chez lui.

— La pauvre Lily doit beaucoup pleurer ! disait Maria. Mais que peut-on contre son destin ?

Elle avait trop vécu, trop vu de malheurs, de guerres pour ne pas se résigner et surtout pour condamner son neveu. Partie enfant d'une Pologne ravagée, elle avait connu la grande pauvreté à Paris. Son talent pour la musique la fit remarquer par le professeur chez qui elle servait. Il lui enseigna le piano, lui fit un enfant mort-né alors qu'elle n'avait que dix-sept ans et lui légua une petite fortune. Elle vécut ensuite dans le milieu artistique, donna des concerts, puis se rangea en épousant Norbert Leblanc, oncle d'Auguste. Son mari étant toujours absent, elle eut quelques amants, ce qui lui rendait compréhensible l'attitude de son neveu.

— Il faut dire, ajoutait-elle avec un sourire qui éclairait son beau visage de vieille femme, qu'Anna est si belle ! Enfin, Auguste, il va falloir que tu règles tout ça. Je sais que ta mère va te condamner ; elle est trop austère, trop repliée sur elle-même pour comprendre ces choses. Ton père t'en voudra de le brouiller avec la famille de Lily qui est influente, mais il oubliera vite. Et Lily refera sa vie avec un homme moins compliqué que toi !

Anna écoutait ces propos sans s'y opposer pourtant, elle savait qu'elle n'épouserait jamais Auguste. Trop souvent elle avait été un objet entre les mains des hommes pour considérer que l'un d'eux puisse la respecter et l'aimer pour elle-même. Le seul homme qu'elle aurait pu épouser avait toujours gardé ses distances avec elle. Il savait tout de sa vie de fille publique, sans jamais chercher à en profiter. Mais vivait-il encore, le père de ses petits garçons ?

Au cours de la deuxième semaine de janvier, la famine s'amplifia. La ration de trente grammes de viande de cheval par personne, os compris, au lieu d'être quotidienne, ne fut plus attribuée que tous les trois jours. Les légumes atteignaient des prix exorbitants. Il ne restait aux Parisiens que le mauvais pain, et du vin en quantité dont beaucoup abusaient pour tromper leur estomac. Le gouvernement prit un arrêté obligeant les boulangers à ne servir que leurs clients habituels. Ainsi, les gens du sud de Paris, qui avaient fui les bombardements quotidiens, se virent-ils contraints soit de mourir de faim, soit de retourner chez eux.

Auguste peinait de plus en plus à trouver du lait de vache. Les réserves de foin s'épuisant, les laitiers-nourrisseurs vendaient leurs bêtes avant qu'elles ne soient trop maigres. Les prix montaient en flèche.

— Que vont devenir François et Louis s'ils n'ont pas de lait ? se lamenta la jeune femme.

— Le lait de vache est très rare, observa Augustin, mais je vous trouverai du lait de jument et d'ânesse.

— On les dit tous les deux impropres aux jeunes enfants !

— En période de famine, on fait comme on peut. Ce ne sont peut-être pas les meilleurs laits mais, en attendant que la guerre s'achève, ils empêcheront vos garçons de mourir de faim.

Le soir du 14 janvier, une nuit glacée figeait Paris ; les passants étaient rares. Une voiture s'arrêta au portail de la maison de Julia. Un homme descendit du siège du cocher, agita la clochette. Auguste Leblanc, qui était encore là, vint ouvrir.

— Monsieur Leblanc, je suis bien aise de vous trouver. Le quartier est bouclé par la police ! C'est votre épouse qui m'a indiqué que je vous trouverai ici.

— Vous dites que le quartier est bouclé par la police ?

— Oui. J'ai demandé ce qu'ils cherchaient. Un brigadier m'a répondu qu'ils étaient sur le point d'arrêter une jeune femme qui serait au service des Prussiens... Je n'en sais pas plus et ce n'est pas là mon souci. Voilà : le *Ville-de-Caen* doit partir dans une heure. Ce ballon sort de vos usines ; l'aérostier qui était prévu pour le vol a été blessé tout à l'heure par un éclat d'obus. Je vous demande, par ordre de la direction générale de la Poste, de nous déléguer un de vos spécialistes pour cette mission de la plus haute importance. J'ai les caisses de dépêches dans la voiture. Un lord anglais, sir Hartinger, qui a payé une fortune pour fuir le bombardement, sera du voyage.

— Depuis quand les gens de la Poste s'occupent-ils de faire fuir les étrangers ?

L'homme baissa la tête, visiblement gêné. Il avait probablement vendu à l'Anglais une place sur le *Ville-de-Caen* sans en aviser ses supérieurs.

— Les temps sont difficiles pour tout le monde. Sir Hartinger a payé très cher...

Auguste réfléchit un instant. La police s'apprêtait à capturer une jeune femme dans le quartier, ceux qui voulaient s'emparer d'Anna la faisaient passer pour une espionne, ce qui permettait de mobiliser un important arsenal policier. Une idée germa dans son esprit.

— Écoutez, nous n'avons pas le temps. Mes spécialistes savent construire des ballons mais n'ont aucune expérience du vol. Je suis le seul à avoir effectué plusieurs voyages. Nous ne pouvons pas risquer de perdre les dépêches sur les lignes ennemies. Je vais donc assurer le vol. Vous passerez prévenir ma femme. Je lui écrirai très vite par pigeon postal.

— C'est que les pigeons ne reviennent plus aussi facilement que le mois dernier. Le froid les gêne pour retrouver leur chemin.

— Aucune importance. J'ai toujours eu le sens du devoir.

— Comme vous voulez, monsieur ! L'important, c'est que les caisses de courrier parviennent à destination.

— Elles arriveront. Cependant, comme je ne vais pas pouvoir revenir de sitôt, il me faudra emporter quelques effets personnels. Le *Ville-de-Caen* peut emporter six cents livres. Combien pèsent les caisses de courrier ?

— À peine deux cents livres. Il n'y a pas de courrier privé, mais des renseignements très précieux pour les armées de la Loire.

— Parfait, je peux donc sans risque emmener cent livres d'effets personnels.

— Je n'ai aucun ordre pour vous en empêcher.

— Faites entrer la voiture et bouclons le portail ! Le courrier important ne doit pas pousser quelque malfrat qui nous aurait entendus à voler les caisses pour les revendre aux Prussiens. Je vais chercher mes effets. Pendant ce temps, allez vous faire servir quelque chose de chaud à la cuisine.

Auguste partit en courant. Anna se tenait à l'étage avec la tante Julia. Les bébés dormaient. Rapidement il expliqua la situation : la police allait perquisitionner d'un instant à l'autre ; Anna serait arrêtée et accusée d'espionnage.

— La Providence souhaite vous sauver, Anna. Vous allez devoir votre liberté à un concours de circonstances unique : le pilote du ballon blessé par un éclat d'obus et des dépêches militaires urgentes à acheminer.

Il expliqua ce qu'il souhaitait faire. La tante Julia ouvrait de grands yeux étonnés. Auguste était fou, mais cette folie lui plaisait. Puis elle passa dans sa chambre, avant d'en revenir quelques instants plus tard.

— Prends cet argent ! Il vous sera utile.

— Le seul inconvénient, remarqua Auguste, c'est que les petits se réveillent et se mettent à pleurer.

La tante passa de nouveau dans sa chambre, fouilla dans son armoire, tendit enfin un petit flacon et un peu de coton à Anna.

— Imbibez le coton de ce liquide et faites-leur respirer. Ne craignez rien, c'est un vieux remède polonais, inoffensif, qu'on utilisait autrefois pour les bébés qui faisaient leurs premières dents.

— Venez, le temps presse.

La grosse malle de voyage était remisée dans une pièce qui servait de débarras. Auguste la dépoussiéra rapidement et dit à la jeune femme :

— Vous allez loger là-dedans, avec les deux bébés. Rassurez-vous, vous n'y resterez pas longtemps. Dès que nous aurons décollé, je vous libérerai.

— Mais je vais étouffer !

— Non, il y a suffisamment d'ouvertures. Faites vite !

Anna se recroquevilla, tout en ménageant un peu de place à François et à Louis qu'elle serrait contre son cœur. Auguste ferma le couvercle et le verrouilla.

On sonnait au portail. Après avoir donné l'ordre à une servante d'aller ouvrir, Julia partit chercher le postier qui, ayant bu un peu de vin chaud et mangé un morceau de pain, éprouvait les meilleures dispositions à l'égard des propriétaires de la maison. Auguste lui demanda de tenir une des poignées de la malle. L'homme la trouva lourde mais ne dit rien ; le pilote connaissait après tout mieux que lui le potentiel de sa machine.

Ils sortirent de la maison au moment où les gardes nationaux arrivaient. L'officier qui commandait le détachement les arrêta. Le postier montra son ordre de mission.

— Le ballon doit partir dans moins d'une demi-heure ! dit-il. Veuillez nous laisser passer. M. Leblanc est le pilote que nous venons de réquisitionner, le pilote prévu s'étant fait blesser par un éclat d'obus.

Le brigadier, à la lueur de sa lanterne, examina avec attention l'ordre de mission, puis ordonna à ses hommes de s'écarter.

La malle fut entreposée sur les autres caisses et la voiture postale s'ébranla vers la place Saint-Pierre toute proche. Le lieu était désert. La foule qui assistait aux premiers lancements fuyait le froid, d'autant qu'il n'y avait presque rien à voir puisque les départs se faisaient désormais toujours de nuit.

Un homme emmitouflé dans un épais manteau, portant une casquette anglaise à longues oreillettes, s'entretenait avec les aides près de la nacelle que retenaient de grosses cordes. Des gardes nationaux qui protégeaient la machine cernaient la place. Le postier sortit de voiture, salua sir Hartinger et lui présenta Auguste Leblanc, fabricant de ballons et excellent pilote qui allait effectuer le vol.

— Enchanté ! dit l'Anglais dans un excellent français. J'ai le mal du pays, alors je pars ! Fini de manger du chien, du kangourou ou du rat ! Je suis un inconditionnel ami des animaux !

Il ignorait encore, à cette heure, combien ce voyage serait déterminant dans sa vie. Il regardait distraitement les aides charger les caisses dans la nacelle et Auguste contrôler les instruments servant à mesurer l'altitude et la pression du gaz à l'intérieur du ballon.

— Peur, moi ? fit-il au postier qui avouait ne pas avoir le courage de monter dans ce grand panier suspendu dans les airs. Jamais ! Un Anglais n'a jamais peur !

Sitôt les caisses chargées, Auguste contrôla une dernière fois la direction du vent au drapeau planté au sommet d'un très haut mât. Il constata qu'il soufflait vers le sud-ouest.

— C'est parfait ! dit-il assez fort pour qu'Anna entende. Le vent est favorable, profitons-en. On y va.

Il enfonça sa toque fourrée par-dessus ses oreilles et remonta le col de son épais manteau.

— Vous devriez en faire autant ! conseilla-t-il à sir Hartinger. Il va faire très froid là-haut.

Sir Hartinger s'emmitoufla dans une épaisse couverture et prit place dans la nacelle. Auguste vérifia que la vanne du ballon était fermée.

— Lâchez tout ! cria-t-il.

Une fois que les aides eurent détaché les solides cordes, le ballon, enfin libre, monta dans la nuit où il disparut très vite. Auguste apercevait les lumières des rues encore éclairées et, tout au loin, des incendies allumés par les bombardements. Heureux comme un adolescent, il partait vers l'inconnu dans cette nuit glacée, avec la femme qu'il aimait et pour le service de la nation. Il quittait Paris assiégé et n'y reviendrait qu'après la guerre, Anna à son bras. Pendant son absence, son père s'occuperait de la fabrique.

Il alluma une petite lanterne dont la flamme était protégée par un globe de verre qui empêchait tout risque de mettre le feu à la nacelle, puis ouvrit la longue malle d'où Anna sortit, courbatue mais contente.

— *My God!* s'exclama l'Anglais. Voilà que vous avez emmené votre fiancée ! Que cela est romantique !

Des petits cris montaient de la caisse. Sir Hartinger découvrit alors les deux bébés.

— Mais il y a toute la famille ! Qu'ils sont beaux ! Je dois avoir une couverture dans mon bagage, il ne faut pas qu'ils prennent froid, ces chérubins !

Le froid était en effet de plus en plus vif à mesure que le ballon prenait de l'altitude. Le vent mordait le visage et, malgré de grosses moufles, n'épargnait pas les doigts. Auguste décida de fermer la malle pour protéger les bébés.

Anna s'assit à côté de lui. En face, l'Anglais tentait de comprendre le sens de ces lumières aperçues au-dessous. Le voyage commençait.

— J'ai prévu quelque chose à manger ! dit sir Hartinger. Le grand air creuse ! C'est bien peu de chose, mais nous allons partager ce fromage et ce pain qui est, je vous l'assure, garanti sans plâtre ni paille !

Il sortit une tourte de sa malle, une bouteille de vin, du fromage, puis tendit un couteau à Anna.

— Madame, je vous prie de bien vouloir me faire l'honneur de partager mon petit casse-croûte.

Anna coupa une tranche de pain, prit un peu de fromage. Auguste fit de même. Le ballon filait dans une nuit épaisse, pourtant les passagers avaient l'impression de ne pas bouger. L'Anglais servit le vin en s'excusant.

— C'est du vin de Paris ! J'aurais préféré du vin de Champagne, mais il est de plus en plus difficile à trouver.

Il se mit alors à raconter sa vie. Issu d'une des plus vieilles familles d'Angleterre, apparentée à la noblesse française, son lointain ancêtre était compagnon de Guillaume le Conquérant. Il vivait dans ses immenses terres de Gloucester où il s'ennuyait.

— Le cheval, le golf, la chasse et la pêche du saumon ne remplissent pas une vie. Ma femme, lady Élisabeth, a multiplié les fausses couches avant de me donner un héritier, William, un garçon souffreteux qui est mort dans sa cinquième année. Le drame de ma vie est là : ne pas avoir d'héritier ! J'adore la France et principalement Paris, où j'ai passé une partie de ma jeunesse. Ma femme en a horreur, alors je viens seul, de temps en temps. Mais, la malchance me poursuivant, je me suis retrouvé coincé par cet abominable siège. Vos dirigeants sont des incapables, voilà longtemps que tout cela devrait être réglé !

François et Louis qui, pourtant, n'avaient pas tété dormaient. Les heures s'étiraient dans cette nacelle, seule partie visible du monde. Bien couverts, serrés les uns contre les autres, les aérostiers ne souffraient pas du froid. Après avoir mangé et bu, sir Hartinger s'endormit. Anna posa sa tête sur l'épaule d'Auguste, ferma les yeux, mais ne put trouver le repos. Une prémonition terrible lui faisait redouter quelque danger. Auguste la rassura :

— La première fois, on a toujours peur. L'air n'est pas un lieu naturel pour nous, mais on s'y habitue très vite !

Elle se laissa aller, sans pourtant réussir à s'endormir. Auguste, après avoir vérifié ses appareils de navigation, s'abandonna à un instant de somnolence. Le silence ne fut plus troublé que par le sifflement des haubans qui retenaient la nacelle.

Soudain Anna sursauta ; Auguste venait de la pousser du coude. Elle comprit qu'elle s'était assoupie. Sa tête lui faisait mal et elle ne parvenait pas à concentrer ses pensées. Le soleil levant embrasait l'horizon. Sir Hartinger ouvrit les yeux. Sous un ciel dégagé, une lumière d'or découpait l'arc de cercle sombre de la terre. Sur le sol, des langues lumineuses semblaient ruisseler dans les vallées. Des nuages gorgés de soleil resplendissaient près d'eux comme des montagnes oubliées.

— Que tout cela est beau ! s'émerveilla sir Hartinger. Mais j'ai la tête en ébullition.

Auguste cachait son anxiété. Il s'étonnait d'avoir dormi et constata que son altimètre ne fonctionnait plus. Une boussole à la main, il calcula sa position.

— Si nous n'avons pas trop dérivé, si la vitesse du vent a été constante, la ville que nous apercevons à droite doit être Blois. Nous atteindrons Tours dans moins d'une heure et nous nous poserons !

Il ne livrait pas le fond de sa pensée : « Si cette ville était Blois, nous verrions la Loire, or il n'y a pas de fleuve, et je trouve que le paysage ne ressemble pas aux molles collines de la Touraine ! » Enfin, son habitude du vol lui faisait redouter une altitude trop élevée : « Nous sommes probablement au-dessus de dix mille pieds alors que le lest est calculé pour voler à une hauteur comprise entre quinze cents et deux mille pieds ! ». L'altitude excessive expliquait la somnolence des passagers et le silence des bébés. Auguste n'ignorait pas les conséquences graves d'une telle situation sur le discernement, la précision des gestes ; il devait descendre au plus vite. « Je dois surtout rester très calme ! se dit-il. Et surtout n'affoler personne ! »

Il expliqua à ses passagers la manœuvre qu'il allait entreprendre, puis grimpa sur l'un des haubans. Sir Hartinger et Anna le virent avec effroi suspendu au-dessus du vide. Quand il fut sous le ballon, il s'attacha au cordage pour éviter de tomber à la suite d'une fausse manœuvre et tira sur la corde de la soupape qui permettait de dégonfler légèrement le dirigeable. Mais la soupape restait collée par la glace. Auguste tira de toutes ses forces, alors le volet bascula, et le ballon, se dégonflant d'un seul coup, tomba en chute rapide. Les occupants et Auguste, toujours accroché au hauban, perdirent connaissance. La soupape, poussée par le vent, se referma, retenant un peu de gaz qui freina la descente à une centaine de mètres avant d'arriver au sol. Le choc fut très violent. Auguste, arraché du hauban, tomba, écrasant dans sa chute Anna qui poussa un cri. Sir Hartinger, éjecté de la nacelle, roula dans une forte pente, ce qui lui sauva la vie. Il s'arrêta dans une petite rivière gelée et, par miracle, en ressortit indemne.

Aussitôt il se précipita vers la nacelle où Auguste et Anna gisaient enlacés dans une première et dernière étreinte. Il les secoua et s'aperçut qu'Anna ne respirait pas.

— *She's dead!* cria-t-il.

Auguste respirait. Le corps d'Anna l'avait protégé lors de sa chute fatale. Sir Hartinger regarda autour de lui et découvrit un hameau sur la colline, son clocher pointant entre les maisons. Il lui sembla qu'il faisait moins froid qu'à Paris. Un bruit aigrelet de clochette attira son attention. Le ballon était tombé dans une prairie pentue en bordure d'un chemin assez large. Un curé et son enfant de chœur qui faisait tinter la clochette passaient sur la route. Il les appela. Le curé, un vieil homme très maigre, vit alors l'énorme ballon à moitié dégonflé qui se balançait dans le vent. Il accourut avec une rapidité qui étonna sir Hartinger.

— Mais que s'est-il passé ? D'où venez-vous ?

— Du ciel ! dit l'Anglais. Ce ballon est parti hier au soir de Paris. Nous sommes tombés de très haut. Une femme est morte, le pilote respire, mais il me semble gravement blessé. Il nous faut de l'aide. Où sommes-nous ?

— Le village dont vous apercevez le clocher est Naves, tout près de Tulle, dans le département de la Corrèze.

Enfin, le prêtre s'adressa à l'enfant dans une langue que sir Hartinger ne comprit pas. Puis le gamin partit en courant.

— Je lui ai dit d'aller chercher du secours, et qu'on vienne avec une voiture.

À son tour, le curé constata qu'Anna était morte et qu'Auguste respirait. Il était en train d'examiner l'aérostier inconscient quand des cris aigus en provenance d'une caisse attirèrent son attention. Il ouvrit la caisse, découvrit les deux nourrissons qui pleuraient.

— Les bébés d'Anna ! s'écria sir Hartinger. Dieu soit loué, ils sont indemnes ! Il faut absolument leur trouver du lait et leur donner à manger.

— Mais que s'est-il passé pour qu'on emmène ainsi ces deux petits êtres dans les airs ?

— Il se passe que Paris est assiégé et que la famine décime les enfants. On se bat pour une épluchure ou une pomme pourrie. Nous n'avons plus de lait...

— Tranquillisez-vous ! Ici, le lait ne manque pas. Ces deux pauvres orphelins trouveront une nourrice et une famille, je m'y engage !

Une ribambelle de curieux arrivaient du village, précédés par une nuée d'enfants qui braillaient. Enfin, une carriole tirée par un âne s'arrêta à côté de la nacelle défoncée.

— Pour cette pauvre femme, dit le curé, il ne reste qu'à recommander son âme à Dieu. L'homme vit encore. Avec un peu de chance...

Il empoigna lui-même la caisse où les deux nourrissons criaient toujours, la plaça dans la carriole. Des hommes chargèrent le corps d'Anna puis Auguste en prenant beaucoup de précautions.

— Vous n'avez qu'à les emmener au presbytère ! indiqua le curé en se dirigeant vers le village, tandis que les curieux tournaient toujours, un peu méfiants, autour du ballon.

Au presbytère, le prêtre commanda qu'on aille chercher la Berthe Romagne pour s'occuper des nourrissons, puis fit porter le corps d'Anna dans l'église. Il demanda à sa bonne de bassiner un lit pour le blessé.

— Et tu allumeras le poêle ! ajouta-t-il.

Sir Hartinger était plein d'admiration pour ce vieil homme énergique qui parlait d'une voix douce et semblait d'une grande bonté.

— Je me présente ! dit-il enfin, je suis sir Hartinger, anglais. J'ai voulu quitter Paris pour rejoindre mon pays. L'embarquement sur ce ballon m'a coûté une fortune, mais ce n'est pas l'important. Cette pauvre Anna n'avait pas l'âge de mourir.

— Dieu seul connaît l'heure de notre mort ! reprit le curé. Je m'appelle Jacques Vialhe. Ma famille est originaire d'Orliac-de-Bar, une petite commune sur la colline voisine. Je vais envoyer chercher un médecin. Monsieur, acceptez mon hospitalité. Vous avez sûrement faim, je vous invite à ma modeste table. On mange surtout des châtaignes et du lard salé, mais on mange à sa faim.

— Votre invitation me touche, mon père, et je vous en remercie. Il va falloir que je trouve le moyen de regagner Calais afin d'embarquer pour mon cher pays.

Une jeune femme aux joues rouges, solide et souriante paysanne, arriva, essoufflée. Elle semblait tout heureuse que le curé l'ait fait appeler.

— Ah, Berthe, je sais que tu souffres de n'avoir pas d'enfants ! Dieu, ce matin, a pensé à toi. Tu vas t'occuper de ces deux-là dont la mère vient de mourir d'un accident de ballon. Ils n'ont pas mangé depuis hier.

Le visage jovial de la jeune femme rougit instantanément. Elle joignit les mains, ne sachant si elle devait rire ou pleurer.

— Monsieur le curé, je suis triste à l'idée de cette pauvre femme tuée, comme on en parle au village. Pourtant, à Baptiste comme à moi, vous ne pouviez faire de plus beau cadeau.

Elle prit l'un des bébés, le souleva à la hauteur de sa tête.

— Regardez, il porte un bracelet avec son prénom. Celui-ci s'appelle Louis.

— Et celui-là François ! compléta le curé. Mais cela ne nous dit rien sur leur nom de famille.

Le docteur appelé arriva sur son tilbury, un petit homme sec et grincheux qui se plaignait du froid. Le curé Vialhe le conduisit au chevet du blessé qui n'avait pas recouvré ses esprits.

— Il est dans un coma profond ! constata le docteur. Seul Dieu peut le tirer de là ! La médecine humaine ne peut rien pour lui désormais.

Il examina Auguste, il constata la fracture des deux jambes, ce qui n'était pas le plus grave. Le pouls, en revanche, était très faible.

Le docteur ne s'était pas trompé : dans l'après-midi, il rendit l'âme sans avoir repris. Le curé Vialhe constata le décès et fit transporter le corps à côté de celui d'Anna. Auguste la rejoignait pour l'éternité dans un lointain village de Corrèze. Dès le lendemain, les deux corps furent enterrés au fond du cimetière, dans une fosse commune, en attendant que les familles viennent les réclamer. Sir Hartinger expliqua au curé ce qu'il savait de l'aérostier et de la jeune femme.

— Elle et M. Leblanc n'étaient pas fiancés. La jeune femme n'était que la nourrice des enfants, pas leur mère. Comme leur père est mort, ils n'ont aucune famille.

— Berthe Romagne et son mari, qui est sabotier, vont s'en charger.

— Moi non plus, je n'ai pas eu d'enfants ! dit sir Hartinger, qui ne pensait qu'à cela depuis l'accident. Laissez-moi en emporter un dans mon pays ; il vivra dans mon château et sera le futur comte Hartinger, mon fils.

— Que la volonté de Dieu soit faite ! dit le curé, qui comprenait qu'un destin bien particulier était attaché à ces jumeaux. Cependant, cela ne doit pas être ébruité

Ils arrivèrent en vue de la petite maison partagée en deux : d'un côté l'habitation de Berthe et Baptiste Romagne, de l'autre l'atelier du sabotier où, à côté de son établi, il entreposait les troncs de noyer et de bouleau.

— Ah, monsieur le curé, je suis bien contente de vous voir. Vos deux petits orphelins vont très bien. Ils tètent comme des gloutons et dorment comme des anges. Il y a pourtant quelque chose que je voudrais vous montrer.

Prenant un des jumeaux dans le petit lit que Baptiste avait eu le temps de fabriquer, elle dégagea la peau à la naissance de l'épaule droite et du cou.

— Ils ont tous les deux la même tache !

— Cela arrive ! commenta le curé en observant la tache couleur café de la grandeur d'un louis.

— Mais, constata sir Hartinger, on dirait la carte de France : regardez, la pointe de Bretagne, la Lorraine et l'Alsace à l'est. Tout cela est bien curieux !

Cette découverte contrariait son projet. Une carte de France ainsi imprimée sur le cou de ces nourrissons indiquait que leur destin était lié à ce pays. Puis il se dit qu'il cédait à la superstition et oublia l'incident.

— Dis-moi, s'enquit le curé Vialhe, ta jeune sœur et son mari sont-ils toujours aussi maltraités par leurs maîtres, les Duprat ?

— Hélas oui, fit Berthe en baissant la tête. Mais que voulez-vous, ils sont bien obligés d'y rester, puisqu'ils n'ont rien d'autre.

— Bon, continua le curé. Tu vas aller les chercher. Ils donneront leur congé au patron pour accompagner sir Hartinger qui doit rentrer dans son pays avec l'un des jumeaux. Ta sœur aura à s'occuper de l'enfant, son mari sera le domestique de sir Hartinger. Ce voyage va leur prendre plusieurs semaines. Sir Hartinger leur paiera grassement ce service. Quand ils reviendront, je leur trouverai un autre placement.

Ainsi, le 10 janvier 1871, sir Hartinger quittait Naves à bord d'une voiture tirée par deux chevaux. Il était accompagné de Louise et Pierrot Martin qui comprenaient à peine le français. Dans un petit berceau, Louis Moringuet, qui allait devenir Louis Hartinger, dormait en attendant de rejoindre son pays, malgré la carte de France imprimée à la naissance de son épaule droite.

Le destin des triplés de Catulle était en marche : Victor vivrait dans une maison bourgeoise à Paris et s'appellerait désormais Victor Chevillard, François serait le fils de Baptiste Romagne, sabotier en Corrèze, et Louis mènerait en Angleterre l'existence d'un prince... Les cartes de la vieille Adélaïde mentaient sûrement : comment, ainsi éparpillés, deux des fils de Catulle pourraient-ils chercher à le tuer ?

Catulle Moringuet n'était plus un homme au sens où il l'avait compris jusque-là ; dans la multitude de tunnels, de carrières abandonnées, il était devenu une bête des bas-fonds. La concurrence entre les chasseurs de rats, la difficulté croissante pour les piéger obligeaient chacun à veiller jalousement sur ses nasses. De fausses nouvelles circulaient : les Prussiens avaient levé le siège, Paris était approvisionné. Les plus crédules abandonnaient leurs concessions pour sortir de leur enfer glauque.

Les rats se vendaient soit à des bouchers qui les préparaient, soit au marché aux rats, où ils étaient parqués dans de grandes cages. L'animal vendu était isolé dans une autre cage où un gros chien le tuait d'un coup de dents. Les chasseurs de rats n'allaient pas directement vendre leur gibier ; repris de justice, grands criminels ayant profité des événements pour s'évader de prison, ils préféraient rester discrets et se servaient souvent d'intermédiaires.

L'argent ainsi gagné était dépensé dans des tripots de bord de Seine à boire du mauvais vin. Les bagarres étaient fréquentes ainsi que les cadavres repêchés dans le fleuve, mais la police identifiait chaque fois un repris de justice, l'affaire n'allait jamais plus loin.

Catulle n'en pouvait plus. Il avait échappé à plusieurs embuscades de Tord-Boyaux, qui ne lui pardonnait pas sa victoire. Au fil des jours, Barbarini dévoilait son véritable visage. Il avait déjà oublié que Catulle lui avait sauvé la vie et le traitait en domestique. Comme les prises étaient de plus en plus réduites, il lui reprochait de manger à ses crochets. Catulle savait qu'il n'échapperait pas toujours aux balles qui lui étaient destinées et qu'il devait envisager de quitter ce lieu nauséabond où il serait de moins en moins en sécurité. « Avec les bandits, il faut être soi-même bandit. C'est un état du fond de l'esprit que je n'ai pas, que je n'aurai jamais ! »

Il savait aussi ce qu'il risquait à l'air libre. Les gardes nationaux ainsi que les policiers arrêtaient ceux qui leur paraissaient louches, les pauvres malheureux qui erraient dans les rues à la recherche de quelque trognon de pomme oublié et que la faim poussait souvent à commettre des délits. Les événements allaient décider pour lui.

Catulle et Barbarini se partageaient le travail. Avec la prescience du braconnier, Barbarini savait découvrir de nouvelles carrières, des souterrains anciens, autant de terrains de chasse inexplorés qui rapportaient au début de pleines nasses d'animaux, mais cela ne durait pas : les bêtes prisonnières émettaient des cris aigus qui avertissaient les autres. Les jours suivants, elles s'approchaient timidement, faisaient le tour de la cage en fer, puis s'éloignaient. Il y avait toujours des rats imprudents ou gourmands pour se laisser tenter et se faire prendre, mais en si petit nombre que cela ne valait pas la peine d'immobiliser une nasse. Barbarini installait alors des pièges à ressort, qui devenaient à leur tour très vite inopérants. Il avait aussi creusé, dans les carrières, des trous, des poches dotés d'une minuscule ouverture. À l'intérieur, il y disposait ses appâts. Là encore les rats, qui ne se méfiaient pas immédiatement, entraient en grand nombre dans la poche, alors une planchette s'abaissait soudain pour obstruer l'entrée. Barbarini se frottait les mains...

Catulle et Barbarini se parlaient peu. S'ils continuaient de collaborer, l'un et l'autre souhaitaient pourtant la rupture. Barbarini, qui aurait préféré une solution radicale, entraînait son allié près des campements de Tord-Boyaux, espérant qu'une balle du rouquin le débarrasserait d'un sauveur gênant. Mais Catulle restait sur ses gardes et ne dormait que d'un œil, surtout quand Barbarini rentrait chez lui.

Avec le temps, habitué à la pâle lueur des pierres humides, il pouvait se diriger sans éclairage. Ses sens, l'ouïe en particulier, s'étaient considérablement développés. Il s'était aménagé dans une carrière un coin qu'il croyait être le seul à connaître, où un amoncellement de pierres le protégeait éventuellement d'un tireur posté à l'entrée. Ce fut pourtant là qu'il fut débusqué.

Tandis qu'il se couchait sur le lit de sable où il avait écarté plusieurs couvertures, Catulle crut entendre du bruit à travers l'incessant ruissellement : celui d'une pierre dérangée par le pied d'un homme. Il se dissimula et attendit, l'arme à la main. Sa seule chance d'échapper à ses ennemis était la rapidité. Comme le lui avait appris Barbarini, il devait tirer le premier, et surtout viser juste.

Le bruit ne se renouvela pas. Une pierre, déstabilisée par l'humidité, avait dû bouger d'elle-même. Catulle s'apprêtait à s'allonger quand il perçut une ombre à l'entrée du tunnel. Cette fois, plus aucun doute n'était possible : quelqu'un voulait l'assassiner. Il se cala entre deux pierres, pointa le canon de son pistolet dans une trouée aménagée pour pouvoir tirer sans être vu et attendit. L'ombre s'anima de nouveau, Catulle appuya sur la détente. L'ombre gesticula et s'abattit sans un cri. Il attendit un long moment avant de se montrer, craignant un deuxième tireur caché à proximité. Au bout d'un long moment, il se dirigea vers sa victime, qui gémissait. C'était Barbarini, qui gisait dans une mare de sang. Le Corse avait laissé échapper son pistolet, qui se trouvait hors de sa portée.

— Tu m'as eu, sale bourgeois ! Tu as des dispositions pour le crime, mais tu n'iras pas loin, Tord-Boyaux a entendu et ne tardera pas !

À cet instant, Catulle entendit la voix grave de Tord-Boyaux. Il s'élança dans le tunnel ; un coup de feu éclata, une balle siffla près de lui. Il courait aussi vite qu'il pouvait, comprenant combien il était vulnérable dans ces longues lignes droites. Plusieurs conduits secondaires partaient dans des directions opposées. Celui qu'il emprunta lui permit d'éviter une nouvelle balle. Au croisement, les hommes de Tord-Boyaux se séparèrent. Catulle devait sortir au plus vite, car ses adversaires n'oseraient le poursuivre à l'air libre. Mais n'allait-il pas tomber sur les gardes nationaux ou la police, que son accoutrement allait intriguer ?

Il grimpa le long d'une échelle de fer fixée dans la paroi, puis souleva le couvercle de fonte. C'était la nuit. La rue était déserte.

Un seul réverbère éclairait faiblement les maisons et l'entrée d'une église. Il sortit, remit le couvercle en place. La pluie et le silence le surprirent. Où aller ?

Dès la mi-janvier, le temps avait changé. Le froid intense qui sévissait depuis le début du mois de décembre avait cédé la place à une douceur humide. La terre ayant dégelé, la boue n'avait pas facilité la vaste opération militaire du 19 janvier imaginée par le général Trochu qui se solda, une fois de plus, par un échec !

Catulle marcha jusqu'à une rue plus importante afin de se repérer. Comme il se trouvait près de la Madeleine, il pensa tout de suite à Joséphine. Sa maison n'était qu'à quelques centaines de mètres, il pourrait s'y cacher, mais comment échapper aux espions de Chevillard, qui devaient surveiller le lieu ?

Une patrouille de gardes nationaux passa dans la rue Royale. Catulle, dissimulé, attendit qu'elle ait tourné dans une ruelle pour reprendre sa marche. Il atteignit sans difficulté l'entrée de la grande maison dont les lampes extérieures n'avaient pas été allumées pour éviter que des groupes d'affamés ne viennent troubler la quiétude des clients. Le portail était fermé et gardé par deux hommes qui repoussèrent Catulle.

— Passe ton chemin, nous n'avons rien à te donner ! dit l'un d'eux.

— Je voudrais voir Mme Joséphine. Je vous en prie, allez l'avertir qu'un ami proche lui demande assistance !

Les hommes éclatèrent de rire. Comment ce miséreux aux vêtements déchirés et boueux, ce pauvre bougre qui ne s'était pas lavé depuis des jours, dont la barbe était collée de crasse, pouvait-il être un ami proche de Mme Joséphine ? Catulle insista.

— Je vous en supplie, allez l'avertir. Si vous ne le faites pas, et si un jour elle apprend que j'ai frappé à cette porte restée close, elle vous en voudra...

Le mendiant s'exprimait d'une façon bien recherchée pour n'être qu'un gueux ! Les deux hommes se regardèrent, perplexes. Catulle mentit pour justifier son accoutrement.

— Je viens de là-bas, où on s'est encore battu aujourd'hui. J'ai eu de la chance de ne pas être blessé.

— Tu te moques de nous ? Tu n'as pas d'uniforme !

— Je suis un garde mobile en civil !

— Bon, j'y vais ! fit l'un des deux hommes. Gare à toi si tu nous as monté le coup !

L'autre sortit de sa poche une arme qu'il pointa sur Catulle.

— Ne cherche surtout pas à profiter du fait que je suis seul. Tu ne serais pas le premier à tenter de t'introduire dans le domaine de Mme Joséphine. Fais bien attention, je te plombe au premier écart !

Joséphine, enveloppée dans un épais manteau, arriva quelques instants plus tard en compagnie du gardien. Ce n'était pas une femme à négliger la moindre chose, et cet ami accoutré comme un mendiant l'intriguait.

Quand elle vit Catulle, elle eut un mouvement de recul. Parcourant des yeux la silhouette de l'homme, elle se disait que ce n'était pas possible.

— Catulle, c'est bien toi ?

— C'est moi ! Voilà ce qu'a fait d'un honnête bourgeois ton ami Chevillard !

— Entre ! Il n'est pas bon de discuter ainsi dans la rue.

Elle ordonna aux deux gardes de refermer le portail et de ne parler à personne de ce qu'ils avaient vu et entendu. Puis elle fit entrer Catulle par la petite porte qu'empruntaient les domestiques. Dans son appartement privé, Joséphine demanda à une servante de faire chauffer de l'eau pour « ce pauvre soldat que la guerre a crotté » et de lui donner des vêtements propres.

— Quand il sera prêt, viens m'avertir ! dit-elle à la servante.

Catulle prit un bain avec délectation, puis enfila, non sans plaisir, des vêtements secs. Enfin il put raser sa barbe et retrouver l'aspect que connaissait Joséphine. Celle-ci, avertie par la bonne, arriva.

— Voilà qui est mieux ! apprécia-t-elle en souriant. Maintenant, tu vas me raconter ton histoire. Maria, va chercher du champagne !

— Mon histoire est toute simple. Chevillard, qui veut m'éliminer, m'accuse de traîtrise à la nation.

— Ça, je le sais, figure-toi. Et je lui ai dit ma façon de penser !

— Il me poursuit partout, sans relâche. Je n'ai d'autre issue que la fuite, une fuite qui m'a conduit dans les égouts de Paris à chasser les rats !

— Quelle horreur ! fit Joséphine avec une grimace de dégoût. Mais tu sais qu'il fréquente ma maison, car il ne me fait pas confiance. Pour cette raison, tu dois être prudent.

— Quand le peuple a faim, il éprouve un grand plaisir à manger des mets raffinés !

Joséphine versa du champagne dans la coupe de Catulle avant de se servir à son tour.

— Écoute, sans Anna, je ne peux pas garantir ta sécurité. Il faut que tu me dises où elle se trouve !

— Je ne sais pas ! J'ai tout perdu ! Mes trois fils sont-ils seulement encore en vie ? Je suis devenu un vagabond sans un sou vaillant. Voilà l'œuvre de Chevillard. Un jour, après cette sale guerre, je me vengerai !

— Tu me mens parce que tu ne me fais pas confiance, et j'en ai de la peine. Anna a été reconnue par un ancien bijoutier ruiné qui a séjourné ici et qui m'a fait languir deux semaines entières ! Elle vivait chez une vieille femme avec deux de tes fils. J'ignore ce qu'est devenu le troisième. Le 9 janvier au soir, lorsque les gardes nationaux ont cerné le quartier pour perquisitionner chez cette femme, Anna et tes enfants s'étaient évaporés ! Deux solutions : ou elle a réussi à s'échapper, ce qui me semble improbable, ou l'homme qui est venu ici me dire avoir reconnu Anna s'est moqué de moi. Quoi qu'il en soit, je suis certaine qu'elle t'a averti et que tu sais où la rencontrer. Il me la faut !

— Je ne sais pas où elle est, je te jure que je l'ignore.

Joséphine porta la coupe à ses lèvres, puis la reposa sans avoir bu. Elle eut un mouvement d'impatience :

— Tu protèges tes enfants. C'est tout ce qui te reste et je te comprends. Mais je te promets de leur trouver une autre nourrice, qu'ils ne manqueront de rien, et surtout pas de lait, si rare en ce moment. À moins que tu ne sois amoureux d'elle, ce qui est bien possible ; tous les hommes qu'elle approche sont amoureux d'elle ! Réfléchis quand même ! Je peux aussi arranger les choses avec Chevillard.

— Il n'y a pas d'arrangement possible avec Chevillard ! dit Catulle d'une voix sifflante. Je me vengerai de lui, parce qu'il ne peut y avoir de pardon. C'est ainsi.

— Écoute, insista Joséphine, c'est une affaire grave. Tout passe par Anna : ta tranquillité et la mienne. Le protecteur de Chevillard la veut à tout prix. Nous avons réussi à le faire patienter, mais cela ne durera pas !

— Je te répète que je ne sais rien !

Joséphine se leva et se planta devant Catulle, jusqu'à le dominer.

— Je t'aime toujours, Catulle, tu en profites !

— Je te jure que je l'ignore ! Je ne savais même pas qu'elle était chez cette vieille femme. Marine, qui me servait d'intermédiaire, a disparu. Je suis totalement isolé !

— Je te crois, et je me range de ton côté. D'ailleurs, aurais-tu jamais imaginé que je pouvais collaborer avec Chevillard, ce monstre ambitieux ? Pourtant, sans Anna, ça me sera difficile de te cacher ici.

— Je partirai demain matin.

— Va dormir. La nuit porte conseil. Demain, j'aurai trouvé une solution. Et si pendant ce temps tu découvres quelque chose, un détail qui me permette de retrouver Anna, pense à me le dire.

Devant le portail, les deux gardiens battaient la semelle. Les frères Barrot, qui n'étaient pas des domestiques de vieille date, avaient fui leur village de Romainville dont le fort était constamment bombardé par les canons prussiens et trouvé ce petit travail qui leur évitait de mourir de faim. Joséphine les avait préférés à d'autres candidats pour leurs larges épaules et leur discrétion. « Vous aurez de quoi manger ! leur avait-elle promis, mais en échange, il faut fermer les yeux ! » Cela leur avait paru convenable, pourtant, en entendant le mendiant que leur patronne avait accueilli parler de Chevillard, ils s'interrogeaient.

— C'est sûrement un gars important, recherché par la police ! avança Albert.

— Un espion ! poursuivit Jacques. Il s'appelle Catulle. Ce nom n'est pas courant et doit suffire à le désigner.

— Voici ce qu'on va faire. Demain, à la première heure, quand nous aurons fini notre service, nous nous rendrons à l'Hôtel de Ville et demanderons à parler à M. Chevillard, qui est proche de

M. Trochu lui-même. Nous lui donnerons l'information, mais contre une grosse récompense.

— Tu te rends compte comme c'est agréable d'avoir de l'argent ! Regarde ces hommes qui viennent passer la nuit ici avec les plus belles filles, à boire les meilleurs vins... Pourquoi qu'on n'y aurait pas droit nous aussi, au lieu de nous geler devant ce portail !

— Tu as raison. En plus, personne ne saura que c'est nous qui l'avons dénoncé ! Le renseignement contre quarante mille francs !

— Pourquoi quarante mille francs ? Il nous en faut au moins cinquante mille ! Cette guerre n'est pas encore finie. Les nôtres se sont fait encore une fois repousser au mont Valérien, et les journaux ont annoncé que le général Chanzy avait subi une terrible défaite au Mans. Comme les Français ne voudront jamais capituler... Oui, il nous faut cinquante mille francs pour être tranquilles jusqu'au printemps. Après, on verra.

Le lendemain, Catulle se réveilla en se demandant où il était. Il avait rêvé de Marine ; un rêve curieux. La jeune femme se pressait contre lui et lui soufflait à l'oreille d'avoir beaucoup de courage pour que leur amour soit le plus fort. « Un jour, on se retrouvera, c'est écrit ! » murmurait-elle. Il fallut un bon moment à Catulle pour reprendre pied dans la réalité. « Elle n'est pas morte, se dit-il. Elle est quelque part et m'attend. C'est certain, c'est la force de ses pensées, de son espoir qui m'a suggéré ce rêve, pour que je tienne jusqu'au bout ! »

On frappa. La porte s'ouvrit sur une servante qui posa devant lui un plateau avec du café, du pain et de la confiture, friandise qu'on ne trouvait plus depuis longtemps chez les revendeurs.

— Mme Joséphine vous demande de l'excuser de ne pas prendre le petit déjeuner avec vous, mais elle dort, s'étant couchée à l'aube à cause de clients un peu tapageurs.

Catulle remercia et se mit à manger avec gourmandise. Cela faisait plusieurs semaines qu'il n'avait pas consommé de pain blanc, et il s'en délectait. Tout à coup, la clochette de l'entrée attira son attention. De la fenêtre, il vit un domestique ouvrir le portail, cédant le passage à un groupe de gardes nationaux qui entrèrent dans le parc et marchèrent en direction de la maison. Quelqu'un l'avait reconnu, dénoncé, et Joséphine n'en avait rien su ! À moins qu'elle n'ait laissé faire ! Non, ce n'était pas possible, Joséphine était une âme noble, incapable d'une telle bassesse.

Il s'habilla à la hâte, ouvrit la porte. Dans le hall, les gardes nationaux parlementaient. Une voix de femme leur répondait, probablement Joséphine. Catulle connaissait bien la maison et les deux sorties discrètes par les écuries qu'empruntaient parfois des clients soucieux de ne pas être vus. Il courut dans le couloir, dévala l'escalier jusqu'à un autre couloir, atteignit enfin la petite porte qui, fort heureusement, n'était pas verrouillée. Il passa derrière l'écurie, sortit dans la ruelle. Des gardes y avaient été postés pour surveiller, mais ils s'étaient placés à quelques mètres de la porte, ce qui donna à Catulle le temps de courir jusqu'à la grande rue, trois hommes à ses trousses. Il traversa le jardin des Tuileries avec l'intention de les semer puis arriva à la Seine. Une voiture attelée à un cheval était arrêtée sur le quai. Catulle pensait s'y précipiter quand un homme lui fit de grands signes.

— Ma maîtresse ! cria l'homme, ma maîtresse et son fils sont tombés à l'eau. Je ne sais pas nager !

Catulle vit alors, au milieu d'un énorme bouillon, un bras émerger du courant. Il hésita. Les gardes allaient le prendre, mais pouvait-il laisser une femme et un enfant se noyer sans rien tenter ?

Il s'arrêta près de l'homme. Essoufflés, les gardes le rejoignirent tandis qu'il posait sa veste.

— Moringuet, tu es pris ! dit l'un d'eux.

Catulle, comme s'il n'avait pas entendu, s'avança sur la berge et sauta dans le fleuve. Un des gardes souleva son fusil, un autre abaissa le canon.

— Laisse, tu vois bien que quelqu'un se noie !

Catulle fut surpris par l'eau froide mais, bon nageur et sportif accompli, il trouva vite la femme qui se débattait, serrant encore d'un bras son enfant contre elle. Il parvint à les remonter à la surface et à nager jusqu'à la berge où les gardes nationaux l'aidèrent à sortir de l'eau.

— Vite, cria le cocher, emmenez-les dans la voiture ! Il faut qu'ils se réchauffent et prennent des vêtements secs.

— Cet homme est sous mandat d'arrêt, nous ne pouvons...

— Monsieur, fit le cocher, cette personne vient de sauver la femme et le fils de l'ambassadeur d'Angleterre, lord Lyons. Je vous prie de bien vouloir le laisser venir se chauffer et se changer, sinon il mourra de froid. Son geste vaut bien cela !

— D'accord ! dit le brigadier sur un ton de commandement. Nous l'attendrons devant votre porte.

L'ambassade étant toute proche, les gardes nationaux furent admis dans la cour intérieure. Catulle, grelottant, put alors se sécher, se chauffer et passer des vêtements secs. Un domestique lui expliqua que le fils de l'ambassadeur voulait voir de minuscules poissons à la sortie d'un égout. Sa mère l'avait accompagné, mais l'enfant, qui se tenait trop près de la berge, avait glissé. Sa mère ayant voulu le retenir, ils étaient tombés tous les deux à l'eau.

— Sans vous, cette maison serait en deuil.

L'ambassadeur reçut Catulle, le remercia vivement et voulut connaître son histoire.

— Je jure que je suis innocent de ce dont m'accuse mon ennemi !

— Je vous dois plus que la vie ! Je suis certain qu'un homme poursuivi qui s'arrête pour porter secours à une femme et à un enfant n'est pas un traître ! répondit l'ambassadeur. Vous pouvez rester ici, personne ne viendra vous chercher. Vous pouvez aussi vous livrer afin d'être en règle avec la justice de votre pays. Je vous promets que je vous trouverai les meilleurs avocats, que je viendrai moi-même témoigner pour qu'on vous rende justice.

— Je vais me livrer ! décida Catulle. Ma présence dans l'ambassade ne pourrait que créer des difficultés supplémentaires.

Il sortit, accompagné par l'ambassadeur, qui lui dit assez fort, pour que les gardes nationaux entendent :

— Soyez tranquille, mon cher ami, je ne vous laisserai pas tomber !

Catulle fut conduit au poste de police le plus proche où un commissaire lui signifia qu'il était accusé d'entente avec l'ennemi, et qu'il risquait d'être fusillé après avoir été jugé par un tribunal militaire. Il fut enfermé dans une cellule froide et humide, sans la moindre couverture.

Plusieurs jours passèrent. Catulle redevenait la bête puante qu'il avait été dans les égouts de Paris. On lui apportait quotidiennement du pain au plâtre et une bouteille d'eau. Il ne sortait pas, et son odeur devenait insupportable. Seule la pensée de Marine vivante lui donnait du courage.

Les militaires avaient d'autres soucis en cette fin janvier. Paris avait capitulé, les Prussiens se préparaient à défiler sur les Champs-Élysées. Le peuple n'acceptait pas cette reddition. Pourtant, le blocus était levé, les chariots d'approvisionnement pouvaient de nouveau entrer dans la ville. Le pain qui réapparaissait dans les boulangeries, la viande dans les boucheries, les légumes sur les étalages permettaient enfin à un plus grand nombre de Parisiens de faire un bon repas, mais ce repas, qu'ils attendaient depuis des mois, avait un goût amer : celui de la défaite. Paris était plongé dans une torpeur que les élections du 8 février ne firent qu'amplifier. Le *Journal officiel* du 27 février, annonçant les accords signés la veille à Versailles, poussait l'humiliation à son paroxysme : l'Alsace et le nord de la Lorraine devenaient allemandes, la France paierait sur trois ans cinq milliards de francs-or aux vainqueurs, qui feraient leur entrée officielle dans la capitale et occuperaient certains quartiers jusqu'à la ratification du traité de paix. Sur les murs de Paris, le peuple exprimait son dégoût en placardant des caricatures du « Triumvirat des menteurs », Trochu, Ducrot et Jules Favre, avec leurs fameuses devises :

Le gouvernement de Paris ne capitulera pas.
Mort ou vainqueur,
pas un pouce de notre territoire, pas une pierre de nos forteresses.

Chevillard avait bien compris que de graves événements se préparaient. Les élections du 8 février avaient creusé entre Paris et la province un fossé qui n'était pas près de se combler. La capitale avait voté républicain quand la province royaliste avait installé à l'Assemblée une majorité de hobereaux, de notables réactionnaires dont les premières décisions, après avoir ratifié la paix et privé le Kaiser d'un défilé dans Paris, furent de museler la presse et de reprendre le canon dressé sur la butte Montmartre, celui que les Parisiens avaient refusé de livrer aux Prussiens. La Commune et ses désordres, un nouveau siège de Paris conduit cette fois par un gouvernement réfugié à Versailles allaient commencer.

Chevillard savait qu'il devait faire vite. Les troubles qui se préparaient pouvaient être bénéfiques à un ennemi qu'il devait neutraliser. Vivant, le père de l'enfant qu'il avait adopté représentait pour lui une menace inacceptable. À la fin du mois de février, il obtint l'ouverture d'un procès bâclé dont il espérait bien que l'accusé serait condamné à être fusillé.

Catulle nia tout en bloc et accusa Chevillard d'avoir lui-même fabriqué de fausses preuves. Non, il n'avait pas mis le feu à ses ateliers réquisitionnés. Sa présence sur les lieux au moment du sinistre était fortuite : Pesquez, son homme de confiance, lui avait donné rendez-vous à cet endroit. Son avocat, commis d'office, réclama que l'on fît venir Pesquez à la barre des témoins. L'accusation démontra l'inutilité de la démarche : Moringuet ne s'était-il pas enfui à toutes jambes, avouant ainsi sa culpabilité ? Enfin, un témoin surprise demanda à être entendu : l'ambassadeur d'Angleterre, lord Lyons.

Ce témoin gênait tout le monde, en particulier les juges militaires, qui étaient obligés de l'écouter et de prendre en compte sa déposition, mais qui n'avaient pas oublié pour autant la manière dont les Anglais avaient su souffler le froid et le chaud sur Paris assiégé. Pourtant, il fallait éviter tout incident.

L'ambassadeur expliqua comment Moringuet avait sauvé sa femme et son fils d'une noyade certaine, et que, sans cet acte de bravoure, les gardes ne l'auraient probablement pas capturé. Persuadé de l'innocence de cet homme courageux, il demandait au tribunal de l'acquitter.

Chevillard, qui était présent comme témoin à charge, insista sur le fait que, certes, Moringuet avait sauvé cette femme et son enfant de la noyade, mais cela ne le lavait pas des graves accusations qui pesaient sur lui ; les preuves qui l'accablaient exigeaient en cette période difficile un châtiment exemplaire.

Quand l'ambassadeur eut quitté le tribunal, l'accusation fut soulagée : l'avocat général réclama la peine de mort, celui de la défense l'acquittement. Les juges, tous officiers militaires, se retirèrent pour délibérer.

Pendant ce temps, Catulle, les mains ligotées dans le dos, debout entre quatre policiers, attendait. Chevillard lui jetait de brefs coups d'œil, mais Catulle ne baissait pas le regard. Il voulait que celui qui le faisait condamner à tort sût combien il le haïssait. Catulle ne se faisait pas d'illusion : il allait être fusillé. Il ne restait plus qu'à invoquer la justice divine...

Au bout d'une heure de délibérations, les jurés revinrent. Pas un ne regarda l'accusé, comme s'ils avaient honte de leur décision. Chevillard vit dans cette attitude la certitude qu'il avait gagné. Catulle, la tête haute, priait mentalement. Tout son être était tourné vers Dieu, qui ne pouvait pas laisser tant d'injustice impunie.

Le silence se fit, le représentant des jurés, le capitaine Queguin, avança d'un pas et déclara :

— Convaincus que Moringuet Catulle est coupable du crime de trahison suprême, les jurés ont estimé à l'unanimité qu'il devait être condamné à la peine capitale !

Les lèvres rouges de Chevillard s'allongèrent en un sourire. Sans éprouver le moindre reproche de sa conscience, il regardait sa victime en vainqueur.

— Cependant, reprit le capitaine Queguin, considérant par ailleurs que Moringuet Catulle n'a pas hésité à se faire capturer pour sauver de la noyade une femme et son enfant, les jurés ont décidé de lui accorder une mesure de clémence...

Tous les officiers rassemblés remarquèrent que le capitaine Queguin n'avait pas dit « Madame l'ambassadrice d'Angleterre », mais « une femme et son enfant », ce qui donnait à l'acte de bravoure de Moringuet une portée plus générale et à la mesure de clémence une dimension humaine qui ne devait rien à la qualité des personnes sauvées. Chevillard avait compris le sens de cette tournure. Inquiet, de l'extrémité du pouce, il se grattait la barbe.

— Cette mesure est simple : la justice ne peut pas mettre à mort un homme qui s'est fait prendre pour sauver deux vies. La peine capitale est donc commuée en une condamnation au bagne à vie !

Chevillard sourit de nouveau. Le bagne, d'où l'on ne revenait pas, était aussi une peine capitale. Victor porterait son nom.

Moringuet ignorait qu'une partie de lui-même appartenait désormais à celui qui l'avait fait condamner. Et Chevillard en éprouvait une joie profonde.

Ainsi, Catulle Moringuet, en ce mois de février 1871, subit le sort des grands criminels. Enchaîné, il rejoignit, sous les fouets des gardiens, le port de Rochefort avant d'embarquer pour la Nouvelle-Calédonie...

Deuxième époque

Le chiffonnier borgne

L'homme marchait. Sa grande capote usée ouverte, son sac sur le dos, il cheminait ainsi, la tête basse, parcourant cinq à dix lieues par jour. Parfois, il trouvait un voiturier qui le laissait monter sur son chargement, plus rarement un cocher qui lui permettait de s'asseoir à côté de lui. Il continuait pourtant, insensible à la fatigue qui raidissait ses articulations, insensible aux giboulées de ce mois d'avril 1888. Il allait au rythme de ses longues jambes, car il avait dû être grand, autrefois, avant que tant d'années de souffrance ne viennent courber son dos en une attitude de servilité permanente, imposée par ceux qui savaient si bien manier le fouet.

Dix-huit ans plus tôt, enchaîné à vingt-cinq autres bagnards sur une charrette ouverte à tous les temps il avait parcouru la même route jusqu'à Rochefort. Il se souvenait de la traversée de Paris sous les huées de la foule, les pierres et les crachats. Celui qui l'avait fait injustement condamner était présent, un peu en retrait, et souriait. Il avait soutenu son regard avec un air de triomphe, que le condamné avait reçu comme une ultime provocation. Chevillard était certain que son ennemi ne reviendrait jamais ; personne ne revenait du bagne après une condamnation à vie. Pourtant Catulle Moringuet marchait, libre, sur la route de Paris...

À Rochefort, les condamnés avaient été embarqués sur des bateaux, enfermés dans des cages de fer où l'odeur était rapidement devenue pestilentielle. Beaucoup avaient péri sans que personne ne leur porte assistance. Après des jours et des jours de mer, plongés dans la nuit des cales, ils avaient été débarqués sur l'île de

Nou, en Nouvelle-Calédonie. Catulle avait souffert du climat, mais surtout des trois années de « grande peine » qui avaient broyé son robuste corps aux travaux les plus pénibles, brisé sa volonté. Enchaîné à un autre condamné, un certain Paul Sansson, criminel sans morale avec qui il partageait chaque instant de la vie, il avait dû se battre, et la pratique de la lutte lui avait été plus d'une fois salutaire. Seule la loi du plus fort avait cours, et quand les détenus en venaient aux mains, les gardiens laissaient faire pour profiter du spectacle. Puis les conditions de sa détention s'étaient un peu adoucies. Enfin libéré de l'« accouplement », il put évoluer en « demi-chaîne » : la chaîne attachée à sa cheville droite qui le reliait à Paul Sansson fut coupée en son milieu et la partie libre fixée à sa ceinture.

Les années avaient passé. Catulle avait tout supporté : les coups, les privations, la fatigue. Tant d'autres étaient morts autour de lui ; refusant de s'acharner à vivre, ils avaient préféré se laisser engloutir par un néant salvateur. Sa jeunesse, sa robuste constitution et surtout l'espoir insensé que sa vie ne s'arrêterait pas là, qu'il ferait justice et se vengerait, l'avaient sauvé. Une haine farouche lui avait servi de bouclier pendant ces années de bagne, une haine qui allait enfin pouvoir s'exprimer.

Il marchait sur la route du retour en pensant à sa vie là-bas. Beaucoup de bagnards cherchaient à s'évader, certains réussissaient, les autres étaient guillotinés. Lui s'était résigné à attendre, confiant en Dieu, compagnon des pires moments. Et il avait eu raison.

Il arriva à un croisement de deux grandes routes, lut sur un ancien panneau une indication qui lui fit pousser un soupir de soulagement : « Paris : 2 lieues ». Paris, sa ville ! Catulle Moringuet y était né dans une famille bourgeoise, y avait grandi dans l'insouciance. Des bribes de son passé défilaient dans sa mémoire : les ateliers de mécanique, la forge, la chaudronnerie... Marie-Agnès, sa femme, morte après avoir donné le jour à des triplés, sa fuite avec Marine dans Paris assiégé et enfin son plongeon dans la Seine pour sauver la femme et le fils de l'ambassadeur d'Angleterre, lord Lyons. C'était à cet homme influent qu'il devait d'avoir été libéré dix-huit ans après sa condamnation à perpétuité.

Il pensait à ses fils, Victor, François et Louis qui avaient grandi en ignorant tout de leur père. Étaient-ils en vie ? Cette question le hantait depuis des années. Comment pourrait-il les reconnaître ? À la tache de café qu'ils portaient tous les trois à la naissance du cou et de l'épaule droite, et qui rappelait la carte de France ? Il pensa à ce qu'avait prédit sa mère en tirant les cartes : « Quand vous reviendrez, deux chercheront à vous tuer. Les cartes sont muettes sur le troisième. » Il se prit à sourire : pourquoi ses fils voudraient-ils le tuer ?

Le beau visage de Marine s'imposa à sa mémoire, Marine, la petite orpheline recueillie à dix ans, la servante timide qui avait montré son véritable visage lors de sa cavale à Belleville, puis chez le marquis de la Géanterie, ce nain qui recevait dans sa maison délabrée toutes les célébrités de Paris. C'était chez lui que Catulle et Marine s'étaient aimés, chez lui aussi qu'il avait vu partir la jeune femme à la banque Lorrin où Chevillard l'avait probablement capturée. Pourrait-il la retrouver un jour ?

Une voiture chargée de cageots de légumes s'arrêta à la hauteur de Catulle. L'homme, qui avait une bonne tête ronde et rouge, souleva son chapeau.

— Si je peux vous avancer... Je vais livrer la cantine de la tour, sur le Champ-de-Mars.

— C'est avec plaisir ! dit Catulle, touché par la gentillesse du maraîcher. Je marche depuis plusieurs jours !

— Remarquez, il fait beau aujourd'hui, mais ça ne durera pas ! observa l'homme qui regardait Catulle avec curiosité. Montez donc ! Seul, je trouve le temps long. J'ai beau parler à mon cheval, il ne me répond pas !

— Vous avez dit la tour sur le Champ-de-Mars ? s'étonna Catulle. Je suis parisien et je ne me souviens d'aucune tour !

L'homme se mit à rire. Il portait une large moustache noire taillée bien droite au-dessus de son menton rond.

— Je me présente ! Charles Lagemont, maraîcher à Athis-Mons. Je suis l'un des fournisseurs de M. Eiffel pour l'approvisionnement de ses ouvriers qui construisent la tour...

— La tour, reprit Catulle, intrigué, mais quelle tour ?

— La tour de M. Eiffel. On dit qu'elle fera mille pieds de haut ! C'est un énorme chantier !

— Une tour de mille pieds ? s'exclama Catulle, c'est impossible ! Mille pieds, mais il n'y a aucun matériau capable de résister...

— Si ! rétorqua Lagemont. Sa tour est en fer. Les quatre piliers qui doivent la soutenir sont déjà construits et reliés par une plate-forme à près de deux cents pieds de haut. Comme je fais le voyage une fois par semaine, j'ai pu suivre les travaux. Et j'ai assisté à la pose des poutres de la plate-forme ! Eh bien, vous me croirez si vous voulez, mais la précision a été telle que les quatre poutres horizontales se sont encastrées dans les piliers au millimètre près ! C'est un habile ingénieur, ce M. Eiffel !

— Une tour de mille pieds ! reprit de nouveau Catulle, toujours incrédule. Figurez-vous que le fer, c'est ma spécialité. J'avais une fonderie, des ateliers d'usinage et une forge au pied de la butte Montmartre. Mais je ne comprends pas un tel prodige. Le fer ne peut pas résister à tant de contraintes !

— Faut croire que si ! En tout cas, on dit que M. Eiffel n'en est pas à son coup d'essai. Il aurait construit un pont de plus de quatre cents pieds tout en métal... Je vous le dis, c'est un habile ingénieur !

Le monde avait-il donc autant changé durant la détention de Catulle ? Parti après un siège de Paris dans les règles des sièges du Moyen Âge, il revenait dans une ville qui défiait les lois les plus élémentaires de la mécanique ! Tout à coup, il se sentit étranger.

Infatigable, Lagemont poursuivit :

— Si vous saviez comme M. Eiffel est critiqué de toutes parts. Les journaux n'en finissent pas de tourner en ridicule son projet trop coûteux. Les partis d'opposition qui en profitent pour s'élever contre les incapables de la république, accusent M. Eiffel de vouloir défigurer Paris, de manquer du sens esthétique le plus élémentaire. Et ils attisent la peur des foules. Imaginez, une tour de mille pieds de haut, si le vent la renverse... Moi, je fais confiance à M. Eiffel. Je l'ai approché plusieurs fois et il m'a même parlé. Oui, monsieur, M. Eiffel m'a adressé la parole pour me féliciter de la fraîcheur et de la qualité de mes légumes. Et vous savez ce qu'il m'a dit ?

Catulle haussa les épaules. Il n'écoutait plus son voisin, il pensait à cette tour et à l'essor de la construction métallique qu'elle allait entraîner. Il devait absolument retrouver ses ateliers !

— Il m'a dit, poursuivit Lagemont : « Monsieur, vous faites honneur à votre profession, comme j'essaie de faire honneur à la mienne. Vous produisez les meilleurs légumes de Paris, et c'est bon pour mes hommes qui doivent grimper dans les nuages. Ma tour, quand elle sera achevée, vous sera aussi redevable ! » Il m'a dit ça, M. Eiffel, j'y pense tout le temps quand je suis dans mes champs !

Lagemont regarda fièrement Catulle, qui fit l'étonné, mais ses pensées étaient toujours ailleurs : « Il faut que j'aille à la banque Lorrin. Mes avoirs avaient été gelés, mais le sont-ils encore ? Je suis libre, j'ai purgé ma peine et bénéficié d'une libération exceptionnelle pour bonne conduite, il n'y a plus aucune raison pour que mon compte soit encore bloqué. Il faut que je récupère cet argent. La somme, augmentée des intérêts, devrait suffire à m'installer de nouveau. »

Lagemont s'étonnait de ce curieux voyageur, mais ne posait pas de questions. Naturellement serviable, ses bonnes affaires le rendaient bienveillant.

— Je ne sais pas qui vous êtes, monsieur, cela ne me regarde pas. Cependant, j'ai l'impression que vous revenez d'un pays étranger, que vous découvrez la France de 1888, comme si vous l'aviez quittée depuis très longtemps.

— C'est exactement ça, monsieur. Votre amabilité me pousse à vous parler franchement. Je m'appelle Catulle Moringuet. Mon arrière-grand-père était forgeron à Paris, mon grand-père agrandit la forge et créa une fonderie, puis mon père des ateliers de mécanique, j'étais un homme aisé avant la guerre, puis, à la suite de... mésaventures, disons, j'ai dû quitter Paris à l'armistice, en 1871.

Ils étaient dans la capitale, que Catulle redécouvrait avec un bonheur non dissimulé. Il souriait aux maisons, aux rues. Ils arrivèrent à la Seine qu'ils traversèrent au point d'Iéna. En face d'eux s'étendait le Champ-de-Mars et, tout au fond, le palais du Trocadéro. Catulle était étonné à la vue de l'immense chantier que Lagemont lui présenta.

— Voilà où nous nous rendons. M. Eiffel veut que ses ouvriers soient bien nourris pour qu'ils puissent bien travailler. J'ai beau y venir régulièrement, cela m'impressionne toujours.

Une multitude d'échafaudages en planches, des grues, des treuils envahissaient la grande place. Une nuée d'ouvriers s'affairaient autour des voitures de livraison. Au centre, la « tour » était formée de quatre piliers obliques constitués de poutres et de poutrelles qui s'enchevêtraient dans une magnifique harmonie, reliés par un cadre constitué lui aussi de poutrelles. Au-dessus, les piliers se resserraient et continuaient leur progression vers le ciel. Le va-et-vient des voitures venant apporter les pièces, les rivets, les boulons était continu.

— Nous sommes arrivés ! dit Lagemont, tirant sur les brides de son cheval près d'un baraquement qui devait servir de cuisine. Ici, tout est particulier !

Catulle descendit de son siège, remercia Lagemont et se mêla à la foule d'ouvriers qui s'affairaient à décharger des caisses, à transporter les pièces métalliques, avant d'entreprendre le tour du chantier. Il se fit houspiller par un groupe d'hommes pressés qui s'en prenaient aux badauds et demanda :

— Est-ce qu'on embauche ici ?

— Oui ! répondit l'un des hommes. On embauche des rampants ! Quant aux voltigeurs, ce sont des ouvriers spécialisés qui travaillent depuis longtemps pour M. Eiffel.

— C'est quoi les rampants ?

— Ça tombe sous le sens ! Ce sont ceux qui restent au sol, tandis que les voltigeurs montent dans les étages ! Il faut voir M. Ribière, un proche collaborateur de M. Eiffel. Ici, tout est sérieux, même l'embauche que l'on ne confie pas à n'importe qui. Le maître veut tout voir, tout contrôler. Il veut surtout des hommes capables et sérieux, afin qu'aucun accident ne soit à déplorer.

Catulle s'éloigna. Il aurait certes voulu travailler pour ce chantier dont il comprenait la démesure, mais il sentait aussi, à cause de l'étrangeté de la construction face au traditionnel Trocadéro, que l'Histoire avait changé de visage. Il était sensible à l'harmonie des quatre piliers réunis par une jupe en arc de cercle, à cette fine dentelle d'acier qui semblait si légère. M. Eiffel était en train de construire l'édifice sûrement le plus inutile, mais aussi le plus merveilleux de la capitale !

Il reviendrait plus tard. Pour l'instant, il devait chercher à se loger. Le pécule qu'il avait économisé durant ses années de captivité lui permettrait de vivre quelques semaines sans souci dans une pension. Il marchait en regardant la grande ville et respirait à pleins poumons l'air chargé de cette odeur inimitable de crottin, de vase et de détritus, l'odeur de Paris ! Bien que le ciel se fût couvert, les façades sombres des immeubles le remplissaient d'orgueil. Paris était la plus belle ville du monde, Catulle la retrouvait avec tant de bonheur ! Il ne regrettait pas la chaleur des îles, cette chaleur qui l'avait tant fait souffrir au début et à laquelle il avait fini par s'adapter. Il était enfin chez lui ; sa vie, un long moment interrompue, allait reprendre son cours. À quarante-huit ans, il se sentait encore jeune, plein d'allant.

Il revint tranquillement jusqu'à « son » usine, passa devant son ancienne maison. Elle était habitée, mais par qui ? Il eut envie de secouer le clocheton du portail, puis se retint. Sa maison, comme l'usine, avait été saisie et revendue. Les acquéreurs n'étaient pour rien dans son malheur.

L'usine fonctionnait à plein. Des voitures allaient et venaient dans la cour. Un homme arrivait à pied, à qui Catulle demanda :

— C'est bien l'ancienne usine Moringuet, n'est-ce pas ?

— Tout juste ! dit l'homme, mais je ne peux en parler que par ouï-dire. Je n'étais pas là en 1871, quand M. Moringuet a été condamné au bagne pour trahison. Je ne répète que ce qu'on dit !

— À qui appartient-elle ?

— À M. Chevillard ! Il a su lui donner un grand essor. Actuellement, on travaille en sous-traitance pour les ateliers de construction métallique de Levallois. On fabrique des pièces, surtout des rivets et des boulons, pour la tour de M. Eiffel.

Catulle, sans voix, s'éloigna pour ne pas trahir son émotion. Ainsi, son usine avait été rachetée par celui qui l'avait fait condamner ! « Je le tuerai ! » se promit-il en marchant à pas rapides.

Soudain, il se dit qu'on pourrait le reconnaître. Ses cheveux avaient blanchi, il ne se rasait plus la barbe, son grand corps s'était un peu voûté, mais ceux qui l'avaient côtoyé, ses voisins, et en particulier Chevillard, pourraient facilement l'identifier. Cela n'avait pas d'importance, d'ailleurs, il ne tenait pas à rester dans l'ombre. Il pensa alors à Joséphine, chez qui il avait passé la dernière nuit de sa cavale, après être sorti des égouts de Paris, Joséphine qui vendait du plaisir pendant que le peuple mourait de faim... Il se rendit, toujours à pied, jusqu'à la belle maison de la rue du Faubourg-Saint-Honoré, contempla un moment le portail ouvert, la façade, le jardin. Rien n'avait changé. Lorsqu'une voiture en sortit, Catulle se mit en retrait pour ne pas être vu et suivit des yeux le véhicule qui s'éloignait. Joséphine était peut-être à l'intérieur. Joséphine aussi avait dû beaucoup vieillir !

Il poursuivit sa promenade, puis chercha à proximité de la banque Lorrin un hôtel pas cher. Il régla sa pension pour un mois et sortit s'acheter des vêtements. Il redécouvrait les gestes ordinaires de la vie, il s'en délectait. S'asseoir à une table, commander un plat simple, boire une bière à une terrasse de café le ravissaient. Il respirait avec plaisir les odeurs des rues, écoutait les bruits familiers, les conversations. Il retrouvait le Paris libre de sa jeunesse, qui ne se privait de rien, qui prenait le temps de vivre.

Il décida alors de se rendre à la banque Lorrin. Lorsque Catulle avait été condamné, Alexandre Lorrin avait une cinquantaine d'années. Il devait en avoir maintenant soixante-huit. Était-il encore vivant ? Catulle se souvenait de ce petit homme énergique, totalement chauve, qui arborait une abondante barbe grise. « Mes cheveux ont glissé jusqu'au menton ! » disait-il volontiers en riant. Malgré le masque de la barbe, son visage était extrêmement expressif. Son œil gauche, presque clos, pétillait de finesse, de roublardise, ne perdant rien de l'attitude de celui qui lui faisait face. L'œil droit exprimait l'amitié, la compassion, tout ce qui pouvait mettre en confiance. Redoutable négociateur, cet amateur de femmes fréquentait à l'occasion la maison de Joséphine. Ce secret partagé avec Catulle avait rapproché les deux hommes en un temps qui semblait, ce jour-là, si lointain...

Il faisait assez doux. Catulle, qui ne se lassait pas de marcher, ne put s'empêcher de faire un détour par le Champ-de-Mars pour contempler le chantier de la tour de métal où des ouvriers boulonnaient les montants et les croisillons du deuxième étage. Catulle resta un long moment admiratif devant l'efficacité de l'organisation. Pas un geste n'était perdu ; les pièces déchargées de la voiture de livraison étaient vérifiées, puis posées sur une palette en bois qu'une grue montait aussitôt dans la tour. Un homme s'approcha de lui, s'étonnant de son regard admiratif.

— Que trouvez-vous de beau dans tout cela, monsieur ? C'est une monstruosité dont les Américains eux-mêmes ne voudraient pas ! M. Coppée, le poète, parle d'une cheminée d'usine et projette de quitter Paris pour ne plus la voir ! Je pense que je vais faire de même !

Catulle ne trouva rien à répondre car, en effet, la tour ne ressemblait à rien. Pourtant, la magie qu'exerçait la multitude de pièces métalliques assemblées révélait en lui la sensation d'une beauté nouvelle à laquelle le métallurgiste était sensible.

— Je vous le demande, poursuivit l'homme, autant d'argent dépensé pour cette chose ! Ne serait-il pas mieux employé ailleurs, cet argent, par exemple à combler les difficultés de M. de Lesseps dont le canal sera d'une grande utilité pour l'humanité ?

— Certainement ! acquiesça Catulle, qui ignorait tout du creusement du canal de Panamá et des difficultés financières du vieux Ferdinand de Lesseps.

Il arriva enfin en vue du 12 de la rue de Rivoli, reconnut l'immeuble avec l'enseigne en lettres dorées, « Banque Lorrin », que le temps n'avait pas ternie. Il hésita un instant, redoutant une mauvaise surprise, puis entra. Rien n'avait changé, le lustre était le même, le tableau au fond du couloir montrait toujours la même scène de chasse au cerf. Un employé de noir vêtu vint au-devant de Catulle, qui se trouva un peu embarrassé pour présenter son cas.

— Voilà, commença-t-il, je suis un ami de M. Alexandre Lorrin. J'ai été absent de France pendant dix-huit années et je viens prendre de ses nouvelles.

L'employé toisa Catulle un instant et finit par demander :

— Quel est votre nom ?

— Catulle Moringuet.

L'homme réfléchit un instant puis se décida.

— Je vais voir ! dit-il.

Catulle faillit le retenir pour lui demander des nouvelles de M. Alexandre Lorrin, mais il se tut, encore en proie à une angoisse profonde. Tout à coup, il entendit la voix un peu aiguë de son ami, toujours aussi assurée.

— Que me racontez-vous, Audibert ? Je vous dis qu'il est impossible que M. Moringuet soit ici !

Il avançait d'un pas décidé, ce pas ferme que Catulle connaissait bien. Au bout du couloir, il resta un long moment immobile, regardant l'arrivant qui lui souriait. Enfin, il articula :

— Je rêve, Audibert ! Dites-moi que je rêve !

Puis, s'approchant, toujours incrédule, il observa Catulle de son œil ouvert, cherchant dans ce visage un détail qui aurait dénoncé la supercherie.

— Alexandre ! répondit Catulle. Vous ne rêvez pas ! Je suis bien votre ami Moringuet !

L'œil fermé s'entrouvrit, un grand sourire s'épanouit dans la barbe qui avait totalement blanchi.

— Catulle ! Vous ? Est-ce possible ?

— Oui ! répliqua Catulle en serrant Lorrin dans ses bras. J'ai été libéré grâce à l'ancien ambassadeur d'Angleterre, lord Lyons, dont j'ai sauvé autrefois la femme et le fils de la noyade. Cet homme m'a été dévoué jusqu'au bout et a obtenu non pas une révision du procès, qui était impensable, mais la grâce du gouverneur maritime de Nouvelle-Calédonie, qui est investi de ce droit. Ce que je cherche désormais, c'est à faire payer l'infâme Chevillard et à obtenir ma réhabilitation. Je voudrais aussi retrouver mes fils...

— Ce sera très difficile. La France va mal. Trop de gens corrompus sont au gouvernement... Boulanger, qui est de plus en plus populaire, serait en sous-main d'accord avec l'empereur. Venez dans mon bureau, nous serons plus tranquilles pour bavarder.

Le bureau non plus n'avait pas changé. Lorrin, passionné de chasse, avait conservé l'énorme hure de sanglier accrochée au mur, au-dessus de son fauteuil, et, comme il le faisait dix-huit ans plus tôt, il la désigna à Catulle en commentant avec fierté :

— C'était en forêt de Compiègne. Cent vingt kilos ! Le plus gros sanglier de ma carrière ! Mais revenons à vos affaires. Le compte que vous aviez chez moi a été bloqué fin 1870, lorsque vous avez été considéré comme un espion à la solde des Prussiens. Après votre procès, et pendant les troubles de cette odieuse Commune, vos biens confisqués ont été vendus aux enchères. M. Chevillard, qui avait fait sa place parmi les républicains, et qui n'est pas né de la dernière pluie, savait que l'insurrection parisienne n'avait aucune chance d'aboutir et que les conservateurs finiraient par l'emporter. Il a donc profité de ses relations pour acheter votre usine avant de se retirer, au bon moment, des affaires publiques. Un certain M. Pérols a repris votre maison.

— Et l'argent ?

Lorrin sourit, fermant complètement son œil droit.

— L'argent est bien trop précieux pour que ceux qui nous gouvernent l'aient laissé dormir sur un compte. Ils s'en sont emparés, bien naturellement !

Le coup était fatal pour Catulle, qui se retrouvait sans le sou. Lorrin entrouvrit son œil droit.

— Tranquillisez-vous. Ce n'est pas à un vieux singe comme moi qu'on apprend à faire la grimace. Quand votre compte a été bloqué, la chose a été faite si maladroitement que personne ne s'est préoccupé de savoir ce qu'il contenait. Je m'attendais à ce que l'État, qui a tous les droits, même celui de piller les particuliers et de ne payer aucun intérêt à un banquier, fasse main basse sur la somme qui s'y trouvait. L'époque était si troublée, une fois de plus le peuple de Paris s'était révolté, et le sang coulait sur les pavés. De telles périodes sont favorables à toutes sortes de bricolages et d'arrangements. J'ai donc transféré une bonne partie de cette somme sur un autre compte, avec un nom fictif. Cet argent et les intérêts vous attendent.

— Mais personne ne vous a demandé vos livres de comptes pour s'assurer que tout était régulier ?

Lorrin sourit une nouvelle fois, se gratta la barbe, se leva, contempla la hure aux imposantes défenses.

— Certes ! Mais à la banque Lorrin on préfère les amis innocents et condamnés aux escrocs qui les accusent. Je vous le dis, j'ai un peu l'habitude des chiffres. Ils n'ont rien vu des fausses dépenses que je vous ai imputées pendant votre cavale. Je vous assure, il n'y avait plus d'autorité véritable. Suivez-moi, nous allons voir l'état de votre compte.

Ils passèrent dans la pièce voisine où s'affairaient des comptables en habit sombre. Lorrin demanda à l'un d'eux de sortir le livre dans lequel figurait le compte d'un certain Pierre Dussollier. Tout en tournant les pages, il précisa :

— Quelque chose me disait que vous reviendriez de l'enfer, que justice serait faite. Un peu après votre condamnation, lord Lyons avait écrit aux journaux pour dénoncer un complot et souligner l'absence de preuves réelles de votre culpabilité. Je savais que cet homme ne lâcherait pas prise. Je l'ai contacté ; il m'a remis une somme assez importante pour vous. Donc j'ai géré cet argent en pensant que si vous ne reveniez pas il serait pour vos fils.

— Mes fils ? Les avez-vous fait rechercher ?

— Oui. Un des trois a disparu dans Paris. Probablement est-il mort. Les deux autres se sont évanouis avec leur nourrice. On peut espérer qu'ils ont réussi à quitter la capitale après l'armistice, qu'ils vivent quelque part dans une lointaine province et qu'ils découvriront un jour leurs origines.

Catulle, qui épluchait les chiffres en même temps que Lorrin, découvrit qu'il était en possession de moyens suffisants pour se relancer dans les affaires.

— Je ne serai jamais assez reconnaissant à lord Lyons pour ce qu'il a fait dans mon intérêt !

— C'est un véritable gentleman ! Donc, au tout début, j'ai placé une partie de l'argent dans le canal de Panamá, puis j'ai pensé que l'entreprise était trop difficile pour le vieux M. de Lesseps. Je l'ai retiré juste au bon moment pour vous éviter d'y laisser des plumes. C'est une honte de savoir que des milliers de petits actionnaires vont être ruinés par l'inconséquence d'un homme orgueilleux !

— J'ai envie d'une nouvelle usine. Après tout, c'est la seule chose que je sache faire. À voir le grand chantier de la tour, il doit y avoir du travail pour tout le monde !

— M. Eiffel a du génie dans sa folie. Sa tour me semble être la plus grosse bêtise de cette fin de siècle, mais qu'importe, l'argent coule à flots pour cette bêtise, cela fait du travail pour les usines et les forges. La plus grande partie des pièces est fabriquée dans une usine de Levallois, mais M. Eiffel, pressé de terminer dans les délais pour l'Exposition universelle, sous-traite certaines fournitures.

— L'idéal serait d'acheter une usine déjà en place afin de travailler au plus vite.

— Il y a bien l'usine Platefond, à Neuilly, dont je gère les comptes et qui cherche repreneur. M. Platefond est un homme usé qui n'a pas confiance dans son fils unique et préfère vendre pour lui éviter la faillite. Cependant l'affaire est importante ; votre pécule ne suffira pas.

L'œil d'Alexandre Lorrin s'ouvrit un bref instant avant de se refermer. Le goût des affaires avait toujours mû ce vieil homme, son instinct lui faisait flairer celles qui pouvaient lui rapporter. Il s'enrichissait de tout et ne disait pas à Catulle qu'il avait prélevé sa part sur les bénéfices réalisés en conservant son portefeuille. Il entrevoyait tout à coup une nouvelle bonne affaire.

— Je peux vous prêter ! Vous, un ami, c'est la moindre des choses ! Mais les temps sont difficiles pour les banquiers. Nous sommes rançonnés par l'État, on a plafonné les taux d'intérêt...

— Cette usine peut-elle se visiter ?

Lorrin agita une sonnette, un employé se présenta.

— Faites atteler une voiture. Prévenez le cocher que nous partons tout de suite pour Neuilly.

Il pensait à la commission qu'il allait prélever sur la vente et aux intérêts de l'emprunt que Catulle serait obligé de contracter.

— Je suppose que vous ne voulez pas que la nouvelle de votre retour s'ébruite ? s'enquit-il.

— Cela n'a pas d'importance ! répondit Catulle. Je veux, au contraire, agir au grand jour. Je suis en règle avec la loi, je ne redoute personne !

— Peut-être avez-vous raison, mais je vous trouve cependant un peu trop confiant. Vous représentez un danger pour ceux qui ont voulu vous abattre ; ils n'hésiteront pas, dans une période où la justice est faible, à tout faire pour vous mettre hors d'état de nuire.

Lorrin écarta le rideau de la fenêtre et constata :

— La voiture est avancée. Allons voir ce M. Platefond qui est un insupportable personnage, mais dont le sens des affaires et des hommes est sans égal.

Victor Chevillard sortait de l'école d'ingénieurs métallurgistes de la place de la République en compagnie de son inséparable ami, Pierre Tassalin. Grand, sportif, il avait belle allure et menait la vie d'un jeune homme riche et studieux. Il préparait son diplôme d'ingénieur et s'intéressait déjà à l'usine de son père qui serait un jour la sienne. Grâce à lui, les ateliers d'usinage s'étaient modernisés, la forge s'était équipée de presses hydrauliques qui permettaient de façonner certaines pièces destinées à la tour de M. Eiffel.

Les deux amis étaient enthousiastes. Cette construction tournait définitivement le dos aux siècles obscurs pour s'ouvrir sur l'avenir, qui serait technique. Le génie civil prenait le pas sur le génie militaire : le pays aurait besoin de routes, de ponts, l'industrie de nouvelles machines, de moteurs plus performants que ceux des anciennes machines à vapeur. Tout était à faire, et cela plaisait aux jeunes gens qui s'intéressaient aussi aux essais des engins volants, en particulier aux ballons dirigeables motorisés et surtout aux plus lourds que l'air. Victor ne cessait de regarder voler les pigeons de Paris, cherchant à comprendre comment ils pouvaient se maintenir en l'air, se diriger. Il avait construit plusieurs petits engins semblables à des oiseaux, destinés à planer, mais il butait sur la position exacte du centre de gravité.

Tout en bavardant, les deux jeunes hommes s'étaient rendus au Champ-de-Mars, sur le chantier. Ne pas y aller une seule journée les aurait privés d'un spectacle essentiel. Ils surveillaient la progression du travail, la position des grues, des échafaudages, l'arrivage des pièces.

— Quand la tour sera finie, assura Victor, je serai fier de la regarder en sachant que des pièces, des rivets qui la constituent sont sortis de l'usine de mon père.

Ses sourcils s'abaissèrent, il fit la moue, mais Tassalin ne s'en aperçut pas. Le travail n'était pas aussi parfait dans l'usine Chevillard : deux lots de pièces avaient été refusés par M. Eiffel, qui avait menacé de rompre son contrat si Chevillard persistait, par mesure d'économie, à utiliser des aciers d'une qualité inférieure à celle qu'il exigeait. Cette lourde menace venait rappeler au jeune homme que l'entreprise paternelle n'était pas le fleuron qu'il aimait évoquer auprès de ses camarades et qu'elle subissait quelques difficultés financières. Pour cette raison, quand Victor Chevillard vit Gustave Eiffel marcher dans sa direction en compagnie de Nouguier, un proche collaborateur, il entraîna Tassalin à l'écart afin de ne pas se trouver face à face avec l'ingénieur qu'il connaissait pour l'avoir rencontré avec son père sur le chantier et dans des réceptions.

Ils firent le tour de la place puis se séparèrent. Victor emprunta le quai des Tuileries, dépassa le palais du Louvre, franchit le bras de Seine au Pont-Neuf et longea un instant le quai des Orfèvres. Il entra sous un porche, traversa une petite cour intérieure où un gros lilas commençait à fleurir puis pénétra dans l'immeuble du fond. Après avoir gravi un escalier tapissé de rouge, il frappa à une porte de bois clair. La porte s'ouvrit ; une femme brune aux beaux yeux marron, à la peau très blanche l'accueillit avec un grand sourire. Elle portait une cape beige et un chapeau légèrement incliné sur la droite.

— Victor, mon chéri ! Quel bonheur ! Je ne t'attendais pas !

— Bonjour, Camille ! Tu t'apprêtais à sortir ?

Il embrassa la femme, qui ferma la porte.

— Oui, j'allais prendre l'air, mais je préfère finalement rester avec toi.

Victor, debout au milieu de la pièce, regardait Camille poser sa cape, son chapeau, dénouer ses abondants cheveux noirs. Sa beauté, son expérience de la vie procuraient au jeune homme la satisfaction d'être l'amant d'une femme qui lui était supérieure. Pourtant, il savait bien que cette liaison ne pourrait pas durer.

Après l'avoir débarrassé de sa veste, elle tendit les bras à Victor.

— Viens me déshabiller, chéri. Nous avons tout notre temps, Robert ne rentrera pas avant huit heures, ce soir.

Chaque fois, le jeune homme hésitait, car il redoutait que Robert Boregard, l'associé de son père, ne fasse irruption. Pourtant, une fois dans les bras de Camille, il oubliait ses peurs pour ne se donner qu'au plaisir de ce corps voluptueux qui lui avait tout appris sur l'amour.

— Voilà que tu boudes ? Viens donc.

— J'ai peur que tout cela ne soit découvert ! Tu sais que mon père a des difficultés financières...

Elle s'assit sur le canapé, se mit à se souvenir à haute voix.

— C'était au mois de décembre dernier. Tu n'étais alors qu'un enfant que j'écoutais jouer du piano. Ce soir-là, après le dîner, je bavardais avec ta mère ; Robert et ton père s'étaient isolés pour discuter de leurs affaires. Le feu brûlait dans la cheminée. Tu étais là, en face de moi, je sentais ton regard intense. Ce n'était plus le regard d'un enfant...

— Et le lendemain, poursuivit Victor, tu m'attendais à la sortie de mon cours, dans une voiture à rideaux. Tu m'as fait un signe, je suis monté dans la voiture, nous sommes venus ici. J'ai alors cessé d'être un enfant pour entrer dans le monde sordide des adultes !

— Pourquoi sordide ? interrogea Camille. Le monde des adultes est ainsi ; il procure beaucoup de plaisir. Je t'aime, c'est tout. Pour nos rencontres secrètes, la différence d'âge importe peu, bien au contraire, elle leur donne du piquant !

Sur ces mots, elle se blottit contre lui, chercha ses lèvres. Ils roulèrent sur le canapé. Les mains fébriles de la femme déboutonnaient la chemise de Victor. Elle couvrit son cou de baisers et s'arrêta sur la tache brune.

— Je l'aime, cette tache qui ressemble à la France. Je suis certaine qu'elle annonce un grand destin !

— Quel grand destin veux-tu que j'aie ? Je serai un ingénieur qui fabriquera des pièces pour des machines que je ne verrai jamais terminées.

Après l'amour, ils restèrent un long moment silencieux, goûtant la sérénité de leurs corps apaisés. Pourtant, Camille sentait son compagnon préoccupé.

— Mon père m'adore ! dit-il tout à coup, et je l'adore aussi. Enfant, je croyais qu'il était le plus fort du monde, maintenant je me demande s'il n'est pas très faible, sans défense face à ceux qui lui en veulent !

— Qui pourrait lui en vouloir ? Ton père et mon mari travaillent le plus honnêtement du monde...

Victor se tut un instant, caressa la joue de Camille qui le regardait intensément, les yeux pleins de cette lumière que l'amour allume chez les femmes voluptueuses.

— Il s'est passé des choses bizarres... Mon père, qui avait exercé des fonctions importantes pendant la guerre, a acheté en 1870 l'usine à l'État après qu'elle eut été confisquée à un traître au service des Prussiens. Cela n'a pas fait que des heureux, je suppose...

— Que vas-tu chercher là, mon amour ? Le passé n'existe plus. Nous n'avons pas besoin de penser constamment aux pires moments de notre histoire.

— Si, il faut y penser, pour éviter qu'ils reviennent. La république, c'est le désordre, l'affrontement perpétuel. Il n'y a plus de capitaine sur le bateau. Aux gens corrompus qui profitent du système pour se remplir les poches, il faut substituer des gens honnêtes, des gens à poigne qui songent d'abord à l'avenir de la nation.

— Et tu en connais, toi, des gens honnêtes en politique ?

Victor hésitait à révéler à sa maîtresse son engagement, qu'il avait d'ailleurs caché à ses parents.

— Oui, il en existe ! répondit-il enfin. Celui pour qui votent les gens excédés, sans que cet homme soit candidat à quoi que ce soit ! D'ailleurs, jusqu'au 29 mars dernier, il était inéligible, parce que officier !

— Tu veux dire...

— Le général Boulanger ! compléta Victor avec emphase, la voix empreinte d'émotion. Le brave général nous sauvera ! Rappelle-toi la foule qui empêchait le train de partir pour Clermont-

Ferrand où des minables à qui il faisait honte l'avaient exilé ! Souviens-toi des cris des milliers de Parisiens appelant Boulanger à l'Élysée en décembre dernier, lors de l'affaire Wilson qui a éclaboussé le président Grévy en personne !

— Je ne lui fais pas confiance ! avoua Camille. C'est un bellâtre. Il galvanise les foules grâce à sa belle moustache blonde. Mais je ne suis pas certaine qu'il soit un véritable homme d'État !

— Moi, si ! s'emporta Victor. Et je milite pour lui. Il est le seul ! Les portes de l'Élysée vont s'ouvrir pour lui : depuis le 29 mars, il peut se présenter aux élections. Le peuple de Paris le portera au pouvoir !

— Mon chéri, cesse de me parler de politique, ça me donne la migraine. Viens plutôt près de moi !

Victor regarda Camille avec étonnement. Pourquoi ne faisait-elle pas confiance à Boulanger ? Elle n'avait donc aucun discernement ? Leur liaison, vieille de quatre mois, pesait déjà au jeune homme. Il s'habilla lentement, arrangea sa chemise, défroissa sa veste. À son tour, Camille se vêtit en silence. C'était la première fois que Victor lui parlait ainsi de politique, et cela le vieillissait. Le jeune étudiant doré devenait un activiste, un de ces trublions qui se réunissaient dans des caves, qui placardaient des affiches dans Paris. Le petit-bourgeois échappait à Camille par un aspect de sa personnalité sur lequel elle n'avait aucune prise.

— Reviendras-tu me voir demain ?

Il fit oui de la tête, pourtant il n'en avait pas envie. Il voulait se libérer de cette liaison qui finirait mal. « Elle est complètement sotte ! » C'était toujours après l'amour que de telles pensées lui venaient, jamais avant.

Le bateau accosta enfin au quai du port de Cardiff. Des matelots jetèrent les cordages que des hommes attachèrent à des poteaux de bois. Une passerelle fut avancée. Les passagers, fatigués d'une aussi longue traversée, commencèrent à débarquer sans cacher leur plaisir de fouler enfin la terre ferme. Sir Édouard Hartinger et son fils, Louis, plaisantaient. Une petite pluie fine leur rappelait les rigueurs climatiques de l'Angleterre, eux qui revenaient des Indes où ils avaient vécu cinq mois dans une chaleur moite.

— Quel plaisir, dit en riant sir Édouard, de retrouver le crachin et le froid. Enfin, ce soir, à Gloucester, nous goûterons aux délices d'un véritable feu dans la grande cheminée de notre château. Votre mère sera heureuse de vous serrer dans ses bras!

Louis Hartinger sourit à son tour avant d'ajouter :

— Elle sera également heureuse de vous serrer dans ses bras, vous, mon père, qu'elle dit être le meilleur époux de la Création.

— Votre mère est une sainte, Louis. Je ne mérite pas un tel compliment!

Louis était un jeune homme de haute stature que le sport avait musclé. Ce beau garçon aux cheveux châtains, très élégant, était le plus jeune lieutenant de corvette du royaume, et son père en était fier. Les deux hommes s'étaient rendus aux Indes pour visiter d'immenses terres que sir Édouard avait acquises quelques années plus tôt, effectuant ainsi un voyage d'affaires et d'agrément, tant les deux hommes avaient du plaisir à être ensemble. Ils avaient participé à une chasse au tigre, traversé d'immenses forêts où pullulaient les serpents, s'étaient étonnés de la force des éléphants domestiques, capables de transporter des arbres entiers...

Comme ils n'avaient pu prévoir leur arrivée au jour près, sir Édouard et Louis firent charger leurs malles dans une voiture de louage qui les conduirait à travers la campagne gris et vert, jusqu'à leur château de Gloucester où ils arriveraient à la tombée de la nuit.

À mesure que la voiture roulait, sir Édouard sentait une appréhension lui pincer le cœur, comme s'il redoutait un malheur. Il avait beau se dire que la durée de son absence – cinq longs mois – était en partie responsable de son angoisse, bien des choses avaient quand même pu se passer. Une peur irraisonnée grossissait en lui. Louis, qui voyait s'assombrir le visage de son père, s'étonna.

— Que vous arrive-t-il, père? Vous voilà bien ombrageux à l'heure des retrouvailles!

Sir Édouard haussa les épaules, sourit à son fils. Il n'avait aucune raison de céder à l'étrange sentiment qui l'étreignait, aussi se mit-il à évoquer leurs projets.

— Notre domaine recèle beaucoup de richesses, notamment les mines de diamant qu'il va falloir exploiter correctement. Je pense que M. Dinstungo, que nous avons placé à leur tête, est un honnête homme et saura nous servir.

— Je crois également que M. Dinstungo est honnête ! assura Louis, mais la distance qui nous sépare peut attiser bien des tentations. Nous devons aussi rappeler notre présence par un courrier régulier, exiger des comptes et surtout envoyer, dès le mois prochain, notre cher Hastin, qui a toute notre confiance. Il y séjournera quelques mois. Ensuite, nous verrons !

Sir Hartinger était fier de son fils non seulement parce qu'il était lieutenant à dix-huit ans, mais aussi parce qu'il raisonnait comme un adulte. Il se fiait totalement à lui et ne craignait pas de le laisser régler des affaires délicates. Louis ne s'emportait jamais, réfléchissait et savait toujours prendre les sages décisions. « S'il savait, pensait à cet instant sir Édouard, qu'il n'est pas mon fils ! Qu'il a quitté Paris assiégé dans une caisse de courrier qu'un ballon a emportée au cœur de la France... » Ce secret pesait à sir Édouard, mais l'avouer à Louis aurait creusé un fossé, une distance entre eux dont il ne voulait pas.

La voiture s'arrêta dans la cour éclairée du château. Les chiens se mirent à aboyer. Des domestiques se précipitèrent. Tout de suite, les deux arrivants remarquèrent leur mine triste. Enfin, William Lespey, l'intendant, arriva en baissant la tête. Dans sa précipitation, il n'avait pas mis son chapeau et ses cheveux battaient sur sa tête en ailes blanches.

— Monsieur le comte ! Monsieur le comte ! fit-il avant d'éclater en sanglots.

— William ! Que se passe-t-il ?

— Un malheur, Monsieur le comte, un grand malheur est arrivé pendant votre absence ! Madame...

— Eh bien, que veux-tu dire ?

— Madame est morte voilà deux semaines et je n'avais aucun moyen de vous avertir !

Sir Édouard reçut la nouvelle comme un coup de maillet, mais il ne broncha pas. Louis chancela, s'appuya contre la voiture. Il avait le visage mouillé, mais ne sentait pas les gouttes froides ruisseler sur son front. Sa mère était morte ! Sa mère qu'il avait quittée en pleine santé ! Le comte bougea enfin et prit son fils dans ses bras.

— Nous voilà les plus malheureux du monde ! dit-il. Je savais bien que quelque chose était arrivé !

Puis, se tournant vers William, il demanda :

— Comment cela est-il advenu ?

— La diphtérie, Monsieur le comte ! La diphtérie qui a fait des ravages ce printemps dans vos villages et vos fermes. D'ordinaire, cette maladie ne tue que les jeunes paysans, mais cette fois elle a pris un malin plaisir à frapper les gens riches. L'évêque de Gloucester lui-même...

Sir Édouard passa le bras autour des épaules de Louis. Le deuil avait remplacé la fête du retour et des retrouvailles. Le feu qui brûlait dans la cheminée n'invitait pas au repos. Le père et le fils s'assirent sur le banc et restèrent longtemps à regarder les flammes qui mangeaient les bûches. Ils ne pleuraient pas ; leur peine était trop profonde pour s'exprimer par des larmes. Désespérés, incapables de penser au lendemain, ils étaient abattus. Sir Édouard regrettait maintenant d'être parti pour ce lointain voyage. Louis pensait au beau visage de sa mère, toujours souriant, à ses cheveux gris qu'elle coiffait avec soin. C'était une excellente musicienne. Toute l'enfance de Louis avait été bercée par les mélodies qu'elle jouait sur son violon. Louis avait aussi le goût de la musique et tirait correctement l'archet, mais pas avec la grâce de sa mère. Il était amputé d'une partie de lui-même.

Sir Édouard gardait la tête baissée. Sa vie venait de basculer, pourtant, la disparue continuant de vivre en lui, sa foi profonde lui commanda d'espérer. La lignée des comtes Hartinger devait se poursuivre. Louis, qui serait le dix-septième du nom, épouserait comme cela était convenu depuis longtemps miss Barthyng, héritière d'une des plus anciennes familles du royaume. Le secret de sa naissance ne devait surtout pas être divulgué. D'ailleurs, personne n'aurait eu l'idée de mettre en doute la filiation de Louis, qui ressemblait tant à son père ! Quand il avait quitté le petit village corrézien avec le bébé et le couple Martin, sir Édouard avait regagné Calais, où il possédait une maison. Il y avait fait venir sa femme, qui y séjourna deux années, servie par Pierrot et Louise Martin. Au préalable, Édouard avait pris soin d'annoncer à toute la bonne société anglaise que son épouse attendait un enfant et que, pour ne pas le perdre encore une fois, elle était allée finir sa grossesse en France, où, selon son médecin, le climat était plus favorable aux femmes enceintes. Survint alors, à Londres, une épidémie de coqueluche qui décima un grand nombre de nourrissons. Devant ce péril, sir Édouard jugea plus prudent de laisser son héritier de l'autre côté de la Manche. Enfin, lady Élisabeth put regagner son château de Gloucester avec son enfant âgé d'un an et demi. Personne, même les domestiques, hormis le couple Martin, ne connut la vérité. Édouard et sa femme, qui étaient les seuls dépositaires du secret, l'emporteraient avec eux dans la tombe.

Tout en regardant les flammes, sir Édouard pensait aux deux Français repartis chez eux, dans la ferme qu'ils avaient probablement achetée avec le pécule qu'il leur avait donné... Il songeait à son existence de grand noble, à sa jeunesse à Paris, à son mariage somptueux, à sa vie toujours agréable. Combien d'hommes avaient eu le privilège de connaître tant de facilité ? Ses paysans qui s'éreintaient du matin au soir, dans la pluie et le froid, qui redoutaient la famine, subissaient comme lui, outre leur misère quotidienne, les mêmes deuils, la même douleur de l'âme. Dieu l'avait si bien servi, et il demandait plus ! Lady Élisabeth lui soufflait, au fond de son être, de reprendre sa vie comme avant, pour leur fils.

— Que la volonté de Dieu soit faite ! lâcha-t-il enfin.

Louis joignit les mains et s'abîma dans une prière intense. La mort de sa mère venait de couper le cordon de son enfance, et il était désormais un adulte, bien qu'il ne sût rien du monde. Les femmes l'attiraient, mais le jeune lieutenant n'avait approché que des servantes vulgaires. Son bon sens lui disait que l'amour n'avait rien à voir avec ces accouplements à la va-vite dans la remise des cuisines.

Il pensa aussi à son attirance pour la France où il avait vécu les premiers mois de sa vie et aux nombreux séjours dans l'hôtel particulier des Hartinger à Paris. Chaque fois qu'il devait en repartir, il ressentait un déchirement profond, inexplicable.

— C'est le sang français de nos lointains ancêtres ! disait sir Édouard. Comme toi, j'aime ce pays. Le lointain berceau de notre famille est en Normandie. D'ailleurs, la tache que tu portes au bas du cou, près de l'épaule droite, ne ressemble-t-elle pas à une carte de France ?

William, s'approchant respectueusement des deux hommes, leur demanda s'ils souhaitaient dîner. Ils se contentèrent d'un peu de bouillon chaud.

Les jours qui suivirent, le père et le fils passèrent beaucoup de temps dans la chapelle où était enterrée lady Élisabeth. L'un comme l'autre avait la certitude qu'elle leur parlait, qu'elle les rassurait et demeurait à leurs côtés. Pourtant, le château était trop grand, trop silencieux, trop éternel pour eux. Sir Édouard aurait voulu retourner aux Indes, mais il savait que sa place était ici. Louis, pour sa part, rêvait de Paris. Un soir, il se décida.

— Père, nous tournons en rond, écrasés par notre chagrin. Je suis certain que ma mère n'aurait pas voulu cela. Elle me souffle, chaque fois que je vais prier sur sa tombe, de me distraire. J'ai envie de me rendre à Paris.

Le regard de sir Édouard s'éclaira. Il allait à Paris au moins une fois par an, et chaque fois l'émotion l'étreignait quand il se promenait sur la butte Montmartre, d'où il était parti à bord du *Ville-de-Caen*.

— Voilà une bonne idée ! fit-il. Nous allons y passer l'été. Nous reviendrons ici pour l'automne et le début de la chasse.

En Corrèze, dans le petit village de Naves, le sabotier Baptiste Romagne ne chantait plus en poussant sa gouge sur le bois de noyer. Il avait beau s'appliquer, ses sabots ne lui ressemblaient plus. Bien qu'il utilisât le meilleur bois de sa réserve, ils lui paraissaient bancals, mal finis, et il s'attendait chaque jour à ce que ses clients les lui rapportent. Nul ne lui fit pourtant la moindre remarque. Peut-être était-il trop exigeant envers lui-même !

François Romagne, l'enfant tombé du ciel dix-huit ans plus tôt, s'intéressa très jeune au travail de son père adoptif. À douze ans, il était déjà capable de creuser des sabots aussi bien que Baptiste. La relève serait assurée, et le sabotier en éprouvait une grande satisfaction : les Romagne étaient installés à Naves depuis cent vingt ans.

Le père Bridoux, qui vivait dans une petite maison à côté de l'église et qui jouait du violon pour faire danser la jeunesse, découvrit que François avait également un don pour la musique. Il lui prêta un violon et lui apprit à en jouer. En quelques mois, le jeune homme fut en mesure de tenir sa place à côté du violoneux qui prit l'habitude de l'emmener chaque dimanche avec lui. Les deux musiciens faisant merveille, les gens venaient de loin pour les écouter et danser au rythme des deux instruments. Mais cela ne plaisait pas à Berthe Romagne, qui jugeait son fils trop jeune pour courir les bals, d'autant que le père Bridoux buvait sec et entraînait le garçon dans son mauvais penchant. Plusieurs fois, Berthe avait vu François trébucher en revenant de ses escapades ; elle demanda à Baptiste de lui interdire les bals.

L'empoignade fut rude. François, malgré sa jeunesse, était déterminé et ne reculait pas devant son père. Il aimait la musique, il aimait faire danser la jeunesse, et personne ne pourrait l'empêcher de continuer de jouer du violon !

— Dans la semaine, s'écria-t-il, je suis le premier à l'atelier, je travaille toute la journée sans regarder voler les mouches, mais laisse-moi le dimanche pour aller jouer !

Romagne s'était mis en colère avant de frapper du poing sur l'établi.

— Tu ne comprends pas qu'à continuer comme ça, tu vas devenir un pauvre malheureux ? Bridoux te fait boire et tu vas finir par rouler dans le fossé ! Celui qui commence à boire à ton âge n'a pas beaucoup d'avenir !

— Je peux me passer de boire, mais pas de jouer de la musique !

Même si cela ne lui plaisait pas, Baptiste céda sur un point : François pourrait continuer à jouer du violon à condition de ne pas boire une goutte de vin. Le jeune homme promit, mais ne tint pas longtemps parole. Le premier dimanche, quand il rentra à la maison en sifflotant, Baptiste fut satisfait, mais le dimanche suivant, il trébuchait de nouveau.

Le colère du sabotier fut telle que Berthe dut s'interposer. Les deux hommes avaient franchi un pas de plus dans leur mésentente. Le lendemain, François se rendit, comme d'habitude, à l'atelier qui jouxtait la maison d'habitation. Baptiste ne lui décrocha pas un mot. Vers dix heures, profitant d'une absence de sa mère pour récupérer son violon, le garçon sortit et s'en alla sur la route blanche.

Il se rendit à Tulle, ville toute proche où il avait fait la connaissance d'Adrien Loblat, marchand de pianos et autres instruments de musique. Loblat vendait aussi des partitions que François lui achetait en cachette, car le jeune violoneux avait dépassé son maître. Bridoux se contentait de jouer à l'oreille des airs de danse et marquait la cadence en frappant du pied sur une planche de sapin. Très vite, François comprit que le violon lui offrait bien d'autres possibilités, d'autres joies. Il décida d'apprendre à lire la musique, ce qu'il réussit sans difficulté. Chaque fois qu'il en avait le temps, le jeune musicien explorait son instrument en jouant d'abord des gammes simples, puis de plus en plus compliquées.

— Faire de toi un sabotier ! s'exclamait Adrien Loblat, qui avait une grande admiration pour le jeune talent de François. Ce serait un crime ! Dieu lui-même en serait contrarié. Il ne t'a pas donné ce don pour que tu n'en fasses rien !

Quand il vit arriver le jeune homme en milieu de journée alors qu'il aurait dû être à l'atelier avec son père, Loblat, qui était de petite taille, un peu bossu, s'étonna.

— François ? Tu ne vas pas me dire que ton père t'a laissé filer à une heure où tu devrais être près de ton établi à tailler le bois !

— Je suis parti ! dit le jeune homme, déterminé. Et je n'y porterai plus les pieds.

— Qu'est-ce que tu racontes ? Tu ne vas quand même pas quitter tes parents parce qu'ils ne comprennent pas que tu n'es pas fait pour être sabotier !

— Je n'y porterai plus les pieds. J'ai dix-huit ans ; j'ai assez perdu de temps. Je veux jouer de la musique, apprendre le violon à fond, jouer les partitions les plus difficiles. À fabriquer des sabots, j'ai l'impression de mourir à petit feu !

— Attends au moins ta majorité. Après, personne ne pourra t'empêcher de faire ce que tu veux.

— Et toutes ces années que je vais encore perdre ! Prête-moi un peu d'argent, je te le rendrai quand je serai célèbre.

— Ça, n'y compte pas ! Je ne veux pas être ton complice dans ce que j'appelle une fugue de gamin !

François claqua la porte et quitta Tulle par la route de Brive. Il ne possédait que son violon et pas un sou en poche. Où aller ? Il n'envisageait pas de retourner à Naves. Bien sûr, il regrettait de ne plus voir sa mère, qui allait pleurer, mais comment vivre à côté de son père ? La musique les séparait : Baptiste se contentait de grogner la même rengaine tout au long de la journée et François avait soif des raffinements musicaux qu'il pressentait dans des partitions difficiles encore hors de sa portée.

Il dépassa les dernières maisons. La Corrèze impétueuse heurtait son eau blanche contre les rochers. Le printemps était là, les premières fleurs habillaient le fossé ; François se demanda où il allait passer la nuit.

Il s'arrêta dans une clairière en bordure de route. Au sommet de la colline, les bâtiments gris d'une ferme baignaient dans une lumière épaisse. Il sortit son violon et le regarda un long moment. Il savait bien que son instrument, d'un coût modeste, n'était pas parfait : les basses étaient sourdes, les aigus criards, mais il s'en contentait.

Il prit son archet, tendit la mèche et se mit à jouer ce qui lui passait par la tête. La musique effaçait le monde pour éclairer son cœur d'une lumière intense. Alors, il se sentait lui-même, capable d'exprimer ce qui se comprimait en lui depuis toujours et ne passait pas par des mots.

Brusquement, il s'interrompit puis se retourna. Deux femmes le regardaient, deux bohémiennes chargées de paniers et de sacs. Elles allaient ainsi de maison en maison, proposant leurs paniers en rotin, des aiguilles, des boutons, du fil. Les villageois s'en méfiaient car les bohémiens étaient des voleurs de poules et des braconniers capables de vider les viviers en une nuit et le lendemain, leurs roulottes étaient déjà loin ! Insaisissables, libres de suivre leurs fantaisies, ces gens au teint mat étaient partout rejetés.

François ne sut quelle attitude adopter. Il resta un moment pantois, son violon à la main. Les deux femmes devaient être mère et fille, car elles se ressemblaient. La plus âgée observait le jeune homme avec méfiance. La jeune fille, qui devait avoir l'âge de François, lui souriait.

— Allez viens, Mouchka! On n'a pas le temps.

La jeune fille s'approcha de François.

— Vous jouez très bien! Moi, je chante!

— Mouchka! Je t'ai dit de venir! Tu sais ce qu'il en coûte de parler aux « gadjos ».

Mais la jeune fille n'entendait pas sa mère, elle entendait seulement la musique de François, qui avait ouvert en elle un univers lumineux. Elle posa ses paniers et se mit à chanter dans une langue étrange, aux intonations qui claquaient, rythmaient la mélodie, un air que François ne connaissait pas. Il plaça son violon sous le menton. Après quelques hésitations, il réussit à jouer le morceau en y ajoutant des variations qui se mêlaient à la voix de la jeune fille, l'amplifiaient, lui donnaient un timbre pur, céleste. Au bord de la route, la vieille bohémienne s'était immobilisée. Son chargement ne lui pesait plus. Quand la mélodie s'arrêta, elle ne dit rien durant un moment, puis demanda :

— Où allez-vous avec votre violon?

— Je vais! Ici ou ailleurs, où m'emmène la musique!

— Si vous ne savez pas où aller, vous pouvez nous suivre.

François vit le sourire de Mouchka et rangea son violon, trop content de l'aubaine. Il emboîta le pas aux deux femmes qui se parlaient dans une langue qu'il ne comprenait pas. Ils arrivèrent à une autre clairière au bord de la rivière, un peu en retrait de la route. Deux roulottes y étaient stationnées. Un cheval et deux ânes broutaient au bord du petit chemin qui se perdait dans le taillis. Un énorme chien sortit de sous une roulotte et se jeta sur François. La jeune fille poussa un cri, le chien s'éloigna. Deux hommes, très bruns, l'un jeune, l'autre âgé, sortirent à leur tour et s'en prirent à la vieille femme, toujours dans cette langue curieuse qui ne ressemblait ni au patois ni au français, mais ils parlaient de François. Enfin, le vieil homme s'approcha de lui.

— Il paraît que tu sais jouer du violon? demanda-t-il en français.

— Je joue un peu, en effet, mais je veux travailler pour aller encore plus loin.

— On dit aussi que tu as joué quand Mouchka a chanté, que c'était très beau. On veut voir!

D'une voix autoritaire, il appela la jeune fille qui était entrée dans la roulotte.

— Chante ! ordonna-t-il.

Une femme très âgée passa la tête par la porte entrebâillée. Venus d'on ne savait où, quatre enfants mal vêtus et morveux s'approchèrent à leur tour. La fillette la plus grande devait avoir une dizaine d'années. Son visage maigre, ses grands yeux très noirs plurent à François.

L'homme dit quelque chose à Mouchka puis demanda au jeune homme de jouer.

Mouchka se mit à chanter une mélodie d'une si grande beauté que François en oublia un instant son instrument. Puis il s'enhardit et se mit à suivre la voix de la jeune fille avant de se lancer dans une improvisation de plus en plus assurée. Les enfants écoutaient bouche bée, les hommes ne bronchaient pas, le vieux avait même, sous sa moustache blanche, un léger sourire.

Quand la musique s'arrêta, le roulement de la rivière prit possession de la clairière. Un âne se mit à braire, les enfants se regardaient comme s'ils ne se connaissaient plus. Alors, le vieil homme s'approcha de François.

— C'est bien ! Avec la petite, tu peux rapporter de l'argent. Tu peux venir avec nous, mais tu restes un gadjo.

Le soir tombait, les femmes allèrent chercher du bois, allumèrent un grand feu et firent rôtir des hérissons sur les braises. François restait en retrait mais sentait avec plaisir le regard de Mouchka posé sur lui. La vieille femme, qui s'appelait Arma, lui servit un morceau de hérisson qu'il mangea avec dégoût. Quand le repas fut terminé, Morko, le jeune homme, entra dans la roulotte, puis en ressortit avec une guitare, s'installa près du feu et se mit à faire des accords. François prit son violon et adapta une mélodie sur ces accords. Mouchka ne chantait pas, mais elle souriait.

Plus tard, les femmes entrèrent dans la roulotte, suivies des enfants et de Mouchka. Morko et le vieux Barkan restèrent encore un moment. Morko, qui avait posé sa guitare à côté de lui, rêvait en regardant le feu s'éteindre. Enfin il s'en alla dans la nuit pour revenir quelques instants plus tard avec les deux ânes et le cheval qu'il attacha à un arbre. Il siffla le chien, l'attacha à son tour. Alors Barkan s'adressa à François.

— Les gadjos sont toujours des gadjos, toi comme les autres. Tu ne peux pas entrer dans nos roulottes. Pour nous, tu n'es pas plus qu'un âne et beaucoup moins qu'un cheval. Tu sais jouer du violon, donc tu peux nous rapporter de l'argent. On te gardera pour ça, comme on garde les ânes parce qu'ils tirent la petite roulotte. Arma va te donner une couverture pour que tu n'aies pas froid. Viens...

François eut envie de s'enfuir, mais le sourire de Mouchka le retint. Il suivit les deux hommes, qui s'arrêtèrent près du chien.

— Tu vas prendre la place du singe, qui est crevé la semaine dernière.

Barkan déroula une chaîne d'un des brancards de la petite roulotte avant d'ouvrir le collier de fer.

— C'était juste pour le cou du singe. À toi, on va te le mettre à la cheville.

François voulut protester et reculer, mais Morko le ceintura. Quand le collier de fer se referma sur sa jambe, le jeune homme poussa un cri.

— Lâchez-moi ! Vous n'avez pas le droit !

— Qu'est-ce que tu crois ? dit Morko d'une voix dédaigneuse. Les tiens nous chassent, jettent leurs chiens sur nous, nous font emprisonner, crachent sur notre passage... Tu peux crier !

Arma lui lança une couverture, et les hommes entrèrent dans la roulotte. Le silence de la nuit se fit, dominé par le roulement de la rivière et l'appel lointain d'un hibou. François sentait le collier de fer sur sa cheville comme la pire des offenses. Il regrettait maintenant d'être parti de chez ses parents, qui devaient le chercher. Mais comment leur faire savoir qu'il était prisonnier de bohémiens, traité comme une bête ? Il espérait alors que Mouchka vienne le délivrer, mais les heures passèrent, froides et humides, personne ne vint.

Vers trois heures, tandis qu'il commençait à s'assoupir malgré lui, les hommes se mirent à parler. Morko sortit avec une lanterne, attela le cheval à la grande roulotte et les deux ânes à la petite. Il libéra le chien qui se mit à aboyer à la lune, ouvrit le cadenas qui retenait la chaîne de François au montant.

— Toi, tu rentres là-dedans !

— Je ne veux pas ! protesta le jeune homme. Vous devez me relâcher. Je vais crier pour que les gendarmes entendent !

— Rentre là-dedans !

— Je ne jouerai pas de musique pour vous ou je jouerai si mal que personne ne vous donnera la moindre pièce !

— Qui t'a parlé de jouer de la musique pour nous ?

François fut poussé dans la roulotte où s'entassaient des paniers, des caisses de toutes tailles. Le convoi s'ébranla aux cris des hommes et aux claquements des fouets.

Les bohémiens ne s'arrêtaient jamais près des villes ou des villages. Redoutant d'être chassés par les habitants et les gendarmes, ils restaient toujours en retrait. François ne pouvait pas sortir de sa minuscule prison où la vieille Arma lui apportait à manger. Chaque jour, lors d'une halte, Morko détachait la chaîne de l'anneau et l'emmenait à la promenade pour ses besoins. Immanquablement, il apercevait Mouchka, qui évitait son regard. La promenade terminée, le prisonnier était attaché de nouveau et le voyage reprenait.

Les nomades restaient rarement plus d'une journée au même endroit. François ne savait plus où il était. Depuis combien de jours était-il prisonnier ? Il n'en avait pas tenu le compte et, pour se donner du cœur au ventre, jouait du violon. Alors, parfois, la porte s'ouvrait, Morko entrait.

— Joue ! disait-il. Continue, ça me plaît !

Mais François se bloquait.

— Je jouerai si vous me libérez !

— Impossible. On a besoin de sous et tu vaux cher !

Morko repartait, laissant le jeune homme plus désemparé que jamais.

Une nuit, alors qu'il somnolait dans la position inconfortable que lui permettait sa chaîne, il entendit du bruit et se dressa. La porte s'ouvrit. Mouchka, portant une lanterne, entra. François s'étonna, crut qu'il rêvait, puis son cœur bondit. La jeune fille posa l'index sur ses lèvres pour lui faire signe de se taire.

— Il m'a fallu tout ce temps pour y arriver. T'en fais pas : ils dorment, et comme il faut !

Après avoir sorti une clef d'une poche de sa robe, elle libéra le jeune homme.

— Viens, et n'oublie surtout pas ton violon !

Ils s'éloignèrent. La nuit était douce, les insectes commençaient à crisser dans les taillis.

— Où allons-nous ?

— Le plus loin possible pendant qu'ils dorment. S'ils nous retrouvent, ils nous tueront !

— Mais le chien, il va...

— T'en fais pas ! Le chien a eu sa dose comme les autres, dans la soupe. Je te dis, il m'a fallu tout ce temps pour trouver la drogue sans éveiller l'attention de personne. Éloignons-nous au plus vite.

Ils parvinrent à la grande route. La nuit n'étant pas très sombre, ils marchaient d'un bon pas. Tout à coup, le martèlement de chevaux lancés au galop les surprit. François voulut se cacher dans le fossé, Mouchka le retint.

— C'est notre chance !

C'est au dernier moment que le cocher aperçut les deux jeunes gens qui lui faisaient des signes. Il arrêta ses chevaux, Mouchka courut vers lui.

— Vous pouvez nous emmener ?

L'homme, gros et sanguin, sourit.

— Je comprends ! Une fugue de deux petits amoureux ! Non, je peux pas vous emmener, je veux pas être complice...

— Je vous en supplie ! Nous ne parlerons jamais de vous !

— C'est que la voiture postale n'est pas faite pour les passagers...

— Aucune importance, on se tassera entre les malles et les paquets.

— Bon, fit l'homme avec son sourire espiègle, montez !

— Où allez-vous ?

— La belle blague ! Où voulez-vous qu'aille la malle de la poste ? À Paris, voyons !

Albert Platefond était un impatient de nature. C'était un homme osseux, au visage ingrat, il avait le nez long et légèrement tordu vers la droite, les oreilles décollées, le menton saillant qu'une barbe blanche fournie ne réussissait pas à gommer. Il marchait en agitant les bras, titubait comme s'il était ivre, mais n'utilisait jamais de canne. M. Platefond avait soixante-dix ans ; ses disgrâces physiques étaient compensées par un esprit toujours clairvoyant, un instinct infaillible qui lui faisait flairer les mauvaises affaires. Il sentait aussi les bonnes et n'avait pas discuté plus de dix minutes avec Catulle Moringuet pour lui céder son usine par tranches. Il fut convenu que cette transaction resterait secrète, que M. Platefond continuerait d'occuper le devant de la scène.

Très vite, les deux hommes s'entendirent au point de devenir complices. Platefond nourrissait à l'égard de Chevillard un profond ressentiment à la suite de plusieurs indélicatesses de ce dernier et décida d'aider Catulle dans son combat. La détermination, l'envie de rattraper le temps perdu de son associé donnaient au vieil homme un regain d'énergie.

— Vous m'avez fait perdre vingt années ! Avant vous, je me laissais vivre, je me contentais des affaires courantes. Désormais, j'ai retrouvé mon mordant de trentenaire !

Quand Catulle fut bien adapté à ses nouvelles fonctions, il pensa à son affaire et demanda à Guichard et à Gendillou, deux anciens ouvriers de son usine qu'il avait aidés à se mettre à leur compte, de l'aider.

— Vous allez surveiller l'usine Chevillard. Je veux tout savoir de ses moindres gestes, de son associé et de leur vie, de leurs familles. Surtout n'omettez rien : un seul détail peut suffire à les coincer !

Les deux hommes, redevables envers Catulle, promirent de lui rapporter un compte rendu précis sur Pierre Chevillard et son associé, Robert Boregard.

— Vous essaierez aussi de retrouver un certain Bruno Pesquez. Il habitait avec sa mère un petit pavillon à Clichy, dont voici l'adresse. Vous vous rendrez sur les lieux et ferez parler les voisins ! Je veux absolument savoir ce qu'il est devenu. Lui seul peut témoigner contre Chevillard !

Sitôt Guichard et Gendillou partis, Catulle rejoignit Albert Platefond dans son bureau. L'homme écrivait en remuant les épaules et en poussant d'énormes soupirs.

— Tout est désormais en place pour jouer le dernier acte ! dit Catulle. Nous pouvons commencer à l'étrangler !

Platefond se leva avec un sourire qui ressemblait à une grimace. Puis il demanda qu'on avance sa voiture. Les deux hommes s'installèrent, le cocher fouetta les chevaux.

En moins d'une demi-heure ils arrivèrent au chantier de M. Eiffel. Platefond et Catulle descendirent de voiture. Le vieil homme s'avança en gesticulant vers un contremaître qui commandait des ouvriers occupés à décharger des caisses d'une voiture.

— Je voudrais parler à M. Eiffel, de la part de M. Platefond. Il me connaît.

Le contremaître entra dans une baraque et ferma la porte derrière lui. Platefond et Catulle faisaient les cent pas au milieu d'une nuée d'ouvriers, Platefond rouspétait : il attendait depuis un quart d'heure et le chef d'équipe n'était pas encore revenu. Un quart d'heure d'inaction, c'était beaucoup trop pour cet homme pressé. De temps en temps, son regard parcourait la tour dont le deuxième étage était pratiquement terminé. Il haussait les épaules : il ne saisirait jamais le sens de cette « chose » de mille pieds, car il ne comprenait que ce qui était utile. Cela n'avait pas d'importance si M. Eiffel acceptait de lui donner du travail.

Enfin la porte du baraquement s'ouvrit. M. Ribière arriva. Les deux hommes se connaissaient depuis longtemps et s'appréciaient. M. Ribière sourit, Platefond grimaça.

— Je vous prie de me suivre, M. Eiffel vous attend.

Dans la pièce, se trouvait une table envahie de dossiers, de plans étalés. M. Eiffel salua les visiteurs. C'était un homme assez grand, très élégant. Ses cheveux gris étaient légèrement ondulés, son regard profond retenait l'attention par sa douceur déterminée, son voile de mystère.

— Messieurs, je vous prie de m'excuser de vous avoir fait attendre ! dit-il en présentant des chaises. J'avoue avoir été un peu débordé par ce chantier et n'avoir pas pensé à tout. En effet, mes usines de Levallois travaillent nuit et jour pour fournir les pièces nécessaires, mais nous sommes obligés de sous-traiter. Et je vous dis franchement que je ne suis pas content. En effet, certains fournisseurs se moquent de moi ! J'ai même dû refuser plusieurs lots, ce qui me fait perdre plus de temps encore !

— Je vous présente M. Moringuet, mon associé, qui me succédera. J'en réponds comme de moi-même ; il saura honorer la devise de ma maison qui est de faire du travail de qualité. Monsieur Eiffel, nous nous ferons un honneur de vous aider.

— Je le sais, monsieur Platefond. J'ai pu, en d'autres circonstances, me féliciter de travailler avec vous. Je vais donc voir ce que je peux faire. Vous comprenez, je ne peux pas risquer de me mettre en retard ni de construire un monument de cette importance qui ne présenterait pas toutes les garanties de sécurité. On m'a livré des rivets qui ne présentaient pas la résistance requise sous le prétexte que tout sera démonté après l'Exposition universelle. Moi, je ne le crois pas et c'est pour cette raison que ma tour est conçue pour résister à des vents de quatre cents kilomètres à l'heure, ce qui ne s'est jamais vu, mais il vaut mieux être prévoyant !

Eiffel comme Platefond étaient des hommes naturellement pressés. L'entretien n'avait pas duré plus de dix minutes, déjà ils se séparaient. Le vieux Platefond regagnait sa voiture, gesticulant et bougonnant, mais d'excellente humeur.

— Ce M. Eiffel est un homme délicieux qu'il faudrait enfermer au plus vite dans un asile de fous ! Je vous demande un peu : l'Exposition universelle vaut-elle tout ce dérangement ? Avec tout cet argent, que de misère aurait-on pu soulager !

Il monta en voiture après avoir jeté un dernier regard à la tour.

— Quelle monstruosité ! Combien de temps notre pays devra-t-il supporter cette honte ?

La voiture s'arrêta dans la cour de l'usine de Neuilly, où des ouvriers chargeaient des pièces métalliques sur un camion hippomobile. Platefond descendit le premier et souleva son chapeau pour saluer ses employés. On avait l'impression qu'il allait se démantibuler tant ses gestes étaient mal synchronisés.

— M. Eiffel est bien trop discret pour nous révéler le nom de son mauvais fournisseur ! dit-il à Catulle. Mais je suis certain que c'est Chevillard qui va devoir accuser le coup.

— Son deuxième gros client est, je crois, la société des chemins de fer d'Orléans. Ce sera beaucoup plus difficile pour nous de lui prendre le marché...

Dans son bureau, Platefond s'assit ou plutôt se laissa tomber sur son fauteuil, croisa ses jambes tordues. Catulle s'étonnait chaque jour un peu plus de l'incroyable vitalité du vieil homme. Il l'avait connu un peu, avant son départ au bagne, ils avaient parfois été concurrents. À l'époque déjà, Platefond bougeait beaucoup les bras et les épaules, marchait sans la moindre élégance, Catulle se souvenait combien il était inflexible, mais droit en affaires.

Catulle voulait revoir Joséphine, pourtant il hésitait. Dix-huit années avaient dû faire d'elle une très vieille femme qui n'osait plus se montrer. Il se dit que lui non plus n'était plus le fringant jeune homme qu'elle avait connu, et qu'au fond l'apparence importait peu face à un sentiment toujours réel.

Un soir, il se rendit rue du Faubourg-Saint-Honoré et se présenta comme un client ordinaire. Le gardien le laissa entrer. Dans le grand couloir qu'il avait emprunté la dernière fois pour sortir par la porte dérobée du côté des écuries, rien n'avait changé. Joséphine arriva. Catulle n'avait pas coupé sa barbe blanche et elle ne le reconnut pas d'emblée. Elle avait beaucoup changé. Ses cheveux teints n'avaient plus leur couleur lumineuse naturelle. Son visage ridé de vieille femme conservait pourtant cette hauteur, cette forme de noblesse que lui avaient toujours enviée les dames du monde. Elle semblait moins grande, mais conservait sa démarche altière et sûre qui en imposait à tous.

Catulle la salua en l'appelant par son prénom. Joséphine se dressa, le regarda longuement. Cette voix éveillait en elle des souvenirs. Tout à coup, elle se jeta dans ses bras.

— Catulle ! fit-elle avec un sanglot de joie. Je n'espérais plus te revoir !

Catulle était resté de marbre, raide et sérieux.

— Je sais que ce n'est pas toi qui m'as dénoncé quand j'ai passé ma dernière nuit de liberté ici. Maintenant, l'heure des comptes a sonné, tu dois me dire qui c'est !

— Ce sont les gardiens que j'avais embauchés, deux frères mal dégrossis. Ce soir-là, nous avons été trop bavards et ils ont compris que tu étais recherché. Je m'en suis voulu de ne pas avoir été plus méfiante. J'ai beaucoup prié pour toi !

Catulle éclata de rire.

— Tu as prié pour moi, toi ?

— Que crois-tu donc ? On a beau être tenancière d'une maison de plaisir, on n'est pas pour cela brouillé avec Dieu ! La preuve, Il m'a écoutée puisque te voilà !

Ils étaient dans le couloir, au milieu du va-et-vient des domestiques. Des filles aux décolletés engageants saluèrent Joséphine avec respect. Elle emmena Catulle dans son appartement et demanda à une servante d'apporter du champagne.

— Que vas-tu faire ? l'interrogea-t-elle. On ne recolle pas les morceaux d'une vie depuis si longtemps brisée.

— J'ai pu, grâce au banquier Lorrin et à mon bienfaiteur, lord Lyons, acheter une nouvelle usine. Je vais m'en servir pour ruiner Chevillard. Je veux qu'il se traîne devant moi, qu'il rampe, qu'il demande pardon ! Ensuite, je tenterai de retrouver mon honneur, de confondre ce bandit et d'obtenir une révision du procès...

— Tu n'y arriveras jamais ! Les hommes politiques, comme les militaires, n'acceptent pas d'avoir tort. Il faudra que tu présentes des preuves irréfutables. Après dix-huit ans, ce ne sera pas facile.

— Je veux aussi retrouver mes enfants. As-tu eu des nouvelles d'Anna ?

Joséphine fit une grimace qui accentua les rides de son menton, porta la coupe à ses lèvres.

— Chevillard comme moi avions besoin d'Anna. Un bijoutier ruiné l'avait vue à Montmartre chez une vieille dame. Chevillard, que j'avais averti, avait mis ses gardes nationaux à ses trousses.

— Ça, je le sais ! dit Catulle. Mais quel est le nom de cette femme ?

— C'était une certaine Julia Leblanc, morte depuis.

— Tu dis Julia Leblanc ?

— Oui, elle habitait au 18, rue des Abbesses.

— Chevillard a-t-il poursuivi les recherches ?

— Oui, mais ça n'a rien donné. Et puis, avec la Commune, le protecteur de Chevillard a été balayé, tout comme lui, d'ailleurs. Il s'est ensuite retiré dans ton usine.

— Je la reprendrai, n'aie crainte !

Joséphine insista pour qu'il reste souper avec elle, ce qu'il accepta. Quand il rentra chez lui, à Neuilly, il avait l'esprit léger. Il n'était plus seul à Paris.

Le lendemain, dans la matinée, il se rendit au 18, rue des Abbesses. C'était donc dans cette maison, au fond d'un parc bien entretenu, qu'Anna avait séjourné avec ses deux fils avant de s'évaporer dans la nature. Il sonna. Une vieille servante vint ouvrir, il lui demanda si cette maison appartenait toujours à la famille Leblanc. La femme, étonnée d'une telle question, lui demanda à son tour qui il était.

— C'est une histoire bien ancienne, dit-il. Nous étions au début de l'année 1871, Paris était assiégé. La personne qui habitait cette maison s'appelait Julia Leblanc, décédée depuis...

Une femme d'une cinquantaine d'années, vêtue de noir, arriva. Elle avait entendu les propos de Catulle.

— Je suis la nièce de Julia Leblanc, dit-elle.

— Je suis très heureux de vous rencontrer, madame. Mon histoire va vous sembler invraisemblable, et pourtant...

— Entrez. Monsieur ?

— Moringuet.

Il pénétra dans une maison aux meubles cossus avant d'être introduit dans un salon où brûlait un feu. Mme Leblanc, qui l'observait avec curiosité, le pria de s'asseoir.

— Je suis la nièce par alliance de Julia Leblanc, précisa-t-elle en s'asseyant en face de Catulle. Mon mari, Auguste Leblanc, hélas décédé, était le fils du frère de son époux, car Julia était d'origine polonaise.

— Il se trouve, madame, qu'au début janvier 1871, quand les Prussiens assiégeaient Paris, une nourrice et deux de mes fils ont trouvé refuge auprès de votre tante, alors qu'ils étaient recherchés par les gardes nationaux.

Le visage de la femme se contracta. Elle leva les yeux vers le plafond, ses doigts se crispèrent sur le montant du fauteuil. Elle inspira profondément.

— Je connais très bien cette histoire, parce que je suis directement concernée !

Catulle ouvrit de grands yeux. Un immense espoir venait de naître en lui. Un carillon sonna.

— Elle me concerne, puisque mon mari s'est tué en ballon au cours de sa fuite avec la jeune femme que ma tante hébergeait.

— Anna est morte ? Et les enfants ? Étaient-ils eux aussi dans le ballon ?

— Je l'ignore. Je sais seulement que le ballon postal piloté par mon mari s'est écrasé près de Tulle, en Corrèze, faisant deux morts, mon mari et une jeune femme qui était certainement votre Anna, dont il était amoureux fou !

— Mais les enfants ? Les deux nourrissons qu'Anna gardait ? Je ne peux pas imaginer un instant qu'elle soit partie en les abandonnant !

— Personne n'en a parlé. J'ai lu dans les journaux locaux les articles sur l'événement ; pas un ne mentionne la présence des deux enfants. Mon mari étant fabricant de ballons, il a été facilement identifié, mais pas la jeune femme dont le corps sans nom repose encore dans le petit cimetière de Naves. Je suis certaine que c'est bien de votre Anna qu'il s'agit.

Catulle quitta Mme Leblanc en proie à des sentiments contradictoires. Anna avait donc fui dans la nacelle d'un ballon qui s'était écrasé très loin de Paris. Ses deux fils étaient sûrement avec elle. Pourquoi personne n'en avait-il jamais parlé ? Le mystère s'épaississait.

Quand il revint à Neuilly, un premier lot de rivets et de boulons pour M. Eiffel était prêt, chargé sur une voiture qui attendait le cocher. Platefond s'apprêtait à y prendre place. En voyant Catulle, il grogna :

— Vous allez venir avec moi. C'est que je ne suis plus tout jeune !

Sombre, Catulle monta dans la voiture. Il pensait à ce qu'il avait appris et projetait déjà de faire le déplacement dans ce petit village corrézien. Les témoins de l'accident devaient encore être nombreux.

Ils arrivèrent au chantier. M. Eiffel, qui mettait un point d'honneur à connaître tous les ouvriers de son entreprise, était en conversation avec ses ingénieurs et quelques autres personnes. Quand il vit Platefond, il les abandonna pour venir au-devant du métallurgiste.

— Nous vous apportons le premier lot nous-mêmes. J'espère que vous serez satisfait !

Eiffel demanda à des ouvriers spécialisés de vérifier la conformité des pièces livrées. À côté, le ton montait autour de plusieurs caisses de rivets. Catulle se raidit, figé, le regard dur posé sur un petit homme qui parlait fort en faisant de grands gestes. C'était Chevillard. Si ses cheveux et son abondante barbe avaient blanchi, ses yeux noirs n'en avaient que plus d'éclat. Il piétinait en agitant sa canne, tandis qu'un ingénieur lui montrait les pièces défectueuses. Il était accompagné d'un jeune homme de grande taille très élégant, au beau visage imberbe. La poitrine en feu, les poings serrés, Catulle ne pouvait détacher son regard de son ennemi. Lorsque le jeune homme se tourna vers lui, leurs yeux se croisèrent, puis restèrent un moment accrochés. Enfin, M. Eiffel félicita Platefond pour son excellent travail et commanda sur-le-champ de nouveaux lots de pièces et de rivets.

Catulle n'avait pas entendu. Dix-huit années de sa vie défilaient dans sa mémoire, pendant que Chevillard, qui lui tournait le dos, s'en prenait à la prétendue mauvaise foi de l'ingénieur. Il suivit Platefond jusqu'à leur voiture.

— Voilà une très bonne affaire. Nous avions vu juste, c'était bien Chevillard, le mauvais fournisseur ! conclut ce dernier. Mais il est tombé sur plus fort que lui !

Catulle n'entendait toujours pas ; le tonnerre grondait en lui. Platefond, qui n'avait pas donné l'ordre au cocher de partir, regardait Chevillard qui agitait nerveusement sa canne. Eiffel s'en mêla.

— Monsieur Chevillard, vous avez voulu tricher et me tromper. Vous avez fraudé sur la qualité de l'acier utilisé et vous n'avez pas respecté les cotes des dessins. Vous avez voulu me rouler en me facturant deux fois plus de rivets que vous ne m'en avez fournis. Nous ne sommes plus au temps du siège de Paris et de la Commune. On n'abuse pas les gens parce qu'on est le plus fort. Ici, on compte tout, même les rivets, et ma tour en comportera plus de trois millions ! J'espère ne plus jamais vous revoir !

— C'est faux ! intervint le jeune homme qui accompagnait Chevillard. Cela ne se peut pas. Mon père est honnête. Il a été abusé par son personnel !

Eiffel, sans répondre, regagna son bureau. Les ingénieurs retournèrent au chantier, laissant Chevillard et son fils au milieu du va-et-vient incessant des convois et des ouvriers. En regagnant sa voiture, Chevillard surprit Platefond, qui souriait dans son siège. Il s'approcha de lui.

— Platefond ! menaça-t-il, si c'est vous qui m'avez grillé, il vous en coûtera !

Catulle, cédant à son impulsion, voulut sortir. D'une main autoritaire qui, pour une fois, ne s'agitait pas dans tous les sens, Platefond l'obligea à rester assis.

Chevillard jeta sur Catulle un regard perplexe, puis fronça les sourcils. Platefond donna l'ordre au cocher de partir. Chevillard tourna les talons, monta dans sa voiture et demanda à son fils :

— L'homme qui était avec Platefond, tu le connais ?

— Je ne l'ai jamais vu. Mais il ne m'inspire pas confiance, la colère paralysait son visage ! répondit Victor.

Le retour fut silencieux. Pierre Chevillard en voulait à son associé, Robert Boregard, qui lui avait suggéré d'utiliser un acier de moins bonne qualité : « Pour une construction qui ne devra rien supporter, et qui sera démontée après l'Exposition universelle, ce n'est pas la peine d'être aussi exigeant. M. Eiffel me donne l'impression de vouloir construire sa tour pour l'éternité ! C'est un illuminé, on ne va pas garder cette horrible curiosité de foire ! » Pierre Chevillard avait cédé aux arguments de Boregard, et c'était lui qui avait falsifié la facture. Mais il perdait un bon client, ce qui n'allait pas arranger ses affaires. Fort heureusement, il conservait les Chemins de fer d'Orléans qui passaient de très grosses commandes, mais cela n'allait pas suffire à ses besoins financiers : Chevillard menait grand train de vie et ne manquait pas d'ambitions pour son fils.

Ils arrivèrent à l'usine. Le soleil éclairait la cour d'une lumière vive qui tranchait sur la grisaille des jours précédents. Chevillard se rendit directement à son bureau pour raconter à son associé son entrevue avec Eiffel. Victor prétexta un cours important pour s'en aller. Il marcha jusqu'à une place où, au milieu d'un attroupement, une bohémienne chantait, accompagnée par un violoniste. Il s'approcha, jouant des coudes pour voir le couple d'artistes. Le violoniste était un jeune homme qui avait à peu près son âge, mais ce fut surtout la jeune fille qui attira son attention. Sa peau très sombre mettait en valeur la forme parfaite de son visage. Ses grands cheveux noirs tombaient en vagues sur ses épaules et vivaient au rythme de la mélodie. Son corps était léger, aussi vivant qu'une flamme, et ses formes donnaient envie de la prendre dans ses bras. Victor la regarda longtemps tandis que la voix, magnifique, se mêlait à celle du violon. Une étrange émotion s'emparait de lui, le berçait, le transportait hors du temps, hors de la ville et de sa petite existence bourgeoise. Quand la mélodie s'acheva, la chanteuse tendit un chapeau dans lequel les gens laissaient tomber une pièce. Victor, qui voulut se faire remarquer, donna un billet. La bohémienne leva sur lui ses beaux yeux noirs et lui fit un sourire qui l'illumina. À côté, le jeune homme au violon souriait aussi. Quand il vit Victor et la manière dont il regardait la jeune fille, son visage se contracta. Les deux garçons échangèrent un regard froid puis Victor s'éloigna, troublé comme il ne l'avait jamais été.

Ce sentiment bizarre tout à coup éprouvé pour une inconnue le conduisit au quai des Orfèvres. Il n'avait pas vu Camille depuis deux jours, et éprouvait tout à coup l'envie irrésistible de l'étreindre.

Le soir, Pierre Chevillard, obsédé par l'homme qui accompagnait Platefond chez M. Eiffel, était sombre, certain de l'avoir déjà vu, mais sans parvenir à mettre un nom sur ce visage qu'une abondante barbe blanche cachait en partie.

« Il y avait tant de haine dans son regard que j'en frémis encore ! » songea-t-il.

À la fin du repas, il demanda à Victor de le suivre dans son bureau. Hortense ne cachait pas son inquiétude : elle n'avait pas oublié les agissements de son mari pendant le siège de Paris. À l'époque, Chevillard était intouchable, mais qu'en serait-il maintenant si tout cela remontait à la surface ? Même si elle ne parlait jamais de cette période, elle y pensait et mesurait la fragilité du bonheur construit auprès de Victor, qui lui était essentiel.

Pierre Chevillard ferma la porte de son bureau.

— Ce n'est pas un hasard si ce vieux singe de Platefond a intrigué pour nous prendre le marché de M. Eiffel. Je suis certain qu'il y est poussé par cet homme qui veut nous nuire.

Soudain Chevillard s'immobilisa, le regard dirigé vers la fenêtre, la bouche entrouverte au milieu de sa barbe blanche. Enfin, il se tourna vers Victor.

— Mo-rin-guet ! dit-il en articulant chaque syllabe. Catulle Moringuet ! Voilà le nom de celui qui accompagnait Platefond. Et ce nom suffit pour tout expliquer !

Maintenant, il n'était plus certain de ce qu'il venait de dire. Comme c'était trop grave pour l'admettre, il haussa les épaules.

— Non, ce n'est pas possible ! Moringuet est au bagne et l'espérance de vie d'un bagnard ne dépasse pas dix ans. Non, ce n'est pas lui... pourtant...

Il tentait de se convaincre pour se rassurer et conjurer le danger. Victor lui demanda :

— Quel est cet homme qui semble vous faire si peur ?

Chevillard pensa au bébé qu'il était allé chercher dix-huit ans plus tôt à Clichy, chez Pesquez. À cet instant, il prit conscience que Victor ressemblait à son véritable père et il fit la grimace.

— Un traître, siffla-t-il entre ses dents. Un terrible bandit qui a commis les pires crimes et que j'ai fait condamner pour espionnage au profit de l'ennemi pendant le siège de Paris. Dès demain, je vais m'assurer qu'il n'a pas bénéficié d'une remise de peine...

Tout en parlant, Chevillard regardait intensément Victor. Le retour de Moringuet remettait en question la place de ce fils volé qu'au fil des années il s'était mis à aimer au-delà de tout.

— Dès demain..., ajouta-t-il. Il faut que je sache, avant de prendre les mesures indispensables à notre protection.

Le lendemain, Chevillard se rendit au ministère de l'Intérieur, où il avait ses entrées. Il ne fut pas long à découvrir la vérité : Moringuet avait, en effet, été libéré sous la pression du gouvernement britannique, dont lord Lyons était un membre influent. Les autorités avaient estimé que Moringuet avait pu être victime d'un jugement hâtif. Compte tenu de sa conduite exemplaire, il bénéficia d'abord d'une semi-liberté à Nouméa puis obtint l'autorisation de revenir en Europe.

Chevillard sortit du ministère anéanti. La pensée de Victor lui redonna un peu de courage ; il serra les poings : « Je ne me laisserai pas dépouiller sans me défendre ! » mais cela ne suffit pas à le rassurer.

Il se rendit aussitôt boulevard de l'Hôpital, dans un bistrot qui faisait face à la gare d'Orléans. Le tenancier, un homme maigre au menton démesuré, aux yeux profonds, s'étonna de sa visite.

— Monsieur Chevillard ! Ça fait un bail qu'on ne vous avait pas vu !

— Bonjour, Marbot. Oui, ça fait longtemps, mais j'ai besoin d'un service.

Marbot regardait malicieusement Chevillard de ses petits yeux enfoncés dans leurs orbites osseuses.

— C'est vrai que lorsque tout va bien, on ne pense pas au pauvre Marbot, mais quand tout va mal...

Il sortit deux verres qu'il remplit de vin blanc.

— C'est du suresnes, le meilleur de la région ! précisa-t-il.

— Il me faut quelqu'un pour un travail délicat ! dit Chevillard en portant le verre à ses lèvres.

— Je ne peux rien vous refuser. Mais les temps sont durs, et les gens de confiance se paient de plus en plus cher.

— Ton prix sera le mien. Voilà : pendant le siège de 70, j'ai fait condamner et envoyer au bagne un homme qui, contre toute attente, est revenu...

— J'ai compris ! dit Marbot. Il s'agit de l'expédier au plus vite et de faire croire à un règlement de comptes. Un bagnard ne vaut pas cher pour la police ; c'est un travail sans risque.

Chevillard baissa le ton.

— Je ne veux surtout pas de bagarre. Peu de gens sont au courant de son retour. Je souhaite seulement qu'il disparaisse sans laisser de traces. Pour cela, les bons vieux principes sont les meilleurs : la Seine reste l'endroit idéal pour cacher un corps. C'est le plus grand cimetière de Paris !

— C'est bien vrai ! acquiesça Marbot en levant les yeux au plafond dans une attitude fataliste. La Seine a résolu bien des conflits et fait taire bien des bavards ! Tout sera accompli comme vous le souhaitez.

— Sois prudent, il est costaud ! précisa Chevillard. Prends trois gars avec toi pour assurer l'opération. Et je te répète : pas de sang, pas de traces !

Catulle rendait régulièrement visite à Joséphine. Leur amitié avait survécu à dix-huit années de séparation. Ils prenaient beaucoup de plaisir à souper ensemble et Catulle se laissait aller, il n'avait aucun secret pour son amie. Pourtant, ce soir du mois de mai, il était anxieux en se rendant chez elle. Le voyage qu'il avait projeté pour le lendemain allait sûrement bouleverser sa vie.

— Je vais m'absenter de Paris pour quelque temps ! confia-t-il à son amie. Je veux me rendre sur les lieux où s'est écrasé le ballon dans lequel se trouvaient très probablement mes deux fils pour interroger les gens, tenter de comprendre.

Joséphine n'était pas certaine qu'il ait raison de remuer le passé.

— Supposons que tes deux fils aient survécu, dit-elle. Ce sont maintenant des jeunes gens qui ont leur vie, probablement un père et une mère d'adoption. Tu vas jouer le rôle du diable sorti de sa boîte ! Laisse-les vivre ! Il ne fait pas bon ressusciter les morts.

— Je n'ai pas l'intention de faire irruption dans leur vie. Je désire seulement savoir ce qu'ils sont devenus, ensuite je resterai dans l'ombre d'où je les aiderai si je peux, mais dans tous les cas ils ignoreront mon existence.

— Et Chevillard ?

— Je ne le crains pas, je veux le combattre à la loyale. Je fais rechercher Pesquez, qui a été son complice et peut témoigner contre lui. Pour l'instant, je n'ai aucune nouvelle !

— Je ne suis pas en mesure de t'aider ! dit Joséphine en souriant. Ceux qui fréquentent ma maison sont fortunés. Je sais tout du grand monde, rien des petites gens.

Catulle ne s'attarda pas. Il devait, le lendemain très tôt, prendre le train pour Orléans jusqu'à Limoges. La ligne Paris-Toulouse n'étant pas encore achevée, il finirait son voyage en voiture de location. Son absence de Neuilly durerait un peu plus d'une semaine. Platefond rouspétait : les pourparlers avec la société des chemins de fer d'Orléans étaient bien engagés, et le vieil homme avait besoin de son associé pour mener à bien l'opération. Il fallait aussi honorer les commandes de M. Eiffel et d'autres clients moins importants.

— Quand vous êtes absent, je me sens vieillir d'un coup ! avait reproché Platefond.

Trois jours furent nécessaires pour arriver à Naves, près de Tulle. La première nuit, Catulle la passa à Limoges, puis le lendemain il s'arrêta à Masseret. Une fois rendu dans ce village corrézien, curieux de découvrir une région dont il ignorait tout, il s'installa à l'hôtel de la Place, étonné d'entendre parler une langue qu'il ne connaissait pas. Il put cependant se faire comprendre en français. Se faisant passer pour un journaliste qui réalisait un reportage sur les ballons partis de Paris pendant le siège et qui s'étaient égarés, il parla du *Ville-de-Rouen* qui s'était posé en Suède, puis en vint à celui qui l'intéressait.

— Ici, c'est le *Ville-de-Caen* qui a fait un atterrissage un peu brutal, vous vous en souvenez ?

Pierre Muras, qui tenait l'hôtel de la Place, un homme d'une soixantaine d'années, bedonnant, parlait un français approximatif avec un fort accent.

— Si je m'en souviens ! Il y a presque vingt ans, mais c'est comme si ça datait d'hier. Le ballon est tombé dans la prairie, au-dessous du village. Tout le monde a entendu le bruit ! On a gardé le panier ! Vous pourrez le voir à la mairie.

— Et les gens qui étaient dedans ?

— Il y avait une femme et deux hommes, dont un Anglais. La femme et le pilote étaient morts. D'ailleurs, la famille du pilote est venu récupérer le corps quelques semaines plus tard.

— Et l'Anglais ?

— Il est reparti chez lui, on ne l'a jamais revu. Vous pensez, un Anglais !

— Il n'y avait pas d'autres personnes à bord ? des enfants ?

Muras, soupçonneux, regardait son client. Que cherchait-il ? Écrivait-il vraiment un article sur les ballons égarés ou était-il en quête d'autre chose ?

— Je ne me rappelle pas !

— Vous m'avez dit que vous vous en souveniez comme si c'était hier, alors...

— Alors j'ai pas vu d'autres gens que ceux dont je vous parle. La jeune femme a été enterrée dans la fosse commune, et personne n'est jamais venu la réclamer. Elle était si belle qu'on aurait dit une sainte !

Le lendemain, Catulle se rendit à la mairie où il put voir la nacelle et les caisses postales pieusement conservées en souvenir de cet événement exceptionnel dont on parlait encore dans les veillées. Il interrogea les villageois. Tous se souvenaient du ballon, de la jeune femme morte, du pilote amené mourant au presbytère, de l'Anglais indemne que le curé de l'époque avait hébergé pendant trois jours, mais, lorsque Catulle évoquait la présence de deux bébés, les gens détournaient la conversation en baissant les yeux. Personne ne se rappelait les avoir vus. On lui montra les articles de journaux jaunis, découpés et pieusement conservés. Mais aucun ne parlait des nourrissons.

Pourtant il avait le sentiment qu'on lui mentait. Les regards fuyants, les hésitations lui indiquaient qu'on ne lui disait pas tout. Il décida alors de rendre visite au curé, un jeune homme nouveau venu dans le pays. Ce dernier avait évidemment entendu parler du ballon, des deux morts et de l'Anglais. Cependant, quand Catulle lui posa la question sur la présence de deux enfants, sa réponse fut édifiante :

— Non, je n'en ai jamais entendu parler.

— Pourtant, je suis certain que ces deux bébés se trouvaient avec leur nourrice ! insista Catulle. Absolument certain. C'est pour eux que je suis venu ici, pour les retrouver, parce que je suis leur père.

— Vous savez, reprit le prêtre, les gens d'ici vivent entre eux et se méfient beaucoup des étrangers. Ils ne m'ont pas encore accepté comme l'un des leurs, c'est la raison pour laquelle personne ne m'en a jamais parlé.

— Pourquoi ne me diraient-ils pas la vérité ? demanda Catulle, étonné par ce mur de silence.

— Peut-être ont-ils raison ! Ils se taisent pour ne déranger personne. Vous comprenez que si ces deux enfants étaient dans la nacelle, ils ont été adoptés dans le pays, et ils ignorent tout de leur véritable origine. Ils sont d'ici, avec un père et une mère comme tout le monde ! C'est un comportement sage de ne pas dévoiler ce qui peut faire mal.

Catulle pensait à ce que lui avait dit Joséphine avant son départ. Le curé lui opposait le même argument ; ils avaient probablement raison, pourtant Catulle désirait savoir...

À Naves, la présence du Parisien avait fait le tour du village et les langues allaient bon train, ces langues si promptes à parler entre elles et qui devenaient muettes en présence de Catulle. Après trois jours, il rendit une dernière visite à Anna dans le cimetière du village, puis alla trouver le maire, un certain M. d'Orliac, hobereau qui affichait des idées très conservatrices, et lui remit une somme d'argent destinée à construire une tombe pour la jeune femme. Il s'apprêtait à repartir quand un homme qui l'attendait un peu en retrait de la porte de l'hôtel lui fit signe. C'était un paysan d'une trentaine d'années, gros, le visage rouge, le regard fuyant.

— Je suis le Paul de la Gane, Paul Précault. Moi, je sais tout sur le ballon et les gens qui étaient dans le panier.

— Les enfants aussi ?

— Les enfants aussi ! précisa le paysan en baissant la tête, comme honteux de sa trahison.

— Et pourquoi me parlez-vous alors que les autres se taisent ?

— Parce que je suis brouillé avec Baptiste Romagne, qui m'a vendu des sabots en hêtre au prix du noyer. L'ancien curé avait promis l'enfer des excommuniés à ceux qui parleraient de ces enfants. Voilà pourquoi ils se taisent et pourquoi les journaux n'en ont pas parlé.

— Et vous ? Vous n'avez pas peur d'être excommunié ?

Paul Précaut regarda Catulle, une main sur la poitrine.

— Moi, je m'en fous ! Tout ça, c'est des bêtises, même si le vieux curé avait raison. Parler de ça ne pouvait que créer des histoires à ceux qui ont pris les enfants et les ont élevés comme si ç'avait été les leurs. Mais vous, vous êtes pas du pays, alors c'est pas pareil !

— Que vient faire ce sabotier du nom de Romagne ?

— C'est lui qui a pris un des deux petits, vu que sa Berthe pouvait pas avoir d'enfants. Oui, tout le monde se souvient des deux bébés, qui criaient si fort que le curé a dû leur trouver une nourrice pour les faire téter. Ensuite, il a tout arrangé avec les Romagne et avec l'Anglais.

— L'Anglais ?

— Oui, l'Anglais a emmené avec lui le deuxième marmillou. Il était accompagné de Louise et Pierrot Martin, qui sont restés absents quatre longues années et sont revenus assez riches pour acheter une ferme au village du Maugein.

Catulle donna un billet de banque au paysan qui le refusa. Il n'en revenait pas : un de ses fils vivait ici, adopté par un sabotier, et l'autre était en Angleterre ! La curiosité le poussa à acheter une paire de sabots. « Ça fera un souvenir du pays ! » pensa-t-il en souriant.

Il se rendit chez Romagne. Baptiste, qui avait entendu parler de la visite du Parisien, ne s'attendait pas à le voir entrer chez lui. Un lourd soupçon l'envahit. Quand Catulle lui dit qu'il voulait acheter une paire de sabots en souvenir de la Corrèze, il respira.

— Prenez celle-là, en noyer du pays ! conseilla Baptiste. C'est mon fils qui l'a fabriquée !

— Votre fils fait le même métier que vous ?

Le visage de Baptiste s'assombrit de nouveau. Il se gratta la moustache.

— Quel dommage ! Il a tout pour être heureux ici et voilà qu'il s'est décidé à jouer de la musique ! se lamenta Baptiste. Il y a deux mois qu'il est parti et que nous sommes sans nouvelles. Ma pauvre Berthe va en perdre la raison !

— Vous dites qu'il est parti ?

— Oui, parce qu'on s'est disputés. François jouait du violon pour faire danser la jeunesse. Mais c'est pas de cette manière qu'on gagne sa vie. J'ai sûrement eu tort de crier si fort, mais enfin, je lui parlais avec la voix de la raison. Plus tard, il comprendra...

— Et vous n'avez aucune nouvelle ?

— Aucune. Les gendarmes ont cherché dans les environs, mais ils n'ont rien trouvé. Il parlait toujours, pour faire enrager sa mère, d'aller à Paris, alors vous comprenez que...

Catulle paya l'artisan et sortit. Bien qu'elle l'empêchât de le voir, la fugue de François lui plaisait : François, un musicien ! Il rangea les sabots dans sa valise, conscient d'emporter quelque chose de son fils...

Le jour du départ approchait, mais il voulait absolument connaître Louise et Pierrot Martin. Il se fit indiquer le Maugein, où il se rendit à cheval. Le hameau était suspendu à flanc de colline. Les maisons s'accrochaient à des pentes raides entourées de champs en terrasses et de prairies tout en longueur. Il fut accueilli par une nuée de chiens hargneux aux flancs creux et des enfants qui se mirent à courir autour du cheval. Il leur demanda où se trouvait la maison de Louise et Pierrot Martin.

C'était une grosse bâtisse en pierre de taille, une très ancienne maison de maître. Devant, au milieu d'un potager exposé plein sud et dominant la profonde vallée de la Corrèze, une femme assez forte se dressa. Son large chapeau laissait dépasser des mèches grises. Catulle n'eut pas besoin de se présenter. Tout le monde, dans la commune, ne parlait que du Parisien qui voulait tout savoir sur les gens du ballon.

— C'est ma sœur, la Berthe, qui vous a dit de venir me voir ? demanda Louise, renfrognée. Je m'y attendais. Elle en est bien capable, tant la jalousie l'étouffe.

Pierrot, qui revenait de son champ, s'approcha. Maigre, anguleux, il cria des ordres aux deux domestiques qui le suivaient, sûrement pour se mettre en valeur auprès de l'étranger.

— Je viens vous voir pour que vous me parliez de votre séjour en Angleterre ! précisa Catulle.

Le visage de Louise s'éclaira, puis elle se tourna vers Pierrot qui, tout en souriant, fronçait les sourcils.

— J'ai acheté une paire de sabots fabriqués par François Romagne, poursuivit Catulle, et nous avons bavardé.

— Celui-là vaut pas bien cher ! s'exclama Louise. À part jouer de la musique et faire danser la jeunesse le dimanche, il n'a pas inventé le travail ! Qu'est-ce qu'elle vous a dit, la Berthe ?

— On est fâchés ! crut bon d'ajouter Pierrot. Ma belle-sœur a été trop gourmande pendant l'arrangement de famille, à cause de l'argent qu'on avait ramené de là-haut ! On ne se parle plus !

Catulle profita de l'aubaine.

— Eh bien, quand vous êtes partis avec l'Anglais qui emmenait un des deux bébés du ballon...

— Mais qu'est-ce que vous voulez savoir ? Et puis pourquoi vous vous occupez de ce passé ? Nous, on veut pas d'histoires.

Catulle fut tenté de jouer franc jeu, puis se ravisa : il ne devait pas dévoiler qu'il était le père de François Romagne à une Louise qui serait trop heureuse de le répéter à tout le monde.

— J'écris un livre sur cette histoire !

— Un livre ? Vous l'avez dit à la Berthe ? fit Louise, rouge de plaisir. Elle va en crever de jalousie de savoir qu'on parle de Pierrot et de moi dans un livre !

— Donc vous avez suivi l'Anglais chez lui !

Pierrot regardait sa femme et lui fit un signe de tête pour lui indiquer qu'elle pouvait parler.

— Ah, monsieur, les quatre plus belles années de notre existence ! Si on avait su... Mais Pierrot avait le mal du pays, alors on a fait la plus grosse bêtise de notre vie en revenant ici ! On est restés deux ans à Calais, à vivre comme des bourgeois, puis on est partis en bateau de l'autre côté du Channel, dans le château de lord Hartinger, qui s'est montré d'une si grande bonté pour nous !

Elle avait prononcé Channel et lord Hartinger avec un accent qui montrait sa connaissance de la langue anglaise.

— Lord Hartinger ? Vous voulez dire que...

— Oui, lord Hartinger a voulu s'enfuir de Paris pendant la guerre de 70. Il a pris ce ballon qui est tombé ici. Avec les deux bébés, il était l'unique survivant. Le curé a tout arrangé. Il a donné François à ma sœur, qui ne pouvait pas avoir d'enfants, et Louis à lord Hartinger, qui était dans le même cas. Louis a été élevé en prince et sera le dix-septième comte Hartinger. C'était un si beau bébé ! J'espère qu'un jour il aura envie de venir nous rendre visite. La Berthe en étouffera de jalousie !

Puis Louise fronça les sourcils, son visage se ferma.

— Je crois qu'il ne faut pas parler de ça dans votre livre, pour que François et Louis ne sachent jamais qu'ils sont frères. Vous comprenez, un comte et un sabotier...

Catulle allait de surprise en surprise. La tête lui tournait. Après avoir remercié Louise et Pierrot Martin en leur promettant de ne jamais dévoiler leur secret, il prit la route de Paris hanté par un jeune violoniste allant de village en village pour faire entendre sa musique et un lord évoluant dans la meilleure société britannique. Savoir qu'ils vivaient, même si, de toute évidence, il ne les rencontrerait jamais, le sortait de sa solitude. Il y voyait un signe clément du ciel et projetait un voyage en Angleterre pour tenter d'apercevoir ce fils titré qu'il n'approcherait pas, de peur de briser le beau rêve.

De retour à Paris, Platefond lui reprocha d'avoir été absent trop longtemps. Outre qu'il ne pouvait plus se passer de Catulle, il redoutait Chevillard. L'usine tournait à plein rendement. Eiffel, satisfait de leur travail, multipliait les commandes. Les chemins de fer d'Orléans avaient aussi commandé différentes pièces de wagon, et le vieil homme ne pouvait être partout à la fois.

— Nous allons être obligés de nous agrandir ! grimaça Platefond en gesticulant. Vous rendez-vous compte, c'est ce dont j'ai toujours rêvé !

Catulle habitait une belle maison voisine de l'usine appartenant à Platefond. Menant un modeste train de vie, il n'avait à son service qu'une servante, une lingère et un jardinier. Chaque soir, il dînait dans un restaurant tout proche, Chez Francis, pour le plaisir de se mêler aux Parisiens, qui lui avaient tant manqué.

Durant son absence, le courrier s'était accumulé. Catulle, afin de se mettre à jour, resta jusqu'à neuf heures du soir à son bureau. Quand il sortit pour se rendre directement au restaurant, au moment où il fermait le grand portail, trois hommes surgis de l'ombre se jetèrent sur lui. Avant qu'il pût opposer une quelconque résistance à celui qui le ceinturait, un violent coup sur la tête lui fit perdre connaissance.

L'endroit était désert. Les hommes le portèrent jusqu'à une voiture stationnée dans la ruelle, ensuite l'un d'eux détacha le cheval et s'assit sur le siège du cocher. La voiture sans falot partit dans la nuit, dépassa les dernières maisons, roula dans la campagne jusqu'à un chemin de halage où elle s'arrêta. À cet endroit, le courant de la Seine butait contre la berge avant de repartir vers le large. La nuit était sombre, de vagues lueurs couraient sur l'eau silencieuse.

Sitôt la portière ouverte, un homme descendit. Le cocher quitta alors son siège pour l'aider à sortir un grand sac très lourd qu'ils prirent chacun à une extrémité. Après l'avoir balancé pour prendre de l'élan, ils le lancèrent dans l'eau, où il disparut. Ils attendirent un instant en scrutant le courant, puis le cocher reprit sa place et la voiture partit en direction de Paris. Un quart d'heure plus tard, elle s'arrêtait devant le portail d'une grande maison dont le jardin était éclairé de plusieurs lampadaires. Le cocher sauta de son siège, secoua la clochette d'entrée. Aussitôt, un homme qui devait l'attendre le rejoignit.

— C'est fait ! l'informa le cocher. Sans aucune difficulté, nous l'avons cueilli à la sortie de l'usine. Il est maintenant au fond de la Seine.

— Marbot, tu as toujours été un homme précieux !

— Monsieur Chevillard, je n'ai pas oublié quand, avant la Commune, vous m'avez tiré des griffes de la justice pour une bagarre qui s'était mal terminée...

— Une broutille, Marbot, une broutille ! Donc tu es certain que Moringuet est bien mort ?

— Certain ! Son absence d'une semaine a retardé le travail, mais c'est fait ! Vous n'aurez plus jamais à vous plaindre de lui !

Chevillard sortit de sa poche une liasse de billets qu'il tendit à Marbot.

— Sois tranquille ! Personne ne se souciera de ce bagnard ! D'ailleurs, pour tout le monde, il ne sera pas mort, mais simplement disparu ! La nostalgie des îles peut l'avoir pris !

Chevillard et Marbot éclatèrent de rire. Chevillard rentra chez lui en chantonnant. Jamais il ne s'était senti aussi léger, aussi heureux !

Une sensation de froid intense réveilla Catulle. Son instinct de survie qui l'avait tant de fois sauvé pendant sa détention reprit le dessus. En un éclair, il comprit ce qui lui arrivait. Malgré ses poumons en feu, son corps robuste se détendit. Le sac dans lequel il était enfermé se déchira. Rapidement, il put se libérer et remonter à la surface. Le courant violent le ballottait, l'engloutissait. Se battant de toutes ses forces, il réussit enfin à rejoindre la berge. La nuit était sombre, il vit pourtant une voiture qui s'éloignait. Par prudence, il resta un long moment tapi derrière des saules. Grelottant, il décida de sortir de l'eau et courut jusque chez lui pour se réchauffer. Qui donc avait voulu le supprimer ? Sa tête lui faisait très mal, pourtant, une fois séché et changé, il se rendit chez Platefond qui, à cette heure-là, comme tous les soirs, lisait dans son bureau. Le vieil homme détestait les visites, cependant, quand la servante lui annonça Catulle, il se précipita à la porte.

— Entrez donc ! Que se passe-t-il ? Car il se passe bien quelque chose pour que vous soyez chez moi à cette heure !

Catulle lui montra l'énorme bosse à l'arrière de son crâne. Le cuir chevelu avait été entaillé, un peu de sang suintait encore.

— Ils m'attendaient à la sortie de l'usine ! dit Catulle. Ils m'ont ensuite assommé et mis dans un sac. C'est la sensation de froid qui m'a réveillé. Heureusement, le sac n'était pas très solide et je suis un bon nageur !

— Chevillard ? demanda Platefond.

— Qui voulez-vous que ce soit ? J'ai cru que je pouvais le combattre à la loyale, mais je me suis trompé !

— Quand je vous disais qu'il fallait vous cacher ! Bon, je ne vous conseille pas de porter plainte. Rien ne prouve en effet que Chevillard soit dans le coup. Comme il n'y a pas eu de témoins, cela ne servirait à rien. Vous devez vous cacher en attendant que vos hommes aient retrouvé celui que vous appelez Pesquez et sur qui tout repose. Si vous ne le retrouvez pas, jamais vous n'obtiendrez justice, et vous m'aurez fait perdre beaucoup de temps !

Platefond avait raison : Catulle ne pourrait rien prouver sans le témoignage essentiel de celui qui avait été l'homme à tout faire de Chevillard. Il était donc condamné à vivre en se cachant, loin de l'usine, loin de tout. Que n'était-il resté à Nouméa ?...

François Romagne était excédé. Il ne supportait plus dans le public la présence quasi quotidienne de ce garçon qui donnait chaque fois un billet à la place des habituelles piécettes et faisait une cour assidue à Mouchka qui acceptait ses compliments.

— Je vais le rosser une bonne fois pour toutes, alors il te laissera tranquille ! menaçait François.

Mouchka souriait. En se libérant du carcan de sa famille, en devenant libre, la jeune fille découvrait qu'elle aimait plaire aux hommes. Bien qu'elle eût suivi François dans un élan de générosité, d'amour aussi, les regards du jeune bourgeois qui se posaient sur elle lui faisaient un bien infini.

— Pourquoi t'en fais-tu, François ? Il donne dix francs à chacun de mes sourires, c'est bien payé, et cela nous permet de dormir dans un lit qui n'est pas infesté par la vermine.

— Il t'aime et je ne supporte pas son air arrogant ! Il me regarde comme si j'étais le dernier des domestiques. Il doit savoir que je suis un grand violoniste, que je serai le plus grand !

— En attendant, tu m'accompagnes dans les rues. Ce midi, nous allons chanter sur le chantier de M. Eiffel. Quand les ouvriers mangent, on ne nous chasse pas et ils sont généreux...

— Je parie qu'il sera là ! À croire que tu lui glisses dans l'oreille l'endroit où nous allons jouer le lendemain ! Moi, je te dis que ça finira très mal !

Mouchka embrassa François. Ils avaient découvert l'amour durant leur première nuit parisienne. Ni l'un ni l'autre n'en avait retiré une grande satisfaction, mais le monde des sens les attirait et ils l'exploraient avec maladresse. Leurs corps avaient encore du mal à se reconnaître, à vibrer sur le même tempo. Mouchka pressentait des voluptés que François ne savait pas réveiller ; elle avait l'impression de passer à côté d'un paradis que son corps recelait, et dont son partenaire ne trouvait pas la clef.

— Arrête de dire des bêtises ! répliqua la jeune fille. Je lui souris parce que je trouve qu'il te ressemble !

Cette ressemblance avait frappé Mouchka la première fois qu'elle avait vu Victor Chevillard, ce qui l'avait amusée.

— Il me ressemble, mais moi je suis un ouvrier et lui un bourgeois ! C'est surtout ça qui te plaît tant !

— Si tu continues à parler pour ne rien dire, nous allons arriver en retard à la cantine de M. Eiffel et nous raterons une bonne recette !

Ils arrivèrent enfin au Champ-de-Mars, où la cohue était toujours aussi importante. Les voitures, les camions hippomobiles envahissaient la place. « Ceux d'en haut », les ouvriers qui travaillaient dans la tour, mangeaient au premier étage. « Ceux du plancher des vaches » avaient aussi leur cantine dans un baraquement de fortune. Ils mangeaient sous une tente ouverte à tous les vents et, quand il faisait beau, en plein air. La pause durait quarante-cinq minutes, pendant laquelle les ingénieurs toléraient la présence de chanteurs ou de musiciens. Les artistes de rue se disputant la place, il convenait d'arriver le premier pour demander la permission à l'ingénieur Ribière. C'était précisément à ce moment-là que le charme de Mouchka faisait des miracles.

— Cet ingénieur aussi me déplaît ! poursuivait François, jaloux. Il te regarde avec des yeux qui en disent long !

— Peut-être, mais c'est à lui que nous devons de pouvoir chanter aussi souvent !

— Il espère sûrement que tu vas le remercier !

— Écoute, tu m'agaces !

François avait bien l'intuition de ne pas être à la hauteur ; sa jalousie cachait surtout son dépit, son impuissance à changer le cours du destin.

Ce jour-là, il faisait beau, les ouvriers mangeraient dehors. Des curieux se mêleraient à eux, la recette serait bonne. François sortit son violon, en vérifia l'accord. Les ouvriers, qui le connaissaient, vinrent s'asseoir en rond devant lui : pendant qu'ils écoutaient des musiciens, ils ne pensaient pas à se plaindre de leurs conditions de travail !

L'archet se mit à courir sur les cordes. Mouchka chanta avec toujours autant de grâce, pourtant, à plusieurs reprises, elle dut se tourner vers François, qui multipliait les fausses notes. Son jeu devint franchement détestable quand il aperçut, dans la foule des badauds, la haute silhouette de Victor Chevillard. Il joua si mal que Mouchka arrêta de chanter. La foule applaudit quand même, mais ne réclama pas une nouvelle chanson. La jeune fille passa avec son chapeau près des ouvriers assis et des badauds. Quand elle arriva à la hauteur de Victor, elle ralentit et laissa le jeune homme déposer lentement son billet.

— Je vous aime ! dit-il. Je vous attendrai dans une heure au 15 de la rue Saint-Dominique. C'est à côté.

Elle revint ensuite vers François, qui serrait les poings en rangeant son instrument. Tandis qu'il bougonnait, la jeune fille, de mauvaise humeur, lui montra la maigre recette.

— Je t'en veux ! dit-elle. Tu as très mal joué et les gens n'ont presque rien donné. Il est temps de faire autrement ; de devenir de véritables artistes.

— Que veux-tu dire ? Que je joue mal ? C'est ce que tu veux dire ?

— Je veux dire que je vais prendre des cours de chant et toi des cours de violon. Si nous voulons être autre chose que des chanteurs de rue, il nous faut apprendre notre métier.

Ils s'éloignèrent. François, retenant sa colère contre la jeune fille, prit le temps d'admirer la tour de dentelle de fer dont les quatre piliers s'élevaient au-dessus du premier étage.

— Tu vas aller rue de Rome t'inscrire au cours de violon de M. Rembach, comme tu envisageais de le faire ces jours derniers avant que ton affreuse jalousie ne vienne tout gâcher. Moi, je vais m'inscrire chez Mme Poussin, rue Royale. Nous nous retrouverons à six heures, place de la Concorde, car nous n'avons pas assez d'argent pour manger ce soir et dormir la nuit prochaine.

— Si nous y allions ensemble ?

— Pour perdre tout l'après-midi et ne plus avoir le temps de chanter, c'est ce que tu veux ?

L'argument était bon, pourtant il ne satisfaisait guère François. C'était en effet la première fois qu'il se séparait pendant quelques heures de la jeune fille. Il avait l'impression qu'il s'agissait d'une rupture. Était-ce à cause de la jalousie qui lui broyait le ventre ou parce qu'il savait que Mouchka ne lui appartenait déjà plus qu'il s'éloigna avec une grosse envie de pleurer ?

Libre, Mouchka respira à pleins poumons, comme si elle avait eu jusqu'alors l'impression d'étouffer. Elle suivit des yeux la silhouette de François, qui s'en alla sans se retourner vers la rue Saint-Dominique. Au 15, il y avait un petit hôtel. Elle frémit à l'idée que son bel inconnu pourrait l'inviter à y entrer.

Elle n'eut pas longtemps à attendre. Victor arriva, essoufflé, et s'excusa de son retard. Mouchka le dévisagea. Seul, isolé de la foule, sa ressemblance avec François était encore plus frappante, ce qui la mit en confiance. Elle avait ainsi l'impression de le connaître, mais, à la différence du jeune sabotier, son instinct lui disait qu'elle ne le dominerait pas. Victor avait le regard hautain des gens riches, habitués à commander. Cela la mettait mal à l'aise, elle, la bohémienne, et l'attirait en même temps.

— Je vous cherche dans Paris tous les jours ! dit Victor. J'aime votre voix, j'aime votre corps magnifique, j'aime tout en vous, bref, je vous aime et je suis affligé de vous voir en compagnie de ce violoneux tout droit sorti de sa campagne. Vous ne devez guère vous amuser avec lui !

Mouchka pensa qu'il était un peu présomptueux mais ne trouva pas les mots pour l'exprimer. Elle se sentait petite, sans défense, comme hypnotisée par ce jeune bourgeois qui lui avouait son amour.

— Je vous aime au point de vouloir tout laisser pour vous. C'est ainsi, sans raison ! Je ne vous connais pas, pourtant il me semble vous avoir toujours vue !

Il lui prit la main, qu'elle ne lui refusa pas. Sa volonté l'avait abandonnée. Elle flottait dans un monde feutré où tout était possible. Pas un instant elle ne pensa que François aurait pu la suivre et surgir d'un moment à l'autre.

— Venez ! insista encore Victor. Nous allons entrer dans cet hôtel. Je connais la patronne, qui me louera une pièce où nous pourrons bavarder tranquillement. N'ayez crainte, je ne prendrai de vous que ce vous voudrez me donner.

Elle se laissa emmener et entendit, comme à travers une cloison, Victor parler à une femme et faire sonner des pièces sur une table. Elle ouvrit les yeux dans une chambre meublée d'un grand lit, de deux chaises et d'une table en bois blanc. Elle se demanda ce qu'elle faisait là, eut un geste de recul, puis se calma quand le jeune homme lui parla de nouveau.

— Ici, personne ne viendra nous déranger. Dites-moi votre nom.

— Mouchka.

— Mouchka ? Vous êtes d'origine russe ?

Elle secoua négativement la tête. Il la prit dans ses bras et la serra très fort, en une étreinte qui lui faisait un bien infini. La jeune fille se laissa embrasser sans la moindre retenue.

— Je vous aime ! répéta-t-il en la faisant rouler sur le lit.

Mouchka n'avait pas l'impression d'être avec un inconnu, mais en compagnie de François, un François adulte avec qui elle trouverait ce que son ami n'avait su lui donner.

Elle ne fut pas déçue. Victor, initié aux jeux de l'amour par Camille Boregard, avait cette maîtrise, cette connaissance du corps féminin qui manquaient tant à François. Elle découvrit alors la jouissance et l'apaisement intense qui l'attacheraient désormais à Victor Chevillard.

Après l'amour, Victor éprouva le besoin de parler tandis qu'elle restait silencieuse, béatement silencieuse.

— Mon père est le propriétaire d'une usine de pièces mécaniques. C'est un homme formidable ! Rien ne lui résiste !

— Tu as bien de la chance !

Alors qu'elle se blottissait contre lui, elle constata avec étonnement qu'il portait la même tache de café, à la naissance du cou, que François.

— Comme c'est curieux ! s'exclama-t-elle.

— Qu'est-ce qui est curieux ?

— Rien ! se reprit-elle aussitôt. Je pensais à ton père.

Les heures passaient, le soleil descendait sur l'horizon. Tout à coup, Mouchka se souvint qu'elle avait rendez-vous avec François pour chanter sur la place de la Concorde.

— Il faut que j'y aille ! dit-elle en reprenant ses esprits.

— Déjà ?

— Je ne veux pas rater mon cours de chant.

— On se revoit demain à la même heure ?

— Demain à la même heure ! confirma-t-elle doucement.

Ils s'habillèrent rapidement. Mouchka courut jusqu'à la place de la Concorde, où François l'attendait. Il la regarda sévèrement, au point de lui donner l'impression qu'il lisait sa trahison sur sa figure.

— Mme Poussin m'a fait chanter pour voir où j'en étais. Elle m'a dit que c'était bien, mais que je devais encore beaucoup travailler. Je commence demain ; et toi ?

Il ne répondit pas. Il était sombre et joua encore très mal. Mouchka aussi chanta faux. La belle entente entre eux était fêlée, et François comprenait qu'il allait en être la victime.

Le soir venu, elle n'eut pas la même attitude que d'ordinaire. François la sentait sur la retenue. Pour se refuser à lui, elle prétexta la fatigue. La jalousie aveuglait le jeune homme, énorme, au point de lui faire oublier tous les bons principes de Berthe et Baptiste Romagne.

Le lendemain, pour qu'il ne l'accompagne pas à son cours de chant, Mouchka dut inventer une histoire compliquée. Alors qu'il insistait, perdant patience, elle s'écria :

— Je ne veux pas que tu me suives ! Qu'importe la raison, c'est comme ça ! On se retrouvera ce soir pour chanter place de la Concorde et rattraper les bêtises d'hier.

— Tu vas le rejoindre ! Je suis sûr que tu vas le rejoindre ! Si tu fais ça, je te tue !

— Mon pauvre François, tu es bien trop faible pour tuer quelqu'un. Tu n'es qu'un enfant !

Cette manière de le rabaisser l'exaspérait plus que tout. En proie à une violente colère qui l'aveuglait, il la laissa pourtant partir. Quand elle se fut éloignée, il la suivit de loin, mais Mouchka, qui s'en doutait, passa d'une ruelle à l'autre avec tant de rapidité qu'il la perdit.

Elle arriva un peu en retard à son rendez-vous avec Victor, en colère contre François qui lui avait volé de précieuses minutes de bonheur. Cette fois, Mouchka gravit encore un échelon dans la jouissance. Elle se donnait sans retenue ; son corps se révélait au point de l'éblouir. Elle aimait Victor qui lui offrait ce qu'elle avait cherché avec François et s'expliquait ainsi leur ressemblance, la présence de la même tache à la naissance du cou. Son nouvel amour la comblait ; désormais, François était de trop ! Allongé sur le dos, Victor exprimait son souci.

— Mon père a perdu son marché avec M. Eiffel, et il va perdre celui des Chemins de fer d'Orléans. Nous allons être ruinés !

— Il y a bien d'autres marchés ! Je suis certaine que ton père saura se débrouiller !

Victor, un sourire désabusé aux lèvres, se serra contre le corps nu de la belle Mouchka.

Ils firent encore l'amour avec fougue puis Mouchka partit. Place de la Concorde, elle retrouva François, qui l'attendait. Il avait les yeux rouges de quelqu'un qui a pleuré, ce qui arracha une grimace de dédain à la jeune fille. « Un homme, ça ne pleure pas ! » pensa-t-elle.

Ils essayèrent de jouer, mais le charme était rompu. Les fausses notes se multipliaient. Et Mouchka n'avait plus sa belle voix habituelle. Les pièces se firent rares dans le chapeau.

— Je t'ai suivie, tu n'es pas allée à ton cours de chant.

Pour laisser planer le doute, et parce que l'attitude de François l'agaçait, elle ne répondit pas. Elle le trouvait minable et ne parvenait pas à le plaindre.

— Je t'ai attendu à la porte de la Voisin et tu n'es jamais venue. Je sais que tu étais avec lui.

— Tu me casses les pieds, François ! Je suis libre de faire ce que je veux, tu entends, libre ! Je regrette maintenant de t'avoir libéré de la chaîne du singe. Moi, je voulais partir depuis longtemps, quitter mon père qui me battait, mon oncle qui abusait de moi, tu entends ! Il abusait de moi quand il avait bu et c'était horrible ! Je voulais quitter ma mère et mes sœurs qui étaient complices de tout ce qu'ils me faisaient subir. Alors, je cachais mon jeu, j'attendais. Toi, tu étais l'occasion inespérée. Je pensais que tu pourrais me défendre, mais tu n'es qu'une mauviette ! Un sabotier !

— Pourquoi me parles-tu comme ça ? pleurnicha François. Tu me fais tant de mal !

— Parce que c'est la vérité. Si tu veux devenir un homme, il faut que tu te secoues. Ce que je fais, c'est pour ton bien, pour que tu cesses d'accuser tout le monde et que tu mesures ta faiblesse. Je ne serai à toi que lorsque tu auras changé !

Elle s'éloigna d'un pas ferme. François la rattrapa, se planta devant elle.

— Je t'en supplie, reste ! Je peux pas vivre sans toi, je vais me jeter dans la Seine !

— Ça ne risque pas ! Tu es bien trop faible pour cela ! Je te le dis : tuer quelqu'un ou se tuer soi-même est un acte fort, un acte d'homme qui demande du courage, de la détermination. Tu n'as rien de tout ça !

Elle s'éloigna de nouveau. Cette fois, François ne tenta pas de la rejoindre. En pleurant, il erra dans les rues jusqu'à la nuit. Il acheta une bouteille de vin qu'il but sur un banc, l'ivresse lui redonna un peu de cœur au ventre. « Elle veut des preuves que je suis un homme ! Eh bien, je vais lui en donner ! »

Il s'endormit. La pluie d'un orage de printemps le réveilla brutalement. L'ivresse dissipée, il se demanda ce qu'il faisait sur ce banc avec son étui à violon serré contre lui. La pensée de Mouchka et les mots durs qu'elle avait eus lui revinrent à l'esprit. Une immense peine l'écrasait, mais il ne pouvait pas rester là. Il se décida à regagner la chambre meublée qu'ils louaient dans un hôtel peu regardant sur l'âge des occupants. Il y courut avec l'espoir que Mouchka l'y attendait, mais la chambre était vide, le lit était resté comme ils l'avaient laissé le matin même. François s'y laissa tomber malgré ses habits trempés. Les draps avaient l'odeur du corps de Mouchka, il y enfonça la tête en pleurant.

Il s'était endormi quand le bruit de la porte d'entrée le réveilla. C'était Mouchka. Le cœur du jeune homme battait à se rompre. Il souriait et pleurait en même temps. La jeune fille s'assit sur le rebord du lit.

— Où as-tu passé la nuit ? demanda-t-il.

— Sur un banc, à cause de toi, et je suis trempée.

Il lui prit les mains, les porta à ses lèvres. Elle le laissa faire en regardant la rue par la fenêtre. En réalité elle n'avait pas dormi sur un banc, mais dans la chambre que Victor avait louée. Seule dans le grand lit défait, elle avait passé la nuit en pensant au jeune homme.

Dans la matinée, ils allèrent jouer sur la place de la Madeleine et retrouvèrent enfin leur belle harmonie. Il joua juste, se laissant aller à des improvisations qui impressionnèrent le public. Quant à Mouchka, elle chanta si bien que les applaudissements durèrent plusieurs minutes. À la fin de la matinée, ils avaient assez d'argent dans le chapeau pour s'offrir un bon repas.

— Je vais à mon cours de chant! dit Mouchka en début d'après-midi. On se retrouve à cinq heures à l'Arc de triomphe. On tâchera de jouer aussi bien que ce matin, puis on ira dîner dans un bon restaurant, ensuite nous passerons la nuit tous les deux dans cette chambre.

François n'interrogea pas Mouchka sur sa véritable destination. Il la regarda seulement s'éloigner, l'air malheureux.

— Tu crois que je te trompe quand je ne suis pas avec toi, mais ce n'est pas vrai! dit-elle en se retournant après quelques pas. Je suis une fille sauvage. C'est à cause de ma vie d'avant, il faut que j'aille à ma guise, sans personne pour me suivre.

Il accepta la bonne raison de la jeune fille, tant il avait envie de la garder près de lui. Sitôt qu'elle fut partie, comme il avait encore malgré tout très mal au fond de lui, il acheta une bouteille de vin.

Mouchka rejoignit Victor, qui l'attendait. Le jeune homme l'embrassa longuement.

— J'avais une vieille maîtresse, dit-il, la femme de l'associé de mon père, elle a quinze ans de plus que moi. Mais j'ai rompu. Je ne peux plus rester auprès d'elle. Sa vue me donne la chair de poule.

— Et qu'a-t-elle dit?

— Qu'elle allait se suicider! Je ne la crois pas, je pense même qu'elle m'a déjà remplacé. Ce qui lui a plu en moi, c'est le jouvenceau à qui elle a fait l'éducation amoureuse. Cette liaison me pesait, surtout à cause de mon père.

Il rit, certain de son charme, certain de l'effet qu'une telle révélation faisait sur la jeune fille.

— Mon petit violoniste aussi veut se jeter dans la Seine. Je ne me fais pas de souci, c'est un faible, un enfant!

— Je ne veux plus que tu le voies ! Je vais aller lui casser la figure !

Mouchka sourit, d'un sourire ambigu qui ne laissait paraître qu'une partie de sa pensée.

— Pour l'instant, je suis obligée de le garder. Nous faisons une bonne paire et il faut bien manger tous les jours !

Victor Chevillard ne répondit rien, montrant néanmoins ainsi que son sentiment pour Mouchka n'était pas aussi exclusif qu'il le prétendait.

La rue Berger, dans le premier arrondissement, avait échappé en partie aux travaux de M. Haussmann. On y trouvait encore de très vieux immeubles, des maisonnettes couvertes de tuiles grises. Le sol était pavé de pierres disjointes, et les détritus qui s'y entassaient attiraient une multitude de gros rats. C'était l'endroit où se regroupaient des miséreux, manœuvriers au chômage, anciens militaires sans solde, vieillards, pauvres bougres qui vivaient chichement de petits travaux, ou de leur jardin et de quelques poules.

Au numéro 14, entre les immeubles, une maison entourée d'un terrain à l'abandon était occupée depuis peu par un borgne qui se disait ancien matelot. Il aurait été de grande taille si son corps, pourtant robuste encore, n'avait été plié en deux, cassé par une malformation du bassin ou d'anciennes fractures mal soudées, ce qui l'obligeait à marcher en s'aidant de deux cannes. Le bandeau qu'il tenait devant son œil droit occultait une partie de son visage couvert de barbe blanche. Il portait, comme les anciens flibustiers, un large chapeau noir sous lequel il semblait se cacher. Chaque matin, le Borgne, comme on l'appelait ici, partait sur sa carriole tirée par son âne, Maturin. Il allait ainsi, de quartier en quartier, de maison en maison, agitant sa clochette et criant : « Chiffons, peaux de lapin ! » Il ne rentrait que le soir, puis s'enfermait dans sa petite maison où il ne recevait personne. Marguerite Badin, sa voisine, qui faisait la lessive pour des maisons bourgeoises, avait bien essayé de nouer la conversation, mais le Borgne, de sa voix rauque d'ivrogne, se contentait de répondre par oui ou non à ses questions.

Un soir de la fin mai, un fiacre s'arrêta devant chez lui. Marguerite et les voisins proches s'étaient postés derrière leurs fenêtres, tant l'événement leur paraissait improbable. Deux hommes en descendirent, l'un plutôt grand et maigre, l'autre plus épais, le crâne chauve. Quand le Borgne les vit, il sortit de chez lui, soudain moins cassé que d'habitude. Il semblait marcher plus facilement, s'appuyant moins lourdement sur ses cannes.

— Guichard et Gendillou ! Vous voilà enfin !

Les visiteurs entrèrent dans la maison. Les voisins, intrigués, passaient et repassaient devant la porte, mais ils ne purent rien entendre de ce qui se disait à l'intérieur.

— Nous avons retrouvé Pesquez ! annonça Gendillou. Bientôt, vous n'aurez plus à vous cacher, et vous pourrez retourner auprès de M. Platefond, qui vous attend avec impatience.

Le visage du Borgne s'illumina. Il se dressa complètement, retrouvant sa taille naturelle. Il souriait, sa voix, d'ordinaire éraillée, rauque, avait un ton clair et gai.

— Mes chers amis, vous me sauvez ! Je ne vous en serai jamais assez reconnaissant !

— Pesquez a vendu sa maison de Clichy, poursuivit Gendillou, mais à force de questionner les voisins, nous avons fini par trouver une femme qui a travaillé pour lui après la mort de sa mère, qu'il avait fait enfermer dans un asile d'aliénés.

— Cela, je le savais.

— Bref, après la Commune, il a vendu sa maison et acheté un petit appartement, rue Buffon, dans le cinquième. Il travaille comme gardien au Jardin des Plantes, où nous l'avons rencontré. C'est un homme bizarre, renfermé...

— Je vous remercie encore ! fit le Borgne. Je vais lui rendre visite pour lui rafraîchir la mémoire. Lui seul peut faire avancer mes affaires. Ce lâche fera tout pour éviter d'être condamné. Ensuite, ne le perdez pas de vue. Et, quoi qu'il arrive, n'intervenez pas. Je vous demanderai seulement de témoigner...

Le lendemain, le Borgne entama sa tournée plus tôt que d'habitude. Il faisait à peine jour quand Marguerite entendit le pas nerveux de Maturin sur les pavés.

Le temps était chaud, presque orageux. Rue Buffon, le Borgne n'actionna pas sa clochette. En descendant de sa carriole, il vit Gendillou assis sur un banc public qui surveillait la rue et lui fit un signe entendu.

En quelques secondes, il se débarrassa de son chapeau, de son bandeau, se redressa. Il grimpa vivement un escalier sombre et raide avant de frapper à la porte de l'appartement indiqué par ses espions. La clef tourna dans la serrure, la porte s'ouvrit. Pesquez avait beaucoup maigri ; ses cheveux courts laissaient voir des oreilles sèches et décollées.

— C'est pour quoi, monsieur ? demanda-t-il.

— Monsieur Pesquez ?

— En effet, que me vaut...

— Vous ne me reconnaissez pas ? Faites donc un effort !

Pesquez se recula, dévisagea l'arrivant, puis blêmit.

— Monsieur Moringuet ?

— En personne, confirma Catulle en haussant la voix et en entrant d'autorité dans l'appartement dont il ferma la porte derrière lui. Je suis Catulle Moringuet, qui a fait dix-huit ans de bagne pour des fautes que je n'ai pas commises et qui doit se cacher sous un ridicule accoutrement pour échapper à un certain Chevillard qui m'a déjà fait jeter en Seine dans un sac !

Pesquez baissait la tête. Une fois de plus, il essaya de se défiler.

— C'est Chevillard qui a tout manigancé. Je vous le jure, je n'y suis pour rien !

— Si, au lieu de jouer les morts pendant le procès, tu avais fait une communication au tribunal, si tu avais dit que les lettres et les factures signées de ma main étaient fausses, que Chevillard trompait les autorités militaires en trichant sur le nombre de pièces fournies...

— Le tribunal n'a pas jugé opportun de m'entendre ! se défendit Pesquez.

— Écoute, je prépare la révision de mon procès. Tu seras sur le banc des accusés en tant que complice d'une horrible machination destinée à me faire condamner et à me dépouiller de mes biens !

Pesquez s'assit, se prit la tête entre les mains et se mit à pleurnicher. Le poids de ses fautes l'écrasait depuis tant d'années qu'il était presque soulagé de les avouer.

— Je suis un misérable. Je vous demande pardon.

— J'ai été bon avec toi, je te faisais une entière confiance et tu m'as abandonné quand j'étais traqué, alors que tu savais que j'étais innocent. Toi aussi, tu seras condamné, sauf si tu consens à m'aider. Je me souviens que tu as hébergé mes triplés et Anna. Aussi, tu seras en dehors de tout cela si tu acceptes de dire la vérité au tribunal.

— Je le ferai ! Je vous jure que je le ferai. Celui qui a imité votre écriture est un certain Boucher, écrivain public, spécialiste de ce genre de travail. Moi, j'étais au service de Chevillard, alors responsable des services de contre-espionnage et techniques de l'armée. M. Boucher nous a aussi aidés pour d'autres opérations...

Pesquez secouait la tête en évoquant ces souvenirs qui le harcelaient chaque jour. Enfin, il osa un regard furtif sur Catulle.

— Le pouvoir, monsieur Moringuet, c'est terrible. Ça change un homme. Vous avez l'impression que rien ne peut vous arriver, que vous dominez le monde entier et que tout vous est permis pour remplir votre mission d'utilité publique. Vous justifiez les pires actions au nom de l'intérêt supérieur, si bien qu'il devient très difficile de départager la nécessité publique et vos propres ambitions.

— Chevillard savait parfaitement ce qu'il voulait, et ne s'est pas soucié souvent de l'intérêt général. Quant à toi, n'essaie pas de t'enfuir ! La police te retrouverait immanquablement et tu te placerais toi-même dans le camp des accusés !

— Non, je ne fuirai pas, je vous le jure !

— Tu jures beaucoup pour quelqu'un qui a trahi tant de fois !

Catulle sortit et eut vite fait de retrouver son apparence de chiffonnier borgne. Il rejoignit Guichard et Gendillou sur le banc public.

— Il ne faut pas que Chevillard apprenne que je me cache sous cet accoutrement. Pesquez a eu suffisamment peur pour aller se jeter dans la gueule du loup. Je suis certain qu'il va sortir. Suivez-le et ne perdez rien de ce qui va se passer !

— Vous ne redoutez pas que...

— Chevillard me croit mort. Quand il saura qu'il n'en est rien, ce sera trop tard pour lui. Si tout se passe comme je l'ai prévu, je vais très vite reprendre mon travail aux côtés de Platefond.

Le Borgne monta sur sa charrette, secoua les guides de l'âne. Devant Notre-Dame, des petites troupes, des musiciens se produisaient pour le plaisir des badauds. À la fin du spectacle, ils faisaient une quête qui leur procurait de quoi acheter à manger. Catulle s'éloignait quand son attention fut attirée par une voix qu'il trouva très belle, accompagnée d'un violon. Il fit faire demi-tour à Maturin, s'approcha de l'attroupement. Une jeune fille à la peau très mate chantait en compagnie d'un jeune musicien de grande taille. Catulle sourit en pensant à François, qui avait quitté son père sabotier pour faire la même chose. Peut-être ressemblait-il à ce beau garçon, autrement distingué qu'un fabricant de sabots !

À la fin de la chanson, la jeune fille s'approcha des spectateurs en tendant un chapeau. Catulle, qui pensait toujours à son fils, donna un billet. La jeune fille protesta.

— Monsieur, je ne peux accepter une telle somme de la part d'un pauvre chiffonnier...

— Prenez ! dit le Borgne de sa voix éraillée. Vous m'avez procuré du plaisir !

Mouchka lui adressa alors son magnifique sourire qui le toucha.

Une fois seul, Pesquez céda à la panique. Il devait s'enfuir le plus vite et le plus loin possible, échapper à Moringuet qui peaufinait sa vengeance. Rassemblant à la hâte quelques effets, il passa dans sa chambre, recompta ses économies qu'il enfouit dans la poche intérieure de son veston. Enfin prêt, il se demanda à quelle gare se rendre. Il envisagea alors de s'enfuir vers le nord et l'Angleterre, puis se souvint que sa mère était espagnole et qu'il connaissait un peu cette langue. En Espagne, il avait encore de la famille, des oncles et des cousins sur qui il pourrait compter.

Il s'arrêta sur le palier. Non, la fuite ne ferait que le précipiter dans l'abîme. Il serait condamné, la justice demanderait son extradition. Il rentra chez lui, ferma la porte, s'assit à la place exacte qu'il occupait lorsque Moringuet avait proféré ses menaces, se mit à réfléchir. Maintenant, il devait choisir son camp, ce qu'il n'avait jamais eu le courage de faire, se donnant au plus fort et toujours au pire à cause d'une folle et vaine passion qui lui avait ôté tout discernement. Qu'était devenue Anna ? Il l'avait bien cherchée pendant des semaines et des mois, mais elle s'était évaporée.

Pesquez savait qu'il n'avait pas le courage de s'affirmer, de s'opposer, ce qui le limitait à un second rôle et l'obligeait à se ranger sous la coupe de quelqu'un qui décidait pour lui. Pourtant, la force nécessaire pour monter une nouvelle trahison lui manquait. Se placer sous la protection de Moringuet l'exposait aux révélations de Chevillard qui pourrait se retourner contre lui. N'avait-il pas falsifié lui-même certaines factures ? Après la disparition d'Anna, Pesquez avait décidé de rattraper le temps perdu. Il avait voulu des femmes. S'il n'avait pas fréquenté l'établissement de Joséphine, réservé aux gens les plus fortunés, il avait pris ses habitudes dans d'autres lieux destinés aux gens modestes, où il pouvait se pavaner devant de jeunes beautés qui lui donnaient l'illusion de son importance. Mais cela coûtait cher, et l'argent venait de factures gonflées ou de prélèvements effectués dans le trésor de guerre. Chevillard, qui faisait la même chose, n'en avait rien dit. De plus, tenant Pesquez dans son filet, il pouvait tout exiger de lui.

— Je vais aller voir M. Chevillard ! décida-t-il à haute voix. On va se défendre. Ce n'est pas un traître à la nation qui va nous dicter sa loi !

Cette décision prise, Pesquez enfila sa veste, prit son chapeau et sortit. Le temps lourd préparait un orage. Les gens flânaient en famille ou par groupes, les femmes, qui avaient sorti leurs robes aux couleurs gaies, portaient de larges chapeaux ornés de rubans, les hommes, malgré leur tenue stricte, avaient un air léger et joyeux. Au coin des rues, des chanteurs rapportaient en rimes les derniers événements, célébraient ou condamnaient la tour de M. Eiffel; d'autres, et ils étaient les plus nombreux, vantaient les mérites du général Boulanger :

Il reviendra quand le tambour battra,
Quand l'étranger menaç'ra notre frontière :
Il sera là et chacun le suivra.
Pour cortège, il aura la France entière.

Les chansonniers payés par le pouvoir en place et chargés de vanter la république se faisaient souvent huer. En revanche, la contestation, donc les partisans de Boulanger, gagnait chaque jour un peu plus de terrain. Les ministres véreux, les présidents cupides seraient vite balayés par le seul homme intègre capable de redonner son honneur à la France !

Pesquez trouva un fiacre inoccupé et se fit conduire chez Chevillard, sans remarquer la voiture qui le suivait. Après avoir traversé la cour de la maison des bords de Seine, il frappa à la porte ouvragée. Chevillard, qui vint lui ouvrir, comprit à sa tête que quelque chose de grave venait de se produire.

— Il faut que je vous parle ! dit Pesquez à voix basse. C'est très important.

— Entrez. Nous allons passer dans mon bureau, où nous serons tranquilles. À part mon épouse qui lit au salon, la maison est vide.

Le bureau se trouvait dans une aile totalement déserte en ce dimanche après-midi. Les domestiques étant sortis pour quelques heures, il ne restait que la vieille Odile, la cuisinière, qui devait dormir dans la petite chambre qu'elle s'était aménagée à côté de la cuisine.

— Vous pouvez parler ! dit enfin Chevillard en s'installant dans son fauteuil, se gardant pourtant bien d'inviter Pesquez à s'asseoir.

Pesquez, son chapeau à la main, baissait la tête.

— Voilà, Moringuet m'a rendu visite. Il tient à ce que je témoigne contre vous. Sous la menace, il m'a arraché le nom de l'écrivain public qui a imité son écriture. Il veut obtenir sa réhabilitation et votre condamnation.

Chevillard, sursauta et fronça les sourcils.

— Moringuet, vous dites ?

— Oui, Moringuet m'a rendu visite ! Et il m'a menacé de représailles si je ne témoignais pas contre vous !

Chevillard se leva, alla à la fenêtre et revint vers Pesquez. Par quel miracle Moringuet avait-il échappé à Marbot qui n'était pas homme à faire son travail à moitié ?

— S'il réussit à me faire condamner, vous le serez vous aussi ! Vous n'échapperez pas à la guillotine ou au bagne à perpétuité ! lui fit remarquer Chevillard, qui réfléchissait.

— Mais il faut faire quelque chose ! cria Pesquez, exaspéré. On ne va tout de même pas se laisser condamner sans se défendre ! Vous connaissez des gens bien placés qui peuvent nous aider !

Chevillard regardait avec mépris Pesquez marcher de long en large dans le bureau et marteler le plancher de ses talons ferrés. « Il est pire que je ne croyais ! pensait-il. Capable de changer de camp en fonction de ses peurs. Cet homme est aussi dangereux que Moringuet. Il sait trop de choses ! »

— Vous pensez bien qu'on ne va pas se laisser accuser par ce forçat qui a bénéficié de je ne sais quelle grâce pour empêcher les gens de vivre ! Voici ce qu'on va faire...

Il se tut un instant, puis fit signe à Pesquez, qui s'essuyait le front, de s'asseoir.

— Vous connaissez mon petit pavillon de chasse à Vincennes. Comme l'endroit est plus sûr qu'ici ou à l'usine, où des curieux pourraient fouiller dans les tiroirs, j'y entrepose toutes mes archives. Mais il faut s'attendre à une perquisition. Donc, vous m'y rejoindrez ce soir, après souper. Nous serons tranquilles pour regarder ce qu'il faut brûler et ce qu'il faut conserver.

— Mais ce ne sera pas suffisant. L'écrivain public pourrait parler...

— Ne vous occupez pas de lui, j'ai les moyens de le faire taire. Il niera tout en bloc. Ce qui est important, c'est que Moringuet ne puisse prouver son innocence. Dans ce cas, ses accusations contre nous ne vaudront rien. N'oubliez pas qu'il a purgé dix-huit années de bagne, et ce n'est guère un atout aux yeux des juges ! Nous partons avec une longueur d'avance, il suffit de la conserver ! Vous voilà rassuré ?

— Oui, certes...

Chevillard, qui observait toujours son interlocuteur, réfléchissait toujours : « C'est une planche pourrie. Il ne faut pas qu'il ressorte d'ici. Moringuet a commis la bourde de le laisser venir chez moi. C'est ma chance, je ne vais pas la laisser filer ! »

— Et puis, je suis en train de penser que je n'ai pas grand-chose à faire dans cette grande maison vide qui respire l'ennui ! dit tout à coup Chevillard. Si nous allions tout de suite à Vincennes ? Nous souperions là-bas dans une petite auberge que je connais bien avant de procéder tranquillement à notre travail de tri.

Pesquez, qui redoutait surtout de se retrouver seul dans la rue, ou chez lui où Moringuet pouvait faire irruption à tout moment pour lui arracher d'autres aveux, s'empressa d'accepter. En compagnie de Chevillard, il ne risquait rien.

— C'est bien ! Attendez-moi ici, je vais avertir ma femme.

Quelques minutes plus tard, Chevillard revint et demanda à Pesquez de le suivre aux écuries.

— Vous allez me donner un coup de main.

Ils harnachèrent les deux chevaux avant de les atteler aux brancards de la voiture.

— Autre chose, précisa enfin Chevillard : il vaudrait mieux qu'on ne nous voie pas ensemble. À Vincennes, personne ne nous connaît, mais ici ce n'est pas pareil. Vous allez monter dans la voiture, les rideaux tirés. Je prendrai les rennes.

— Vous, à la place du cocher ? s'étonna Pesquez. Cela n'étonnera pas les voisins ?

— En semaine, oui, mais pas le dimanche. Souvent, quand les domestiques sont sortis, j'emmène ainsi ma femme. Les voisins, habitués à me voir sur la banquette, en déduisent que je ne suis pas fier et m'en apprécient d'autant plus ! Tous accepteront de témoigner en ma faveur !

Pesquez, sans plus insister, monta dans la voiture dont il tira les rideaux. Il se sentait en sécurité, et c'était l'essentiel. Pourtant, il avait mauvaise conscience. Comme chaque fois qu'il commettait une lâcheté ou une mauvaise action, l'image stricte de sa mère lui apparaissait, les remords l'assaillaient. Sa mère ! Un exemple d'honnêteté, de bonté qu'il avait fait enfermer dans un asile d'aliénés parce qu'elle empêchait ses mauvais penchants de s'exprimer. À cause d'Anna, il avait vendu son âme au diable, et n'en avait rien tiré. Pour l'instant, il fuyait en compagnie de la pire crapule dont il implorait la protection. Si Anna l'avait aimé, il aurait trouvé la force de remonter la pente, d'élever les deux enfants de Moringuet et serait dans le camp de ceux qui n'ont rien à se reprocher, mais son destin était tragique.

Une idée lui vint. Personne ne savait qu'il accompagnait Chevillard dans son pavillon de chasse. Ce dernier pouvait très bien avoir un malaise, une crise cardiaque ou tout autre accident fatal. Cette mort, qui rendait impossible la vengeance de Moringuet, permettrait néanmoins toujours sa réhabilitation. Moringuet produirait les pièces justifiant son innocence, obtiendrait la condamnation posthume du faussaire et Pesquez resterait en dehors de tout, comme Moringuet le lui avait promis. Il sourit à cette issue heureuse, mais aurait-il le courage de tuer ? Oui, à condition que personne ne le sache, et surtout pas sa victime. « Pourtant, pensa-t-il, l'affaire est délicate. Je dois trouver le moyen de faire le travail sans laisser de traces. Il faut qu'on croie à une mort naturelle. Je pourrais l'étrangler, mais mes mains manquent de force et je n'aurai pas le courage de l'affronter. Non, je dois m'y prendre autrement ! »

Ils arrivèrent au pavillon en moins d'une heure. C'était une magnifique demeure au milieu d'un très grand parc de verdure fort bien entretenu. Dans un étang où fleurissaient des nénuphars, les grenouilles n'en finissaient pas de faire un vacarme assourdissant.

— Je ne dors jamais ici en été, à cause des grenouilles ! confia Chevillard. L'endroit est pourtant tranquille ! Pas de voisin à moins d'un quart de lieue. C'est mon paradis !

Pesquez regardait avec envie l'étang et la barque attachée à un arbre. L'air était chargé d'une forte et grisante odeur de pollen.

— Laissez ! dit Chevillard, qui avait deviné sa pensée. Nous allons commencer par travailler. Ensuite, vous pourrez faire un tour de barque sur l'étang. Pour ma part, je ne m'y aventure guère car, je vous l'avoue, je ne sais pas nager et il est très profond !

Ils entrèrent dans le pavillon, où il faisait presque froid. Chevillard traversa un salon, entra dans une pièce, ouvrit les volets, puis referma la fenêtre à cause des grenouilles. Il désigna à Pesquez des étagères remplies de piles de papiers.

— Tout ce qui touche à l'époque qui nous intéresse se trouve ici. Vous pouvez commencer à fouiller, je reviens dans deux minutes.

Pesquez sortit des dossiers qu'il posa sur la table, s'assit en face de la fenêtre en se demandant comment il allait s'y prendre pour précipiter Chevillard dans l'étang. Il ouvrit un livre de comptes de l'année 1870, le feuilleta, parcourut les colonnes dont il connaissait chaque erreur. Tout à coup, il leva les yeux : Chevillard était devant lui, un pistolet à la main.

— Qu'est-ce...

— Vous pensez bien que je n'allais pas laisser vivre un témoin gênant en qui je ne peux avoir aucune confiance. Sans vous, je ne risque plus rien !

— Monsieur Chevillard, que comptez-vous faire ? Je vous en supplie, n'allez pas...

— Si, je vais...

Le coup partit, atteignant Pesquez en pleine face. Il chancela et s'écroula. Sans perdre son sang-froid, Chevillard alla chercher le drap qu'il avait préparé à cet effet et y enveloppa le cadavre pour éviter que le sang ne tache le tapis. Il le traîna jusqu'à l'entrée qui était pavée, puis revint tranquillement dans la maison où il passa quelques heures à trier les papiers et à faire brûler ceux qu'il jugeait compromettants.

À la nuit tombée, il se rendit dans l'écurie pour chercher un lourd essieu de charrette qu'il ramena dans une brouette. Il chargea le cadavre sur la brouette et emprunta le sentier en direction de l'étang. Il faisait assez clair, le ciel s'était dégagé, la lune brillait. Il put facilement placer l'essieu dans le drap, avec le corps pour le lester, puis ficela l'ensemble avant de le faire glisser sur la barque. « Au moins, celui-là n'en sortira pas ! » marmonna-t-il entre ses dents. Enfin, il prit place sur l'embarcation, rama jusqu'au milieu de la pièce d'eau. « Faudrait pas chavirer ! songea-t-il. Parce que c'est vrai que je ne sais pas nager ! »

La barque à fond plat était assez stable. Il n'eut aucune difficulté à faire passer par-dessus bord le corps qui coula aussitôt. Une gerbe de bulles éclatant en surface indiqua que le témoin gênant gisait sous plusieurs mètres d'eau. Chevillard rama de nouveau jusqu'à la berge, attacha la barque à sa place habituelle, puis rentra à Paris en se promettant, dès le lendemain, d'aller trouver Marbot, cet incapable qui n'avait pas pu le débarrasser de son pire ennemi. « Il va falloir que je le fasse moi-même ! » pensa-t-il en arrêtant ses chevaux dans la cour de sa maison.

— Cette fois, je le tiens !

Le Borgne souriait et marchait sans ses cannes. Guichard et Gendillou venaient à l'instant de lui raconter ce qu'ils avaient vu à Vincennes. Tout s'étant passé comme Catulle l'avait espéré, désormais, Chevillard ne pourrait pas échapper à la prison.

— Nous devons nous rendre tout de suite chez maître Bouleau ! Tant pis pour l'heure ! S'il dort, nous le réveillerons !

Maître Bouleau, ami de Platefond, un des meilleurs avocats du barreau de Paris, avait la voix puissante d'un tribun. Sa silhouette massive exprimait sa forte personnalité.

Il ne défendait pas n'importe qui et choisissait toujours les affaires les plus importantes ou les plus spectaculaires. Sa réputation de ne jamais perdre un procès, de sauver les pires têtes lui valait d'être courtisé par les plus grands, les plus influents, les hommes politiques qui savaient qu'après les beaux jours viennent souvent les orages.

Quand Platefond la lui présenta, l'affaire de Catulle lui plut immédiatement : un bagnard innocent, condamné pour entente avec l'ennemi face à un homme véreux qu'il était désormais facile de confondre, des faux en écriture établis par un écrivain public, tout était réuni pour un procès retentissant, et c'était ce qu'il recherchait.

L'avocat reçut Catulle et ses deux témoins en robe de chambre. En apprenant ce qui s'était passé dans le pavillon de chasse de Vincennes, il demanda à son valet de préparer ses vêtements et de faire atteler sa voiture.

— Nous allons de ce pas chez le commissaire Lebrun. C'est un ami et l'affaire est grave. Demain, nous perquisitionnerons à Vincennes.

— Mais l'heure n'est-elle pas un peu tardive pour déranger le commissaire de police ?

— Un crime a été commis, il n'y a pas d'heure pour le dénoncer. Nous devons faire vite afin d'éviter que le coupable ne prenne ses dispositions. Avec ce fait nouveau, je pourrai convaincre les juges de rouvrir ce dossier en vue d'un pourvoi en cassation. Vous savez que cela est très rare, mais nous détenons des éléments irréfutables. Les juges me font souvent confiance, seulement vous connaissez la lenteur des administrations ! Il faudra bien deux ou trois mois avant de pouvoir plaider, peut-être plus !

— J'ai attendu dix-huit ans ! précisa Catulle. Dix-huit ans à patauger dans une boue nauséabonde. Je peux bien attendre encore quelques mois de plus. L'important, c'est que je retrouve mon honneur et que le coupable soit châtié, car je n'aurai pas de repos tant que je ne serai pas vengé.

— Vous le serez. Les temps ont changé, et même si le peuple n'a plus confiance en ses politiciens de salon, nous ne sommes plus sous le coup d'une guerre ruineuse. Ma sympathie, pour l'instant, va à Boulanger. Cet homme est de mèche avec l'empereur !

Bouleau ne cachait pas ses opinions bonapartistes : « L'empire, ce fut l'unique période pendant laquelle les Français ont été heureux. Le commerce marchait bien, l'industrie se développait. Il n'y avait pas de chômage et les petites gens mangeaient à leur faim. Que demander de plus ? »

La politique le passionnait. Il n'avait pas de mots assez durs contre la république. Enfin, après s'être emporté contre Sadi Carnot, qu'il trouvait trop appliqué et incapable de taper du poing sur la table, il revint à l'affaire de Catulle. Il savait ce qu'il pouvait gagner en gloire à accepter de défendre l'ancien bagnard, puisque tous les journaux parleraient de lui. Cet homme de grand talent, en effet, avait la faiblesse d'aimer les louanges de la presse, et c'était pour cette raison qu'il partait dans la nuit réveiller le commissaire de police Lebrun en compagnie des précieux témoins.

— Il faut surtout se méfier de Chevillard! recommanda Catulle. Il est capable de toutes les bassesses. S'il est aux abois, il n'hésitera pas à s'enfuir.

— C'est pour cela qu'il faut le prendre de vitesse. Demain, à la première heure, Chevillard sera arrêté à son domicile par la police et conduit à Vincennes, où des ouvriers dragueront l'étang. S'ils retrouvent le corps, ce dont je ne doute pas, nous aurons un motif pour le garder en détention jusqu'à la révision de votre procès.

Le Borgne dormit très mal dans sa petite maison mal tenue, dont l'inconfort lui rappelait ses années de bagne. « Demain, je cesserai enfin d'être un chiffonnier! Une fois Chevillard en prison, je pourrai enfin reprendre ma place à l'usine de Platefond. »

Il se leva à cinq heures du matin, s'aspergea le visage d'eau et s'en alla sur sa carriole. Les rues commençaient à s'animer. Le jour blanchissait déjà le ciel, les porteurs d'eau, les livreurs de lait s'activaient de porte en porte. Des ouvriers regagnaient leur travail par groupes, la casquette sur les yeux.

Il se rendit directement à Neuilly, dans la grande maison que Platefond lui louait à côté de l'usine. Il enferma Maturin dans l'écurie, se changea et sortit à la recherche d'un fiacre. Il arriva vers six heures moins dix chez Chevillard. Les gendarmes étaient déjà présents, attendant l'heure légale pour intervenir. Catulle demanda au fiacre de s'arrêter en retrait de la porte et d'attendre. Comme l'homme rouspétait, il lui tendit un billet qui le fit taire.

Enfin, les policiers saluèrent le commissaire et le juge qui arrivaient. Ceux-ci, après un dernier regard à leur montre, secouèrent la clochette d'entrée. Des chiens se mirent à aboyer. Une lampe s'alluma dans la maison. La porte s'ouvrit, un domestique ébouriffé et de mauvaise humeur qui portait une lanterne malgré la lumière du jour entrouvrit le portail.

— Nous sommes bien à la demeure de M. Chevillard Pierre? demanda le commissaire. Voici un mandat d'arrêt à l'encontre de M. Chevillard Pierre. Je vous prie de nous laisser entrer.

Le domestique s'étonna, mais ne trouva rien à répondre. Il laissa le commissaire, le juge et les gendarmes emprunter l'allée qui, entre les massifs, conduisait jusqu'au perron.

— Qu'est-ce que c'est, Paul ? interrogea une voix d'homme à l'intérieur.

— Ah, monsieur ! Je ne sais... Il faut que vous veniez !

— Le temps de passer une robe de chambre et j'arrive.

À la vue des policiers, Chevillard crut d'abord à un acte de vandalisme contre son usine pendant la nuit. Lorsque le commissaire lui signifia qu'il était en état d'arrestation, Chevillard ne se démonta pas.

— Moi, en état arrestation ? Et pour quel motif, je vous prie ?

— Pour meurtre ! répondit calmement le commissaire. Pour avoir tué, hier après-midi, 18 juin, M. Pesquez Bruno.

Hortense arriva de l'étage. N'ayant pas pris le temps de se coiffer, ses cheveux partaient dans tous les sens autour de sa tête maigre.

— Mais que se passe-t-il, enfin ? Pourquoi tant de tapage ?

— Parce que je suis en état d'arrestation. On m'accuse de meurtre !

— Mais que signifie cette folie ?

— Laissez ! dit Chevillard, qui vouvoyait sa femme en public. C'est une erreur. Ils auront tôt fait de comprendre. Avant midi, je serai de retour.

Puis, se tournant vers le commissaire :

— Messieurs, j'espère que vous savez ce que vous faites. Sachez que je connais du monde au gouvernement et dans la haute magistrature. Je vous prie de me laisser le temps de m'habiller et je suis à vous.

Il revint dix minutes plus tard. Victor, réveillé par le brouhaha, s'était levé et fut déconcerté de voir des hommes en uniforme chez lui de si bon matin.

— Rien de grave ! dit Chevillard à son fils. Ils m'arrêtent pour meurtre, tu comprends combien c'est ridicule. Donc, tu vas aller avertir Robert Boregard et tu l'aideras à mettre l'usine en route. Je serai de retour en fin de matinée ou au plus tard dans l'après-midi.

Il suivit les policiers qui, compte tenu de sa position sociale, lui firent grâce des menottes.

— Où allons-nous ? demanda-t-il au commissaire.

— À Vincennes, évidemment, au bord de votre étang.

Alors Chevillard comprit qu'il était perdu.

En retrait, Catulle avait assisté à la scène. Il éprouva une joie intense en voyant son ennemi à la place qu'il avait occupée dix-huit ans plus tôt, entre deux policiers. Le groupe monta dans une voiture qui attendait au portail et partit rapidement en direction de Vincennes. Catulle demanda au cocher de les suivre.

Maître Bouleau, qui était déjà arrivé, attendait dans sa voiture à la grille du pavillon. Malgré la douceur de l'air, il sortit emmitouflé dans un épais manteau de fourrure. Catulle libéra son fiacre et le rejoignit. Guichard et Gendillou vinrent saluer Catulle, qui les remercia une nouvelle fois.

Les policiers, encadrant toujours Chevillard, s'approchèrent du portail. Le commissaire lui demandant d'ouvrir, il sortit son trousseau et poussa les battants en fer forgé. Quand il aperçut Catulle et son avocat, son visage se contracta.

— Je réfute la présence de Moringuet, un traître à la patrie et un bagnard !

— M. Moringuet assistera à toute l'opération, précisa le juge, puisque cette affaire le concerne !

Chevillard n'insista pas. L'étau se resserrait sur lui, il cherchait vainement le moyen de se tirer d'affaire.

Le soleil s'était levé, illuminant d'une clarté oblique des fumerolles sur l'étang immobile. Les grenouilles se taisaient. Le juge s'adressa à un Chevillard devenu blême.

— Nous venons en votre présence nous assurer que les témoins, MM. Guichard et Gentillou, qui ont assisté hier à l'assassinat d'un certain Bruno Pesquez, ne se sont pas trompés.

Guichard monta dans la barque avec un grappin fixé au bout d'une corde et, suivant les indications de Gendillou resté sur la berge, positionna l'embarcation. Il laissa filer le grappin avant de se mettre à ratisser le fond vaseux de l'étang. En vain. Au bout d'une heure, Chevillard reprenait espoir.

— Vous comprenez enfin que tout cela est une machination de ce traître. Maintenant, je vous prie de me laisser aller à mes affaires.

— Ça complique tout ! souffla maître Bouleau à l'oreille de Catulle, qui avait une entière confiance en Guichard et Gentillou.

— Le sac était lesté d'un essieu ! dit Guichard. Il se sera enfoncé dans la vase. Il faut draguer plus profond à l'aide d'une pelle ou d'un harpon.

— L'étang est-il vidangeable ? demanda le commissaire.

— Hélas non ! répondit Chevillard. Il est sur la nappe phréatique. C'est un trou d'eau dépourvu d'écoulement.

— Qu'on aille chercher des perches, des longs bâtons pour sonder la vase. Monsieur Gendillou, vous êtes absolument sûr de l'endroit ?

— Oui, à quelques pieds près !

Guichard revint avec de longues pelles qui servaient à enfourner le pain et un racloir à braises. Ainsi équipé, il reprit sa lente inspection.

— Il y a plus d'un mètre de vase ! dit-il en enfonçant l'outil de bois. Mais, avec de la patience, j'arriverai bien à trouver. En dessous, c'est dur.

La quête recommença mais ne donna rien. Midi approchait, il fallait se rendre à l'évidence : l'étang ne livrerait aucun cadavre, aucune preuve de l'assassinat de Pesquez. Guichard, déçu, regagna la berge.

— Ça, ce n'est pas possible ! s'écria Gendillou. Nous l'avons vu, c'est une certitude. La lune brillait, il ne se méfiait pas.

Chevillard, qui retrouvait son air arrogant, menaçait les policiers et le juge.

— Je connais du monde, vous le savez ! Il va vous en coûter de m'avoir déshonoré aux yeux de mes voisins que votre battage a réveillés tôt ce matin, et de m'avoir fait perdre mon temps.

— Ce n'est pas possible ! répéta Gendillou en montant dans la barque.

Le jeune homme vigoureux, dont le regard indiquait un certain courage, s'éloigna sur la barque et prit ses repères par rapport aux arbres et à la maison.

— Il n'y a pas de bon Dieu ! C'était bien ici.

Les spectateurs constatèrent qu'il ne s'était pas exactement positionné comme Guichard. Il enfonça alors sa perche et la promena sur le fond. Son visage s'éclaira enfin, puis il se tourna vers les gendarmes.

— Il y a quelque chose là-dessous ! C'est peut-être une souche, un tronc d'arbre, mais il y a quelque chose !

Chevillard, de nouveau blême, se taisait. Gendillou prit un des grappins restés dans la barque, l'attacha au bout de sa perche et fit faire plusieurs tours à la corde. On le vit s'arc-bouter pour hisser jusqu'à la surface une masse couverte de vase. Il l'arrima au support de la rame, puis revint vers la berge. L'eau nettoyait ce qui était un drap enroulé, maintenu par des cordelettes. Les ouvriers l'aidèrent à hisser le paquet sur la berge, le commissaire demanda qu'on coupe les cordes. À l'intérieur, ils trouvèrent l'essieu et un cadavre.

— C'est bien Pesquez ! confirma Catulle, enfin satisfait.

Le commissaire Lebrun se tourna alors vers Chevillard.

— Monsieur Chevillard, vous êtes en état d'arrestation, accusé du meurtre de M. Pesquez qui est venu ici, hier, avec vous !

— C'est faux ! Je suis victime d'une ignoble machination. Je ne savais pas qu'il y avait un cadavre au fond de mon étang. C'est Moringuet qui a tué cet homme et cherche à m'accuser. D'ailleurs, pour hier après-midi, j'ai un alibi.

— Tu mens ! s'écria Catulle, rouge de colère. Comment serais-je entré dans ce parc ?

— La grille n'est pas très haute ! Les forçats ont l'habitude d'escalader les murs !

— Et ceux qui m'ont assommé à la sortie de l'usine avant de me jeter en Seine, tu ne les connais pas ? Il se pourrait bien que tu me remplaces en Nouvelle-Calédonie, à moins qu'on ne te guillotine !

— J'ignore de quoi vous parlez !

Catulle et maître Bouleau s'éloignèrent. Ils avaient trouvé la pièce à conviction essentielle à la révision du procès. La machination de Catulle avait réussi. Sans sa visite à Pesquez, rien ne se serait passé. Il avait poussé son ancien homme de confiance à commettre une ultime lâcheté qui lui avait coûté la vie en enfermant Chevillard dans son dernier retranchement.

— Au fait ! dit tout à coup maître Bouleau, cet homme est malin et n'a rien à perdre. Il a retourné l'accusation contre vous. Ce n'est pas quelque chose à prendre à la légère !

L'arrestation de Chevillard marquait pour Catulle le retour de la chance et l'espoir de recouvrer enfin son honneur. L'ancien bagnard pouvait commencer à relever la tête sans avoir à se cacher sous l'apparence d'un borgne. Il reprit aussitôt sa place auprès de Platefond, qui s'en réjouit.

— Nous avons perdu assez de temps ! dit cet infatigable travailleur. Maintenant, nous allons enfin pouvoir passer aux choses sérieuses !

Cela laissait aussi le temps à Catulle de se préoccuper d'une autre affaire, tout aussi personnelle. Quelques jours après son retour à Paris, il avait chargé Maurice Lepont, un détective, de retrouver Marine dont il était persuadé qu'elle était vivante et l'attendait. À la seule pensée de la revoir, une profonde jubilation s'emparait de lui. Enfin ils allaient être heureux, ils pourraient vivre ensemble sans avoir à se cacher !

Il rendit visite à Maurice Lepont dans sa maison, près de la gare de Lille. Le détective le reçut dans son bureau envahi de journaux, de livres, de dossiers qui encombraient la table et les étagères. Bien qu'il louchât et eût un cheveu sur la langue, Platefond l'avait recommandé à Catulle comme étant le plus fin limier de Paris, capable de trouver quelqu'un au milieu du désert.

— J'ai tout essayé ! dit-il, abattu. J'ai questionné les gens de Belleville qui vivent dans les baraques au milieu du terrain vague, parlé à plusieurs personnes qui ont connu Marine Leroit, qu'ils appelaient d'ailleurs Marina, mais personne ne sait ce qu'elle est devenue !

Sombre, Catulle baissait la tête.

— J'ai essayé la radiesthésie, poursuivit Lepont, cela donne parfois de bons résultats. J'en ai acquis la conviction qu'elle est bien vivante, mais où la chercher ? J'ai même fait passer plusieurs annonces dans les journaux, mais cela n'a rien donné non plus !

Catulle soupira. L'absence de Marine lui pesait de plus en plus. Jusqu'alors, il avait espéré un miracle, une intervention du ciel qui l'aurait placé en face de la jeune femme. Il rentra à Neuilly en se disant qu'il ne serait jamais plus heureux.

Victor Chevillard n'en pouvait plus. L'emprisonnement de son père lui faisait un mal intense. Cet homme qu'il admirait tant, qu'il aimait aussi profondément, ne méritait pas un tel déshonneur ! Il avait servi son pays quand les Prussiens étaient aux portes de Paris ; il avait doté l'armée française de fusils et de canons performants ! Comment les autorités de la République pouvaient-elles pousser l'injustice jusqu'à enfermer avec des malfrats un homme aussi méritant ? Victor, qui détestait les gens au pouvoir, trouvait dans cette situation une raison supplémentaire à son engagement boulangiste. Persuadé que Moringuet était le criminel, le jeune homme nourrissait à son égard une haine profonde. Il en parlait souvent à Mouchka.

— Mon père, un être admirable et honnête ! Sa parole a moins valu que celle de cet ancien bagnard que je voudrais tuer de mes mains !

— S'il est innocent, il n'a rien à craindre ! La vérité finit toujours par triompher !

Victor soupira.

— Tu es bien naïve. On peut faire condamner un innocent, et ce ne sera pas la première fois qu'on guillotinera un homme d'honneur à la place d'un bandit !

— Mais enfin, il y a des lois !

— Certes, mais ces lois n'empêchent pas des centaines, que dis-je, des milliers de gens de disparaître chaque année. On ne connaît que les crimes imparfaits, pour lesquels les coupables se font prendre, mais il y en a d'autres, beaucoup d'autres dont on ne parle jamais ! Tu ne connais pas le monde de la haute finance, des affaires. Il est impitoyable ! Et puis, cette république est faible et corrompue. On peut acheter les magistrats !

Une telle conversation faisait naître une idée dans l'esprit de la jeune fille, une terrible idée qui aurait dû l'épouvanter, mais qu'elle envisageait froidement à travers l'amour qu'elle portait à Victor. « Nous allons faire d'une pierre deux coups ! pensa-t-elle, machiavélique. Je redoute que, sous le coup de la boisson, François ne fasse quelque chose contre Victor. Il faut donc que je le tienne par le bout du nez, en laisse, comme le singe de mon père, cet horrible animal qui mordait ! »

Deux jours plus tard, Mouchka demanda à Victor :

— Tu m'as parlé du crime parfait. Y crois-tu encore ?

— Bien sûr, mais il y a toujours un risque. On sait seulement qu'un crime est parfait quand on ne trouve pas le coupable.

— Je pensais à l'homme que tu voulais tuer...

— L'infâme Moringuet ? Rien de plus simple. Il travaille à l'usine Platefond, à Neuilly. Il sort tous les soirs vers huit heures pour aller dîner. Il suffit de l'attendre dans une ruelle en se cachant. Un coup de pistolet bien ajusté, l'homme tombe, et le meurtrier est déjà loin quand on vient relever le cadavre. Et puis, la police ne cherchera pas très longtemps : c'est un ancien bagnard, un règlement de comptes entre gens de cette espèce réjouit plutôt les forces de l'ordre, ça simplifie leur travail !

— J'ai le garçon qu'il faut pour tuer ton bagnard.

Victor sursauta. Mouchka ne cessait de l'étonner par ses réflexions qui montraient une personnalité forte et peu portée aux sentiments faciles.

— Écoute, il faut réfléchir avant de faire n'importe quoi. Imagine qu'il se fasse prendre et qu'il te mette dans le coup... Moi, je ne veux pas être accusé d'avoir fomenté le crime. Non, c'est trop risqué.

— Tu n'as rien à craindre. Il ne sait pas que tu existes. Bien sûr, il pourra parler de moi, mais il aura agi pour m'épater, pour me prouver qu'il est un homme courageux !

Victor hésitait. Il voulait certes aider son père et désirait plus que tout la mort de cette pourriture de Moringuet, mais il ne souhaitait surtout pas s'exposer au moindre risque. Mouchka était-elle fiable ? N'allait-elle pas craquer au premier coup dur et le dénoncer ?

— Il faut réfléchir. Et puis, a-t-il une arme ?

— Non, il faut lui en trouver une.

— Ne compte pas sur moi pour la lui fournir. C'est trop dangereux !

Elle eut l'impression d'entendre parler François, la même intonation de voix, seul l'accent était différent.

— Il faut savoir ce que tu veux !

Sur ces mots prononcés avec rudesse, elle le quitta. La douce Mouchka était d'un acier bien trempé. Il attendit qu'elle fût sortie pour s'habiller. L'idée de la jeune fille faisait en lui son chemin. Il cherchait surtout le moyen, sans se mouiller lui-même, de fournir un pistolet au candidat meurtrier, sûrement le petit violoniste qui accompagnait Mouchka. Il pouvait donner de l'argent à la jeune chanteuse, qui se débrouillerait pour acheter le pistolet ou le faire acheter, mais il pouvait aussi, et c'était sûrement plus simple, indiquer à la jeune fille où elle pouvait dérober une arme. Ainsi, il resterait complètement en dehors de l'affaire. D'ailleurs, la police croirait plus facilement un jeune bourgeois qu'une bohémienne.

Le lendemain, Mouchka arriva en avance au petit hôtel de la rue Saint-Dominique. Elle attendit Victor dans la chambre, un sac à la main. Quand il apparut, elle ne lui laissa pas le temps de l'embrasser.

— Regarde ce que j'ai trouvé.

Elle sortit un pistolet flambant neuf, le fit rouler dans ses mains. Victor siffla sa surprise et eut, à ce moment précis, la certitude qu'elle avait l'habitude des armes.

— Où as-tu trouvé ça ?

— Chez un armurier, tiens !

— Tu l'as acheté et il a accepté de te le vendre ? C'est incroyable.

— Je l'ai volé. Après avoir cueilli des bouquets de fleurs sauvages, je suis rentrée chez l'armurier sous le prétexte de lui en vendre un. Je devais lui plaire, puisqu'il ne m'a pas chassée. Il a trouvé les fleurs très belles et a appelé sa femme, qui était dans l'arrière-boutique. J'ai pu alors voler le pistolet sans qu'il s'aperçoive de rien.

— Et les balles ?

Elle ouvrit une boîte devant Victor, toujours incrédule.

— Ce sont les bonnes, j'ai vérifié. Je les ai volées chez un autre armurier, à l'autre bout de Paris. Toujours avec la combine des bouquets.

— Comment savais-tu que c'était les bonnes balles ?

— Chez moi, mon père et mon oncle avaient des armes, pour se défendre et parce qu'ils aimaient ça. Tu sais, un enfant, ça comprend vite !

Victor avait l'impression d'avoir, par ses bavardages destinés à se faire valoir auprès de la jeune fille, mis en place une machinerie infernale qu'il ne pouvait plus arrêter, et cela l'effrayait.

— Tu comprends, si j'étais mêlé à cette affaire, et si ça se savait, ce serait la condamnation assurée de mon père. Ce que je ne veux pas.

Il redoutait aussi que Mouchka, dont il découvrait chaque jour la perversité, n'ait joué la petite fille émerveillée pour mieux l'amadouer et qu'une fois le crime commis elle n'exerce un chantage pour lui soutirer de l'argent. Mais que pouvait-il faire désormais pour l'arrêter ?

— Je me demande pourquoi je t'ai parlé de tout ça. Ce ne sont pas tes affaires, ne t'en mêle pas !

Elle lui promit de ne rien faire et se mit à déshabiller son amant, qui se laissa faire. Pourtant, Mouchka sentait en elle la tentation dangereuse du crime. Jouer avec la mort l'attirait, et ce goût jusqu'alors enfoui se montrait au grand jour avec la découverte de l'amour dont elle ne se lassait pas.

Le soir, elle rejoignit François, qui l'attendait sur les Champs-Élysées. Jamais, malgré le violon hésitant de son compagnon, elle n'avait aussi bien chanté. La recette étant bonne, ils partirent souper bras dessus, bras dessous comme aux meilleurs jours. François se félicitait de retrouver le cœur de sa belle à nouveau joyeux.

Quand ils furent dans leur chambre, Mouchka se mit au lit la première et invita François à la rejoindre.

— François, tu ne connais pas tout de ma vie. Tu m'as vue dans la roulotte, mais tu ignores que j'ai été battue. Mon oncle et mon père ne m'aimaient pas.

Il se redressa sur les coudes, la regarda. Sur le drap, la couleur mate de sa peau, ses cheveux très noirs donnaient une beauté étrange à son visage que le jeune homme découvrait sous un aspect nouveau. Tout à coup, elle lui devenait étrangère.

— Quand j'étais petite, pendant l'été, mon père me plaçait chez un homme très méchant, et la famille s'en allait avec la roulotte. Cet homme possédait une maison du côté de Bourges, mais il habitait Paris, raison pour laquelle nous sommes là ce soir. Il m'a battue, torturée, sans que je puisse rien faire. J'avais juré de me venger ; l'heure est venue...

— Qu'est-ce que tu me racontes ? s'étonna François. Tu m'as toujours dit que tu avais vécu dans la roulotte, au bord des chemins !

— Je te l'ai bien dit, mais c'était pour ne pas t'inquiéter. C'est vrai que je ne vais pas aux cours de chant chez la Voisin. En fait, comme je n'ai pas oublié son ancienne adresse, j'ai passé tout ce temps à rechercher cet homme. Et je l'ai trouvé.

— Ça change quoi ?

— Ça change que je vais le tuer !

François sursauta. Ce mot, dit avec gravité par cette jeune fille qui semblait si fragile, était monstrueux. Il avait vécu chichement à Naves, dans un monde sans violence ; il était naturellement doux. Mouchka lui avait assez répété que, pour tuer ou se suicider, il fallait être fort, et qu'il était faible !

— Mais tu vas te faire prendre par la police, tu iras en prison !

Elle sourit, levant ses grands yeux au plafond.

— Aucun risque. J'ai découvert que l'homme sortait chaque soir à huit heures de son usine. Il fait nuit, les rues sont désertes. Je me cacherai à proximité, je tirerai et je m'enfuirai. Personne ne me verra et je serai enfin libérée.

— Tu crois que ça se passe comme ça, mais...

— Oui, je le crois. Il y a des centaines de crimes chaque année, pour lesquels on ne trouve jamais les coupables. Au bout de quelque temps, la police classe l'affaire sans suite et passe à autre chose, surtout en ce moment. Enfin, je ne t'oblige pas à être mon complice. Si tu as peur, tu peux t'en aller.

— Mais non, je n'ai pas peur !

Mouchka attira François contre elle.

— Après, on ne se quittera plus jamais ! Tu verras, j'irai tellement mieux, enfin libérée de ce poids qui m'étouffe, qui m'empêche de vivre !

— Tu dis qu'il n'y a aucun risque ?

— Aucun. Regarde, j'ai déjà le pistolet et les balles. Il suffit de se placer dans la petite rue mal éclairée, en face de l'usine. J'ai déjà repéré les lieux. Avant que les premiers secours arrivent, je serai loin.

François inspira très fort. Les mots durs que Mouchka avait eus envers lui lui revenaient en mémoire avec leur âpreté, leur force de rejet. Elle était aussi déterminée qu'il était hésitant.

— Tu sais, on n'est pas fort comme ça, en naissant ! poursuivit la jeune fille. On le devient. La souffrance rend fort ! Et pour ceux qui n'ont pas souffert, il n'y a que la volonté.

François inspira de nouveau et dit d'une voix blanche :

— C'est moi qui vais tuer ce mauvais homme !

Elle secoua la tête.

— Non, François. Je ne veux pas que tu te mêles de ça !

— Je t'ai dit que j'allais tuer cet homme !

Il n'était plus offusqué par la monstruosité de son propos, au contraire, il avait l'impression d'être enfin l'égal de la jeune fille et il fut, en amour, meilleur que d'habitude.

Le mois de juin était superbe, cette année-là. Catulle travaillait de nouveau avec Platefond ; Chevillard en prison, il se sentait en sécurité mais, par précaution, ne se déplaçait jamais sans un pistolet chargé dans sa poche.

Un soir, vers huit heures, il sortit comme d'habitude de l'usine pour aller dîner au restaurant Chez Francis. Il traversa la cour, sortit par le grand portail qu'il referma derrière lui, M. Platefond étant rentré depuis longtemps dans sa superbe maison. Catulle, qui aimait la nuit sur la ville, marchait lentement, regardant les lumières aux fenêtres, écoutant les éclats de voix, les conversations, toute une vie paisible qui lui avait manqué.

Il arrivait au carrefour et s'apprêtait à emprunter la petite rue à droite qui conduisait au restaurant, quand un bruit attira son attention, comme un déclic, un petit choc métallique. Il se tourna vivement et aperçut, au coin de la ruelle, une silhouette sombre qui tenait un pistolet braqué sur lui. Il eut juste le temps de se plaquer contre le mur pour éviter la balle qui siffla à ses oreilles. Le bruit de la détonation fut assourdissant, canalisé de rue en rue. Catulle pensa aussitôt à Chevillard, qui essayait de le faire abattre de sa prison, et courut en direction de l'homme qui détalait. Il n'eut aucun mal à le rattraper, car il ne courait pas vite, comme freiné par le poids de sa conscience. Catulle lui posa la main sur l'épaule, le forçant à s'arrêter. À la lueur du réverbère, il constata que son criminel était un tout jeune garçon, épouvanté par ce qu'il avait fait. L'arme roula au sol, Catulle la ramassa. Les gens qui avaient entendu le coup de feu se penchaient à leurs fenêtres. François jeta sur Catulle un regard apeuré.

— Monsieur, je vous en supplie, ne me livrez pas à la police.

Catulle, qui voulait surtout le faire parler, eut la certitude d'avoir déjà vu ce jeune visage.

— Viens, partons d'ici avant que les badauds ne te lapident ou n'aillent chercher la police. Vite !

Puis, se tournant vers les curieux, il ajouta :

— Ce n'est rien ! Ce garçon jouait avec un pistolet et le coup est parti ! Rentrez chez vous !

Ils coururent jusqu'à la maison de Catulle, en bord de Seine, bien protégée par de hauts murs. L'ancien bagnard conduisit le jeune homme dans une grande pièce où la servante avait déjà allumé les lampes à pétrole. Posant le pistolet sur la table, il se tourna enfin vers François, qui se tenait debout, la tête basse, en peine de lui-même.

— Qui t'a payé pour me tirer dessus ?

Le jeune homme secoua la tête et se mit à sangloter. Catulle lui présenta une chaise.

— Qui ? Tu vas me le dire !

— Ne me dénoncez pas, je ne veux pas aller en prison ! Je suis un garçon honnête.

Tout à coup, Catulle se souvint. Ce jeune homme n'était autre que le violoniste qui accompagnait la chanteuse gitane.

— Réponds-moi ! Qui t'a payé ? Tu as ma parole, la police n'en saura rien et tu repartiras libre d'ici.

— Je peux pas le dire ! Je suis honnête.

Catulle, cédant à un mouvement de colère, saisit de nouveau François par l'épaule droite. Sa main se referma sur la chemise, qui se déchira. Ce qu'il vit le laissa sans voix.

À la base du cou, son agresseur portait une tache de café dont la forme rappelait la carte de France d'avant 1871, avant qu'elle ne fût amputée de l'Alsace et d'une partie de la Lorraine. Ce motif, il l'avait vu sur ses triplés, dix-huit ans plus tôt. Pouvait-il y en avoir d'autres semblables ? L'émotion le submergeait. Il s'assit sans un mot. François pleurait toujours. Enfin, Catulle reprit ses esprits et demanda :

— C'est bien toi le jeune violoniste qui accompagnes une très belle fille ?

Il acquiesça de la tête puis, se tournant vers Catulle, demanda :

— Vous nous avez déjà entendus ?

— Oui, par hasard. Vous faites un excellent duo qu'on ne peut pas oublier.

L'évocation de Mouchka fit baisser la tête à François. Catulle comprit la cause de cette gêne.

-- Vous vous êtes disputés ?

— Non, nous ne nous sommes pas disputés, mais je veux plus jamais la voir.

— Et que veux-tu ?

Catulle avait remarqué son accent occitan, qui confirmait ses doutes.

— Je veux retourner chez moi, à Naves, chez mon père et ma mère ! J'aurais jamais dû en partir. Je suis pas fait pour Paris, qui me fait tourner la tête.

— Que faisais-tu, là-bas, à Naves ?

— J'étais sabotier, avec mon père. Tout allait bien jusqu'à ce que j'apprenne le violon et que je joue dans les bals avec le vieux Riboux. Il me faisait boire, et faut reconnaître qu'il avait pas besoin de me forcer beaucoup. Ça plaisait pas à mon père !

— Alors, tu es parti, sans rien dire à personne, avec ton violon.

— Oui, je voulais aller dans une grande ville, pas forcément Paris, c'était beaucoup trop loin, mais une ville où j'aurais pu jouer de la musique toute la journée et gagner ma vie avec mon violon. Maintenant, je sais que je ne pourrai jamais.

Catulle contenait mal son émotion. Il avait devant lui son fils, François Romagne, un des deux naufragés du ballon, mais il ne pouvait rien lui dire, prisonnier d'une vérité inventée pendant son absence. Ainsi l'avait décidé le destin, qui avait aussi fait d'un bourgeois honnête un proscrit puis un bagnard. Il poussa un lourd soupir que le jeune homme ne comprit pas.

— Tu vas changer de chemise. Je vais t'en prêter une des miennes ; nous avons à peu près la même taille. Ensuite, nous irons dîner Chez Francis, tu verras, c'est un excellent restaurant.

François se leva alors précipitamment de sa chaise, s'agenouilla devant Catulle, lui prit les mains dans un élan de gratitude. Il ne pouvait pas croire que l'homme qui le traitait ainsi avait été le tortionnaire de Mouchka, et il comprenait le jeu pervers de la jeune fille, qui s'était servie de lui.

— Monsieur, je ne mérite pas que vous soyez bon avec moi. Je sais à présent que je ne voulais pas vous tuer. Je mesure combien c'était grave.

— On ne découvre souvent la portée de ses actes que lorsqu'il est trop tard. Qui t'a donné ce pistolet ?

François regarda Catulle puis baissa de nouveau la tête. Il hésita longtemps avant de dire :

— On s'est moqué de moi. On m'a menti. On m'a pris pour un imbécile.

— Mais qui ?

— Ça me fait trop mal !

— ... Prends cette chemise, proposa Catulle, elle t'ira parfaitement. Prends aussi ce veston. On va dîner. Après, on verra...

— Je veux rentrer chez moi.

Avant de sortir, Catulle demanda discrètement à sa servante de préparer une chambre pour le jeune homme.

Pendant le dîner, il questionna François, qui mangeait peu, sur la jeune fille qui chantait avec lui.

— Elle s'est toujours moquée de moi, aujourd'hui je le comprends. Je ne veux plus jamais la revoir.

Après manger, Catulle ramena François chez lui.

— Tu vas dormir ici. Demain, je te conduirai à la gare d'Orléans. Tu prendras le train jusqu'à Limoges. Après, il y a une diligence.

François baissait toujours la tête, honteux d'être l'objet de tant de bonté de la part de celui qu'il voulait tuer parce qu'on lui avait dit qu'il était un faible et un incapable.

— C'est que... j'ai pas d'argent... et j'ai laissé mon violon là-bas.

— Ne te tracasse pas pour l'argent. Je vais t'en donner. Et pour le violon, nous irons demain matin rue de Rome, tu choisiras celui qui te fera plaisir...

François jeta un bref coup d'œil au pistolet qui était resté sur la table.

— Mais pourquoi vous faites tout ça pour moi?

— Parce que tu pourrais être mon fils

François pensa à ce qui se disait à Naves à propos du ballon tombé en 1871 dans la prairie en pente, au-dessous de l'église, dont on gardait la nacelle à la mairie. Les témoins de l'accident parlaient parfois à mots couverts de deux petits enfants trouvés dans une caisse de dépêches, mais il ne lui était jamais venu à l'esprit qu'il aurait pu être l'un de ces deux nourrissons. Le secret demandé par le curé Vialhe avait été bien gardé.

Catulle conduisit François à sa chambre et lui souhaita bonne nuit. Il aurait voulu rester près de lui, le regarder dormir jusqu'au matin. Quelle main avait armé son fils?

Au petit jour, quand il se leva, François était dans le salon.

— J'ai prié pour vous! dit le jeune homme. Vous m'avez sauvé.

— Prépare-toi. Tu peux garder la chemise et le veston. Nous prendrons notre petit déjeuner à la cuisine, comme je le fais tous les matins. Ensuite, je passerai à mon usine où j'ai deux ou trois choses à régler, puis nous irons acheter ton violon.

— Je ne veux pas... Il n'y a pas de raison.

— Si. Tu pourrais être mon fils, je t'ai dit, et c'est la meilleure raison qui soit.

Le jour s'était levé, éclairant la pièce par la grande baie vitrée. François regardait les tableaux au mur, les meubles, tout ce confort simple si différent des intérieurs austères et sombres des paysans corréziens. Tout à coup, son regard se porta sur une paire de sabots vernis, décorés d'une fleur taillée dans la masse du bois, su le dessus. Il s'approcha, incrédule.

— Ces sabots..., on dirait que ce sont les miens.

Catulle avait oublié de cacher les sabots achetés à Naves. François décrocha l'un d'eux, regarda le dessous à la base du talon, puis se tourna vers Catulle, à la fois perplexe et émerveillé.

— C'est moi qui ai fabriqué ces sabots! affirma-t-il.

— Impossible! mentit Catulle. Je les ai achetés au mois de mars à un ouvrier maçon qui repartait chez lui, dans le Massif central, pour les travaux d'été dans sa ferme.

— Je vous dis que c'est moi qui les ai fabriqués. Je les reconnais parce qu'ils portent ma marque.

— Ta marque ?

— Oui. Cette petite étoile, sur le coin du talon. C'est ma marque. L'ouvrier les a achetés chez mon père. Il vous a dit où il allait ?

— Peut-être en Corrèze, je ne me souviens pas.

François était tout heureux de retrouver ainsi une de ses productions exposée comme un objet d'art dans un salon. Son travail d'artisan s'en trouvait valorisé. Soudain, il eut envie de fabriquer des sabots de plus en plus beaux.

— Je peux faire mieux. Regardez, les deux fleurs ne sont pas tout à fait les mêmes : celle de droite est plus grande que la fleur de gauche. Et je peux sculpter autre chose : des oiseaux, des cigales... Pourvu que mon père veuille me reprendre chez lui !

— Ton père t'attend chaque jour ! Ta mère sera heureuse. Ce sera la fête !

Ils se rendirent à l'usine où Platefond rouspétait, agitait les bras, maugréait en passant d'un atelier à l'autre. Rien n'allait assez vite à son gré, les ouvriers se prélassaient, Catulle était toujours absent.

— M. Eiffel s'impatiente ! Nous devons le livrer ce matin, et vous arrivez en retard avec ce jeune homme. Vous croyez peut-être que je peux tout faire ?

Catulle sourit. Platefond ne savait pas exprimer son enthousiasme et son affection autrement que par des reproches et des gestes démesurés. Se tournant vers François, il lui demanda :

— Et toi, que cherches-tu ? Pour la place de forgeron, il faut voir le chef d'atelier. Moi, je n'ai pas le temps de m'occuper de ça !

— Ce garçon est avec moi. Je dois le conduire ce matin à la gare d'Orléans.

— À la gare d'Orléans ? Mais vous n'y pensez pas ! M. Eiffel...

— Notre travail est au point. Il n'est pas nécessaire que nous le livrions nous-mêmes. Faites envoyer les pièces par les voituriers habituels. En fin de matinée, je passerai voir M. Eiffel.

Platefond s'éloigna en maugréant dans sa barbe.

Catulle prit une voiture avec cocher et dit à François d'y monter. Le jeune homme ne put dissimuler sa fierté en s'asseyant sur la banquette de velours, jouant pour une fois au bourgeois.

Rue de Rome, ils entrèrent dans la boutique de Jean-Baptiste Guillaume, le meilleur luthier de Paris. À la vue de tant de violons, d'énormes violoncelles, François fut émerveillé. Catulle dit au vendeur que le jeune homme voulait essayer des instruments, car il souhaitait en acheter un. François fut conduit dans une pièce où se trouvaient des dizaines de violons.

— Faites votre choix. Vous pouvez les essayer tous, ici vous serez tranquille.

François n'osait pas, regardait Catulle, qui lui tendit un archet. Il commença à jouer. L'éclat du violon, sa puissance tellement supérieure au sien le surprirent. Il essaya plusieurs instruments, toujours fasciné par la beauté de leur timbre. Enfin son choix se porta sur l'un d'eux, mais il n'osait toujours pas.

— Un si beau violon doit coûter très cher... Je ne le mérite pas ! Je suis encore un si mauvais musicien !

Catulle lui prit l'instrument des mains et appela le vendeur. Le beau violon enfermé dans sa boîte, ils se rendirent à la gare d'Orléans. Un train pour Limoges était annoncé. Catulle alla chercher un billet de première classe et le tendit à François, qui était ému. L'inconnu qu'il avait voulu tuer par bravade, pour se prouver qu'il était un homme, le comblait. Il avait le cœur gros.

— Je m'appelle Catulle Moringuet ! Souviens-toi de mon nom, ainsi, lorsque tu joueras du violon, tu penseras un peu à moi. J'en serai heureux.

L'émotion lui nouait la gorge. François l'embrassa.

— Je penserai à vous tous les jours. Quand je serai sur le point de faire une bêtise, je penserai à vous, et je ne ferai pas la bêtise. Je reviendrai vous voir. Vous aussi, vous viendrez chez moi, à Naves.

— C'est ça ! Cours vite, maintenant, sinon le train va s'en aller sans toi !

Par son énorme cheminée, la locomotive laissait échapper de gros jets de vapeur. François monta dans le wagon. C'était fini. Catulle ne pensait pas à retenir les larmes qui roulaient sur ses joues. François ne serait jamais son fils, pourtant ils auraient pu si bien s'entendre !

Catulle pensa à sa mère qui tirait les cartes près de la cheminée éteinte le jour de la naissance des triplés : « Deux de vos fils chercheront à vous tuer, les cartes sont muettes sur le troisième ! »

— Quel gâchis ! murmura-t-il en s'éloignant.

La haine qu'il ressentait à l'égard de Chevillard le cingla comme la lanière d'un fouet. Il se rendit sur le chantier de M. Eiffel, plus décidé que jamais à se battre jusqu'au bout.

Place de la Bastille, il fut arrêté dans sa course par une manifestation en faveur du général Boulanger, comme il y en avait pratiquement tous les jours depuis le début du printemps. Les gens scandaient :

Il reviendra quand le tambour battra!

Au Champs-de-Mars, l'activité était toujours aussi intense. Les remous de la politique, la faiblesse de la jeune Troisième République n'entamaient pas la détermination des ingénieurs et des ouvriers qui, par tous les temps, poursuivaient leur œuvre. Catulle trouva le gendre d'Eiffel qui s'occupait des approvisionnements. Comme ce dernier était entièrement satisfait de son travail. Catulle partit avec une nouvelle commande.

— Il nous reste encore un an! dit l'ingénieur. Mais un an, c'est court, et il ne doit pas manquer un seul boulon le jour de l'Exposition universelle!

Louis Hartinger ne s'ennuyait pas à Paris. Il aimait ses rues, ses quartiers populaires si bruyants, son exubérance. Aussi, n'était-il pas pressé de rentrer en Angleterre.

Son père avait vite compris que sa place n'était plus dans cette ville de plaisirs. Le souvenir d'Élisabeth le rendait inapte aux distractions. Devenu sombre et solitaire, la fréquentation de la bonne société l'agaçait. Sir Hartinger avait donné de brillantes soirées, entretenu maintes fréquentations, mais il n'appartenait plus à ce monde de frivolités. À la fin du mois de juin, il décida de regagner son château de Gloucester.

— Tu peux rester ! dit-il à Louis. Je comprends que la vie ici te convienne. Profite de ta jeunesse comme j'ai profité de la mienne. Passe l'été à Paris, comme convenu, ensuite tu rentreras. Nous aurons alors peut-être le courage de faire des projets.

— Père, je ne veux pas vous laisser seul. Je sais combien votre chagrin est grand. Je m'en voudrais de prendre du plaisir quand je vous sais malheureux !

— Surtout ne t'inquiète pas pour moi ! insista lord Hartinger. Tu ne peux rien contre ma peine, qui durera autant que je vivrai. Je veux retourner dans notre château pour être près de ta mère et prier pour elle. Lorsque tu reviendras, à la fin de l'été, j'aurai fait mon deuil. Alors nous repartirons pour les Indes.

Louis était donc resté à Paris en compagnie d'une servante, d'une femme de chambre, d'une cuisinière et d'un majordome. Il fréquentait la bonne société, dînait en ville chaque soir et flânait pendant la journée. Ses pas le conduisaient toujours au même endroit : le Champ-de-Mars où se construisait la tour de mille pieds. La démesure de l'édifice le fascinait ; il passait des heures à regarder les ouvriers riveter les tiges de fer, assembler les poutrelles. Il s'y rendait aussi pour une autre raison : de temps en temps, une bohémienne y chantait aux heures des repas dans une langue qu'il ne comprenait pas mais qui le charmait. Sa voix magnifique envoûtait l'Anglais qui prit l'habitude, chaque jour, de parcourir les grandes places de Paris et les boulevards à la recherche de la jeune fille. Celle-ci l'avait certainement remarqué puisqu'elle le regardait longuement en chantant, et il en ressentait un trouble profond. Pourtant, il ne s'était jamais aventuré à lui dire le moindre mot lorsqu'elle passait parmi les badauds avec son chapeau où il laissait tomber quelques pièces. Louis avait la retenue des gens de sa classe envers les saltimbanques et le peuple, même si la manière de bouger de la chanteuse, sa façon de remercier le public indiquaient une noblesse profonde, de celle qui ne s'acquiert pas, mais que possèdent naturellement certains privilégiés.

Pourtant, un soir du mois de septembre, il répondit au sourire de Mouchka qui passait près de lui, son chapeau noir à la main, et il laissa tomber un billet.

— Merci, monsieur, vous êtes vraiment très bon !

— Et moi je vous trouve si belle ! osa Louis avec son accent britannique. Vous surpassez en beauté toutes les femmes du monde, et je n'ai jamais entendu personne chanter aussi bien que vous !

— Mais vous n'êtes pas français ? s'étonna Mouchka, qui découvrait combien l'inconnu ressemblait à Victor et à François.

Cette coïncidence l'attirait, lui laissait imaginer un mystère.

— Non, je ne suis pas français. Je suis anglais. Je me présente : sir Louis Hartinger, fils du comte Édouard Hartinger, de Gloucester.

Elle en oublia de tendre le chapeau aux spectateurs.

— Me permettez-vous de vous inviter à boire un café ?

Elle acquiesça des yeux, puis elle renversa le chapeau dans sa main et mit les pièces dans sa poche.

À cet instant, Victor fit irruption. Bousculant Mouchka, il se planta devant Louis, qui s'indigna.

— Monsieur, personne ne vous a jamais appris à vous comporter autrement avec les jeunes filles ?

Victor était blême de colère, autant contre Mouchka qu'il avait vue minauder face à l'inconnu que contre ce garçon très élégant, visiblement issu d'un milieu supérieur au sien. Il se dressa, prêt à faire face.

— Et vous, personne ne vous a jamais appris à ne pas courtiser une jeune fille devant son fiancé ?

— Parce que vous êtes, monsieur, le fiancé de...

Mouchka voulut intervenir. Victor la pria de ne pas se mêler des affaires d'hommes, d'aller chanter un peu plus loin. Les deux garçons s'affrontèrent du regard.

— Monsieur, je devrais vous provoquer en duel ! dit Louis avec hauteur. Mais vous n'êtes pas de race noble, cela se voit à votre brutalité et à votre manque d'élégance. Je vais donc vous casser la figure.

— Venez, monsieur, je connais un endroit où nous serons tranquilles pour régler notre différend !

Louis emboîta le pas à Victor. Les deux jeunes gens marchaient vite, pressés d'en finir, mais, à mesure qu'ils avançaient, leur colère se dissipait. Tous deux ressentaient le même sentiment d'attirance réciproque, comme si un lien profond, indépendant d'eux-mêmes, les unissait. Ce fut Louis qui parla le premier.

— Monsieur, je crois que nous sommes en train de commettre une grosse bêtise !

— Je le crois aussi ! approuva Victor en souriant et tendant la main au jeune Anglais.

Ils avaient chaud au cœur, chacun de leur côté et se disaient que c'était à cause d'une amitié naissante.

— Les femmes ne valent pas qu'on se batte ! dit Victor avec grandiloquence. Outre une vieille maîtresse que je quitte chaque jour et que je retourne voir le lendemain, j'ai aussi cette chanteuse, qui est une perle de beauté. Nous pouvons la partager ! Si notre amitié est à ce prix, je serai encore gagnant !

— Que non ! répliqua Louis, avec son accent qui prêtait à sourire. Je m'en voudrais de toucher à la fiancée d'un ami. Allons plutôt boire un verre.

Ils entrèrent dans le premier bistrot venu et, comme on le fait souvent avec les gens que l'on ne connaît pas, se parlèrent à cœur ouvert.

— Ma mère est morte alors que, mon père et moi, étions aux Indes, dit Louis. Mon père croyait se consoler à Paris qu'il aime beaucoup, mais il est inconsolable. Je m'en veux de ne pas l'avoir suivi à Gloucester. Mais voilà, Paris me retient. Paris... et la tour de M. Eiffel que je voudrais voir achevée avant de repartir.

— Nous sommes en septembre, fit Victor. D'après les prévisions, elle ne sera pas terminée avant le printemps prochain ! Mon père a travaillé en sous-traitance pour M. Eiffel.

Victor soupira, baissa la tête.

— Je suis le plus malheureux de la terre !

— Si je peux t'aider, parle, ami !

— Mon père est victime d'une atroce machination. Depuis trois mois, il est en prison, accusé d'un crime qu'il n'a pas commis. On a retrouvé un cadavre dans l'étang de notre pavillon de chasse à Vincennes. Ce cadavre a été placé là par des pseudo-témoins. Je connais le meurtrier.

— Et qu'attends-tu pour faire éclater la vérité ?

Victor regarda autour de lui, puis, sur le ton de la confidence, ajouta :

— Écoute, j'ai des amis, moi aussi. Je peux tout te dire à toi. Je fais de la politique, et je hais la république...

— Il n'y a pas plus pourri que la république ! s'insurgea Louis avec vigueur. Tu as raison, ami.

— Nous militons pour le général Boulanger. Il faut qu'il obtienne une majorité écrasante aux prochaines élections à Paris, le 27 janvier. Personne alors ne pourra l'empêcher de s'installer à l'Élysée. Avec lui, une nouvelle ère va commencer pour la France, qui va relever la tête face aux Allemands. Nous avons une revanche à prendre !

— Vous, les Français, continua Louis, vous ne pouvez avancer qu'à coups de révolution, de guerre civile. Vous n'êtes jamais satisfaits de ce que vous avez ! Vous êtes un peuple ingouvernable. Il vous faut un pouvoir fort, un tyran !

— Il nous faut effectivement un homme fort, qui a fait ses preuves sur les champs de bataille, un homme que le peuple idolâtre. Nous ferons de Boulanger un roi ! Mais je te parlais de mon père. Mes amis et moi envisageons une action. Faire libérer mon père, c'est faire avancer la justice, donc combattre la république, qui sent la magouille. Parce que je ne t'ai pas tout dit...

Louis écoutait avec ravissement. L'injustice le révoltait; il avait besoin de se battre pour une noble cause.

— Celui qui a monté ce complot est un ancien bagnard, condamné à perpétuité pour avoir trahi son pays pendant le siège de Paris. Il a été gracié sur la demande de lord Lyons, dont il a sauvé la femme et le fils de la noyade.

— Lord Lyons est apparenté à ma famille. C'est un homme de grande qualité, au-dessus de tout soupçon.

— Ton parent n'est pour rien dans l'affaire ; il n'a fait qu'agir en homme d'honneur en demandant la grâce de celui qui a sauvé sa femme et son fils. Mais c'était une autre affaire que de la lui accorder ! Côté français, le gouvernement aurait dû refuser. Cependant, le bagnard à vie a des amis dans la place, des vendus comme lui, qui ne se préoccupent guère des intérêts de la France ! Cette affaire va bien au-delà de l'accusation injustifiée contre mon père, qui a compris qu'on ne pouvait rien attendre d'un gouvernement corrompu, elle montre comment nous sommes administrés et combien il est urgent de remettre de l'ordre dans la maison France.

— Je suis tout acquis à ta cause, mon ami. Mon bras est à ton service.

— Bien. Nous nous retrouverons ce soir, rue Dumont-d'Urville. C'est là qu'habite le brav' général. Nous faisons imprimer des affiches que nous collons dans Paris. Il nous arrive aussi de passer à tabac ceux qui ne veulent pas de cet assainissement, qui profitent de la boue.

Victor se leva, régla l'addition au comptoir.

— Je dois rejoindre l'associé de mon père à notre usine. On se retrouve vers huit heures, pour dîner avec quelques amis et parler politique.

Ils se séparèrent sur le trottoir. Victor monta dans un fiacre qui attendait un peu plus loin. Louis décida de rentrer à pied. Soudain, alors qu'il s'éloignait, sortie d'une encoignure de porte, il vit la jeune chanteuse courir à lui.

— Venez ! dit-elle.

— Où ça ?

Mouchka ne répondit pas. Louis la suivit, intrigué, conscient qu'après tant de jours mornes il allait enfin vivre de véritables aventures parisiennes, celles qui remplissent une jeunesse et font regretter la ville où elles se sont déroulées. Il éprouvait le besoin de sentiments extrêmes, d'actions violentes.

Mouchka ne se retournait pas. Elle obliqua dans une ruelle pavée et sale, puis ouvrit une porte basse qui donnait sur une pièce sombre.

— C'est ici ! dit-elle. Entrez.

Il se trouva dans une chambre sordide qui sentait mauvais. Sur le lit, les draps étaient rassemblés en boule, des vêtements épars encombraient les deux chaises. Près de la table, une petite commode de planches mal ajustées laissait voir du linge fripé.

— Ainsi, vous avez considéré que je ne valais pas la peine qu'on se batte pour moi !

Louis, en peine de son grand corps dans cette pièce exiguë, voulut protester :

— Pas du tout, il se trouve qu'avec Victor nous nous sommes pris d'amitié l'un pour l'autre.

Pendant qu'il parlait, Mouchka détachait le foulard qui retenait ses cheveux prisonniers. Puis elle se mit à déboutonner sa robe. Louis vit alors apparaître deux seins magnifiques, les épaules et enfin les hanches. Quand elle fut entièrement nue, elle fit un pas vers lui.

— Tout ceci ne vaut-il pas qu'on se batte, qu'on affronte un adversaire finalement facile à vaincre ?

Louis n'osait pas regarder ce corps dont la vue seule le brûlait. Il n'avait pas une grande expérience des femmes : une servante l'avait initié dans son château de Gloucester, il avait connu des courtisanes, mais jamais une fille comme Mouchka, d'une beauté totale qui le rabaissait au niveau de l'adolescent apeuré. La jeune bohémienne avait dans le regard quelque chose de redoutable, de supérieur. Que lui voulait-elle ?

— J'ai été violée par mon oncle ! dit-elle, puis par quelques hommes de passage, alors tu comprends, beau prince, qu'il me restait seulement deux solutions : cacher ma honte et vivre comme une pauvre fille ou m'exposer : faire naître l'envie chez les riches.

— J'ignore ce que je fais là ! fit Louis, très mal à l'aise. Il faut que je parte, on m'attend.

— Pas tout de suite.

La ressemblance de Louis avec Victor et François ne cessait de l'étonner. Grâce à cette ressemblance, la jeune fille se sentait très libre avec Louis, comme si elle le connaissait depuis longtemps.

— Viens près de moi, je veux te montrer qu'une chanteuse de rue peut avoir plus de talent qu'une reine.

Il voulut résister, mais ce n'était que pour la forme. Le désir de cette fille l'habitait tout entier, et en même temps il avait l'impression de sombrer dans un abîme qui allait l'engloutir. Il pensait à cela tandis que les fines mains de Mouchka détachaient les boutons de sa chemise, découvraient les épaules. Tout à coup, elle s'arrêta, se recula, regarda de nouveau Louis avec curiosité.

— Cette tache de café, sur le bas du cou...

— Eh bien quoi ? fit Louis en souriant. Il s'agit d'une marque de naissance. On dit chez moi que c'est une envie. Ma mère aurait eu envie de café pendant sa grossesse, voilà pourquoi j'ai cette tache.

Mouchka reprit sa robe avec des gestes brusques.

— Va-t'en ! dit-elle brutalement. Je ne veux plus te voir.

— Mais que se passe-t-il ? Est-ce cette tache innocente qui...

— Oui, c'est cette tache innocente !

Louis reprit son veston et s'en alla sans rien ajouter. Il était un peu humilié d'avoir ainsi été éconduit, pourtant il avait conscience d'échapper à une menace sournoise et perverse.

Mouchka attendit un long moment, assise sur son lit. Ses pensées restaient accrochées à ces trois taches identiques, placées exactement au même endroit chez les trois jeunes hommes qu'elle avait désirés : d'abord François le tendre, le doux, entièrement dévoué et resté un petit garçon dans sa tête, puis Victor qui jouait les durs, qui tentait d'exister par la politique et sa vieille maîtresse, puis enfin ce prince anglais qui avait failli être son amant. Que signifiait tout cela ? « Ils sont frères ! pensa la jeune fille, puis elle se reprit. Non, ce n'est pas possible, un sabotier à l'autre bout du pays, un bourgeois parisien et un lord anglais ne peuvent pas être frères ! Cette tache a donc une autre signification, elle s'adresse à moi en particulier. Il y a là un secret que je dois découvrir ! »

Elle avait poussé François au meurtre afin de voir jusqu'où il pouvait aller pour elle, mais quand elle avait voulu faire la même chose avec Victor, le jeune homme n'était pas entré dans son jeu, montrant par là la limite de son pouvoir. Louis était le plus fort des trois, et c'était la raison pour laquelle elle n'avait pas voulu en faire son amant. Elle se répétait : « Ce n'est pas un hasard s'ils ont tous les trois la même tache, exactement au même endroit ! »

Puis elle repensa à l'attitude curieuse de celui que haïssait tant Victor, l'ancien bagnard. Les deux soirs précédant la tentative d'assassinat, elle avait suivi François pour s'assurer que l'homme à tuer sortait bien de l'usine aux alentours de huit heures. Le soir où François, tremblant, avait levé l'arme sur lui, Mouchka, était dans les parages, bien cachée. Elle voulait jouir du drame qu'elle avait déclenché, mais elle avait très vite compris que François serait incapable de viser. Déçue, Mouchka l'était un peu, mais sa curiosité avait été piquée par Moringuet qui, après avoir attrapé son agresseur, ne l'avait pas livré à la police. Contre toute attente, il l'avait emmené chez lui, puis au restaurant. Cela cachait quelque chose qui aiguisait sa curiosité, mais comment obtenir des confidences d'un bourgeois aussi distant qu'elle n'avait aucune raison d'accoster ?

Le soir même, Louis retrouva Victor dans la rue Dumont-d'Urville. Victor parla une fois de plus de Camille, sa « vieille maîtresse », femme de l'associé de son père, un fardeau lourd à porter ; Louis cacha son aventure avec Mouchka, d'autant qu'il n'y jouait pas un rôle qui le valorisait.

Victor montra l'immeuble dans lequel vivait le général Boulanger et sa belle maîtresse, la vicomtesse Marguerite de Bonnemains.

— Le sauveur de la patrie ! glissa Victor. Maintenant, allons rejoindre nos amis.

Il emmena Louis à La veuve qui rit, un restaurant situé dans la même rue, dont l'enseigne en lettres de cuivre luisait à la lumière des réverbères. Quand ils entrèrent, le patron fit signe à Victor qu'on l'attendait à la cave. Victor désigna un escalier à Louis, puis les deux jeunes gens descendirent dans une pièce illuminée qui ressemblait effectivement à une cave voûtée aux pierres apparentes. Autour d'une longue table, des jeunes gens parlaient fort.

— Enfin, Victor ! s'écria un gros jeune homme au visage entièrement recouvert d'une abondante barbe noire. Mais qui nous amènes-tu ?

— Un ami, dit Victor. Je vous présente sir Louis Hartinger. Son père est le comte Hartinger, de Gloucester, un Anglais ! Mon cher Murot, cet aristocrate ne peut qu'être des nôtres !

— Monsieur le comte, dit alors Murot, soyez le bienvenu dans notre petite assemblée. Vous ne risquez rien à l'ombre du grand Georges Boulanger, qui va renverser la république et sauver l'honneur de la France !

Les jeunes gens applaudirent et demandèrent que le service commence. Sans tarder, des filles assez largement décolletées apportèrent les plats, les bouteilles de vin. Les conversations s'enflammaient. Tout à coup, Murot, qui semblait être le chef, se leva, son verre à la main.

— L'injustice qui frappe notre ami Victor Chevillard ne doit pas nous laisser indifférents. L'emprisonnement de son père, grand serviteur de la nation en 70, est une offense pour les patriotes que nous sommes. Il est temps d'agir au plus vite pour faire triompher la justice, car il est bien évident que ce forçat qui accuse Pierre Chevillard de meurtre est lui-même le meurtrier, et les témoins, ses complices ! Nous ne pouvons le tolérer !

Il s'arrêta un instant, porta son verre à ses lèvres épaisses, puis son regard circula d'un visage à l'autre.

— Moringuet est le pire des hommes. Personne ne s'étonnerait qu'il ait une nouvelle affaire sur les bras, et personne ne le plaindrait s'il y laissait la vie. Au contraire, cela simplifierait le travail de la justice que son cas embarrasse ! Un duel, par exemple ! Souvenez-vous, mes amis, du 13 juillet 1888 ! C'était à Neuilly, justement, où habite Moringuet. À Neuilly, oui, dans la cour de l'hôtel du comte Dillon, où notre héros, le brav' général Boulanger, s'est battu en duel contre le président du Conseil, M. Floquet ! Boulanger, pris par traîtrise, a été blessé au cou, et croyez-vous que Floquet ait été poursuivi ? Pas du tout ! La loi interdit les duels, mais ferme les yeux quand ils se produisent !

Les jeunes gens applaudirent le discours, Victor faisant plus de bruit que les autres. Il comprenait où voulait en venir Murot, qui se versa de nouveau à boire.

— Il s'agit d'expédier dans les formes celui qui salit l'honneur de Chevillard. Nous ne sommes pas des assassins, nous nous battons pour l'honneur de notre pays et au nom de la justice. Il est bien évident que notre ami Victor ne doit apparaître nulle part dans ces actions : ce serait le plus sûr moyen de perdre son père. Qui se chargera d'aller provoquer Moringuet en duel ?

Tout le monde se tourna vers Louis, mais l'aristocrate secoua la tête.

— Messieurs, je ne me mêle pas de vos affaires. J'ai bien appris à tirer l'épée et je connais deux passes imparables, mais je ne peux pas accepter. Malgré ce que vous avez dit sur le général Boulanger, je ne veux pas me retrouver en prison.

— Qui vous parle de prison ? Vous le provoquerez en un duel qui se déroulera dans une forêt assez éloignée de Paris. C'est sous un nom d'emprunt que vous vous présenterez à lui. Ensuite, vous rentrerez en Angleterre où personne ne pensera jamais à vous interpeller.

— Non, c'est trop grave, je refuse !

Louis fit le geste de se lever pour partir. Victor le retint.

— Je comprends l'hésitation de mon ami. Nous devons lui laisser le temps de réfléchir. Rien ne presse, le procès n'aura pas lieu avant plusieurs mois. Guichard et Gendillou pourraient être pris de remords et se rétracter ! Une forte caution suffirait alors à faire libérer mon père.

À la fin du repas, après avoir crié « Vive le brav' général ! » avec les autres convives, Louis se sépara de Victor qui, avec ses amis, allait passer une partie de la nuit à coller des affiches. Louis cherchait un fiacre pour rentrer chez lui quand une silhouette sortit de l'ombre. Il reconnut Mouchka, qui lui sourit.

— Venez ! dit-elle en lui prenant la main.

Il la suivit avec le même sentiment d'envie et de peur, mais les verres de vin bus pendant le dîner l'incitaient plutôt à ne penser qu'au plaisir.

Ils se rendirent à pied rue Saint-Dominique, dans la petite chambre que Louis connaissait déjà.

— Je parie qu'ils vous ont demandé de tuer M. Moringuet ?

— De le provoquer en duel, plus précisément.

— C'est l'idée fixe de Victor. Il croit sauver son père ! Il a vu en vous un chevalier !

— J'ai refusé ! On ne provoque pas quelqu'un en duel sans raison personnelle. Et je ne connais pas ce M. Moringuet.

— Victor a failli réussir avec moi. Il ne pense qu'à lui, il est prêt à tout pour arriver à ses fins.

Sans la moindre gêne, elle s'était déshabillée devant le garçon, qui retrouvait ses maladresses.

— Viens ! l'invita-t-elle en déboutonnant sa chemise et en posant son index sur la tache de café.

Il ne fut pas à la hauteur de Victor. Sa retenue naturelle, son manque de sincérité le plaçaient entre le tendre François et l'égoïste Victor.

— Tu as fait l'amour avec moi comme avec une putain ! constata amèrement Mouchka en se libérant de son étreinte. C'est dégradant !

Il avait le sentiment d'être un petit garçon à qui Mouchka faisait la leçon. Il s'allongea sur le dos, laissa retomber le tumulte de son corps. Mouchka avait posé la tête sur son épaule.

— Il ne faut pas provoquer M. Moringuet en duel ! dit encore Mouchka. Je l'ai beaucoup observé depuis quelque temps, de loin, sans qu'il le sache. Je l'ai vu saluer les ouvriers qui construisent la tour de M. Eiffel, je l'ai vu donner un billet à une mendiante. C'est un homme généreux, quoi qu'en dise Victor. Peut-être est-il allé au bagne, mais cela ne change rien.

— Victor m'assure que Moringuet veut obtenir la révision de son procès et faire condamner son père en produisant des faux témoignages...

— Il dit ce qui l'arrange, et ce n'est pas forcément la vérité ! Habitué à se servir de tout le monde, il a voulu se servir de moi, au point que j'ai poussé un pauvre garçon à faire des bêtises. Maintenant, il manipule son groupe de boulangistes exaltés. Je ne suis pas sûre que Pierre Chevillard, dont il parle avec tant de respect et d'amour, soit aussi honnête qu'il le dit !

— De toute façon, assura Louis avec son accent anglais qui plaisait tant à Mouchka, je n'entrerai pas dans son jeu, ni dans celui de personne. Mon père m'a écrit de rentrer à Gloucester. Après la saison de chasse, nous repartirons pour les Indes...

Elle l'observait à la lueur chancelante de la lampe à huile. Son visage, plus maigre que celui de Victor, mieux dessiné, n'était pas celui de quelqu'un qui fait des concessions. Mouchka comprit qu'elle ne le dominerait jamais.

Le mois de septembre 1888 fut chaud et sec. Les vignerons surveillaient le ciel, redoutant un orage de grêle qui aurait réduit à néant une récolte abondante et de bonne qualité. Catulle retrouvait avec bonheur les odeurs particulières de Paris à la fin de l'été. Sur la tour de M. Eiffel, les voltigeurs poursuivaient leur progression vers le ciel. La deuxième plate-forme avait été fixée à la mi-août avec autant de précision que la première, et l'ascension continuait à plus de deux cents mètres du sol.

La foule était toujours aussi nombreuse autour du chantier. Tout étranger visitant Paris n'envisageait pas de repartir sans s'être rendu au Champ-de-Mars. Avant même son achèvement complet, la tour Eiffel, comme on l'appelait déjà, était le monument le plus admiré.

Le 20 septembre, pour la première fois, maître Bouleau se déplaça chez son client. Lorsqu'en en début de matinée, Catulle vit arriver sa magnifique voiture tirée par deux superbes alezans, il pressentit une mauvaise nouvelle.

Maître Bouleau attendit que son cocher ouvrît la portière pour descendre et traversa la cour d'un pas cérémonieux, altier. Il n'était pas très grand et corrigeait ce défaut par des talons épais. Il se fit annoncer à Catulle, prit son air catastrophé.

— Mon cher, tout va mal, commença-t-il. Il se trouve que, dans une lettre datée du 18 septembre, Guichard et Gendillou se sont rétractés.

Catulle fronça les sourcils. Comment cela se pouvait-il puisqu'ils avaient trouvé le cadavre dont il n'était pas possible de douter un seul instant qu'il s'agissait de Bruno Pesquez ?

— On a dû les menacer ou menacer leurs familles. Toujours est-il qu'ils ont signé un document attestant qu'ils avaient bien vu quelqu'un jeter le sac dans l'étang, mais qu'ils n'avaient pas formellement identifié Chevillard. L'homme qui se trouvait dans la barque leur semble désormais trop grand. Et le doute s'est infiltré dans l'esprit des juges. En outre, cela étaye l'accusation de Chevillard à votre encontre. Et puis, il a un alibi sérieux.

— Quel alibi ?

— Sa vieille cuisinière, une certaine Odile Levasat, assure que M. Chevillard n'a pas quitté sa maison au cours de l'après-midi où a été commis le crime.

— C'est impossible ! s'écria Catulle. Guichard et Gendillou sont des hommes honnêtes. Ils ne peuvent pas avoir menti ni se rétracter !

— Pourtant, c'est le cas, mon ami ! J'espère que vous avez, vous aussi, un bon alibi !

— Moi ? fit Catulle, offusqué par cette question qui le mettait en cause.

— Oui, vous qui, d'accusateur, risquez de devenir l'accusé !

Catulle serrait les poings. Maître Bouleau perdait la tête ! Comment oser l'accuser, lui qui ignorait l'existence du pavillon de chasse de Chevillard et de son étang ?

— Avez-vous un alibi ? demanda de nouveau maître Bouleau.

— Justement, non ! Tous les dimanches, comme je donne congé à mes domestiques, je suis seul chez moi !

— Notre affaire se complique ! commenta sombrement maître Bouleau.

Catulle avait une entière confiance en ces deux anciens ouvriers qui s'étaient mis à leur compte. Guichard, qui possédait une forge et employait quatre ouvriers à Levallois, ferrait les chevaux et façonnait des pièces de fonte pour la construction mécanique. Cet homme honnête était incapable de trahir Catulle, qui l'avait beaucoup aidé au début de son installation. Gendillou avait monté à Suresnes un atelier d'usinage avec tours, fraiseuses et meules. Il employait huit ouvriers et deux apprentis. Plutôt réservé, parlant peu, il avait l'autorité de ceux qui se font comprendre par leur seule présence. Lui non plus ne pouvait avoir trahi Catulle, car il n'avait pas oublié l'importante somme d'argent que son ancien patron lui avait prêtée dix-huit ans plus tôt.

— Je vais aller les voir. Tout cela me semble curieux.

— Cela complique tout ! dit maître Bouleau. Il faut savoir ce qui s'est passé et rester très prudent. Je ne veux pas brûler toutes mes cartes. Nous avons retrouvé l'écrivain public qui a rédigé les fausses lettres et les fausses factures pour prouver votre trahison, dont Pesquez vous a imprudemment donné le nom. En vieux renard que je suis, je ne l'ai pas mentionné dans le premier recours, et j'ai bien fait. Gardons-le dans l'ombre, sans que Chevillard ne se doute de rien. Il nous est d'autant plus précieux qu'il reste la seule preuve de votre innocence dans le procès qui vous a valu le bagne et de la malhonnêteté de Chevillard. Pour le reste...

— Quoi, le reste ? s'écria Catulle en frappant du poing sur le bureau. Vous n'allez pas penser, vous aussi, que j'ai tué Pesquez ?

Maître Bouleau sourit, tendant sa petite main blanche vers Catulle.

— Certes non. Je pense que les témoins ont été forcés à se rétracter. Il faudrait qu'ils fassent par écrit un compte rendu exact de ce qui leur est arrivé et qu'ils disparaissent jusqu'à l'ouverture du procès.

— Qui aura lieu à quelle date ?

— Ce contretemps va le retarder. Vous savez, la justice est prompte à condamner, mais lente à reconnaître ses erreurs. Je vais faire jouer mes relations. À défaut de l'arme du crime, qui n'a pas été retrouvée et qui aurait permis de confondre le meurtrier, Chevillard va être libéré sous caution. Quant à vous, vous feriez bien de disparaître une nouvelle fois. Vous jouez à merveille le chiffonnier borgne. La petite maison de la rue Berger vous attend.

Maître Bouleau se leva de son siège, salua et sortit. Son cocher, qui l'attendait debout à côté de la voiture, ouvrit la portière en s'inclinant.

Deux heures plus tard, Pierre Chevillard sortait libre de prison. Il se fit conduire en fiacre rue de l'Hôpital, chez son ami Marbot. Le vent tournait, il n'était pas homme à laisser passer une aussi bonne occasion !

L'homme au large menton et aux yeux profonds sourit malicieusement.

— Voilà que vous avez encore besoin de mes services, monsieur Chevillard ? Ça n'en finit pas !

Chevillard, de fort mauvaise humeur, répliqua :

— Je ne peux même plus te faire confiance ! Moringuet, que tu devais jeter dans la Seine, est toujours vivant !

Marbot prit un air offusqué.

— Ce n'est pas possible. Je n'ai pas l'habitude de faire le travail a moitié. De plus, je l'ai vu couler dans un sac bien fermé !

— Eh bien, tu as mal vu ! À cause de lui, j'ai fait trois mois de prison !

— Comment ? Vous, en prison ? Mais la police ne respecte plus personne !

— Écoute, dit Chevillard, conciliant, l'heure n'est plus aux délicatesses. Il faut le tuer, par tous les moyens et le plus vite possible. Ensuite, seulement, tu jetteras le corps dans la Seine !

Enfin Chevillard rentra chez lui, où il fut accueilli par une Hortense qui avait perdu tout espoir de le revoir libre (elle savait trop bien de quoi son mari était capable) et par Victor, à qui il devait cette libération. Le jeune homme expliqua à son père ce qu'il avait fait avec ses amis, Chevillard fronça les sourcils.

— Je comprends ton dévouement, qui me touche. Pourtant, c'est une grave erreur. Je t'interdis de te mêler de mes affaires. Je suis assez grand pour défendre mon honneur !

Avant de disparaître une nouvelle fois, Catulle, qui ne craignait pas Chevillard à l'intérieur de l'usine, entreprit de faire le tour des ateliers. Comme chaque matin, il salua chacun des ouvriers avec qui il échangea quelques mots. Platefond, qui était d'une autre époque, gardait ses distances avec le personnel, mais reconnaissait néanmoins que la méthode évitait bien des conflits et, par conséquent, des pertes de temps.

— Vous avez pris M. Eiffel pour modèle ! Il paraît qu'il connaît personnellement les deux cents personnes travaillant pour sa tour. C'est une méthode qui ne me convient pas ; je n'ai pas le temps de palabrer. Au fait, voyez ce que je viens de recevoir par coursier

Platefond tendit une lettre à Catulle dont l'en-tête, « Présidence de la République », lui fit froncer les sourcils. Le président Sadi Carnot donnait à Versailles, le 12 octobre, une grande réception à laquelle il conviait tous ceux qui œuvraient à la réussite de l'Exposition universelle. M. Eiffel avait par ailleurs souhaité qu'un représentant des fonderies Platefond et Compagnie soit présent à cette soirée.

— Vous irez, n'est-ce pas ? s'enquit Platefond. Moi, je suis trop vieux pour ces réjouissances. De plus, je déteste dîner en ville et passer une soirée ennuyeuse avec des gens qui me sont indifférents.

— Mais je ne suis désormais qu'un chiffonnier borgne qui peine à marcher ! Tout ce beau monde va me fermer la porte au nez !

— Eh bien, pour cette soirée, vous redeviendrez M. Moringuet. Faites-vous protéger par l'armée française si vous voulez, mais il faut que vous vous rendiez à cette soirée !

Platefond grimaça un sourire, tout heureux de jouer ce mauvais tour à son associé. Cet exubérant, qui ne comprenait pas la retenue, aimait taquiner Catulle, toujours sérieux, souriant rarement. Pourtant les deux hommes se complétaient parfaitement, et ils le savaient.

Quelques instants plus tard, sorti par une porte discrète, le Borgne, sur sa carriole tirée par l'âne Maturin, quittait la maison de Catulle en direction de Levallois, où il s'arrêta devant l'atelier de Guichard qui, loin de s'en étonner, en parut même soulagé.

— C'était le 18 septembre au soir, à la nuit tombée, dit Guichard, je travaillais là, dans ma forge, comme d'habitude. Mes ouvriers étaient partis. Trois hommes sont entrés, une cagoule sur la tête, je ne voyais que leurs yeux menaçants. J'ai voulu me défendre avec une pince, mais ils ont pu me bâillonner. Ils m'ont ensuite chargé dans une voiture aux rideaux fermés puis on est partis. Je ne sais pas où. Enfin, ils m'ont fait descendre dans une cave. Gendillou était là, attaché à une chaise. Ils m'ont également ligoté. Et ils ont commencé à nous frapper. Sous la menace d'un couteau, ils nous ont obligés à écrire qu'on s'était trompés, qu'on n'était plus sûrs que c'était Chevillard dans la barque. Voilà... Je vous demande pardon.

Guichard baissait la tête. Il regrettait maintenant de ne pas avoir eu le courage de résister, de s'obstiner dans sa certitude. Devant l'homme qui avait été bon pour lui, il se sentait lâche, un sentiment qui lui faisait mal.

— Tu as bien fait ! dit le Borgne. La vie vaut plus que tout le reste. Ça va retarder le procès, mais rien de plus. Ils ont libéré Chevillard sous caution, mais il ne perd rien pour attendre. Le jour du procès, toi et Gendillou direz la vérité.

— On a peur ! répliqua Guichard. Ils ont assuré que l'affaire touchait de gros bonnets politiques qui ne se laisseraient pas déboulonner sans réagir. Si je n'avais pas tout mon bien dans cette forge, je partirais. La nuit, je sursaute au moindre bruit. Je suis presque sûr qu'ils vont nous faire la peau pour qu'on ne puisse pas revenir sur ce qu'ils nous ont forcé à signer.

Le Borgne réfléchit un instant. Ce que venait de dire Guichard était évident : Chevillard, qui n'avait plus rien à perdre, était prêt à tous les crimes pour tenter de se sauver.

— Tu as raison. Toi et Gendillou, vous allez partir avec votre famille. En Bretagne, ou plus loin encore. Je serai le seul à savoir où vous vous cacherez.

— Et ma forge ? C'est tout ce que je possède ! Sans moi, mes gens ne sauront rien faire ! J'ai pas autant travaillé pour la laisser...

— On s'en occupera, de ta forge, comme de l'atelier de Gendillou. Je vais vous donner de quoi vivre pendant quelques mois. Ici, je mettrai un homme de confiance pour diriger tes ouvriers. Gendillou et toi avez bien mérité quelque temps de vacances... Vous ne reviendrez que pour le procès.

— C'est que...

Il hésitait, Guichard. Laisser sa forge, c'était laisser une partie de lui-même. S'il avait une confiance totale en Catulle, il n'en redoutait pas moins de perdre ses clients habituels. Pourtant, la peur qui le tenaillait depuis plusieurs jours l'incitait à la fuite.

— J'ai tant travaillé ! soupira-t-il pour résumer ses pensées et sa résignation.

— Tu retrouveras ta forge au plus tard dès le printemps prochain. Et le foyer sera encore chaud. Quand tu reviendras, il y aura du fer mis à rougir sur le charbon, je te le garantis.

— Mes clients ne vont pas comprendre ! Ce sont des amis...

— Justement, les amis comprennent ce genre de chose. Et puis, tu es le meilleur, donc tu les retrouveras trop contents de revenir chez toi. Je vais te faire un bon au porteur et tu passeras à ma banque, qui te remettra de l'argent. Une fois en province, tu m'écriras pour que je puisse te joindre quand le moment sera venu.

Le Borgne se rendit ensuite à Asnières, chez Gendillou, qu'il eut beaucoup de mal à convaincre. Gendillou avait voulu rendre service à Catulle et se trouvait victime d'une affaire d'État qui risquait de lui coûter la vie.

— Je les ai entendus parler ! Ils agissaient pour le compte de gens importants qui avaient été au gouvernement provisoire pendant le siège de Paris avec Chevillard et qui ne souhaitaient pas être mêlés à cette affaire. Je ne veux plus entendre parler de ça, parce que je sais que ce sont toujours les plus faibles qui trinquent !

— Autrement dit, tu ne veux plus m'aider ?

— Je veux bien vous aider, monsieur Moringuet, je suis certain de ce que j'ai vu, mais c'est une affaire politique. Si je ne vais pas dans le sens de ces gens bien en place, ça me retombera dessus !

— Mais la politique n'a rien à voir là-dedans ! s'exclama Catulle. Tu ne comprends pas qu'ils ont parlé comme ça pour t'intimider, pour que tu ne portes pas plainte ? Suppose maintenant qu'il t'arrive un accident...

— Un accident ?

— Oui, ces gens sans scrupule qui t'ont fait revenir sur tes accusations vont s'arranger pour ne pas te laisser raconter la vérité au procès. Tu dois partir avec ta famille !

Il fallut parlementer encore, puis Gendillou finit par céder : sans l'argent de Catulle, il n'aurait jamais pu créer sa petite affaire. D'origine auvergnate par son grand-père, il souhaitait connaître cette région dont il ignorait tout...

— Ne te fais aucun souci pour ton atelier. Je vais placer un de mes meilleurs chefs d'équipe à sa tête. Et je m'en occuperai personnellement ! Quand tu reviendras, le travail ne manquera pas !

Une heure plus tard, les habitants de la rue Berger furent étonnés de voir arriver le chiffonnier borgne et son âne. Les voisins constatèrent combien il était courbé et semblait vieilli. La grosse Marguerite, qui vivait avec son pochard de mari dans la maison voisine, lui dit qu'elle était heureuse de son retour.

— C'est que vous avez été absent tout l'été ! On craignait de ne plus vous revoir !

— J'étais en province !

Marguerite s'étonna : comment un homme aussi handicapé pouvait-il courir les routes par tous les temps ?

— C'est qu'il y a de bonnes affaires à débusquer dans les campagnes, précisa le Borgne. Chacun se débrouille comme il peut !

— Ah, ça, vous l'avez bien dit !

Puis, se tournant vers son mari, Marguerite ajouta :

— Ce n'est pas toi qui irais dénicher de bonnes affaires en province ! Ta bouteille te suffit !

Catulle retrouvait sa maison sordide, son inconfort, ses odeurs de poussière humide et de vieux bois. La pensée de Marine le hantait. Le détective Lepont, qui n'avait trouvé aucune piste, parlait d'abandonner les recherches.

— Elle est sûrement mariée ! dit-il à Catulle. Elle porte un autre nom. Je ne peux quand même pas dépouiller tous les états civils de France pour la retrouver !

Catulle s'était mis aussi à la chercher dans les rues de Paris. Il se rendit chez le marquis de la Géanterie. La grande maison délabrée avait été rasée, un luxueux immeuble se dressait à la place. Alors, il demanda à Dieu un nouveau miracle, mais n'en réclamait-il pas trop après avoir recouvré la liberté, rencontré un de ses fils, François, et appris que le second vivait en Angleterre, au château de Gloucester ?

Pendant ce temps, maître Bouleau s'activait. Il avait fait faire une enquête et produit au parquet une nouvelle lettre de Guichard et Gendillou expliquant les circonstances de leur reddition. Pourtant, il n'y avait aucune preuve ; l'avocat de Chevillard aurait tôt fait de dénoncer un complot. Le commissaire Lebrun, malgré sa conviction, dut se résoudre à laisser Chevillard en liberté.

— Chevillard est aux abois ! précisa maître Bouleau. Voilà qu'il se trouve sur la pente glissante du crime. Après avoir supprimé Pesquez, il n'hésitera pas à se débarrasser de tous ceux qui peuvent l'accuser. Guichard et Gendillou sont partis se cacher en lieu sûr, mon client est introuvable. Chevillard a tellement peur qu'il va accumuler les erreurs et les preuves de sa culpabilité... De toute manière, il n'est pas utile d'attendre des faits nouveaux pour réviser le procès de mon client condamné aux travaux forcés sous la foi de fausses lettres commandées par Chevillard, ce que je peux prouver, ayant déniché le faussaire !

De son côté, Chevillard ne chômait pas pour retrouver Moringuet, mais Marbot, qu'il avait lancé à sa recherche, ne put lui fournir le moindre indice.

— Je t'en veux de l'avoir raté la première fois. Maintenant, il se méfie !

— Un peu de patience ! Je vous promets que je finirai par le trouver !

Un soir, tandis qu'il prenait l'air dans son jardin, Pierre Chevillard entendit le son aigrelet d'une clochette derrière son portail. Il vit alors un chiffonnier borgne monté sur sa carriole que tirait un âne.

— Mon bon monsieur ! dit le Borgne de sa voix d'ivrogne, je peux vous débarrasser de tous vos vieux chiffons et vêtements usés !

— Passe ton chemin ! cria Chevillard à l'importun. Je n'ai rien à te donner. Tu vois bien que tu me déranges !

— Monsieur me pardonnera ! Je cherche seulement à trouver de quoi m'acheter à manger !

— Tu veux dire, à boire ! Dépêche-toi de déguerpir, sinon je lance mes chiens à tes trousses !

— Je m'en vais, monsieur, mais je vous assure que nous nous reverrons très bientôt !

— Certainement pas ! Et ne t'avise surtout pas de me déranger à nouveau !

Enfonçant son large chapeau sur sa tête, le chiffonnier s'éloigna. Puis Chevillard se dit qu'il avait été inutilement méchant : « J'aurais dû lui donner quelques fripes dont nous ne ferons rien ! »

Quelques jours plus tard, il apprit par un ancien ami en poste à l'Élysée que Moringuet figurait bien sur la liste des invités à la réception du 12 octobre à Versailles. Pensant qu'il tenait peut-être là sa dernière chance, Chevillard alla avertir Marbot.

— Tu peux l'attendre sur la route. À cette heure, il n'y aura personne !

— Non ! répondit Marbot, dont les yeux profonds luisaient. Ce n'est pas assez discret, on risque d'être surpris. Je vais le faire suivre pour savoir où il se cache. Ensuite, tout se passera entre quatre murs, sans témoins.

— Tu as probablement raison, mais cette fois il ne faut pas le rater.

— Soyez tranquille, monsieur Chevillard. Si vous n'en êtes pas débarrassé dans huit jours, je veux bien prendre sa place au fond de la Seine.

Chevillard repartit chez lui, confiant.

Louis Hartinger se préparait à rentrer dans son pays. Son père lui écrivait deux fois par semaine pour le prier de regagner au plus vite le château familial. L'automne était là, et la saison de chasse qui commençait s'annonçait excellente. Le comte, qui avait de très bonnes nouvelles de son comptoir des Indes, projetait sous peu un voyage. Après le deuil, la vie reprenait son cours au château de Gloucester.

Louis reculait toujours ce départ. Il avait, certes, une grande envie d'embrasser son père, de chasser avec lui, pourtant Paris le retenait. Il était amoureux de Mouchka, qu'il retrouvait régulièrement. Elle lui disait avoir quitté Victor pour lui, mais il en doutait. C'était la première femme avec qui il avait trouvé une harmonie dont il ne voulait pas se priver.

Louis et Victor, après leur premier élan d'amitié, découvraient qu'ils ne s'appréciaient guère. Mouchka était entre eux, mais ce n'était pas le plus grave. Leurs différences, qui n'étaient pas apparues lors de leur première rencontre, rendaient difficiles un rapprochement durable et des projets communs. Victor aimait la politique pour le pouvoir qu'il pouvait en tirer. Louis acceptait son boulangisme mais refusait qu'il mélangeât sa vie privée aux affaires publiques. Sa manière de rejeter les ennuis judiciaires de son père sur les responsables de la république lui déplaisait. La bande de voyous qu'il avait rassemblés autour de lui prétextaient de grandes idées pour donner libre cours à leurs instincts les plus bas. Louis avait, au contraire, le sens de la justice et de l'abnégation. Son éducation lui interdisait ces réunions qui se transformaient en beuveries, où l'esprit de revanche, d'abord contre l'ennemi allemand, puis contre la république, servait d'alibi à des actions condamnables. Il avait toujours refusé de provoquer Moringuet en duel, Victor lui en voulait.

Ils ne se voyaient pratiquement plus. Louis s'était bien rendu plusieurs fois à Neuilly observer de loin, avant qu'il ne disparaisse, celui qu'on lui avait demandé de tuer. Quelque chose d'indicible l'attirait vers cet homme dont il découvrait la haute stature, la figure toujours sérieuse que la barbe blanche rendait inaccessible. Ce n'était certainement pas le personnage sans morale que décrivait Victor.

Une autre raison retenait Louis dans la capitale : la tour de M. Eiffel. Malgré les remous politiques, malgré la faiblesse de l'État tenu par un Félix Faure qui aurait été meilleur sous-préfet que président de la République, malgré l'opposition du général Boulanger, la tour se construisait. Plusieurs fois par semaine, Louis se rendait sur le chantier. Les grues dressées au deuxième étage hissaient sous les nuages les pièces métalliques que des ouvriers rivetaient sans relâche. «Je ne voudrais pas partir avant qu'elle soit achevée ! » pensait le jeune homme qui savait bien que c'était impossible.

Depuis qu'il connaissait Mouchka, il fréquentait peu les gens de la bonne société parisienne, préférant la compagnie de la jeune fille qu'il emmenait dîner dans les bons restaurants. Il l'avait habillée de vêtements chics, les hommes se retournaient sur son passage.

Il savait pourtant qu'il ne pourrait jamais épouser Mouchka, et Mouchka savait que son prince repartirait dans son pays. Mais l'un et l'autre prenaient le temps comme il venait, sans imaginer la séparation prochaine. Ils ne parlaient jamais de Victor, même si sa pensée se dressait parfois entre eux.

Le soir du 12 octobre, Louis, après avoir dîné, se préparait à écrire à son père pour lui promettre une nouvelle fois qu'il le rejoindrait dès la semaine suivante. Son majordome, le vieux Hilton, qui lui reprochait toujours de ne pas se consacrer suffisamment à ses relations mondaines, vint le trouver.

— Il y a, Monsieur, une très jeune femme qui demande à vous parler.

— Une jeune femme ?

— Oui, très bien habillée et très belle. Elle est brune, la peau très mate, comme si elle était originaire d'Inde ou de quelque autre colonie de notre empire.

Louis pensa aussitôt à Mouchka. Pour qu'elle vînt ici, il fallait une raison très sérieuse.

— Qu'a-t-elle dit ?

— Elle semblait affolée. Un fiacre l'attendait dans la rue.

— Fais-la entrer.

C'était Mouchka, en effet. La jeune fille regardait autour d'elle, émerveillée par tant de luxe, étonnée aussi que le prince des lieux acceptât de la rencontrer dans une chambre sordide.

— Il faut faire vite ! dit-elle en reprenant ses esprits. Il y a ce soir une réception au château de Versailles donnée par le président de la République. M. Moringuet y sera présent. Je le sais par Victor.

Elle baissa la tête, se sentant coupable d'avouer qu'elle voyait encore son ancien amant, mais la releva bien vite, consciente que cette relation permettait d'éviter une catastrophe.

— Lui et quelques-uns de ses amis ont décidé de tendre un guet-apens à M. Moringuet. Ils attendront sa voiture au bosquet des Granges.

— On ne peut pas laisser faire ça ! s'écria Louis en se dressant. Tu as bien fait de m'avertir.

Il sortit. Mouchka l'entendit ordonner :

— Fais préparer mon cheval et la jument pour Mouchka. Nous partons tout de suite.

— Mais, Monsieur, s'écria Hilton, vous n'y pensez pas !

— Si ! Fais vite, le temps presse.

Mouchka découvrait son amant sous un autre angle : celui du noble ordonnant à des hommes beaucoup plus âgés que lui et qui n'accepte pas de réplique.

Louis passa dans la salle d'armes, prit deux pistolets qu'il fixa à sa ceinture. Il en tendit un autre à Mouchka. Enfin, il sortit une épée de son fourreau, puis en vérifia le tranchant.

— L'épée est la meilleure arme pour le combat singulier ! Et je sais m'en servir. Allons-y !

— Je ne suis pas très bonne cavalière, confessa Mouchka. J'ai un peu appris à monter dans mon enfance, mais c'était un vieux cheval très docile.

— Ma jument porterait un mort sans le faire tomber ! Tu n'as rien à craindre.

Le vieux Hilton rouspétait :

— Laissez-moi au moins vous accompagner !

— Ce n'est pas la peine ! trancha Louis. Ne t'en fais pas pour moi, je sais me défendre.

Louis aida Mouchka à monter en selle et sauta sur son cheval. Ils sortirent de Paris par la porte de Versailles. Heureusement, la lune éclairait leur route de sa lumière bleutée. Mouchka, qui se révéla meilleure cavalière qu'elle l'avait dit, suivait sans peine Louis, qui talonnait son cheval.

— Nous devons arriver avant les assaillants pour cacher nos montures près du chemin des Granges. J'espère que nous allons le trouver facilement. Je connais bien un peu le coin pour m'y être promené, mais, la nuit, rien n'est comme en plein jour.

Avant d'arriver au lieu-dit, au bout d'une ligne droite, Louis aperçut des cavaliers en retrait. Ralentissant sa course, il s'approcha de Mouchka.

— De qui s'agit-il ? Ce sont peut-être les agresseurs. Ralentissons, ils ne doivent pas nous voir.

Ils mirent leurs chevaux au trot et les firent marcher dans l'herbe de la bordure pour étouffer le bruit des sabots. La lune passa derrière un nuage, cachant tout à coup la vieille bâtisse, puis réapparut avec sa clarté imprécise.

— Combien sont-ils ? C'est de leur nombre que dépend notre victoire ou notre échec.

Louis se disait qu'il allait risquer sa vie pour un inconnu, et cela lui plaisait. Il n'était plus complètement lui-même, il agissait comme dans un rêve ; Mouchka cessait d'être une chanteuse de rue pour devenir une princesse.

— On va laisser nos chevaux à cet endroit, en espérant qu'ils ne trahiront pas notre présence.

Quand les bêtes furent attachées, les deux jeunes gens s'approchèrent de la bâtisse. Ils se donnaient la main et retenaient leur respiration. Mouchka sentait par moments l'épée de Louis battre contre sa cuisse, arme singulière d'un autre temps dont elle ne comprenait pas l'usage que son ami pourrait en faire.

Ils contournèrent le bâtiment en restant dans l'ombre épaisse du mur qui faisait face à la tache claire du chemin de terre. Trois hommes se glissaient dans le fossé à côté de leurs chevaux. Louis poussa Mouchka du coude.

— Ils ne sont que trois ! murmura-t-il à son oreille. Nous n'allons pas avoir beaucoup de mal à les maîtriser.

— Qu'est-ce qu'ils attendent ? Et puis comment pourront-ils reconnaître la voiture de Moringuet ? Le grand, à droite, tu l'as vu ?

— Oui. C'est Victor ! Tant pis pour lui.

Mouchka frémit. Avait-elle aimé le doux François, encore un enfant ? Et Victor, qui lui faisait si bien l'amour, mais qui était vil et menteur ? Et Louis, si distingué ? Peut-être les aimait-elle tous les trois !

— Je t'en conjure, ne lui fais pas trop mal !

Au bout de la longue ligne droite, le falot d'une voiture dansait au rythme des chevaux qui se rapprochaient.

— C'est peut-être Moringuet !

— Comment le sais-tu ?

— Ils doivent connaître sa voiture ou ses chevaux.

Ce n'était pas Moringuet ; les hommes en embuscade ne bronchèrent pas.

Quelques instants plus tard, deux cavaliers surgirent à bride abattue.

— Il approche ! dit l'un d'eux. Nous l'avons vu quitter la réception et monter dans un fiacre.

En effet, un fiacre arriva quelques instants plus tard. On entendit les sabots des chevaux avant d'apercevoir le falot au bout de la ligne droite. Victor et ses amis se placèrent au milieu de la route en faisant de grands gestes. Le fiacre s'arrêta.

— Que voulez-vous ? demanda le cocher.

— Vive la revanche ! cria Victor, tandis que les autres encerclaient la voiture, l'empêchant de repartir. Mort aux traîtres et à Moringuet !

Louis recommanda à la jeune fille de ne pas se montrer. L'épée à la main, il se lança dans la mêlée. Les attaquants, qui ne s'attendaient pas à cette charge, durent faire face. Plusieurs coups de pistolet détonnèrent dans la nuit et le cocher poussa un cri en portant la main à son bras gauche. Alors la portière s'ouvrit : un vieil homme cassé en deux, qui s'appuyait sur des cannes, l'œil droit caché par un bandeau noir, descendit difficilement de la voiture.

— Mais que se passe-t-il? s'enquit-il de sa voix rauque.

— Merde! On s'est gourés! cria Victor. On se casse!

— C'est raté! Sauvons-nous!

Louis, croyant la bagarre finie, voulut secourir le pauvre handicapé qui, bousculé, était tombé dans le fossé. Alors Victor, reconnaissant son faux ami dans le camp honni, se précipita; la lame de son poignard traça un éclair avant de se planter dans l'épaule de Louis, qui poussa un cri. Déjà Victor était sur son cheval qui partait au galop.

Mouchka arriva. Découvrant la blessure de Louis, elle fit un pansement grossier avec son châle pour arrêter le sang. Le cocher avait aussi été touché par une balle à l'avant-bras. Le Borgne se tourna vers les deux jeunes gens. Une fois encore, il eut l'impression d'avoir déjà vu Louis. Il demanda à examiner la blessure. Le jeune homme s'approcha du falot.

— Ce n'est pas très grave! dit-il. Heureusement, celui qui vous a frappé était maladroit.

Puis, se tournant vers Mouchka, il ajouta :

— Mademoiselle, il me semble que je vous connais. N'est-ce pas vous qui chantiez près du chantier de M. Eiffel?

La jeune fille acquiesça en souriant.

— Je vous remercie vivement! poursuivit-il en se tournant vers Louis. Mais vous avez un curieux accent.

— C'est que je suis anglais! répondit le jeune homme.

Mouchka avait reconnu le chiffonnier qui lui avait donné un billet. Elle s'étonna de sa présence dans ce fiacre, à cette heure. Avait-il été convié, lui aussi, à la réception du président de la République?

— Montez dans la voiture avec moi! invita le Borgne après s'être assuré que le cocher pouvait tenir les rênes. Ma maison est petite, mal tenue, mais elle sera honorée de vous accueillir.

— Nous avons nos chevaux...

— Il suffit de les atteler au fiacre. J'ai envie que vous soyez près de moi.

Une fois dans la voiture, Mouchka se serra très fort contre le jeune Anglais. Ce soir, c'était lui qu'elle aimait. À côté, Catulle restait songeur. La lune jouait avec les nuages, tantôt plongeant la route dans une nuit d'encre, tantôt l'éclairant comme en plein jour. Ils arrivèrent vite rue Berger. Le Borgne paya le cocher et s'informa sur l'état de sa blessure.

— Ce n'est qu'une égratignure! dit-il, mais je vais porter plainte dès demain matin. Je n'ai pas oublié le nom de Victor Chevillard, qui se trouvait parmi les assaillants.

— Je vous serais reconnaissant de ne pas parler de moi. Vous comprenez, c'est une question personnelle...

— N'ayez aucune crainte. Je connais mon métier : je ne parle jamais de mes clients.

— Vous pouvez me citer et préciser que je suis blessé! ajouta Louis. Je n'ai pas peur de m'expliquer sur ma présence à cet endroit et à cette heure! Voici, sur ce papier, mon nom et mon adresse.

Le cocher s'en alla. Le Borgne invita les deux jeunes gens à entrer chez lui. Il alluma une lampe à pétrole.

— Il faut nettoyer votre blessure, il y a de l'eau dans le seau, à côté de la fenêtre.

Mouchka dénoua lentement son châle imbibé de sang. À ses gestes simples et sûrs, le Borgne comprit qu'ils étaient amants. Mouchka prit un morceau de tissu et commença, avec précaution, à nettoyer l'épaule. Le Borgne, appuyé sur ses deux cannes, ne perdait rien de l'opération. Alors, lentement, le tissu découvrit la tache de café. Elle apparut d'abord comme une salissure, puis la peau blanche tout autour révéla la forme, si semblable à une carte de France d'avant la guerre de 70. Le chiffonnier recula d'un pas, puis s'approcha de nouveau, scrutant cette tache. Enfin il se dressa, titubant, comme ivre.

— Cette tache!... souffla-t-il enfin.

L'émotion nouait sa voix. Il respirait avec difficulté, perdu dans sa maison. Il marcha jusqu'à la fenêtre, regarda les longues ombres que projetait la lune. Enfin, il revint vers Louis.

— Vous... vous êtes anglais, m'avez-vous dit?

Mouchka était surprise. Comment ce miséreux pouvait-il avoir connaissance d'une telle particularité sur un prince anglais? Soudain, elle se souvint de l'intérêt que portait M. Moringuet à François, le sabotier violoniste, marqué de la même tache. Celle-ci liait ceux qui la portaient : François, Victor et Louis. La ressemblance entre eux était trop frappante pour ne pas penser qu'ils étaient frères. Et cet homme, ce chiffonnier, sorti de la voiture qu'attendaient Victor et ses amis sur la route de Versailles, n'était-il pas Moringuet lui-même qui se cachait pour échapper à ses ennemis, à Pierre Chevillard sorti de prison? Mouchka n'osa pas aborder le sujet.

— Je m'appelle Louis Hartinger! répondit le jeune homme. Mon père me somme de rentrer au plus vite dans notre château de Gloucester.

Mouchka constata que le Borgne ne fut pas surpris.

— Je peux vous offrir ma modeste hospitalité! La maison est pauvre, mais ici vous ne risquez rien.

— Non, merci, répondit Louis. Je dois rentrer; mes gens s'inquiéteraient.

— Je comprends cela. Et vous, mademoiselle?

Mouchka avait envie de rester, de parler librement avec ce curieux personnage, pourtant elle ne savait comment l'exprimer devant Louis. Aussi décida-t-elle de suivre le jeune homme.

Quand ils furent partis, Catulle s'agenouilla au pied du crucifix qui se trouvait dans sa chambre. Qui, sinon Dieu, aurait pu pousser le hasard à lui faire rencontrer son fils Louis dans ces circonstances?

Il dormit très peu, le temps cependant de faire un curieux rêve qui lui en rappelait un autre, vieux de dix-huit ans, alors qu'il dormait chez Joséphine, quelques heures avant d'être capturé. Marine lui était apparue et lui avait soufflé à l'oreille de garder l'espoir qu'ils seraient un jour réunis. Pourquoi, après cette attaque ratée sur la route de Versailles, avait-il rêvé d'elle avec un tel réalisme que son visage de vingt ans dont il gardait le souvenir précieux lui était apparu avec dix-huit années de plus; un beau visage de femme mûre qui lui souriait, lui murmurait que leur séparation touchait à sa fin?

Au lever du jour, le Borgne se coiffa de son large chapeau noir, ajusta son bandeau sur son œil droit, puis alla atteler son âne à la carriole. Il pensait au fossé qui le coupait désormais de son fils, et surtout de la noblesse d'une grande famille anglaise, fossé plus profond encore que celui le séparant de l'humble sabotier de Naves. Pourtant, il était presque heureux. Le rêve de la nuit lui chauffait le cœur. Il était certain, cette fois, que Dieu allait faire un nouveau miracle en lui permettant de retrouver celle à qui il avait tant pensé pendant ses années de bagne.

Le cocher, légèrement blessé par une balle lors de l'attaque de la veille, alla porter plainte dès la première heure. Il dénonça Victor Chevillard, meneur de cette attaque.

Les policiers firent bien leur travail. Victor eut la visite du commissaire chargé d'instruire l'affaire et nia tout en bloc. Il se défendit très mal ; trop sûr de lui, il précisa qu'il avait passé la nuit chez sa maîtresse, une chanteuse de rue, qu'on appelait Mouchka. Quand le commissaire eut tourné les talons, il courut chez la jeune fille pour lui demander de mentir en sa faveur.

— J'ai prétendu avoir passé la nuit chez toi. Tu vas lui dire la même chose.

— Tu veux parler de l'attaque contre Moringuet ? demanda Mouchka pour savoir jusqu'où pouvait aller la félonie de Victor.

— Je n'y étais pas. Cette nuit, je me trouvais avec des amis dans une auberge. C'est Murot et deux autres qui y sont allés ! Ils se sont trompés de fiacre. Celui qu'ils ont arrêté était occupé par un vieux, cassé en deux et borgne de surcroît.

— Et pourquoi n'as-tu pas dit la vérité au policier. Il n'est pas interdit de passer la nuit dans une auberge !

— Certes, mais la police est au service de la chienne républicaine, qui n'aime pas les boulangistes. Tu comprends ?

— Non, je ne comprends pas, mais puisque tu me demandes de mentir pour toi, je le ferai.

Victor s'en alla rassuré. N'ayant nul désir de s'attarder dans les parages pour ne pas risquer d'être surpris par le commissaire, il promit à Mouchka de revenir la voir dans la soirée.

Le commissaire arriva quelques instants plus tard et demanda à la jeune fille si Victor Chevillard avait bien passé la nuit chez elle. Mouchka secoua la tête :

— Non, il n'a pas passé la nuit ici. D'ailleurs, il ne passe jamais la nuit ici. Il était sur la route de Versailles avec d'autres personnes qui se sont attaquées à une voiture, la prenant pour celle de M. Moringuet, mais ils se sont trompés. La voiture transportait un vieil homme. Le cocher a été blessé par une balle. C'est Victor Chevillard qui a blessé M. Hartinger, l'Anglais dont le cocher a dû vous parler.

Le commissaire s'étonna. Comment la jeune fille savait-elle tout cela ?

— J'y étais, monsieur. En retrait, mais j'y étais. C'est moi qui ai averti Louis Hartinger du complot contre M. Moringuet. Victor m'avait appris que son ennemi devait assister à une réception donnée à Versailles.

Le commissaire n'en demanda pas plus. Le soir même, deux policiers se présentaient chez Chevillard pour arrêter Victor, accusé d'une attaque à main armée sur la route de Versailles et de coups et blessures sur la personne de Louis Hartinger. Victor nia, puis demanda à consulter son avocat. Mais cela n'empêcha pas qu'il dut passer une première nuit en prison. Il se jura que, dès sa sortie, la petite bohémienne aurait affaire à lui.

L'usine, qui avait perdu les commandes des chemins de fer d'Orléans, s'acheminait vers la faillite. Robert Boregard, prévoyant un désastre pour ses propres finances, s'en alla en précisant qu'il abandonnait sa femme à Victor, ne voulant plus de cette traînée qui l'avait honteusement trompé avec un gamin.

Hortense Chevillard pleurait et priait pour son fils qu'elle aimait plus que tout : « C'est la faute à son père ! pensait-elle. Victor n'a pas mauvais fond, mais l'exemple paternel l'a poussé dans le mauvais chemin ! » Ainsi, depuis quelque temps, son amour de mère s'accompagnait-il d'une haine d'épouse trop longtemps contenue.

Dieu avait dû entendre les prières d'Hortense Chevillard : Victor fut libéré au bout d'une semaine d'incarcération. Le jeune homme chercha vainement Mouchka, mais la bohémienne avait disparu de la capitale. Il consacra alors son temps à la politique, conscient que Boulanger allait enfin avoir l'ultime occasion de renverser la république. Il était certain que la victoire de son idole aux élections partielles de janvier 1889 arrangerait ses affaires et celles de son père. Boulanger n'avait pas laissé passer deux opportunités de prendre le pouvoir pour ne pas profiter de la plus belle, celle qui sortirait des urnes parisiennes. Pour cette raison, Victor passait ses journées et souvent ses nuits à placarder des affiches dénonçant le parlementarisme, appelant les gens à prendre les armes contre les Allemands. Camille lui faisait passer de nombreux billets auxquels il ne répondait pas : l'heure n'était plus aux frivolités.

Le lieu de prédilection des boulangistes était le Champ-de-Mars, autour du chantier de M. Eiffel, but de toutes les promenades. La foule se massait à longueur de journée, la tête dans les nuages, pour admirer l'agilité des ouvriers qui, à plus de deux cents mètres du sol, évoluaient d'une poutre à l'autre sans la moindre hésitation. Au début, Boulanger s'était montré hostile au projet, puis s'était retranché dans une neutralité prudente. Il avait bien compris que l'inutilité du monument face à sa démesure et l'immensité de la tâche qu'il exigeait réveillaient chez les Parisiens un orgueil national mis à mal par la défaite de 1871 dont il profitait, lui, le vainqueur de Cochinchine !

Platefond continuait de livrer en personne les commandes de M. Eiffel, dont les techniciens vérifiaient la conformité. Le grand ingénieur, qui ne pouvait se permettre de laisser passer la moindre barre de fer défectueuse susceptible d'affaiblir l'édifice, avait une entière confiance en lui. Souvent, près du chantier, on notait la présence d'un chiffonnier et de son âne. Lorsque personne ne les regardait, Platefond lui faisait un signe discret, allant jusqu'à lui adresser la parole.

— J'espère que votre affaire va vite se terminer ! bougonnait chaque fois l'homme, remuant les bras et grimaçant affreusement. Vous êtes en train de me ruiner ! Faites quelque chose ! Engagez des gardes du corps et cessez de jouer à ce jeu stupide !

— Impossible ! rétorquait le chiffonnier. C'est la seule manière de ne pas prendre une balle au coin d'une rue ! Ne vous en faites pas, nous rattraperons notre retard ! Le procès est pour bientôt !

— Que le ciel vous entende ! Moi, je n'aurai pas la force de continuer ainsi pendant bien longtemps !

Le Borgne passait beaucoup de temps sur le Champ-de-Mars à regarder les ouvriers s'affairer autour du monstre métallique qui s'élevait au-dessus de la capitale. Il restait souvent des heures assis sur sa carriole, ignorant les regards curieux qui se posaient sur lui. Un matin, une voiture découverte transportant des paniers de légumes destinés à la cantine du chantier passa à côté de lui. Son cœur bondit. La femme, assise à l'avant, ne l'avait pas remarqué. Malgré ses cheveux gris, son visage restait encore jeune et sans rides. Si la vie au grand air colorait ses joues, ses yeux n'avaient pas changé depuis le temps où elle servait dans la grande maison Moringuet.

Elle arrêta son chargement près de la cuisine, puis se mit à aider les cuisiniers à décharger les cageots. Le Borgne, la respiration saccadée, incapable de contenir son tumulte, fit avancer Maturin. Ses rêves étaient donc prémonitoires ! Dieu avait entendu sa prière ! Qu'attendait-il pour enlever le bandeau qui lui cachait la moitié du visage, pour se redresser et s'approcher d'elle ? Il descendit de son siège, fit un pas en direction de Marine, quand il vit briller à son doigt une alliance. Alors, il baissa la tête, comme assommé ; son espoir s'envolait. Marine appartenait à un autre, il n'avait pas le droit, comme avec ses fils, de se dévoiler, de la détourner de son devoir d'épouse. La solitude, à laquelle il avait eu la folie d'espérer échapper, resserrait encore ses murs autour de lui. Pourquoi se battait-il ? Pour se venger, certes, mais la vengeance seule pouvait-elle lui apporter le repos ?

Quand le déchargement fut terminé, Marine remonta sur le siège de la voiture. Son regard se posa alors sur le Borgne, toujours debout, cassé en deux à côté de son âne.

— Mais poussez-vous donc ! s'exclama-t-elle. Vous voyez bien que vous me gênez.

— Ah, madame, ayez pitié d'un pauvre borgne de surcroît contrefait. Je vous trouve si belle !

Marine eut un instant d'hésitation, comme si cette voix ne lui était pas inconnue et ramenait à sa mémoire des souvenirs qui n'avaient pas pu s'effacer. Puis elle se ressaisit.

— Prenez ce cageot de carottes et de radis ! Ils n'en ont pas voulu à cause de quelques taches grises, mais je vous assure que ce sont de très bons légumes. Maintenant, laissez-moi passer.

Le Borgne saisit le cageot d'une main, s'appuyant sur sa canne de l'autre.

— Je vous remercie beaucoup. Je prierai pour vous ! Dites-moi votre nom pour que je vous recommande à Dieu !

— Madame Bertin.

— Je prierai pour que se réalise votre vœu le plus cher !

Le visage de Marine s'assombrit.

— Hélas, je doute que vos prières servent à quelque chose ! À moins qu'elles ne puissent ressusciter un mort !

Sur ces mots, elle secoua les rênes du cheval qui s'éloigna d'un pas régulier. Le Borgne partit cacher son désespoir dans sa petite maison.

Le lendemain, il rendit visite à Joséphine. Les gardiens refusèrent de laisser entrer ce « bohémien bancal ». Il dut insister pour que l'un d'eux aille chercher Mme Joséphine. En reconnaissant Catulle, qui souleva discrètement son bandeau, elle eut du mal à dominer son envie de rire.

— Laissez-le entrer ! ordonna-t-elle aux gardiens. Je vais lui faire donner à manger.

Quand ils furent dans l'allée, Joséphine lui glissa à l'oreille :

— Laisse ta carriole et ton âne aux écuries et monte chez moi par la petite porte que tu connais. Personne ne doit te voir ici, je suis certaine que Chevillard fait surveiller les allées et venues.

Le Borgne fit ce que lui demandait Joséphine, qui le rejoignit dans son appartement. Il avait posé ses cannes, s'était redressé et ressemblait enfin à Catulle Moringuet.

— Viens t'asseoir, mon ami. Ici tu ne risques rien !

Catulle poussa un gros soupir.

— Je regrette le bagne. En fait, je ne suis revenu que pour mesurer chaque jour un peu plus la profondeur de ma solitude. J'ai dû me cacher pendant le siège de Paris ; maintenant, je continue à me cacher. Et quand je pourrai me montrer au grand jour, je devrai encore me dérober aux regards de ceux que j'aime.

Joséphine recevait toujours les hommes importants de la capitale, ce qui la plaçait au centre de toutes les intrigues. De plus, elle savait se servir de son pouvoir occulte pour sa propre tranquillité et celle de ses amis.

— J'ai retrouvé deux de mes fils à qui je n'ai pu parler. Le premier, François, a voulu me tuer. Le second, Louis, s'est battu pour moi sur la route de Versailles.

Il pensait à la prédiction de sa mère. Où était le troisième, Victor, qui, selon les cartes, devait aussi tenter de le tuer ?

— J'ai retrouvé Marine, qui m'a accompagné dans ma cavale en 70. Marine, dont l'amour m'a permis de survivre. Elle est mariée maintenant, et n'a vu en moi qu'un chiffonnier borgne auquel elle a fait l'aumône d'un cageot de légumes.

Il se tut un instant. Joséphine lui prit la main. L'amour qu'il éprouvait pour Marine ne la rendait pas jalouse.

— Les morts ne doivent pas ressusciter quand les vivants se sont habitués à leur absence ! poursuivit-il. Il reste mon troisième fils, dont je ne sais rien.

Joséphine regarda Catulle avec tendresse. Elle ne pouvait lui révéler ce qu'elle savait sur ce troisième fils et souhaitait qu'il n'apprenne jamais la vérité. Aussi changea-t-elle de sujet.

— Cesse de te torturer l'esprit ! Pense plutôt à notre pays qui va mal ! M. Eiffel a beau construire sa tour et préparer l'Exposition universelle, les gouvernants sont faibles et souvent impliqués dans des affaires douteuses. M. Boulanger est une planche pourrie, il ne faut pas compter sur lui !

— Ce n'est pas l'avis de ses nombreux partisans.

— Ses partisans voient le beau guerrier, l'homme qui a su faire preuve de courage face à l'ennemi, mais il n'ira pas plus loin. Il préfère sa maîtresse à la gloire politique ! J'en arrive à regretter l'empereur, et je ne suis pas la seule ! Mais parlons plutôt de toi !

Joséphine était assise nonchalamment sur un canapé en cuir, face à Catulle. Elle versa du champagne dans les deux verres qu'elle était allée chercher elle-même afin qu'aucune servante ne vît son visiteur.

— Le juge Lespeaut a été pris en main par une de mes filles. Il est apparenté au garde des Sceaux. Tout s'est singulièrement compliqué, ce qui sert Chevillard. En fait, il y a trois affaires : ton procès en révision concernera les fausses lettres produites par Chevillard, qui t'ont conduit au bagne, cela suffira pour te réhabiliter.

— Tout est lié : ces fausses lettres, l'assassinat de Pesquez et l'attaque sur la route de Versailles. Mon avocat saura convaincre le tribunal.

— Lespeaut est en main, te dis-je. Donc, si tout va bien, ton procès aura lieu après les élections du 27 janvier.

— Et si Boulanger triomphait ?

— Personne ne peut prévoir l'avenir ! En réformant Boulanger au printemps dernier, Ferron a mis le loup dans la bergerie. Il a tué la république ! Il fallait laisser à Boulanger son habit militaire, qui le rendait inéligible !

Ainsi Catulle, qui voyait son sort lié à celui du brav' général, souhaitait son échec. Car un coup d'État, en éliminant les personnes au pouvoir, non seulement remettrait tout en cause mais redonnerait de l'influence aux amis de Chevillard. Il fit part à Joséphine d'une nouvelle crainte.

— Je suis certain que Chevillard me fait rechercher, qu'il finira par trouver où je me cache. Jouer le chiffonnier borgne n'est plus sûr. Je dois trouver autre chose, fuir une fois de plus. Toute ma vie, je n'aurai cessé de fuir !

L'année 1888 se termina sous la pluie et le vent. On fêta le premier de l'an dans la boue. M. Eiffel avait terminé le troisième étage de sa tour, qui prenait peu à peu sa forme définitive. Le poète François Coppée se lamentait du piètre sens esthétique de ses concitoyens qui admiraient « cette pyramide insensée ». Huysmans ne voyait dans cet amas de ferrailles qu'un « chandelier creux ». Maupassant projetait de quitter Paris pour ne plus voir « l'odieuse colonne de tôles boulonnées ». Mais les Parisiens se moquaient bien des jérémiades de leurs intellectuels ! Ils aimaient la tour Eiffel, qui était devenue *leur* tour, et ils se massaient chaque jour par milliers près des quatre gros piliers de fer.

Chevillard savait que la révision du procès de Moringuet était imminente. Il ne décolérait pas. L'attaque du fiacre sur la route de Versailles, les informations glanées par Marbot le soir de la réception l'avaient conduit à penser que le chiffonnier borgne venu le narguer devant chez lui était bien Moringuet en personne. Il le fit chercher. Marbot surveilla la maison de la rue Berger, questionna les voisins. Marguerite lui expliqua que le Borgne était parti en province.

— Pour un homme qui peine tant à marcher, partir comme ça sur les routes avec son âne et sa carriole, avouez que c'est pas prudent !

Chevillard plaça alors sous bonne garde les abords de l'usine Platefond et la maison de Joséphine, sans le moindre résultat.

À mesure que l'élection approchait, les esprits s'échauffaient. Les murs de Paris étaient, chaque nuit, placardés d'affiches. Les candidats multipliaient les réunions publiques dans les cafés, parfois dans la rue. Seul le général Boulanger, confiant en sa popularité, ne changeait rien à son mode de vie très bourgeois. Marguerite de Bonnemains occupait entièrement ses pensées et ses journées ; pour la politique, il verrait plus tard !

Le 27 janvier, la capitale avait la fièvre : les gens se rendaient aux urnes désireux de régler un vieux contentieux avec leurs dirigeants. Le soir, après la fermeture des bureaux de vote, Platefond, en dépit de son grand âge, décida de déroger à ses habitudes et d'aller aux nouvelles. Il se rendit sur les boulevards où une foule dense attendait les résultats. Des groupes parcouraient les rues, agitaient des drapeaux en chantant : *Il reviendra, Boulange, Boulange!* La nuit était tombée. Platefond, gesticulant, suivit le fleuve sombre de la foule qui coulait vers la Madeleine. Des bruits couraient de part en part : « Boulanger dîne chez Durand ! » Ou bien on annonçait les premiers résultats du dépouillement : « Boulanger a déjà cinquante mille voix de plus que Jacques ! » Cette affirmation, née de la rumeur, soulevait des explosions de joie.

Place de la Madeleine, il fallait jouer des coudes pour s'approcher du restaurant Durand, où se trouvaient Boulanger et quelques proches. Le brav' général avait rendez-vous avec l'Histoire. Alors que Paris se donnait à lui, que la France lui appartenait déjà, il n'avait de pensée que pour Marguerite qui l'attendait au premier étage du restaurant. Qu'allait-il choisir ? L'amour idolâtre de toute une nation ou l'amour trop exclusif d'une maîtresse qui redoutait tant de le perdre ?

Vers onze heures enfin, Platefond, prisonnier de la masse humaine, vit quelqu'un se hisser sur les épaules d'un colosse et crier : « On a les résultats. Boulanger est élu avec quatre-vingt mille voix d'avance. » La foule en délire hurlait : « À l'Élysée ! À l'Élysée ! » À l'intérieur du restaurant, Boulanger entendait ce triomphe qui lui ouvrait les portes du palais présidentiel, pourtant il hésitait.

À l'Élysée, le président Sadi Carnot et ses collaborateurs ont fait leurs valises à la hâte. Ils ne peuvent rien contre cette vague populaire qui va les balayer. Boulanger est le maître de la France, il peut agir à sa guise, les urnes et le peuple lui donnent plein pouvoir. Tout est possible à cette heure où une nouvelle page blanche de l'Histoire attendait celui qui va l'écrire.

Place de la Madeleine, la foule déchaînée réclame son idole pour le porter triomphalement à l'Élysée. Boulanger parlemente encore. A-t-il peur ou son sens militaire lui interdit-il de se mettre dans l'illégalité ? Il demande quelques instants de réflexion à ses amis, puis il ira parler à la foule. Il sort de la salle de restaurant, rejoint Marguerite à l'étage. Elle aussi entend la foule en délire, mais elle tremble que cette foule ne lui ravisse son amant. Alors, il la rassure, sa décision est prise. Marguerite quitte le restaurant par une porte donnant sur une ruelle où l'attend sa voiture.

Boulanger revint auprès de ses amis. Il était grave en se dirigeant vers la sortie. Quand la foule le vit, des cris hystériques se mêlèrent aux applaudissements et à cette invitation scandée par un Paris en délire : « À l'Élysée ! À l'Élysée ! »

Le brav' général tendit les mains vers la masse humaine. Il allait parler. Le silence se fit, impressionnant de milliers de respirations retenues.

— Mes amis ! cria-t-il, je ne vois pas pourquoi j'irais conquérir le pouvoir dans l'illégalité quand je suis sûr d'y être porté dans six mois par l'unanimité de la France !

Puis il donna l'ordre qu'on fît avancer son coupé. « Quel con ! » murmura Platefond en jouant des coudes pour s'extraire de la multitude grouillante. Boulanger venait de refermer le livre de l'Histoire pour ne plus jamais y paraître.

Déconcertée, la foule, hystérique quelques instants plus tôt, était maintenant abattue, exsangue. Elle laissa partir son idole qui refusait les fruits de sa victoire. Elle se donnait à lui et il la méprisait pour aller rejoindre Marguerite de Bonnemains qui l'attendait dans leur appartement, rue Dumont-d'Urville. Sadi Carnot respirait en défaisant ses paquets : la IIIe République était sauvée par une banale histoire d'amour.

Platefond réussit à trouver un fiacre pour rentrer. Après la fièvre de la soirée, les groupes, si bruyants un peu plus tôt, se dispersaient en silence, comme au retour d'un enterrement.

Le lendemain et les jours qui suivirent furent calmes. L'échéance que tout le monde redoutait enfin passée, la vie reprenait son cours habituel. Les journaux qui avaient consacré toutes leurs pages à la politique trouvèrent vite un nouveau sujet qui passionna les foules : l'homme sauvage d'Afrique-Équatoriale.

Un certain Raoul Lefèvre, aventurier, avait ramené cette « curiosité » qu'il présentait comme étant le lien entre l'homme et le singe. Les théories de Charles Darwin, mort en 1822, étaient très populaires, et l'animal ramené de la forêt équatoriale fut présenté comme un grand progrès dans la connaissance. Les savants, abondamment questionnés par les journalistes, prenaient la découverte très au sérieux. Ils projetaient ainsi des séries d'expériences pour définir l'intelligence de l'homme-singe, son aptitude à apprendre à parler. Les spécialistes de l'Afrique indiquaient qu'il avait été retrouvé dans un lieu très retiré, hors de tout contact avec l'humanité, protégé par des chaînes de montagnes et des forêts impénétrables.

L'animal-homme ou l'homme-animal (les journaux l'appelaient ainsi à défaut de savoir s'il était plus l'un que l'autre) était enfermé dans une cage exposée au Jardin des Plantes, où la foule se pressait pour le voir. Comme on voulait le garder vivant jusqu'à l'Exposition universelle, il faisait l'objet de toutes les attentions. Aussi n'était-il visible que trois heures par jour afin de ne pas trop le fatiguer. Les files de curieux se pressaient aux portes du zoo dès les premières lueurs de l'aube.

Dans la rue ou dans les salons bourgeois, l'homme-singe occupait toutes les conversations. Ceux qui l'avaient vu le présentaient comme un animal bipède, plus grand qu'un homme moyen et bien charpenté. Son front bas était surmonté d'une tignasse noire longue et graisseuse. Son corps présentait à peu près les mêmes proportions que le corps humain, à la différence qu'il était recouvert d'une épaisse toison de poils noirs même sur la figure, qui ne laissait passer que les yeux, curieusement clairs malgré leur expression bestiale. Les savants qui avaient pu l'approcher affirmaient que ses poils avaient l'apparence et l'odeur de ceux d'un bouc. Par pudeur, ses fesses et ses parties génitales avaient été dissimulées par un tissu qu'il ne cessait d'enlever.

Comme l'homme-singe ne parlait pas, les journalistes ne pouvaient que publier les déclarations des scientifiques, qui finirent par lasser le public. Ils cherchèrent alors un autre sujet capable de motiver les lecteurs pendant plusieurs semaines. Le procès Moringuet arrivait à point.

Maître Bouleau était désormais assuré de plaider au plus vite. Avant le 27 janvier, beaucoup d'hommes politiques redoutaient tant de sombrer qu'ils ne prenaient plus aucune décision et laissaient s'entasser les dossiers. Seul M. Eiffel, hors du temps, poursuivait la construction de sa tour. Passé les élections, ceux qui, par défaut, se voyaient confirmés dans leurs fonctions, rattrapaient le temps perdu. Le procès de Catulle fut avancé grâce à l'intervention feutrée de Joséphine. Les dossiers des différentes enquêtes furent miraculeusement prêts en un temps record, et la date du 12 février fut arrêtée par le garde des Sceaux, en accord avec les autorités militaires.

L'avocat, pourtant de fort mauvaise humeur, se fit conduire chez Platefond et n'y alla pas par quatre chemins.

— Je fais jouer mes relations, je me démène comme un beau diable pour obtenir la révision de son affaire, et que fait le chiffonnier borgne, alias Moringuet ? Il disparaît sans laisser de traces ! Je vais avoir l'air malin le jour du procès ! Alors, allez-vous me dire où il se trouve ?

— Je n'en sais rien ! s'écria Platefond, agacé. Si j'avais su, je n'aurais sûrement pas accepté de lui vendre mon affaire ! Il n'est jamais là ! À mon âge, ce n'est pas une sinécure !

Maître Bouleau était d'autant plus en colère que les journaux s'étaient emparés de l'affaire. Ils en faisaient leurs gros titres, racontant avec beaucoup de détails, souvent inventés, l'histoire de ce bourgeois revenu à Paris pour recouvrer son honneur. Après une indiscrétion voulue de maître Bouleau, un journaliste découvrit qu'il s'était caché dans la capitale déguisé en chiffonnier borgne. Puis, les jours qui précédèrent le procès, sa disparition alimenta toutes les chroniques. Les rumeurs se multiplièrent : certains affirmaient qu'il se cachait dans les égouts de Paris, comme au temps du siège, d'autres, au contraire, qu'il se trouvait quelque part dans les étages de la tour Eiffel !

Maître Bouleau était sur le point de demander l'annulation du procès, mais les gazettes parlaient de lui et rien ne lui était plus agréable. Il eut la faiblesse d'assurer au parquet que son client serait présent à l'heure indiquée, le jour de l'ouverture de l'audience, alors qu'il n'avait aucune nouvelle de lui.

Le 12 février, au Palais de justice, maître Bouleau, drapé dans sa robe noire, attendait dans la salle des pas perdus. Son visage fermé montrait que tout n'allait pas pour le mieux. Il rouspétait contre les journalistes et contre tous.

L'audience devait commencer à neuf heures. Une foule de curieux se massait autour du tribunal dans l'attente de celui qui devait être jugé une deuxième fois, et dont personne n'avait aucune nouvelle depuis plus de quinze jours.

— Tout le monde est là ! maugréait maître Bouleau, les témoins, les journalistes, bref, tout pour faire un procès retentissant. Seul l'intéressé est absent !

La petite clochette sonna pour inviter la cour à prendre place, ce qu'elle fit dans le brouhaha. Le président demanda le silence, constata la présence de Chevillard à côté de son avocat, qui ne cachait pas sa satisfaction, et l'absence du justiciable, Moringuet Catulle. Il balaya la cour d'un regard circulaire qui s'arrêta sur maître Bouleau, rouge de confusion. Un portier, s'approchant de l'avocat général, lui dit quelques mots à l'oreille. Ce dernier ouvrit de grands yeux puis s'écria :

— C'est un tribunal, pas un zoo !

La curiosité se marqua sur tous les visages.

— Voilà, dit enfin l'avocat général. M. Lefèvre, l'explorateur dont les journaux ont beaucoup parlé, demande à être reçu par le tribunal avec son animal à corps humain.

Un cri de stupeur monta de la foule, puis des rires contenus.

Le président, bien embarrassé, réclama le silence.

— Pour quelle raison ce Lefèvre demande-t-il à être reçu avec son monstre ? Ici, c'est une enceinte de justice où la plaisanterie n'a pas sa place.

— Il dit vouloir faire des révélations très importantes à propos de M. Moringuet, qu'il a très bien connu autrefois ! répondit le portier.

Le président consulta ses pairs du regard.

— Bon, faites-le entrer hors séance, puisque nous n'avons pas encore commencé.

Raoul Lefèvre arriva en tenant son animal en laisse. C'était un homme de grande taille, vêtu avec élégance. L'homme-singe jetait autour de lui un regard apeuré.

— Je dois avouer ici un passé peu honorable, commença Raoul Lefèvre. Pour quelques larcins commis dans ma jeunesse, j'ai été condamné à dix ans de bagne où j'ai rencontré Catulle Moringuet, qui est devenu mon ami. Chez nous, anciens des îles, le mot « amitié » a plus de force que chez les citadins opulents. Ainsi, il ya trois semaines, quand, de retour d'Afrique, j'ai rencontré tout à fait par hasard Catulle Moringuet, j'ai appris qu'il n'était en sécurité nulle part, que ses ennemis voulaient le tuer pour l'empêcher de parler. Je me devais donc de l'aider. Pendant plusieurs mois, il s'était caché sous l'apparence d'un chiffonnier borgne, mais il avait été débusqué à force d'être traqué par un certain Marbot, à la solde de Chevillard, qui l'avait déjà précipité une fois dans la Seine.

Une forte odeur de bouc commençait à incommoder la cour. Pourtant, ce que disait Lefèvre était important, et le président l'invita à continuer.

— Ainsi, le grand singe que j'avais capturé en Afrique étant mort à mon arrivée à Marseille, j'ai eu l'idée de cette mascarade qui mettait mon ami à l'abri de toute tentative d'assassinat ! Au lieu de le cacher, je l'ai exposé à la vue de tous !

Un frémissement parcourut l'assistance. Tous les regards se tournèrent vers l'homme velu qui leva les bras pour réclamer le silence.

— Voilà ce qu'ont fait de moi Chevillard et ses amis : un animal ! s'écria-t-il. Qu'on me laisse une demi-heure pour me débarrasser de ma toison de bouc, me nettoyer, passer des vêtements décents et je serai à vous, puisque ici mon adversaire ne peut m'atteindre !

Maître Bouleau semblait proche de l'asphyxie. Il regardait tour à tour son client et le président du tribunal, sans trouver les mots qui auraient pu exprimer son indignation.

Une demi-heure plus tard, Catulle Moringuet arriva dans le prétoire, débarrassé de son déguisement, vêtu avec son élégance habituelle. Le procès pouvait enfin commencer.

L'avocat général commença par un rappel des faits et des chefs d'accusation qui avaient conduit le tribunal militaire à condamner en première instance Catulle Moringuet à être fusillé, avant de commuer la peine capitale en travaux forcés à perpétuité à la suite d'un acte de bravoure qui avait d'ailleurs permis sa capture.

Le juge d'instruction sortit de ses dossiers les fameuses lettres imputées à Moringuet, lettres de renseignements destinées aux Prussiens qui assiégeaient Paris, reconnues authentiques par les spécialistes de l'époque.

— Des faux ! s'écria maître Bouleau, qui avait retrouvé tout son aplomb. Des faux honteux, et je vais le prouver !

Chevillard regarda son avocat, qui sourit : comment pourrait-il prouver que ces lettres étaient fausses ? Pour cela, il eût fallu retrouver le faussaire qu'il avait tant fait rechercher et qui avait disparu !

— La preuve ! poursuivit maître Bouleau. Je demande qu'on fasse entrer frère Guillaume.

Frère Guillaume, un moine blanc, entra la tête basse, les mains jointes comme en prière. Les gens se regardèrent. Le président demanda au religieux de prêter serment.

— Boucher Guillaume ! se présenta le moine, ancien écrivain public à Honfleur, puis à Paris. Désormais frère Guillaume, en la confrérie dominicaine des Andelys. Je jure de dire la vérité, ayant beaucoup menti dans ma vie avant que Dieu me montre mes erreurs et m'appelle à Son service pour faire pénitence.

— Connaissez-vous ces lettres ? interrogea le président du tribunal.

— Je les connais, puisque je les ai écrites ! Pour le prouver, je peux en fournir tous les détails.

L'avocat général aborda ensuite le deuxième chef d'accusation : l'incendie de l'usine dans la nuit du 23 octobre 1870. Chevillard n'avait pas fourni de preuves réelles de la culpabilité de Moringuet, mais seulement l'attestation de sa présence à proximité du sinistre confirmée par des témoins. Catulle ne put nier. Il parla du rendez-vous que lui avait donné Pesquez. Constatant l'incendie en même temps que des promeneurs attardés, il comprit le piège dans lequel il était tombé. Il s'était enfui pour ne pas être arrêté.

— Chevillard, continua maître Bouleau, qui avait été l'homme de confiance de Moringuet puis licencié après que ledit Moringuet eut découvert qu'il piochait dans la caisse, établissait de fausses factures. Cet homme éprouvait une haine totale pour son ancien patron, qu'il voulait absolument évincer. Le pouvoir que lui conférait sa position dans le gouvernement provisoire lui permettait de profiter de tous les prétextes, dont les fausses lettres destinées à l'ennemi et l'accusation d'incendiaire. Mon client est innocent, totalement innocent. Il a été privé de ses biens, sa maison a été vendue aux enchères, son usine liquidée, et au profit de qui ? Pendant la période la plus difficile de notre nation, il a dû fuir, confier ses trois enfants à une nourrice, ses trois enfants qu'il ne pourra jamais serrer dans ses bras comme un père. N'oubliez pas qu'il a payé de dix-huit années de bagne cette lourde injustice dont notre pays aura honte s'il ne répare pas ses erreurs et sa complaisance, je dis bien sa complaisance envers M. Chevillard, car comment comprendre aujourd'hui que, lors du premier procès, on n'ait pas fait venir Pesquez à la barre des témoins ?

Chevillard avait pâli. Son avocat, maître Laurrien, lui fit un signe encourageant. Il n'était pourtant pas très confiant : les témoins Guichard et Gendillou, disparus depuis quelques mois, réapparaîtraient sûrement au moment opportun pour témoigner à la barre.

— Ainsi donc, continua le président, vous vous êtes enfui, mais vous avez été pris au bout de quelques semaines.

— C'est bien cela ! dit Moringuet, lui aussi très pâle – il avait à plusieurs reprises regardé fixement Chevillard, qui avait baissé les yeux. Je me suis enfui parce que je n'avais aucune chance de prouver mon innocence face à cet homme décidé à se servir de l'appareil judiciaire – chacun sait combien les passions étaient déchaînées à la fin du siège – pour me faire condamner. Les Parisiens avaient besoin de victimes, j'en étais une parmi d'autres ! La police découvrit l'endroit où je me cachais, chez celui qu'on appelait, à l'époque, le marquis de la Géanterie. Je pus m'enfuir et me cacher à nouveau chez une amie, Mme Joséphine...

— Qui pratique un commerce un peu spécial ! précisa maître Laurrien.

— Je me cachai donc chez elle quand la police est arrivée, le lendemain matin. J'avais été donné par ses gardiens. Comme je m'enfuyais le long de la Seine avec quelques chances d'échapper une fois de plus à mes poursuivants, je vis une femme et un enfant qui se noyaient. Bien sûr, je n'ai pas hésité un instant, j'ai plongé pour les sauver et ainsi perdu ma liberté.

— Nous savons cela ! répliqua le président. C'était la femme et le fils de lord Lyons, alors ambassadeur d'Angleterre en France. C'est lui qui a obtenu que la peine capitale fût transformée en détention à vie.

— C'est également lui qui a obtenu ma grâce !

Maître Laurrien demanda la parole et se lança dans une longue diatribe sur les mérites de Chevillard, alors au service de M. d'Hérisson, son sens patriotique, son dévouement, les services inestimables rendus par l'inventeur d'une culasse révolutionnaire qui avait équipé les chassepots puis les Lebel. Il insista sur les modifications apportées aux fûts de canon qui avaient permis d'en accroître la portée. Il fustigea enfin l'inadmissible ingérence des instances anglaises dans la justice française.

La journée allait se clôturer quand un témoin, qui n'était pas prévu, se fit annoncer. Après la surprise de la matinée, le président se demanda à quoi il devait s'attendre. Il enjoignit cependant le portier de faire entrer cette personne. En voyant la femme qui marchait résolument sous les regards curieux, Catulle sursauta. Une joie profonde lui chauffait la poitrine. Elle lui jeta un rapide regard, se tourna vers le président.

— J'ai appris la date du procès par les journaux, et je me dois de témoigner. Je m'appelle Marine Leroit, épouse Bertin, précisa-t-elle. À dix ans, à la mort de ma mère, j'ai été recueillie par

Mme Moringuet, chez qui j'ai grandi, plus fille de la famille que servante. J'ai fui avec mon maître ici présent, M. Moringuet, quand les gardes nationaux vinrent l'arrêter. Pendant sa cavale, j'allais régulièrement chercher de l'argent à la banque Lorrin pour faire parvenir des colis de nourriture chez Pesquez, où se trouvaient ses trois fils et leur nourrice. Pesquez, qui me connaissait, m'a dénoncée. Deux gardes nationaux m'ont capturée à la sortie de la banque et conduite dans une sordide maison, où Chevillard m'a fait subir une terrible torture afin que je lui indique la cachette de mon maître.

— Quel genre de torture ?

Marine baissa la tête, rougissante.

— Faut-il vraiment que je le dise ?

— Il le faut, en effet.

— Il m'a écrasé la pointe des seins avec une tenaille.

Moringuet serra les poings. Chevillard nia, mais Marine, sans le quitter des yeux, ajouta :

— Sous la douleur, j'ai dit où se trouvait mon maître. Chevillard donna alors à ses deux gardes l'ordre de me mettre en un sac et de me jeter dans la Seine. Je n'ai dû ma vie qu'à Abel Bertin, un des deux gardes, qui se battit avec son collègue et m'emmena chez son oncle à Asnières, où je vis depuis.

Marine se tourna pour s'en aller. En passant près de Catulle, elle s'arrêta, leva les yeux sur lui.

— Pardonne-moi. Je te croyais mort, mais je n'ai rien oublié !

Le président suspendit la séance en précisant toutefois que les charges contre Chevillard étaient suffisantes pour le garder en détention jusqu'à la fin des plaidoiries. L'intéressé pâlit.

L'affaire Pesquez ne fut évoquée que la semaine suivante. Les journaux parlaient abondamment du procès. Catulle, qui ne redoutait plus les amis de Chevillard, reprit ses habitudes dans sa grande maison, près de l'usine de Platefond.

Maître Laurrien contesta l'amalgame que l'on faisait entre ce crime et la révision du procès de Moringuet. Maître Bouleau n'eut guère de difficulté à démontrer qu'il s'agissait de la même chose.

— Pesquez était l'homme de confiance de Moringuet. C'était un garçon honnête, travailleur, qui s'occupait de sa vieille mère.

C'est seulement pendant le siège de Paris que se dévoila sa véritable personnalité : lâche, toujours prêt à rejoindre le camp du plus fort. Or, le plus fort, c'était Chevillard. Pesquez devint son homme à tout faire. Il avait connaissance des fausses factures et des fausses lettres puisqu'il avait lui-même fait appel aux services de Guillaume Boucher, le faussaire. Il aurait pu venir ici témoigner de ces faits retenus contre M. Chevillard, mais Chevillard l'en a empêché en l'assassinant d'une balle dans la tête.

— Ce n'est pas vrai! protesta bruyamment ce dernier.

Catulle, à l'invitation de son avocat, expliqua :

— Je savais combien Pesquez était peu courageux. À mon retour, je l'ai cherché. J'ai découvert qu'il était gardien au Jardin des Plantes. Je suis allé le trouver pour lui demander de choisir : moi, et il venait témoigner contre mon adversaire, ou bien Chevillard. La peur l'a poussé à se ranger du côté de celui qui lui semblait le plus dangereux. Mais, pour Chevillard, la lâcheté de Pesquez devenait une menace; il fallait donc qu'il disparaisse. Si deux hommes, chargés par moi de le surveiller, ne l'avaient vu précipiter le cadavre dans l'étang où nous l'avons repêché, on aurait pu croire que Pesquez était parti en province. Et personne ne s'en serait étonné.

— Je n'ai pas tué Pesquez! insista Chevillard, qui n'avait pas une seule fois tourné la tête vers Moringuet.

Le procureur convoqua à la barre les témoins Guichard et Gendillou. Il leur demanda pourquoi ils avaient quitté Paris depuis plus d'un mois.

— Parce que nous avions peur! répondit Guichard.

— Ce n'est pas vrai! cria maître Laurrien. Vous avez vous-mêmes écrit dans le document mettant hors de cause mon client que vous faisiez cette déclaration libres de toute contrainte.

— Cette déclaration nous a été arrachée sous la menace par des hommes que nous n'avons pas reconnus.

— Et que nous n'avons pas pu retrouver, précisa le juge d'instruction. Mais les témoignages des voisins attestent leur existence.

— C'est une machination! s'emporta maître Laurrien. Torturés surtout par leur conscience, ils sont revenus sur leurs aveux. Ensuite, ils ont inventé cette attaque pour ne pas tomber sous la vengeance de Moringuet qui, après dix-huit ans de bagne, ne répugne pas à utiliser des procédés expéditifs.

— Faux! cria Gendillou. M. Moringuet nous a donné de l'argent pour survivre pendant notre séjour en province et s'est occupé de nos ateliers!

— Il a fait ça pour que vous parliez dans son sens!

Il fallut suspendre la séance, les antagonistes ayant haussé le ton au point de ne plus s'entendre.

Après deux jours d'interruption, le procès put reprendre. Gendillou et Guichard racontèrent les faits.

— M. Moringuet nous avait chargés de surveiller Pesquez, car il ne doutait pas qu'il allait se rendre auprès de Chevillard. Ce qu'il fit. Nous attendions dans la rue quand une voiture sortit de chez M. Chevillard. C'était un dimanche, M. Chevillard était à la place du cocher, ce qui nous intrigua. Nous avons donc décidé de suivre la voiture jusqu'à Vincennes, au pavillon de chasse. Là, nous avons vu, car il faisait un grand soleil, Pesquez descendre de la voiture en compagnie de Chevillard et entrer dans la maison. Nous n'avons pas entendu la détonation du coup de pistolet mortel mais, à la nuit tombée – il y avait de la lune –, nous avons vu M. Chevillard sortir devant sa porte un drap à l'intérieur duquel se trouvait plié un corps inerte dont on devinait la forme. Il partit à l'écurie, en revint avec l'essieu qu'il plia dans un drap avant de le fermer, de l'attacher à l'aide de cordelettes et de le traîner jusqu'à la barque, au bord de l'étang. Nous l'avons vu aussi faire basculer le paquet dans l'eau, à l'endroit où nous l'avons repêché.

C'était précis, cependant, maître Laurrien contesta les faits : les témoins n'avaient pas vu son client tirer sur Pesquez, ils n'avaient pas vu Pesquez mort, et cela laissait planer suffisamment d'incertitudes.

— Le cadavre que nous avons repêché dans l'étang était bien celui de M. Pesquez, cela ne peut pas se contester! s'écria l'avocat général.

— Certes, certes, fit maître Laurrien, embarrassé.

— Je n'ai pas tué Pesquez! répéta Chevillard.

— Alors comment expliquez-vous qu'il était dans le drap jeté par vous dans l'étang, avec l'essieu que vous êtes allé chercher dans votre écurie ? demanda le président du tribunal en haussant le ton.

— C'est un faux témoignage destiné à m'enfoncer ! Je n'ai pas bougé de chez moi, ma cuisinière peut en témoigner. En revanche, je crois savoir que Moringuet n'a pas d'alibi.

— J'étais chez moi ! s'écria Catulle. Mais mes domestiques, qui étaient en congé, ne peuvent pas témoigner.

Chevillard marquait un point. Maître Bouleau s'emporta. L'avocat général demanda une suspension de séance.

À la reprise, trois jours plus tard, Odile Levasat, cuisinière des Chevillard, comparut à la barre des témoins. La vieille femme, impressionnée par le tribunal, était aux abois. Elle n'entendit pas la question que lui posa le président, et se mit à pleurer. Enfin, elle raconta, entre deux sanglots :

— Je suis une pauvre femme condamnée à la rue si je ne reste pas chez M. Chevillard. Ce dimanche, je faisais la sieste. Une voiture a quitté la cour, mais je ne l'ai pas entendue, vu que je suis un peu sourde. Enfin, je l'ai vue qui s'éloignait. Je ne sais pas qui se trouvait dedans, ni qui était à la place du cocher. J'ai revu M. Chevillard le soir, vers dix heures, entrer dans la maison, poser son chapeau et sa cape avant de passer dans la salle à manger où Madame l'attendait.

L'alibi s'écroulait en partie. Chevillard, blême, posait sur sa cuisinière un regard dur.

Maître Bouleau ne voulut pas commenter cette déposition contradictoire par rapport aux premières affirmations de la vieille dame. Le tribunal passa à l'affaire suivante.

Victor Chevillard, convoqué en tant que témoin, devint vite un accusé. Le jeune homme fit son entrée dans le prétoire en regardant autour de lui. Ses yeux s'arrêtèrent sur son père, qui baissait la tête. En une semaine, il avait maigri. Bien que Pierre Chevillard eût fait appel à toutes ses connaissances, personne n'avait rien pu faire pour lui : la justice devait accomplir son travail en toute indépendance. Il voyait maintenant venir la condamnation et comprenait, peine suprême, que son fils n'y échapperait pas. Il l'avait pourtant mis en garde, mais le bouillant Victor n'en avait fait qu'à sa tête.

Quand le président l'interrogea, Victor pensa qu'il n'était plus dans un jeu de rôle, qu'il devait se défendre.

— Le cocher d'un vieil homme borgne et handicapé, qui n'était autre que M. Moringuet, a porté plainte contre les individus qui ont attaqué sa voiture alors qu'il rentrait d'une réception à Versailles. Vous figuriez parmi les trois attaquants puisque vous avez été reconnu par M. Moringuet lui-même et par une jeune fille qui accompagnait un certain Louis Hartinger, un Anglais, que vous avez d'ailleurs blessé à l'épaule.

— J'ignore de quoi vous parlez. Je répète ici ce que j'ai déclaré à la police le lendemain : j'ai passé la nuit avec une fille que les policiers ont pu interroger.

— Oui, mais cette jeune fille nous a soutenu avoir accompagné M. Hartinger sur la route de Versailles car vous lui aviez parlé de l'attaque visant M. Moringuet dans la journée même. Ils avaient l'intention de protéger celui que vous accusiez de traîtrise envers la nation, car vous étiez militant boulangiste...

Maître Laurrien intervint : on n'avait pas à évoquer les opinions d'un témoin devenu prévenu quand elles n'étaient pour rien dans le procès. Il comprit trop tard le piège que lui avait tendu maître Bouleau.

— Si ce n'était pour des raisons politiques, M. Chevillard Victor, pourquoi avez-vous monté ce guet-apens, sinon pour empêcher M. Moringuet de s'exprimer devant ce tribunal ?

Victor regarda son père, qui baissait toujours la tête. Comme il était à court d'arguments, il finit par avouer :

— Parce que mon père est un homme honorable que l'on traîne dans la boue. Et qui donc lui intente ce procès ? Un traître, car c'est bien un traître naguère à la solde des Prussiens qui, aujourd'hui, comme beaucoup de ces républicains, se contente d'un pays qui baisse la tête, un pays qui accepte l'humiliation de la défaite !

Catulle avait blêmi. Victor Chevillard le regardait avec l'effronterie de sa jeunesse, le défiait. Sa harangue avait produit un certain effet en sa faveur mais, une fois de plus, il se laissa emporter par sa fougue.

— Je te hais ! hurla-t-il. Sale forçat, retourne au bagne ! Avant que tu reviennes, on était bien tranquilles ! Regarde ce que tu as fait d'une famille honorable !

Catulle ne broncha toujours pas. Les plaidoiries purent commencer. Maître Bouleau demanda la réhabilitation de son client. L'avocat général, convaincu de sa culpabilité, réclama la peine capitale pour Pierre Chevillard et dix ans de prison pour son fils. À la fin de la séance, compte tenu de la situation, le président décida une mesure de sécurité : Pierre Chevillard et son fils Victor resteraient incarcérés en attendant le verdict qui serait prononcé à la fin du mois de février par un séminaire de juges civils et d'officiers militaires. En entendant cette sentence, Victor dressa le poing, mais cette fois son père le regarda avec tant d'intensité qu'il retint son élan et se tut. Catulle rentra chez lui, puis se rendit à l'usine, où Platefond s'étonna de la rapidité des plaidoiries.

— Ces gens sont bavards! Ils gagnent leur vie en parlant! Nous, nous devons travailler et produire. À ce propos, nous allons avoir un nouveau client : la société de construction de locomotives de Mantes-la-Jolie. Il nous faudra fabriquer des roues et un certain nombre de pièces mécaniques et de fonderie.

Catulle précisa qu'il faudrait alors acheter de nouveaux tours et adjoindre à la machine à vapeur qui actionnait les ateliers une seconde machine qu'il se proposait de construire. Platefond s'étonna :

— Vous voulez construire une machine à vapeur? Mais vous n'y connaissez rien!

— Si. J'ai travaillé en Nouvelle-Calédonie dans un atelier où l'on produisait de telles machines. J'ai toujours souhaité en fabriquer une selon mes idées, moins gourmande en charbon et plus performante, mais j'étais jusqu'à maintenant trop préoccupé par ma situation pour me ménager la liberté d'esprit nécessaire. Dès que j'aurai recouvré mon honneur, je m'attaquerai à ce travail passionnant!

Platefond, qui, malgré son âge, avait encore l'enthousiasme d'un jeune homme, ne ratait pas une occasion de faire des projets. Il s'enflamma.

— Vous avez l'intention d'apporter des améliorations à ce qui existe, c'est bien. Mais n'oubliez pas de faire breveter tout cela au plus vite. Ensuite, nous pourrons lancer une production...

— J'ai aussi pensé à un moteur nouveau, ajouta Catulle. Quand on est au bagne, il faut s'accrocher à quelque chose de positif, sinon on devient fou ! Moi, je pensais aux moteurs. Et maintenant que je vais être libre, je veux faire des expériences en vue de concevoir un moteur qui utiliserait les gaz émis par du bois en combustion incomplète.

Platefond siffla entre ses dents.

— Ils ont rudement bien fait de vous envoyer aux travaux forcés ! dit-il en s'esclaffant.

Catulle, lui, ne riait pas. Les dures paroles de Victor Chevillard résonnaient encore dans son esprit et le blessaient cruellement. Ce garçon prêt à s'enflammer pour une cause prenait toujours le parti de son père, pourtant indéfendable, et Catulle en était jaloux. Cet amour filial lui laissait penser que Chevillard n'était peut-être pas totalement mauvais. Sa vengeance dont il avait tant rêvé lui pesait. Même si Marine n'avait rien oublié, il restait plus seul que jamais...

Le 29 février, le temps doux annonçait un printemps précoce. Catulle était parcouru de tremblements qu'il ne pouvait maîtriser. Le verdict allait être rendu. À mesure que l'heure approchait, il doutait qu'il lui soit favorable : quelque invention de la partie adverse ou des considérations protectionnistes d'une justice militaire qui n'aime pas reconnaître avoir été abusée pouvaient être funestes. En se rendant au Palais de justice, il passa sur le Champ-de-Mars, regarda un long moment la tour Eiffel, grandiose, pratiquement achevée. À trois cents mètres de hauteur, les ouvriers étaient en train de fixer le dôme qui couronnerait la réussite d'un ingénieur opiniâtre. Au sol, on préparait déjà les emplacements des ascenseurs. Tout devait être prêt le 7 mai, pour l'ouverture de l'Exposition universelle.

Catulle arrivait au Palais de justice quand maître Bouleau descendait de sa voiture.

— C'est le grand jour ! dit l'avocat en traversant la rangée de journalistes qui le pressaient de questions auxquelles il se mit à répondre avec complaisance.

Catulle, qui n'oubliait pas que la presse avait exploité son affaire à des fins partisanes, indiqua qu'il n'avait rien à dire. Les journaux boulangistes, déçus d'avoir soutenu un incapable, ne s'étaient pas gênés pour dénoncer son manque de patriotisme, tandis que les autres, mettant en avant l'erreur du tribunal militaire, demandaient un renforcement du pouvoir politique. Rares étaient les journalistes qui s'étaient apitoyés sur le sort du condamné pendant ses dix-huit années de travaux forcés !

Le président du tribunal attendit que chacun fût à sa place, que les deux condamnés, encadrés par les gendarmes, soient à leur banc pour faire asseoir l'assistance. Il demanda aux accusés et à Moringuet de rester debout pour entendre la sentence. Le silence se fit, un silence lourd. Catulle entendait les battements de son cœur.

L'assesseur des jurés se leva à son tour, se racla la gorge et commença :

— Les jurés, composés de magistrats professionnels, d'officiers de l'armée française et de représentants du peuple ont décidé ce qui suit.

Il se tut, parcourut du regard l'assemblée puis s'attarda un peu plus longuement sur Chevillard et son fils, qui étaient de plâtre.

— Considérant les faits qui ont été rapportés, les preuves qui ont été fournies, le jury condamne Chevillard Pierre aux travaux forcés à perpétuité.

On entendit alors le soupir de Chevillard : il sauvait sa tête, c'était l'essentiel. Son avocat s'en octroierait le mérite.

— Il condamne pour les faits qui lui sont reprochés le jeune Chevillard Victor, encore mineur, à trois années de bagne et espère qu'il saura mettre cette épreuve à profit pour méditer sur ses erreurs.

Victor, crânement, gardait la tête haute.

— Enfin, poursuivit l'assesseur, il lave de toutes les accusations passées M. Moringuet Catulle, qui recouvre ainsi son honneur et ses droits civiques.

Catulle sourit ; l'assemblée applaudissait. Il pouvait relever la tête. Ces quelques mots lui faisaient oublier tant d'années de souffrance et de misère.

Un brouhaha monta dans la grande pièce sonore où chacun commentait la décision de la cour. Enfin, le président frappa sur son bureau pour réclamer le silence.

— Messieurs, par l'intermédiaire de son avocat, M. Chevillard me demande de l'autoriser à faire une déclaration, ce que j'ai accepté.

Tout le monde se tourna vers le condamné, qui était étonnamment calme. Les gens s'assirent de nouveau. Chevillard s'adressa à Moringuet.

— Cette communication s'adresse au vainqueur du jour ! dit-il d'une voix tremblée qui se voulait assurée. Il s'agit d'un secret qui le concerne, que je ne veux pas emporter pour toujours dans l'enfer du bagne, car je ne dispose pas, moi, d'un lord anglais pour obtenir ma grâce ! Victor, qu'il a fait condamner à trois années d'enfer, est son fils !

Un remous agita l'assistance. Catulle était atterré. Le procureur général, surpris, se leva de son siège.

— Que voulez-vous dire ?

— Je dis la vérité. Ma femme et moi ne pouvions avoir d'enfant. L'opportunité d'adopter un des triplés de Moringuet, qui étaient confiés à une fille, Anna Mouskova, s'est présentée pendant le siège de Paris. Nous l'avons saisie pour notre plus grand bonheur !

Il riait curieusement ; chacun se demandait s'il n'était pas en train de sombrer dans la démence. Catulle regardait Victor, qui inclinait la tête, comme honteux de cette filiation.

— Il y a une façon bien simple de savoir si tu dis la vérité, s'écria Catulle, incrédule. Mes trois fils ont un point commun, une particularité qu'ils partagent.

— J'y venais ! fit Chevillard en déboutonnant la chemise de Victor. Il s'agit de cette tache de café à la naissance du cou, cette tache qui ressemble à la carte de France !

Le doute n'était plus possible pour Catulle. Un brouhaha intense se propagea dans l'assistance, les regards allaient de Victor à Moringuet qui se taisait, grave, les yeux baissés. Enfin, Catulle se leva de son siège et sortit sans rien ajouter. Les journalistes, qui attendaient à la porte du tribunal, le voyant passer, le dos voûté, crurent qu'il n'avait pas été acquitté. Ils le pressèrent alors de questions auxquelles il ne répondit pas.

Il prit une rue au hasard. Ainsi, il retrouvait son troisième fils, élevé par son ennemi qui avait su s'en faire aimer. Le mur de sa solitude grandissait encore. S'il ne pouvait affirmer sa paternité à François et à Louis, il ne pouvait en revanche la cacher à Victor, qui le haïrait toujours plus et le combattrait dans trois ans, à son retour des îles. Ce jour de réhabilitation qu'il avait tant attendu était aussi jour de deuil. Les cartes de sa mère avaient donc raison : « Deux chercheront à te tuer ! » C'était bien ce qu'avait tenté Victor Chevillard sur la route de Versailles !

Il arriva à l'usine. Voyant sa mine sombre, Platefond en conclut que le tribunal lui avait refusé sa réhabilitation.

— Il fallait s'y attendre ! dit-il d'un air blasé. L'armée ne reconnaît jamais ses erreurs ! Mais si vous avez votre conscience pour vous, dites-vous que c'est l'essentiel ! La justice de Dieu est plus importante que celle des hommes.

— Elle a reconnu son erreur ! rectifia enfin Catulle entre ses dents, pourtant, cela n'empêche pas que je sois le vaincu de ce procès !

Platefond ne fit aucun commentaire. Les commandes étaient là, il fallait les honorer. Il espérait surtout que le temps redonnerait à Catulle un peu de cœur à l'ouvrage qui, hier encore, parlait avec enthousiasme de sa machine à vapeur révolutionnaire.

Quand Marine se présenta chez lui un soir, il n'en fut pas étonné. Son abattement était tel qu'il le rendait indifférent à ce qui se passait autour de lui.

— Je n'ai pas oublié ! dit-elle encore en posant son sac. J'avais averti mon mari que, si tu revenais je le quitterais pour toi. Nous avons deux fils de seize et quinze ans. Je leur expliquerai, ils comprendront.

Il leva sur elle un regard abattu.

— Je suis le plus malheureux des hommes.

— Pour ton fils, je sais. Les journaux en ont assez parlé. Je te réapprendrai à vivre !

— C'est impossible !

Ils passèrent la nuit dans le même lit, mais Catulle ne répondit pas aux avances fiévreuses de Marine. Elle n'insista pas ; elle avait assez d'amour à donner pour lui faire accepter la haine de ce fils retrouvé, ce fils machiavéliquement élevé par son pire ennemi.

Mars s'achevait. Le 31, qui était un dimanche, tout le monde ne parlait dans Paris que de l'inauguration de la tour Eiffel enfin achevée. Catulle, comme tous ceux qui avaient participé à sa réalisation, y était invité. Il refusa d'abord de s'y rendre.

— Ces futilités ne sont plus pour moi !

— Je t'y emmènerai de force s'il le faut ! s'écria Marine. Allez, prends ton veston et ton chapeau !

Ils sortirent. Le soleil brillait sur Paris. Un vent doux annonçait la bonne saison. Dans les jardins abrités, les premières tulipes s'épanouissaient. Les passants avaient un air de fête que Catulle ne voyait pas.

Ils marchaient vers le Champ-de-Mars quand des huées montèrent d'une rue voisine. Un attroupement s'était fait. Marine et Catulle s'arrêtèrent. La foule qui hurlait s'ouvrit pour laisser passer un chariot. Catulle s'immobilisa. Dans ce chariot découvert, il avait pris place dix-huit années plus tôt ; ce chariot d'infamie, il le revoyait en spectateur et cela lui faisait mal. Les vingt-six forçats en pantalon rouge, treize d'un côté, treize de l'autre, les jambes pendant dans le vide, baissaient la tête sous les cris de la multitude. Enchaînés les uns aux autres, ils gagnaient un port pour un lointain enfer. Les gardiens, le fouet à la main, les surveillaient du haut de leurs chevaux. Marine prit la main de Catulle et la serra très fort.

Quand le chariot fut à leur hauteur, la rue plus étroite ne permettait pas à la foule de rester sur les côtés. Alors Catulle aperçut Chevillard parmi ces misérables. L'homme, levant la tête, croisa son regard. Ses petits yeux noirs se remplirent d'une haine profonde qui fit mal à Catulle. À ses côtés, attaché à la même chaîne, Victor pleurait comme un enfant qu'il était encore. Catulle s'approcha de Chevillard, qui le regardait toujours. On lui avait coupé la barbe, son visage en avait une expression dure, cruelle.

— Je te demande pardon ! dit Catulle à Chevillard qui cracha par terre.

En entendant cette voix connue, Victor leva ses yeux mouillés. Il ne ressentait plus de haine. Les fers, la rudesse de la prison avaient dompté ce jeune impétueux dont le fond n'était certainement pas mauvais. Il tendit une main vers Catulle qui la prit et la serra contre sa poitrine, puisant dans ce contact de quoi espérer à nouveau.

Il remarqua une jeune femme isolée des autres qui regardait aussi les prisonniers et, en particulier, Victor. La jeune femme se tourna vers Catulle, qui reconnut Mouchka, la chanteuse de rue. Mouchka fixa encore Victor bien en face. Le garçon lui dit :

— C'est à cause de toi si je suis là !

Mouchka eut un sourire, ce sourire ambigu qui trahissait les aspirations troubles de son être. Quand le cortège se fut éloigné, elle se tourna vers Catulle.

— Mais que faites-vous là ? demanda-t-il.

— Je vais, je viens, je suis libre comme la fumée. Aujourd'hui ici, demain ailleurs !

Catulle se tourna pour voir le chariot au bout de la rue. Quand il baissa les yeux, Mouchka avait disparu.

— Il reviendra dans trois ans, dit Catulle. Ce sera un homme. Je l'attendrai.

La fête de la tour Eiffel fut grandiose. Il fallut grimper les mille sept cent quatre-vingt-douze marches. Marine parvint au sommet essoufflée, mais heureuse. Elle avait le sentiment de participer à un moment fort de l'Histoire. Puis elle pensa à ses fils qu'elle n'avait pas revus depuis son départ, à son mari, à qui elle n'avait pas caché son amour pour Catulle, et se dit qu'elle leur devait une explication. Enfin, sa position exceptionnelle lui soufflait de faire un vœu.

— C'est fait ! dit-elle en souriant.

— Quoi ?

— Un vœu. Mais, pour qu'il se réalise, il doit rester secret. Ce soir, je vais rentrer chez moi et régler mes affaires avec mon mari et mes fils. Après, je reviendrai pour toujours.

Le soleil brillait en ce mois de mai 1892. Catulle Moringuet procédait aux derniers essais de sa « machine à vapeur révolutionnaire ». Trois années avaient été nécessaires pour sa réalisation. La mise au point, les différents réglages avaient pris plus de temps que prévu, mais Catulle arrivait au bout de ses peines, et le gros volant tournait régulièrement tandis que la fumée blanche s'échappait de la cheminée.

Tant de choses s'étaient passées pendant ces trois années. Platefond avait eu une première attaque cérébrale au mois de janvier 1890, mais s'était assez vite rétabli. Il avait repris son travail comme si rien ne s'était passé, une seconde attaque le terrassa en 1891, le laissant paralysé dans un fauteuil.

Marine avait définitivement rejoint Catulle. Son mari était mort pendant l'été 1889 à la suite d'un coup de pioche qui lui avait entaillé profondément la jambe. Les docteurs avaient tout tenté pour empêcher la gangrène de gagner le membre blessé, mais en vain : Abel n'avait pas survécu à l'amputation. Ses fils, qui ne souhaitaient pas rester à la ferme, s'étaient engagés dans l'armée. Libre, Marine pouvait enfin se donner sans remords à l'homme qu'elle aimait depuis son enfance.

Catulle, aidé de quelques ouvriers, terminait les derniers réglages de la machine quand un employé vint l'avertir que quelqu'un le demandait.

— Eh bien, fais-le entrer dans mon bureau. J'arrive.

Il commanda à ses ouvriers de poursuivre les réglages. Devant son bureau, une surprise de taille l'attendait.

— Victor ?

Le jeune homme acquiesça. Son corps, vêtu de vieux habits, avait forci. Désormais un homme, il était aussi grand que Catulle et avait le même regard clair.

— Voilà, dit-il, je suis libre. Et ce temps n'a pas été perdu.

— Ma maison t'est ouverte ! lui dit Catulle en souriant, car il comprenait au seul regard de Victor combien le jeune homme avait changé.

— Vous ne pouvez pas savoir ce que j'ai enduré. Enchaîné à mon père, contraint de ne jamais le quitter...

— Je sais, j'ai connu ça.

— La leçon a été bonne.

— Ton père s'en tire bien ?

— Je regrette qu'il soit mort sans avoir pris conscience de ses fautes. Seul le pardon apporte le repos de l'âme.

Catulle, sans chercher à résister à l'élan qui le poussait vers le jeune homme, le serra dans ses bras.

— Oui, le pardon ! dit-il. Le pardon sans aucune arrière-pensée. Le pardon gratuit pour les pires souffrances, voilà ce qui grandit l'homme et apaise l'esprit. Je m'en suis voulu de m'être vengé. J'ai compris, un peu tard, que le pardon rend plus fort, que la haine détruit toujours celui qui la porte. J'ai beaucoup prié et je prierai encore pour ton père !

— Mon père, c'est vous !

— Tous les deux, on va faire de grandes choses ! Viens voir ma machine à vapeur. Je suis certain que tu m'aideras à l'améliorer encore.

Il l'emmena dans l'atelier où les ouvriers s'affairaient toujours autour de la grosse machine. Ceux-ci s'étonnèrent de le voir en compagnie d'un vagabond.

— Mon fils, le seul qui me reste ! dit Catulle en souriant. Je l'ai enfin retrouvé.

Table

Cet ouvrage a été réalisé par

FIRMIN DIDOT

GROUPE CPI

Mesnil-sur-l'Estrée

pour le compte des Éditions Robert Laffont
en septembre 2003

Imprimé en France
Dépôt légal : septembre 2003
N° d'édition : 44073 – N° d'impression : 65126